KB268992

글누림비서구문학전집

베트남 단편소설선

작품 해설 – 웨인 칼린
웨인 칼린은 매릴랜드에 살고 있으며 남매릴랜드 대학에서 베트남 문학을 가르치고 있다. 1966~1967년 미 해군으로 베트남에서 복무했다. 다수의 소설과 논픽션을 썼으며, 1998년에는 페이터슨상 소설 부문을 수상했고 2005년에는 미국 베트남 참전 군인회로부터 예술상을 수상했다.

글누림비서구문학전집 1
베트남 단편소설선

초판 1쇄 발행 2011년 2월 28일
초판 2쇄 발행 2011년 6월 22일
초판 3쇄 발행 2017년 12월 15일

지 은 이 호 안 타이·레 민 쿠에·도안 레·마 반 캉·뉴엔 녹 투안·팽 티 뱅 안·뉴엔 휘 띠엡
옮 긴 이 조애리·강문순·김진옥·박종성·유정화·윤교찬·이봉지·최인환·한애경
펴 낸 이 최종숙
펴 낸 곳 글누림출판사

책임편집 이태곤
편   집 권분옥 박윤정 홍혜정 문선희
디 자 인 안혜진 최기윤 홍성권
마 케 팅 박태훈 안현진 이승혜

주   소 서울시 서초구 동광로46길 6-6 문창빌딩 2층(06589)
전   화 02-3409-2055(대표), 2058(영업), 2060(편집)
팩   스 02-3409-2059
전자메일 nurim3888@hanmail.net
홈페이지 www.geulnurim.co.kr
등록번호 제303-2005-000038호(2005.10.5)

정   가 13,000원
ISBN 978-89-6327-099-9 04890
     978-89-6327-098-2(세트)

Anthology of the Vietnamese Short Stories
by Ho Anh Thai
Copyright ⓒ 2011 by author
All rights reserved.

Korean Translation Copyright ⓒ 2011 by Geulnurim Publishing Co.
이 책의 한국어판 저작권은 대표저자인 호 안 타이와의 계약으로 글누림출판사가 소유합니다.
신저작권법에 의하여 한국 내에서 보호를 받는 저작물이므로 무단 전재 및 무단 복제를 금합니다.

01
글누림비서구문학전집

베트남
단편소설선

호 안 타이 | 레 민 쿠에 | 도안 레 | 마 반 캉 | 뉴엔 녹 투안 | 팽 티 뱅 안 | 뉴엔 휘 띠엡 지음

조애리 | 강문순 | 김진옥 | 박종성 | 유정화 | 윤교찬 | 이봉지 | 최인환 | 한애경 옮김

Anthology of the *Vietnamese*
Short Stories

글누림

구미중심적 세계문학에서 지구적 세계문학으로

괴테가 옛 이란인 페르시아에서 아주 유명하였던 시인 하피스의 시를 독일어 번역을 통해 읽고 영감을 받아서 그 유명한 『서동시집』을 창작한 것은 아주 널리 알려진 일이다. 괴테는 비단 하피스뿐만 아니라 페르시아의 역사 속에 등장하였던 숱한 시인들에 대해서도 공부하고 일일이 설명하는 노고를 그 책에서 아끼지 않을 정도로 동방의 페르시아 문학에 심취하였다. 세계문학이란 어휘를 처음 사용한 괴테는 히브리 문학, 아랍 문학, 페르시아 문학, 인도 문학을 섭렵한 후 마지막으로 중국 문학을 읽고 난 후 비로소 세계문학이란 말을 언급했을 정도로 아시아 문학에 깊이 심취하였다. 괴테는 '동양 르네상스'의 전통 위에 서 있었다. 16세기에 이르러 유럽인들이 고대 그리스 로마의 정신적 유산을 비잔틴과 아랍을 통하여 새로 발견하면서 르네상스라고 불렀던 것을 염두에 두고 동방에서 지적 영감을 얻은 것을 '동양 르네상스'라고 명명했던 것이다. 동방의 오랜 역사 속에 축적된 문학의 가치를 알게 되면서 유럽인들이 좁은 우물에서 벗어나 비로소 인류의 지적 저수지에 합류한 것이다.

하지만 중국에서 생산된 도자기와 비단 등을 수입하던 영국이 정작 수출할 경쟁력 있는 상품이 없다는 것을 깨닫고 인도와 버마 지역에서 재배하던 아편을 수출하면서 이를 받아들이라고 중국에 강압적으로 요구하면서 아편전쟁을 벌이던 1840년대에 이르면 사태는 근본적으로 달라졌다. 영국이 산업화에 어느 정도 성공하면서 런던에서 만국 박람회를 열었던 무렵인 1850년대에 이르러서 비로소 유럽이 전 세계를 지배하게 되는 움직임이 시작되었다. 13세기 베네치아 출신의 상인 마르코 폴로와 14세기 모로코 출신의 아랍 학자 이븐 바투타가 각각 자신의 여행기에서 가난한 유럽과 대비하여 지상의 천국이라고 지칭하기도 했던 중국이 유럽 앞에서 무너지는 것을 보면서 예전의 방식은 더 이상 통하지 않게 되었고 새로운 세계상이 만들어져 가기 시작하였다. 유럽인들은 유럽인들이 만들고 싶은 대로 이 세상을 만들려고 하였고, 비유럽인들은 이러한 흐름에 저항한다는 것이 거의 불가능하다는 것을 알아차린 이후에는 유럽의 잣대로 세상을 보는 방식을 배우기 위해 유럽추종에 혼신의 힘을 쏟았다. '동양 르네상스'의 기억은 완전히 사라지고 그 자리에 들어선 것은 '문명의 유럽과 야만의 비유럽'이란 도식이었다. 유럽의 가치와 문학이 표준이 되면서 유럽과의 만남 이전의 풍부한 문학적 유산은 시급히 버려야할 방해물이 되기도 하였다. 처음에는 유럽인들이 이러한 문학적 유산을 경멸하고 무시하였지만 나중에서 비유럽인 스스로 앞을 다투어 자기를 부정하고 유럽을 닮아가려고 하였다. 의식과 무의식 전반에 걸쳐 침전되기 시작한 이 지독한 유럽중심주의는 한 세기 반을 지태하였다. 타고르처럼 유럽의 문학을 전유하면서도 여기에 함몰하지 않고 자신의 전통과의 독특한 종합을 성취했던 이들이 없었던 것은 아니지만 주된 흐름을 바꾸기에는 역부족이었다.

유럽이 고안한 근대세계가 내부적으로 많은 문제점들을 드러내자 유럽 안팎에서 이에 대한 비판이 이루어졌고 근대를 넘어서려고 하는 노력들이 다방면에 걸쳐 행해졌다. 특히 그동안 유럽의 중압 속에서 허우적거렸던 비유럽의 지식인들이 유럽 근대의 모순을 목격하면서 자신의 과거를 돌아보는 성찰의 시간을 가지면서 사태는 달라지기 시작하였다. 유럽중심주의를 넘어서려는 이러한 노력은 많은 비유럽의 나라들이 유럽의 제국에서 벗어나는 2차 대전 이후에 이르러 본격화되었다. 정치적 독립에 그치지 않고 정신적 독립을 이루려는 노력이 문학을 중심으로 광범위하게 이루어졌던 것이다. 구미중심주의에 입각하여 구성된 세계문학의 틀을 해체하고 진정한 의미의 지구적 세계문학으로 나아가기 위해서는 두 가지의 인식 전환이 필요하였다. 하나는 기존의 세계문학의 정전이 갖는 구미중심주의를 분석하고 비판하는 것이다. 현재 다양한 세계문학의 선집이나 전집 그리고 문학사들은 19세기 후반 이후 정착된 유럽중심주의의 산물로서 지독한 편견에 젖어 있다. 특히 이 정전들이 구축될 무렵은 유럽이 제국주의 침략을 할 시절이기 때문에 이것은 더욱 심하였다. 아무리 뛰어난 재능을 가진 유럽의 작가라 하더라도 제국주의에서 자유로운 작가는 거의 없기에 그동안 별다른 의심 없이 받아들여졌던 유럽의 세계문학의 정전들을 가차 없이 비판하고 해체하는 작업은 유럽중심주의를 넘어서기 위해서 반드시 거쳐야 할 과정이었다. 하지만 이는 필요조건이지 충분조건은 아니었다. 서구문학의 정전에 대한 비판에 머무르지 않고 비서구 문학의 상호 이해와 소통이 절실하다. 비서구 문학의 상호 소통을 위해서는 비서구 작가들이 서로의 작품을 읽어주고 이 속에서 새로운 담론들을 만들어 내는 것이다. 기존 정전의 틀을 확대하는 것은 임시방편일 뿐이고 근본적인 전환일 수 없기에 이러한 작업은 지구적 세계문학의 구축을 위해서는 반드시 거쳐야한다. 이 비서구문학전집은 이러한 인식의 전환을 위한 새로운 출발이다.

글누림비서구문학전집 간행위원회

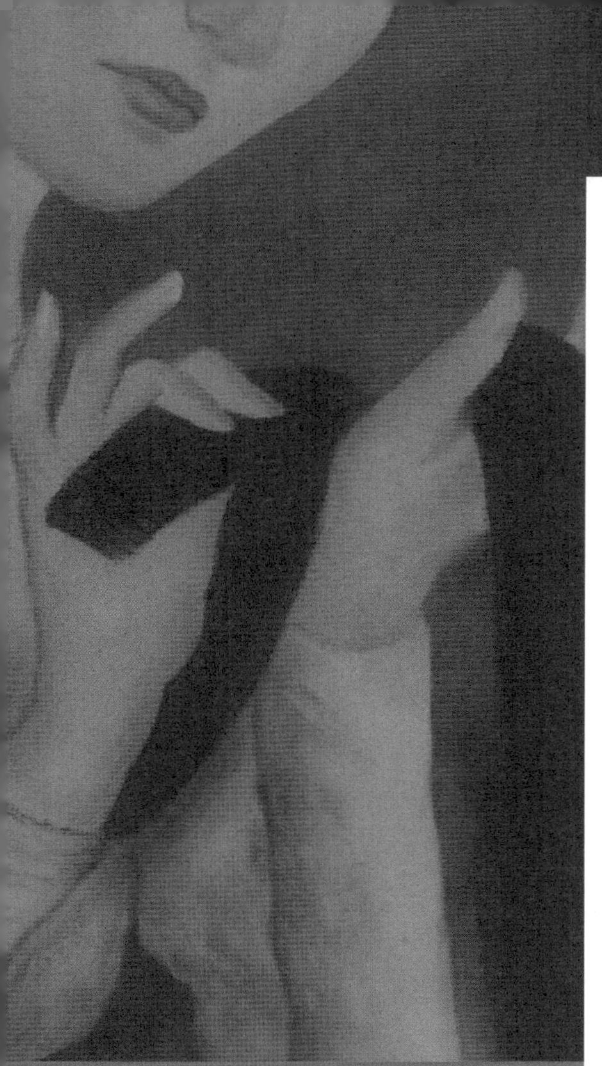

호 안 타이

Ho Anh Thai

(1960)

남편의 파편

설치예술

음식쓰레기와 욕정

Anthology
of the Vietnamese
Short Stories

Fragment of a Man

Installation

Garbage and Passion

호 안 타이 Ho Anh Thai(1960)

현재 하노이 작가 협회의 회장이자 베트남 작가 중앙위원회의 회원이다. 소설가이자 단편작가로 대표작은 『붉은 안개 뒤에서』(Chaurbstone Press, 1998)와 『섬 위의 여자』(University of Washington Press, 2001)이다. 한국어로 번역된 작품으로는 『섬 위의 여자』가 있다. 「남편의 파편」과 「염소 고기 특식」을 포함하여 그는 30권 이상의 소설과 단편집을 출판하였다. 베트남의 가장 유명한 소설가 중 한 사람으로 그의 책은 세계 10개국 이상에서 번역되었다. 그는 베트남 작가협회상 및 베트남의 유력 신문사상을 여러 차례 수상하였다.

남편의 파편

어머니는 엔에서 가장 아름다운 아가씨였다. 의자 위에 올라가 머리를 빗을 때는 머리가 바닥에 닿았다. 어머니가 움직일 때마다 자몽 향과 레몬 향이 은은하게 퍼졌다.

마을 근처에는 조그만 군용 공항이 있었다. 엔은 미군기의 폭격으로 언제라도 몽땅 사라질 수 있는 곳이었다. 마을 사람들 모두 이 사실을 알면서도 이 마을을 떠나고 싶어 하지 않았다. 주민들을 설득하여 이곳을 떠나게 하는 것은 마을 미인인 어머니 틴의 몫이 되었다. 그녀는 이 마을 위원회의 부회장이자 단거리 포병대 대장이기도 했다. 동네 지도자들은 틴을 공군기지에 보내 젊은 공군 대표를 불러와서 주민들을 설득하기로 결정했다. 이 공군 대표가 와서 최근의 소식을 알려주면 주민들이 이주 쪽으로 마음이 기울 것이라고 생각했다.

틴이 도착했을 때 젊은 공군 서너 명이 공군 한 명을 둘러싼 후 그의 옷깃을 붙잡고 식당 게시판 쪽으로 끌고 가고 있었다. 그들은 그날의 메뉴가 틴 트라우(물소 고기)인지 틴 차우(그 젊은이의 이름이 차우임)인지 똑똑히 보라고 했다. 틴이 조금 더 큰소리로 묻자, 그들 모두 가버리고 그 젊은이만 남았다. 밀고 당기고 하는 바람에 그의 머리와 옷이 엉망이었다. 매무새를 가다듬은 후 수줍게 말했다. "저는 차우입니다."

그들은 곧 서로 잘 알게 되었다. 차우는 25살로 틴 보다 다섯 살 연하여서 서로 말이 잘 통했다. 상사에게 허락을 얻은 후 틴은 차우와 함께 마을로 돌아왔다. 황량한 평지를 가로지르는 3킬로 이상 되는 길을 함께 걸었다. 길 곳곳에 A 모양의 터널이 있었고 터널 속에는 대피소가 있었다. 갑자기 일군의 미군 비행기가 몰려왔다. 그 비행기들은 급강하와 상승을 반복하며 반 시간 동안 폭격을 가했다. 차우와 틴은 A 모양의 터널로 뛰어 들어갔고 터널과 대지가 요동하는 동안 두 사람은 꼭 껴안고 있었다. 틴의 묶은 머리가 흘러 내리고 폭포처럼 흘러내린 긴 머리가 모든 것을 뒤덮었다. 갑자기 그들에게는 더 이상의 폭격 소리가 들리지 않았다. 그 폭포의 부드러운 소리만 들렸고 숲의 야생화와 야생식물 향기가 퍼졌다. 목이 바싹 말랐고 폭포 속에 빠진 느낌이 들었다. 그는 처음으로 바다에 뛰어든 기분이었다. 황량한 평지를 지나가는 길에 그들은 몇 번이나 이 일을 반복했다. 즉 운명의 터널로 대피하고 틴의 흘러내린 머리카락 폭포에 파묻혀야 했다.

마침내 틴은 동네 지도자들 앞에서 이 사실을 시인해야만 했다. 사람들은 어떻게 처벌할지 의논했다. 틴은 차우를 찾아갔고 그가 이륙하기 직전에 만났다. "틴 누나, 왜 그렇게 수심에 차 있어요?" 그가 물었다. 그녀의 이야기를 다 듣자 차우는 행복에 겨워 마구 웃으면서 복도로 뛰어나가 지나가는 공군을 붙잡고 빙빙 돌며 춤을 추고 말했다. "나 결혼할거야." "누구랑 결혼을 해?" "틴 누나랑. 저기 와 있어." 그는 아직도 그녀를 누나라고 불렀다.

틴과 차우는 마을로 돌아와 마을 지도자들을 만나 결혼 결정을 공표했다. 그러나 결혼을 한다고 해서 모든 문제가 해결되지는 않았다. 규율은 규율이었다. 간부의 행동 규약에 따르면 혼전 임신은 허용되지 않았다. 갑자기 틴은 정치적 지위를 잃었다. 탈당 조치가 취해졌고 부회장 및 포병대장 직을 내놓아야 했다.

그녀는 마을을 떠나야만 했다. 차우는 그녀를 하노이에 있는 홀어머니 집으로 데려갔다. 그의 어머니는 마치 도둑이라도 맞은 것처럼 당황했다. 식사 도중 틴은 닭고기를 집어 시어머니의 그릇에 놓아주었다. 시어머니는 그 고기를 원래 접시에 도로 놓으면서 울며 말했다. "제발 우리 아들을 놓아줘." 차우는 하노이 교외에 큰 집을 가지고 있었는데 할 수 없이 임신한 아내를 그곳으로 데려갔다. 몇 달 후 아들이 태어났다.

젊은 어머니는 그때까지도 외롭고 고통스러웠다. 그녀는 순식간에 모든 것을 잃은 셈이었다. 집을 포기해야만 했고, 뿌리 뽑힌 나무처럼 기댈 곳이 없는데다 시어머니의 구박을 받았다. 하지만 그녀는 여자의 인생에서 가장 중요한 것은 남편과 자식이고 따라서 모두 잃은 건 아니라며 자위했다. 결국 그녀에게는 남편과 자식 밖에 없었다.

약탈자들이 더 이상 공중 사격을 하지 않게 된 1973년 이후에는 아버지 때문에 어머니가 애를 덜 태워도 되었다. 그러나 그때 갑자기 아버지와 다른 공군 장교 몇을 태운 비행기가 국경지대에서 행방불명되었다는 소식이 날아왔다. 한 달을 수색했으나 비행기는 발견되지 않았다. 어느 날 어머니가 제단에 향을 세 개 피워놓고 아버지를 위해 기도하려는 순간 이웃집 아주머니가 집으로 들어오며 말했다. "그만 둬. 향을 끄고 기도도 그만해. 비행기는 타일랜드로 간 거야. 거기서 재미를 보고 있을 거야. 집으로 선물 오기만 기다리고 있어." 이 소문은 사방에 퍼졌고 실종자 가족들도 반신반의 했다. 몇몇 가족은 제단을 없애기까지 했다. 그러나 아버지는 돌아오지 않았다.

이제 어머니에게는 나 밖에 없었다.

*

하늘에서 비행기 소리가 날 때마다 어머니는 덜덜 떨면서 하늘을 쳐다보지도 못했다. 그러나 나는 달랐다. 어린 소년에게 푸른 하늘의 작은 점은 무한한 욕망의 표지였다. 나는 하늘을 올려다보면서 윙하고 비행기 소리를 내며 비행기를 쫓아가며 달렸다. 그러다가 발을 헛딛어 정원에 있는 관목 사이로 쓰러지곤 했다.

어머니는 날 일으켜 세우며 말했다. "멀리 달려가길 원할 때는, 하늘을 보면 안 된단다. 땅을 보며 달려야지."

그것은 위인들에게나 적합한 교훈이었다. 그러나 나는 아주 평범한 운명의 평범한 소년이었다. 어린 시절부터 땅 보는 법만 알았다면, 어른이 되었을 때 내 영혼은 땅에 매여 있는 헬륨으로 가득 찬 풍선, 결코 하늘을 날지 못하고 폭발하기만 기다리는 풍선이 되었을 것이다. 이제서야 이런 생각을 할 수 있게 된 것이고 그 당시에는 아주 말을 잘 듣는 아이여서 어머니 말씀처럼 어디를 가든 조심스럽게 땅을 바라보며 걸음을 내딛었다. 풀을 밟을 때면 풀잎의 고통을 함께 느낄 수 있었고, 무심코 길 위의 귀뚜라미를 밟게 되면 오랫동안 울었다. 아무리 날 달래도 소용없었다.

어머니는 내가 하늘을 보고 나면 비행기로 하늘을 날 생각을 할까봐 걱정을 한 것이었다. 내가 아버지의 불행한 운명을 탄복하기를 원치 않았다. 어머니는 날 곁에 두고 싶었고 내가 어떤 고귀한 이상이나 다른 사람에게 정신 파는 것을 원치 않았다.

그러나 활발한 소년이 영원히 집안의 정원 속에 갇혀 있거나, 어머니 곁에 머물 수는 없는 일이다. 마침내 나는 택이라는 이웃집 여자 집을 몰래 드나들기 시작했다. "독사 같은 년이에요."라고 택에 대해 다른 이웃집 여자가 어머니에게 말했었다. 한번은 어머니가 감기약을 사오라고 심부름을 시켰다. 택은 유리로 된 진열대 뒤에서 약을 팔고 있었다. 그 진열대에는 독약 이름이 적힌 도표와 독을 유리병에 떨어뜨리는 뱀이 그려져 있었다. 아마 그래서 사람들이 그녀를 독사라고 부르는 것 같았다. 어느 날 밤 택이 우는 소리가 들려서 이웃사람들이 달려가 보니 남편이 이미 죽어 있었다는 것이다. 독감으로 죽은 것이라 했다. 이웃집 여자가 어머니에게 속삭였다. "감기는 무슨 감기야. 잠자리에서 죽은 거야. 옛날에 시집올 때 여자들이 뾰족한 머리핀을 가져오잖아. 머리에 쓰는 거 말고."(주: 정력을 왕성하게 하기 위해서 남자 척추에 침을 놓는다는 옛날이야기를 말하는 것이다.) 그녀가 보기에 택은 어떤 남자라도 잡아먹을 음탕한 창녀였다. 그러나 택은 내게 아주 부드러웠다. 아이 없는 과부였던 그녀는 스물아홉에 약방을 그만 두고 배급표 장사를 하다가 그 후엔 행상이 되었다. 그녀는 여행에서 돌아올 때 마다 나를 초대해 날 위해 챙겨둔 음식을 실컷 먹였다. 때로는 플럼이, 때로는 빈산 오렌지가, 때로는 금룡 완두 케익이 있었다. 언젠가부터 그에 대한 보답으로 나는 거기 있는 여러 쪽이 찢겨 나간 책들을 읽어주었다.

그해 나는 열여섯 살이었으나 아직 너무 순진해서 짧은 바지를 입고 다리를 쩍 벌린 채 택에게 『소나무 언덕 위의 두 무덤』을 읽어주곤 했다. 그녀는 내게 기대어 털이 수북이 난 다리를 보며 말했다. "친구를 조심해서 사귀어야 해." 당황한 나는 읽는 걸 멈추고 그녀를 바라보았다. "다리에 털이 없는 애들과는 사귀지 마." 나는 더욱더 당황했다. "그런 유형은 모두 겁쟁이거든." 그녀는 먼 곳을 바라보며 한숨을 쉬었다. "남편에겐 미안하지만, 남편이 그런 유형이었어."

그 순간 어머니가 씩씩거리면서 뛰어 들어왔다. 내가 살이 다 비치는 짧은 바지를 입고 그녀 옆에 앉아 있는 모습을 보았다.

"바오야, 당장 집으로 가자."

"이것만 읽고요, 어머니."

"안 된다. 안 돼. 집으로 가자." 어머니는 그 여러 쪽이 찢겨 나간 책을 집더니 댁에게 던진 후 나를 집으로 끌고 갔다. 만일 바로 그 순간에 어머니가 나타나지 않았다면 그녀는 자신의 마지막 보물을 도둑맞았을 것이다.

댁의 찢어진 책은 아주 지겨웠다. 그러나 나는 여전히 어머니 몰래 살짝 빠져나가 댁의 집에서 TV를 보았다. 댁은 막 흑백 TV를 산 참이었고 차우아이 루웅 오페라를 볼 때마다 눈물을 흘렸다. 엄청나게 큰 사마귀가 있는 댁란의 얼굴을 보거나 사람들의 관심을 끌려고 애쓰다가 입이 완전히 돌아간 레 듀엔을 볼 때마다, 댁은 "내가 부자면, 이 TV를 내동댕이쳐 산산조각 내고 싶어"라고 했다.

"부자잖아요?" 하고 내가 물었다.

"어떻게 내가 부자니? 난 네가 상상할 수 없을 정도로 불행하단다.”

한번은 불법 상행위를 비판하는 드라마가 나왔다. 한 인물이 “비열한 상인놈들”이라며 큰소리로 비난하자, 택은 미친 듯이 화를 냈다. “뭐라고? 비열한 상인놈들이라고? 상인 선생님, 상인 여사님이라고 불러야 해. 장사가 그렇게 쉽다고 생각해?”

어머니는 돈을 모아서 중고이긴 하지만 꽤 괜찮은 TV를 샀다. 나는 어머니가 그 독사를 만나러 가지 않길 바란다는 것을 감지했다. 그러나 얼마 안되 택이 리모콘이 있는 칼라 TV를 샀다. 그 정도에 이르자 더 이상 경쟁이 안 되었고 어머니 쪽에서 포기했다. 그녀는 더 근본적인 방법을 찾아야했다. 어머니는 내게 단호하게 시험 준비를 하라면서 택의 집 방문 금지 명령을 내렸다.

나는 고등학교를 졸업했으나 대학시험에 떨어졌다. 직장을 찾던 중 아는 분이 섬유 공장 일자리를 알아봐 주었다. 그 공장에서는 군대만 다녀오면 날 써주겠다고 했다. 그들은 직원이 일을 하다 군대에 가 일 전체가 엉망이 되길 원치 않았다. 어머니는 세상에서 군인 특히 공군이라는 직업을 가장 두려워했다. 지인이 나서서 어머니에게 사단장이 아버지 친구니 거기 가면 일이 힘들지도 않을 것이고 3년만 기다리면 된다고 말했다. 나는 그 공장 직원으로서 군대에 갔으나 특별히 힘을 써서 닥 사단장의 부하로 국경에서 뚝 떨어진 곳에 배치되었다.

닥 사단장은 엄격한 사람이었지만 내게서 자기 친구의 젊은 시절 모습을 보았기 때문에 날 아주 귀여워했다. 가끔 그가 내게 들러 옛날이야기를 해주는 바람에 어머니와 아버지의 사랑에 대해 알게 되었다. 내가 여섯 살 되던 1972년에 어머니가 날 데리고 아버지를 면회 온 일을 이야기 해주었다. 그 당시 어머니는 아이를 하나 더 갖고 싶어 면회를 왔지만 아버지가 군사임무에서 돌아오지 않아서 그냥 짐을 싸서 하노이로 돌아가는 길이었다. 기차역을 향해 출발한지 얼마 안 되어 길에서 우리는 본부로 귀대하는 아버지를 만났다. 나를 데리고 운전석에 앉아 있던 닥 사단장은 재회한 브부에게 손짓을 했다. "두 사람은 뒷칸으로 가서 밀담을 나누도록 해. 우린 여기 있을 테니까."

"나도 엄마 아빠와 함께 갈래요."라며 내가 떼를 썼다.

그는 내 엉덩이를 찰싹 때렸다. "말을 잘 들으면, 비행기 태워줄게." 기차역으로 가는 동안 닥은 운전사에게 뒷칸의 부부가 여유 있게 사랑할 수 있도록 차를 천천히 몰라고 했다. "네 어머니가 유산만 안 했으면 네 동생이 지금 열두 살쯤 되었을 거다." 사단장이 말했다.

별 탈 없이 군대 3년이 끝나갈 무렵이었다. 제대하면 나는 공장에 다닐 예정이었다. 하늘을 보거나 비행기를 탈 꿈을 꿀 틈도 없는 평범한 직장인이 될 참이었다. 그것은 어머니의 바람이었고 나도 군 복무기간을 다 끝내가고 있었으므로 안심하고 있었다. 그러나 그때 그 사건이 터져 모든 게 엉망이 되었다. 나약한 아들을 낳은 부모님 탓이라고도 할 수 있는 일이었다.

*

탄은 정찰대 소속 군인이었다. 그는 고향에 가기 위해 수차례 탈영을 하거나 휴가를 무단 연장했다. 헌병대에 걸려 감옥에 간 것도 여러 번 이었다. 그러던 중 일주일 휴가를 간 그가 열흘이 지나도 돌아오지 않았다. 본부에서는 그가 돌아오면 즉시 군인 자격을 박탈하고 집으로 돌려보낼 작정이었다. 12일 후에 그는 귀대했다. 그가 처음 찾아온 사람이 나였다. 그는 서류에다 휴가 날짜를 지운 후 귀대일을 3월 14일에서 3월 19일로 고쳐놓았다. 나는 사단장이 서명할 수 있도록 서류를 작성하는 담당이었는데 탄은 살려달라고 애원하면서 내가 서류에 실수를 한 것으로 해달라고 했다. 그렇게만 해주면 강제 제대로 고향으로 돌아가서 재교육을 받는 일을 피할 수 있다며 사정했다. 그의 마을은 기근에 시달리고 있으며 자식들이 재교육을 받으러 가게 되면 부모는 벽에 기대고 앉아 있다가 굶어 죽을 것이라고 했다. 휴가 기간이 지난 후 집에 있었던 것도 식량이 떨어져 구하러 다녀야 해서라고 했다.

탄이 믿을만한 사람이 아님을 잘 알고 있으면서도 나는 그 이야기에 감동을 받았다. 나는 내가 서류 작성을 하다가 실수를 한 것이라고 한 다음 감옥에 갈 작정이었다. 제대하기 전 일주일 산에 가서 휴양이나 하자고 생각했다. 사람들이 닥 장군에게 의견을 묻자, "군대 규율을 지켜야지."라고 강경하게 말했다. 그 역시 구류 일주일이 무사히 지나가리라고 생각했다.

산 속에서 지내던 어느 날 해질 무렵, 산동네 길을 넓히느라 하루 종일 삽질을 하고 난 뒤 지쳐서 앉아 있었다. 케이폭 나무 발치에 앉아서 숨을 몰아쉬며 얼굴을 들어 저녁에 뜨는 외로운 별을 바라보고 있었다. 별을 바라보고 별의 수를 세는 것은 어린아이들이나 하는 짓이고 또 어머니가 싫어하는 짓이기도 했다. 하지만 감시인도 없고, 다리는 지치고, 담배를 필 수도 없고, 옆의 죄수들과 지저분한 농담을 할 기분도 아니었다. 그렇다면 별을 바라보는 일 외에 무엇을 하겠는가?

둘째 날 해가 저물고 일이 끝나는 호각소리가 들리자, 나는 삽을 팽개치고 케이폭 나무 옆에 주저앉았다. 그러나 하늘을 볼 사이도 없이 누군가가 내 손에 자두를 쥐어 주었다. 절뚝거리는 소녀의 그림자가 스쳐갔다. 그녀는 한 무리의 여자들 틈에 끼여 어느새 안개 속으로 사라졌다. 작은 술집이 있는 삼사십 가구의 허름한 산동네를 생각할 때마다 항상 이 장면이 떠오른다. 여기서는 모두가 안개 속에 있는 얼굴 없는 형체였다.

매일 머리를 깎은 죄수들은 두 줄로 똑바로 서 있었다. 그들은 유순하고 해를 끼치지 않는다는 인상을 주려고 했다. 돈이 없을 때는 감히 그들은 술집에 들어가지 못했다. 담배가 몹시 피고 싶으면

술집 앞에 서서 땅에 떨어진 꽁초, "튀긴 기름"이라는 별명의 꽁초
를 주어서 불을 붙인 후 깊이 빨아들였다. 그들은 모두 유순해 보이
려고 했다. 그래야만 빨리 귀대할 수 있었다. 그래봤자 또 법을 위
반해 다시 죄수로 돌아오겠지만.

그날 아침 늘어선 가게 앞에 서 있던 중 어떤 사람이 "튀긴 기
름"을 모아 와서 그 안의 담배만 털어내서 종이로 다시 싸 진짜 담
배를 만들자고 제안했다. 나는 담배를 피우지도 않지만 추첨을 했
고 재수 없게 내가 뽑혔다. 마지못해 나는 모자를 손에 들고 앞에
있는 술집 앞으로 뛰어가 벤치 아래 사람들의 발 사이로 머리를 쳐
박았다. 발 사이를 들여다보면서 갈라진 발들 근처를 더듬어 담배
꽁초를 모조리 모았다.

이 모든 둔탁한 발들, 매일 겪는 일상적인 투쟁의 슬픔이 새겨진
발들 사이에서 예쁘장한 소녀의 발이 보였다. 그러나 곧 이어서 나
타난 광경에 대경실색했다. 나머지 한쪽 발이 뒤틀려 있었다. 절름
발이 발인 게 거의 분명했다. 한쪽 발은 터질 듯이 물이 오른 어린
가지라면 다른 발은 물기가 하나도 없는 메마른 가지였다. 한쪽 발
이 열여덟이나 스물 된 소녀의 발이라면 다른 발은 지친 육십대 노
파의 발이었다.

나는 눈앞의 발에 매료되었다. 그 발은 그 가게 점원인 소녀의
발이었다. 나는 천천히 일어나서 술을 마시고 있는 손님들의 등과
어깨 너머로 그녀를 보았다. 그 소녀의 얼굴을 보는 순간 모든 것이

뿌옇게 되었다. 이 궁벽진 시골에서 그렇게 아름답고 얌전한 얼굴은 처음 보았다. 그 얼굴과 발은 몇백 년 만에 한 번씩 고독에 피는 신비스러운 꽃이었다.

"들어와서 한잔 하세요." 조용히 그녀가 날 초대했다. 죄수인 내게 마치 아는 사람인 것처럼 말을 걸었다. 순간적으로 몸이 굳어져 꼼짝달싹 할 수가 없었다. 그러고 나서 "튀긴 기름"으로 가득 찬 모자를 끌어안고 몸을 돌려 뛰었다. 그 순간 이 소녀가 그 전날 자두를 쥐어 준 바로 그 소녀임을 알았다.

그날 저녁 식사 후 빈이 친구들 앞에서 자기 이야기를 하기 시작했다. 그는 성폭행으로 재판을 기다리고 있었다. "난 그년을 강간한 게 아니야. 한동안 사귄 사이인데다 분명히 그년도 그걸 원했어. 그런데 그 일이 끝나자 그년이 덤불에 앉아 큰소리로 엉엉 울어대는 거야. 지나가던 사람들이 달려와 날 끌고 온 거야."

나는 간수에게 잠깐 외출해도 되는지 물었다. 캠프의 규율은 아주 엄격했지만 사단장 조카라고 소문이 난 내게 모두 어느 정도 존경심을 갖고 있었다. 나는 안개 낀 밤에 이따금 별빛을 바라보며 2킬로미터를 마구 달렸다. 그 가게는 닫혀 있었다. 문틈으로 불빛이 약하게 새어나오고 있다. 나는 안에서 묻는 소녀에게 "담배 사러 왔어요."라고 대답했다. 문이 열리고 소녀의 얼굴이 나타났다. 손에 든 등 때문에 그녀의 얼굴이 장미빛으로 보였다. "당신이세요? 어쩐다지. 낮이면 안으로 들어오라고 할 텐데." 내 기분에 전염되어선지 그녀도 불안해했다.

"왜 지금은 들어갈 수 없는 거요?"

"안 돼요. 어머니는 저쪽 끝에 사세요. 전 여기 혼자 살아요." 그녀는 어리석게 이런 말을 다해버렸다. 내가 그런 말을 해도 해를 끼치지 않을 사람으로 보였나보다. "여기 이렇게 서서 말하니 불편하네요. 좋아요, 들어오세요." 나는 있는 돈을 다 털어서 담배를 샀다. 그 당시 가진 돈이 그것밖에 없는 게 유감이었다. 수중의 돈을 다 써버리기는 했지만. 분위기를 자연스럽게 하기 위해서 나는 담배에 불을 붙였다. 그러나 한 모금을 들이 마시고는 계속 콜록댔다. 걱정이 된 그녀가 내게 뭔가 마실 것을 주었다. "담배는 건강에 좋지 않아요." 그녀가 말했다.

"그럼 지금 당장 영원히 담배를 끊겠소."

"그럼 이 담배 도로 가져갈게요, 됐죠?"

"친구들에게 주면 되오."

그 순간 문 사이로 어린아이의 목소리가 들렸다. "헤이, 듀엔!" 그녀는 어쩔 줄 몰라 하며 속삭였다. "제 여동생이에요. 가세요 가세요. 시간이 날 때 언제든 들르세요." 그녀는 뒷문을 열고 빠져나가는 길을 속삭이며 알려주었다. 집 안에서 그녀는 다리 저는 것을 감추기 위해서 의자 등받이를 잡고 있거나, 문 모서리나 벽 모서리를 잡고 서 있었다. 그러나 심부름을 해야 할 때는, 어디에 기댈까?

매일 밤 나는 그녀를 찾아갔다가 감시병인 여동생이 나타나면 돌아오곤 했다. 그 여동생은 그녀와 아버지가 달랐다. 어머니는 그녀와 함께 자라고 여동생을 보낸 것이었다. 그러나 어느 날 밤 그녀와 나는 함께 침대로 갔다. 그녀의 정상인 발을 만질 때는 행복했지만, 그녀의 뒤틀린 발을 만질 때는 행복한 만큼이나 두렵고 고통스러웠다. 발이 뒤틀린 것은 여덟 살 때 병을 한 차례 앓고 난 후 부터라고 했다. 나는 그녀의 고통을 모두 보상해주리라고 결심했다. “안 울거죠?” 나는 물었다. 빈의 이야기가 떠올라 조금은 걱정이 되었다. 그녀는 “당신만 곁에 있으면 절대로 안 울어요.”라고 대답했다.

그녀 여동생의 익숙한 소리가 들릴 때까지 우리는 오래 동안 졸면서 거기 누워있었다. 그날 밤은 우리 둘만의 것이었다. 누구와도 이 신성한 밤을 나눌 수 없었다. 그녀가 큰소리로 외쳤다. “집에 가. 이미 불 *끄*고 자려는 참이야.”

“안 돼, 안 돼. 무서워.” 여동생은 등을 들고 한 블록을 걸어오면서 곧 언니 집에 들어갈 수 있으리라고 믿으면서 무서운데도 억지로 용기를 냈던 것이었다.

“빨리 안가면 귀신이 나와 널 덮칠 걸.” 아무 소리도 들리지 않았다. 아마 그 여동생은 울면서 뛰어가고 있었을 것이다. 스파이의 운명은 늘 비극적이기 마련이다.

듀엔의 어머니는 운 좋게 그 지역에서 가장 유능하고 잘 생긴 남자와 결혼했으나, 불행히도 늙은 시어머니가 잔인했다. 시어머니가 문 앞에 서서 동네가 떠나가도록 욕설을 퍼붓는 걸 견뎌야 했다. 듀엔의 아버지는 쿠왕 빈에 향목을 팔러 갔다가 호랑이에게 물려 죽었다. 아버지 제삿날마다 할머니는 어머니에게 "남편 잡아먹은 년"이라고 욕설을 퍼부었다. 듀엔이 열 살 나던 해 할머니는 더 심한 욕설을 퍼부었다. "남편 탈상도 하기 전에 다른 놈과 놀아나다니. 화냥년 같으니."

듀엔의 어머니는 시동생의 험담과 거짓말 때문에 시어머니가 자신을 미워하고 구박한다고 믿고 시동생에게 앙심을 품었다. 할머니가 죽은 뒤 듀엔은 제단이 있는 집에서 혼자 살았다. 어머니는 시동생이 듀엔에게 지참금을 조금 쥐어주고 시집을 보내버린 후 그 집을 자기가 차지할 음모를 꾸미고 있다고 생각했다. 어머니는 격분했다. "스무 살 밖에 안된 애한테 왜 그렇게 서둘러서 족쇄를 채우려는 거야? 날 봐. 아무리 못생겨도 남편 얻는 건 일도 아니야." 듀엔의 작은아버지는 근처의 멀쩡한 집에 살고 있으면서도 조카인 듀엔에게 전혀 신경 쓰지 않았다. 조카에게 구애하는 남자가 많으면 많을수록 좋을 일이고, 그래서 그 중 한 남자의 아이를 임신하면 그 남자와 결혼시키면 된다고 생각했다. 듀엔의 어머니는 "작은아버지는 아버지나 마찬가지인데 너무 무책임해. 내가 처음 시집왔을 때 밤에 화장실 가는 게 무섭다며 나더러 같이 가자고 해서 그 더러운 화장실 냄새를 맡아야 했지. 정말 기생충 같은 놈이야." 어머니는 시동생의 이기적인 계획을 망치려고 결심을 한 다음, 여동생을 보내서 듀엔을 철저하게 감시했다. 어머니는 누가 자주 이 집에 드나

들고, 누가 술집에 오래 머무는지 샅샅이 캐냈다. 딸이 아무에게도 시집을 가지 않고 그 집을 지키고, 시동생은 속이 상해 주길 바랐다. 결혼을 한 다음 그녀를 하노이에 데려가려는 내 계획의 가장 큰 방해물은 그녀의 어머니였다. 듀엔은 말했다. "당신과 함꺼라면 어디든 따라 가겠어요."

나의 군대 징역 기간이 끝났다. 빈의 강간 사건은 피해자와 그 가족이 사실 서로 사랑하는 사이라며 석방을 탄원해 해결되었다. 나는 잠깐 그와 여행을 했다. 빈은 말했다. "날 감옥에 보내더니 이젠 날 사랑한다고? 뭐, 어쨌든, 아내는 생겼어." 그에게는 모든 일이 순조로웠으며 나는 그게 부러웠다.

본대로 귀대해서 나는 닥 사단장을 만나 말했다. "저 결혼하려고요. 이 결혼 문서에 증인이 되어주시겠어요?"

"농담하니? 넌 겨우 스물한 살이야. 어머니께서 허락하셨어?"

"지금 당장은 허락을 받기 어려울 겁니다. 그래서 사단장님께 도와달라고 부탁드리는 겁니다."

닥 사단장은 인상을 찌푸렸다. "생각해보자."

이튿날 밤 사단장이 불렀다. "사람들을 보내 뒷조사를 해보았는데 이 사람들은 지주나 반동은 아니고 평민이야." 그는 이미 증인 서명란에 서명한 문서를 돌려주며 내 손을 꼭 잡고 조용히 말했다. "너희 둘 다 안됐다. 어떻게 그런 절름발이 여자와 잘 살 수 있겠어? 아마 네 어머니는 평생 날 원망할거야."

나는 듀엔을 찾아갔다. 그 지역 위원회의 장교는 듀엔에게 아주 호의적인 사람이라 우리가 원하는 대로 해주었다. 그는 혼인 신고를 해주고 혼인증명서도 주었다. 또 결혼식을 올릴 때까지 이 사실을 비밀로 해주겠다고 했다. 양가 부모를 설득하다가 행여 결혼을 못하게 될까봐, 듀엔과 나는 혼인 신고부터 했다. 그날 밤은 여느 밤과 마찬가지로 아무도 길에 없었다. 위원회 본부를 떠날 때 나는 듀엔이 다리를 저는 게 싫어 그녀를 번쩍 들어 산동네 길을 내내 안고 걸었다.

*

어머니가 계시는 집으로 돌아오자 나는 곧바로 본론으로 들어갔다. "어머니, 곧 아내를 얻으려고 해요."

어머니는 웃으면서 말했다. "누가 반대 하니? 원하는 수만큼 얼마든지 얻으렴."

나는 엄숙한 표정으로 어머니에게 듀엔의 사진을 건넸다. 가슴이 아플 정도로 온유하고 아름다운 얼굴이었다. "안 돼!" 어머니는 쫓기는 동물 사진이라도 본 것처럼 비명을 질렀다. "안 돼!" 전혀 예상치 못한 소식에 어머니는 침대에 쓰러지셨다. 그녀에게는 나의 귀향만이 즐거움이었다. 그리고 내가 돌아오면 다시 옛날의 꼬마로 돌아가, 다시 엄마와 함께 있는 아이, 아이와 함께 있는 엄마가 되리라고 예상했다. 그런데 갑자기 더 이상 자신의 아이가 그 꼬마가 아님을 깨달았다. 그녀의 보물을 완전히 산산조각 낼 균열이 시작된 것이었다.

나는 처음으로 사람들이 충격과 불행만으로 아플 수 있다는 것을 알았다. 어머니는 며칠이나 고열에 시달렸다. 사진 속의 처녀에 대해서도 이름, 나이, 가정환경 등 아무것도 묻지 않았다. 착한 여자든 나쁜 여자든 사진 속 여자는 자신의 외아들을 빼앗아가려는 것이었으며 어머니는 그 사실을 받아들일 수 없었다. 어머니는 아버지 제단 앞에 향을 피우고 기도를 하려했다. 어머니는 미군 전투기 파편으로 만든 작은 빗을 손에 꼭 쥐고 있었다. 아버지는 똑같은 빗을 두 개 만들어 틴-차우라는 글자를 새겼었다. 어머니에게 하나를 주고 나머지 하나는 늘 자신의 재킷 안주머니에 넣고 다녔었다. 그 빗이야말로 죽은 남편의 삶에서 남은 유일한 파편이었다. 어머니는 그 빗을 제단 위에 올려놓고 하루도 안 거르고 그것을 닦았다.

나는 뜨거운 석탄 위에 앉은 사람처럼 안절부절 어쩔 줄 몰라했다. 그 먼 산동네에서는 듀엔이 일분이 여삼추같이 나를 기다리고 있었다. 그녀가 한순간이라도 의심할까봐, 내가 그녀를 버렸다그 생각할까봐 걱정이 되었다. 나는 하릴없이 집에만 있을 수는 없었다.

나는 정신 나간 사람처럼 헤매었다. 나도 모르게 택의 길을 향했다. 고향에 돌아온 후 나는 잘 생긴 남자가 그녀의 집에 드나드는 사실을 알고 있었다. 한번은 문 앞의 공중 수도에서 그 남자가 발을 씻는 것을 본 적도 있었다. 그의 다리는 털이 많이 나있었다.

택은 혼자서 구운 오징어를 안주 삼아 조용히 술을 마시고 있었다. 그녀에게선 보기 드문 침묵이었다. 얼굴에는 눈물이 흐르고 있었다. 그녀는 복수를 원하는 사람의 손길로 오징어를 찢어댔다. 그녀가 건네는 술 한 사발을 단숨에 들이킨 후 나는 그녀의 방안을 들여다보다 VCR을 보았다. VCR은 쉽게 틀 수 있는 것이어서 그 안에 이미 넣어져 있는 비디오테이프를 돌렸다. 충격적인 영화였다. 포르노 배우들이 사랑하는 방법을 가르쳐주는 내용이었다. 나는 황급히 그것을 껐다. 보고 싶지 않아서라기보다 택의 앞에서 보기에 적절치 않아서였다. "넌 아직 너무 어려. 이런 영화는 네게 좋지 않아."라고 그녀가 말했다.

"그렇게 어리진 않아요. 곧 결혼할 건데요." 내 상황을 그녀에게 자세히 설명했다.

"왜 내게 일찍 말하지 않았니?"

"말한들 무슨 소용이 있겠어요?"

"아, 네가 아직 날 잘 몰라서 그래. 언제 그녀를 데리러 갈거니? 내일 아침에 가도 이미 너무 늦은 것 아니니?"

다음날 아침 우리는 무거운 가방 두 개를 역으로 끌고 갔고, 산동네 마을로 가는 버스를 탔다. 다리에 털이 수북이 난 녀석도 함께 갔다. 어머니에게는 거짓말을 해야 했다. 제대 서류에 실수를 해 수정을 하기 위해 군대 본부로 간다고 했다. 상인들이 탄 기차 안에는 물건들이 가득 차 있었고 여기저기 사람들이 누워 있었다. 어떤 여자가 날 밟고 가는 바람에 너무 아팠다. 그 여자가 택을 알아보고 물었다.

"누구랑 여행 중이세요?"

"젊은 애들 둘이랑."

"정말요? 나도 젊은 애랑 가긴 하는데. 한 명 밖에 안되지만."

그녀는 알겠다는 불편한 미소를 짓더니 열여덟 밖에 안된 젊은 애를 구석으로 끌고 간 뒤 나일론 돗자리를 깔고 함께 앉았다. 서서히 밤이 깊어가고 있었다. 담요 아래서 그 여자와 젊은이가 몰래 뒹구는 모습이 보였다. 여러 사람이 눈치를 챘지만 모두 조는 척했다.

택의 계획에 따라 우리는 먼저 딕 사단장을 만나러 갔다. "이런 중요한 문제에 왜 어머니께서 안 오셨냐?"

택이 끼어들었다. "몸이 안 좋은데다 며느리를 맞이하려면 집에 준비할게 많아서요. 난 이 아이 이모인데 대신 온 거예요."

사단장이 놀라며 물었다. "그럼 난 무슨 소용이 있니?"

"왜 그런 말씀을 하세요? 바오에게는 아버지나 마찬가지시잖아요. 제발 참석해서 자리를 빛내주세요. 아무 일도 안하셔도 되요. 모든 일은 제가 알아서 할게요."

듀엔의 가족은 이미 우리가 혼인 신고한 사이임을 알고 있었다. 며칠 전 듀엔의 작은아버지가 지금은 재혼한 예전의 형수를 포함해 사람들을 모두 불러 모아 가족회의를 소집하고, 자신이 듀엔의 남편감을 찾았다고 발표했다. 그는 듀엔이 이미 스무 살이고 모두 알다시피 예쁘고 착하긴 하지만 다리를 저니까 남편감을 찾기 쉽지 않고 따라서 너무 늦기 전에 가능한 한 빨리 결혼을 시켜야한다고 말했다. "전 아직 결혼하고 싶지 않아요."라고 듀엔이 즉시 대답했다.

어머니가 그녀의 말을 거들었다, "맞아요. 짚신도 짝이 있다는데, 걱정도 팔자야."

작은아버지가 되받아쳤다. "그럼 딸이 집구석에 처박혀 처녀귀신으로 늙어 죽어야 속이 시원하겠어요?"

어머니가 냉소적으로 웃었다. "자립적으로 혼자 사는 게 나아요. 나는 바보라 결혼을 두 번이나 했지만. 그래서 아는 거예요."

언쟁이 점점 심해지고 어머니가 몰리는 형국이 되었다. 그래서 할 수 없이 듀엔은 "전 이미 결혼했어요."라고 말하며 혼인 신고서를 모두에게 보여주고 말았다.

"차우 바오가 도대체 누구야? 어떻게 생긴 놈이야?"

"그는 착한 사람이에요. 죄수로 여기서 막노동을 했었어요."

듀엔 어머니는 손으로 얼굴을 감싸고 비명을 질렀다. 잠시 생각해 보더니 작은아버지가 말했다. "죄수지만 착한 사람이라는 거지. 좋아." 그는 듀엔에게 지참금으로 금화 두 닢을 주겠다고 했다. 그렇게 지참금을 많이 주는 것을 보면 그다지 막되어 먹은 사람은 아니었다. 그러나 듀엔의 어머니는 계속 발을 동동 굴렀다.

"욕심에 눈이 멀어서 저래." 그녀가 말했다.

며칠이 흘러도 내게서 소식이 없자, 듀엔의 어머니는 내가 미꾸라지처럼 빠져나갔다고 생각했다. 듀엔이 임신을 했다면 오히려 더 나을 뻔했다. 그러면 다른 남편감은 고려대상이 될 수 없었을 테니까.

지프차가 집 앞에 서더니 거기서 위풍당당한 장교가 내리자 듀엔의 어머니는 대경실색 했다. 닥 사단장은 듀엔의 의붓아버지와 함께 작은아버지를 불러 만났다. 택은 곧 이 집 아이들과 동네 아이들에게 사탕, 과자, 장난감 등을 나누어 주었다. 여자들 선물로 비단을, 남자들 선물로 플래시와 담배를 가져왔다. 그녀는 가져온 소니 카세트 녹음기에 차우아이 루옹 오페라를 넣은 뒤 크게 틀었다.

택이 사람들과 신나게 이야기하고 있는데 집 뒷편에서 옥신각신하며 값을 흥정하는 소리가 들렸다. 고개를 돌리자 그 다리에 털이 많이 난 사내가 삼베 부대에서 물건을 꺼내 동네 사람들에게 보여주고 있었다. 그녀는 손짓으로 남자를 불러 말했다. "창녀라도 남편에게 바칠 순정을 남겨둔다는 속담이 있잖아. 그러니 여기서 그런 쓰레기는 팔지 마. 알았지?" 그녀는 그에게 그 삼베 부대는 멀리 치우고 동네 사람들에게 선물이나 나누어 주라고 했다. 이 사람에게는 담배를, 저 사람에게는 스카프를 주라고 지시했다. 모두가 만족하여 신랑 칭찬이 대단했다.

동네 사람들은 따로 초대할 필요가 없었다. 소문을 듣고 동네 사람이 모두 모였다. 과자 접시와 사탕을 돌리자 현대식 결혼식이 되어버렸다. 사람들이 다 돌아간 후 저녁, 택과 듀엔의 어머니는 문을 닫고 침실에서 술을 마셨다. 듀엔의 어머니는 혼자 술을 마실 때마다 누렁이를 불러서 개의 등에 발을 얹은 후 개를 앞뒤로 미는 습관이 있었다. 그러나 지금은 불행을 가져온 모든 것을 짓밟는 것처럼 누렁이를 마구 차댔다. 두 여자는 눈물 바다였다. 어머니가 택의 손을 잡고 흐느꼈다. "날 이해해주는 사람은 자네 밖에 없네."

다음 날 아침 온 집안사람이 시원섭섭해하며 우리를 전송했다. 듀엔의 어머니는 택의 등 뒤에다 대고 큰소리로 말했다. "내가 곧 자네와 애들을 보러 가겠네."

나는 듀엔을 번쩍 들어 지프차에 태우고 그날 밤에 물었던 말을 다시 했다. "안 울거지?"

"당신이 곁에 있으면 절대로 안 울어요."

우리가 사단을 지나갈 때 딱 사단장이 나오더니 그 차로 하노이까지 가라고 했다. 나는 집으로 가서 며칠이나 초조한 날들을 견뎌야 했다. 듀엔은 택의 집에 머물면서 적당한 때 내가 어머니에게 이야기를 꺼내기를 기다렸다. 그러나 우리 두 사람 모두 방어적이었다. 어머니는 어머니대로 아무 말도 안했고, 나는 나대로 어머니에게 이미 결혼했다고 말해도 거절당할까봐 두려웠다. 다시 한 번 사진 속의 처녀와 결혼하겠다고 말해야 했지만, 그 순간이 두려웠다. 나는 늘 외출할 핑계를 만들어 몰래 택의 집에 갔다가 밤늦게 돌아왔다. 택은 사업으로 바빠서 거의 집을 비웠다. 하노이에 돌아와서야 듀엔은 택이 나의 진짜 이모가 아닌 걸 알았다. 그녀는 택에게 고마워하면서도 약간 의심했다. 그녀는 자신을 바로 집으로 데려가지 못하리라는 것도 감지했다. 계속 "우리 집"과 어머니에 대해 추궁해 알아낸 결과였다.

마침내 어머니가 심각하게 묻고야 말았다. "아직도 택의 집에 드나들지?" 나는 강하게 부인하며 고개를 저었다.

어머니가 날카롭게 말했다. "거짓말 마. 택이 집에 없는데도 왜 그렇게 그 집을 드나드는 거야?" 나는 두려움에 떨면서 가만히 있었다.

"오늘 아침 거기서 아가씨를 봤는데, 예의 바르게 보이지만 다리를 절더라. 그 아가씨는 누구니?"

나는 감히 거짓말을 할 수 없었다. 게다가 어머니는 날 떠보기 위해 질문을 한 것이었다. 어머니는 이미 사진으로 듀엔의 얼굴을 알고 있었다. "어머니, 바로 제 아내예요."

어머니는 아무 말도 안했다. 한참만에야 간신히 입을 뗐다. "그럼 벌써 결혼이라도 했단 말이니?"

"이리로 온지 벌써 일주일이나 되었어요. 쭉 택의 집에 살고 있었어요."

택의 이름을 대자마자 어머니는 다시 펄쩍 뛰며 화를 냈다. 슬픔보다 분노가 앞섰다. "안 돼, 안 돼. 그 집은 안 돼. 당장 이리로 데려오너라."

반나절 만에 모든 것이 일사천리로 진행되었다. 나는 듀엔을 집으로 데려와 어머니께 소개했다. 그러고 나서 우리 셋이 함께 오랫동안 구석에 처박아둔 침대를 꺼내고 집안을 정리했다. 어머니는 불쌍한 운명의 아가씨를 이해하고 동정했다. 동정은 분노보다 더 강했다. 어머니는 듀엔에게 집안 구석구석을 보여준 후, 부엌으로 데려가 프라이팬, 냄비, 액젓, 소금, 향료 등이 어디에 있는지 알려 주었다. 이 모든 일이 끝나자 어머니는 미열로 계속 앓아누웠다. 이웃의 의사가 와서 꼼꼼하게 진찰을 한 후 특별한 병은 없고 몸살이 나서 그런 것이라고 했다.

나는 내심 어머니가 깊은 슬픔으로 병이 난 것임을 알고 있었다.

*

이제야 어머니 심정을 이해하겠다. 며느리를 집안에 들이고 함께 사는 동안 내내 어머니는 모든 것을 잃었다고 느꼈던 것이다. 내 아들은 태어날 때 4.5kg이었고 보는 사람마다 감탄했다. 어머니가 기뻐하기는 했지만, 그 아이는 자신의 보물이 아니라 다른 사람의 보물이었다. 얼마 후 나는 듀엔에게 재봉틀을 사주었고 그녀는 양재 수업을 받으러 다녔다. 어머니가 아기를 돌보고 있는데 동네 사람이 달려왔다. 틀림없이 상을 탈 테니까 손자를 "튼튼 아기 대회"에 출전시키라고 했다. 어머니는 틀림없이 상이야 타겠지만 우리 부부가 어떻게 생각할지 모르니 출전시킬 수 없다고 했다. 우리가 좋아할지 싫어할지 몰라서였다. 그날 오후에 듀엔과 내가 돌아왔을 때는 대회는 이미 끝났고 우리 아들과는 비교도 안 되는 형편없는 아이가 이미 상을 탄 다음이었다. 그러나 나는 뭔가 끔찍한 일이 일어났음을 희미하게 감지했다. 어머니는 이제 이 집에서 자신이 아무런 힘도 없다는 것을 깨달았다. 내가 어머니의 유일한 보물이었으나 더 이상 그녀의 보물이 아니고 아기는 자신이 돌보기는 하지만 다른 사람의 보물일 뿐이었다.

우리는 아주 순진한데다가 인생 경험이 없어서 어떻게 하면 어머니의 생각을 바꿀 수 있는지 몰랐다. 그즈음부터 어머니가 정원에 있는 시간이 많아졌다. 뭔가를 찾는 것처럼 나무 밑이나 덤불 속을 뒤졌다. 어느 날 나는 몰래 지켜보았다. 어머니는 가만히 정원으로 가서 조심스럽게 여기저기 찾았다. 나뭇잎 더미마다, 돌마다, 나무 밑둥에 있는 흙더미마다 모두 뒤집어보았다. 그러다 마침내 찾던 것을 발견했다. 그것은 군용기 파편으로 만든 부모님 이름이 새겨진 금속 빗이었다. 어머니의 눈이 빛났다. 아버지가 지니고 다니던 빗을 찾아낸 것처럼 얼굴에 행복한 표정이 번졌다. 몽유병자처럼 행복에 겨워 그녀는 그 빗을 꼭 움켜쥐고 집까지 걸어가 제단 앞에 섰다. 그녀는 똑같은 빗, 즉 자신의 빗도 제단 위에 놓여 있길 바라며 그 빗을 제단 위에 놓았다.

동화 같은 일은 일어나지 않았다. 어머니가 들고 있는 빗은 그 전날 제단에 있던 바로 그 빗이었다. 아마 어머니는 빗을 정원에 숨겨놓고 돌아와서는 다시 찾아낸 것 같았다. 본인이 찾아낸 것이 자신의 빗임을 깨닫는 순간, 어머니의 몽유병은 끝났다. 대신 어머니는 긴 열병에 시달렸다.

그 후 몇 달 동안 예전과 달리 어머니는 넋이 나가 있었다. 여기저기 헤매면서 구리철사, 나사못, 쇠 조각 등을 주워 집으로 가져왔다. 그리고는 그것들을 펼쳐놓고 이어보려고 애썼다. 나는 아주 불행했다. 사람들은 모든 것을 잃어버렸음을 깨달은 후에야 잃은 것을 다시 찾아내어 이어보려고 한다. 어머니는 나를 잃었다고 생각하자 사라진 비행기를 찾는 것 말고는 희망이 없었다. 아무도 아버지가 죽었다고 말하지 않았고 따라서 어머니는 아버지가 비행기와 함께 사라졌을 뿐이라고 믿고 있었다.

어머니는 점점 기운이 빠졌다. 영양제로 하루하루를 버텼고 우리는 절망했다. 어느 날 어머니가 말했다. "어젯밤 꿈에 이장을 보았어. 내게 마을로 가서 회의를 하자는 거야. 그리고 모든 것이 예전하고 똑같아졌어." 마을 이장은 이미 오래 전에 죽은 사람이었다. 나는 어머니가 몸이 아프셔서 그런 꿈을 꾼다고 생각했지만 이틀 후 돌아가셨다. 그제서야 나는 사람이 육체의 병이 아니라 소중한 것을 잃은 후 시름시름 앓다가 죽을 수도 있다는 것을 깨닫게 되었다.

미망인은 죽은 남편의 파편이다. 어떤 미망인은 조용히 틀어박혀 살며 파편의 운명을 견딘다. 그러면서도 내내 모든 파편들을 찾아내 다시 잇는 일에 매달린다. 어떤 미망인은 몸소 길 여기저기에 뒹구는 파편이 되어 자신들의 슬픈 운명에 대한 복수로 더 운 좋은 사람들의 발을 찌르고 상처를 낸다.

하늘을 보는 것은 어머니가 싫어한 일일뿐 더러 사실 별을 세는 것은 어린아이나 할 짓이었다. 그러나 그날 밤 나는 혼자 정원 구석에서 별로 가득 찬 밤하늘을 보았다. 하늘을 가로질러 유성이 떨어졌다. 그때 나는 지상에 파편이 하나 더 생겼다는 것을 알았다.

*

어머니가 돌아가신 후 퇴근길에 한 잔만 하려고 술집에 들렀다가 번번이 만취가 되어 돌아왔다. 어머니 생전에는 집안 분위기가 음울했고 어머니 앞에서 감히 듀엔에게 애정 표시를 못했다. 속으로 어머니만 없으면 마음껏 듀엔을 사랑할 수 있으리라고 생각했다. 돌이켜 생각하니, 아들의 도리를 다하지 못했다는 생각이 들고, 어머니가 돌아가셨다고 그만큼 아내를 더 사랑하게 되지는 않았다. 오히려 아내에 대한 사랑이 식어버렸다. 어머니는 자신의 돈의 사랑과 함께 영원히 떠나신 것이다.

무엇에 이끌려서 였는지, 어째선지 나도 모르게 택의 집안으로 들어섰다. "한잔 해." 하고 그녀가 말했다. 그녀는 내게 술을 한잔 따라주었다. 그리고 일어나 향을 켠 다음 조그만 소리로 기도를 했다. 그리고 나서 함께 술을 마셨다. "네 어머니는 너무 일찍 돌아가셨어. 내가 염을 할 때 보니 얼굴이 잠든 사람 같았어. 아직도 젊고

앳되어 보였어" 그녀는 울기 시작했다. "전에 네 어머니가 한 말이 옳았어. 난 쓰레기야." 몽롱한 상태였지만 이런 식으로 일이 돌아가자 불현듯 겁이 났다. 잠시 후 그녀는 눈물을 닦더니 말했다. "영화 볼래?" 나는 몸서리를 치며 고개를 흔들었다. "아니, 그런 영화 아니야." 그녀가 말했다. "러브스토리야. 아주 행복하게 끝나는. 사랑을 알면 행복해지지." 그렇게 이상적인 사랑은 진정한 행복일 것이다. TV화면에서 배우들은 환상적으로 플라토닉한 사랑을 했다. 그러나 나와 택은 영화에서와는 달리 지상의 사랑을 나누었다.

시간이 흘러가도 어머니를 잃은 상처가 가시지 않았다. 그러던 어느 날 실종된 비행기가 인적이 드문 깊은 골짜기의 숲에서 발견되었다는 소식이 왔다. 그 소식은 너무 늦게 도착했고, 어머니는 너무 일찍 세상을 떴다. 나는 아버지가 늘 지니고 다니시던 빗을 받았다. 마침내 두 개의 빗이 이어졌지만, 재단 위에서 뿐이었다.

몇 달 동안 택의 집 문에는 판자가 쳐져 있었다. 그녀가 어디로 갔는지 알 수 없었다. 어느 날 우연히 한때 택의 애인이었던 잘 생긴 젊은이를 보았다. 그는 진홍색 소형 혼다70의 운전석에 앉아 한 발을 올리고 앉아 있었다. 누군가를 기다리고 있는 듯 했다. 나는 아는 척하며 물었다. "택이 어디로 갔는지 아세요?"

그는 회피했다. "어떤 택 말이오? 택이라니? 모르는 사람인데요. 이상한 걸 묻네."

나는 당황해서 물러섰다가 곧 다시 돌아와 단호하게 말했다. "꼭 말해줘야겠소. 말하지 않으면 여기서 꿈쩍도 안하겠소.”

그는 잠시 생각해보더니, 좌우를 살핀 후 나지막이 말했다. “감옥에 갔어. 이걸로 끝이야. 너와 나 사이에는 더 이상 아무 것도 없어. 알았지?”

나는 곧바로 가지 않았다. 나는 그의 반바지 밑으로 보이는 굵은 허벅지를 보며 서 있었다. 그의 다리에는 털이 많이 나 있었다.

나는 통조림 몇 통과 과일을 좀 사가지고 택을 면회하러 갔다. 넓은 테이블을 사이에 두고 우리는 서로 마주보았다. 그녀는 누군가가 자신을 면회하러 오리라고는, 특히 내가 오리라고는 기대하지 않았다. 그녀는 조용히 울었다. “난 이제 정말 쓰레기야.” 내가 막 일어서려고 할 때, 그녀가 말했다. “이 세상에 착한 사람이 있다는 걸 이젠 더 이상 믿지 않아.” 어떻게 위로해야 할지 몰라 나는 그냥 가만히 있었다. “신도 마찬가지야. 신이 선하다면 우리 둘을 맺어주셨을 거야.”

나는 집으로 왔다. 듀엔은 집 앞에서 바쁘게 움직이다가 무언가에 걸려 넘어졌지만 크게 다치지는 않았다. 나는 그녀를 번쩍 안고 집 안으로 들어왔다. 동정심 때문에 그녀를 만난 것이 옳았다는 생각이 그 어느 때보다 확고해졌다. 사랑만으로 맺어졌다면, 결국 그 사랑은 말라버렸을 것이다. 동정심과 결혼으로 맺어졌기 때문에 그녀와 나는 영원히 함께 살 수 있는 것이다. 내가 한 번도 바람을 피운 적이 없다고는 할 수 없지만, 그녀를 버릴 생각은 전혀 없다. 이런 결론에 이르자, 집을 팔고 아내와 아이를 데리고 먼 곳으로 이사를 가 숨어 살아야겠다는 생각에 사로잡히게 되었다. 그것만이 우리 가족의 행복을 지키는 길로 보였다.

결정을 내리지 못하고 동요하다가 듀엔에게 의견을 물었다. 그녀의 대답은 이랬다. "여기가 제일 좋은 걸요. 이사를 왜 가요!"

그날 이후 난 택이 돌아오면 어떡하나 하고 늘 고민에 빠져있다.

설치예술

한 장의 사진.

캡슐 약 한 병.

샘소나이트 여행가방 하나.

옷장에 걸어 놓은 셔츠와 바지.

37호실에는 단지 이것들만 있었다. 오전 10시. 손님이 밖을 나간 후 룸서비스 직원이 방에 들어갔다. 옷장에 걸려있는 옷으로 보아 이 방 손님은 남자였다. 바지 길이는 거의 1.1미터 정도였고 셔츠 사이즈는 42였다. 키가 크고 체격이 큰 남자임이 틀림없었다. 남자 향수 냄새가 아직도 방안에 은은했다.

흑백사진 한 장이 있었다. 20년보다도 한참 전에 찍은 것이 틀림없다. 서호(西湖) 배경이었다. 사진 뒤로 보이는 호숫가는 지금과는 다르게 마치 넓은 바다의 만(灣)처럼 멀리 있었다. 지금은 마을의 여느 연못만 했다. 사진 속의 젊은 남녀는 학생처럼 보였다. 소년의 한쪽 손이 여자의 어깨 위에 있었다. 어깨 뒤로 올린 손의 손톱이 반쯤 보였다. 둘은 가까운 사이인 것처럼 보였지만 어깨 위의 손은 어색했다. 수줍은 듯 소녀는 소년으로부터 좀 떨어져서 서있고 싶어 하는 것 같았다. 그들은 친구사이일 수도 있고 연인사이일 수도 있었다. 그러나 부부사이는 분명히 아니었다.

사진은 침대등 옆의 탁자 위에 있었다. 직원이 침대등을 켰을 때 두 젊은이의 얼굴은 환해졌다. 그녀는 활력이 넘치고 편안하게 보였다. 양 볼의 보조개가 그녀를 우아하게 보이게 했다. 소년의 눈은 젖어 있었다. 막연한 우울함이 배어 있었다.

작은 약병 하나가 사진 옆에 있었다. 병을 흔들 때마다 안에서 캡슐 소리가 났다. 상표가 낯선 언어로 되어있어서 직원은 내용물을 알 수 없었다.

소파 위에는 작은 여행용 가방이 있었다. 목적지가 적혀있고 인식용 바코드가 인쇄된 항공사 수하물 스티커가 손잡이에 붙여져 있었다. 호치민-하노이. 직원은 소파를 닦으려고 가방을 들었다. 가방의 지퍼는 완전히 끝까지 올려져 있었다.

*

앞에서 말한 물건들.

빨아서 널어놓은 두 장의 속옷.

주사기 한 세트.

개봉 안 한 인슐린 튜브 두 개.

직원은 주사기를 보고 순간 무척 당황했다. 다행히도 마약은 아니었다. 곧 안정을 찾았다. 남자는 당뇨병을 앓고 있었다 게다가 주사기들은 호텔 옆 서호 주변의 숲 이곳저곳에 함부로 버려진 허접한 주사기가 아닌 병원에서 실제로 사용하는 제대로 된 좋은 주사기였다.

사진이 떨어져 침대등 옆의 탁자다리에 모로 기대 있었다. 모로 떨어져 있는 사진은 우연하게도 두 사람이 마치 어색한 자세로 나란히 누워있는 것처럼 보이게 했다. 여자가 위에 누워있고 남자가 아래에 누워 있는 것처럼 보였다. 직원은 사진을 원래 자리에 올려놓았다. 감상적으로 보이는 젊은 남자의 젖은 눈을 보면서 직원은 아련한 기억속의 옛날 남자친구 얼굴을 떠올렸다. 이런 눈을 가진 사람이 한 명 더 있었기 때문이었다.

직원은 갑자기 어제 일을 기억했다. 어제 어둑해질 무렵 낮 근무를 마치고 퇴근하려고 호텔 문을 막 나서려할 때 한 여자가 자기 옆

을 스쳐 호텔 안으로 들어갔었다. 낯이 익은 사람이었다. 투숙객 중
의 한 명 정도로 생각하곤 이내 잊었다. 그런데 지금 사진을 보니 어
제 호텔 앞에서 마주친 그 여자도 두 볼에 보조개가 있었다는 것이
기억났다. 그 여자가 바로 사진 속의 이 여자였다. 어제 바로 그때가
이 여자가 이 남자를 만나기 위해 호텔로 들어오던 길이 었었다.

쓰레기통 안에는 다 쓴 인슐린 튜브가 버려져 있었다. 사용한 콘
돔도 세 개가 있었다. 직원은 쓰레기를 쓰레기 수거용 큰 통에 옮겨
붓고 방을 나갔다.

직원은 밤이 되었지만 일이 아직 끝나지 않아서 퇴근을 할 수 없
었다. 이 덕분에 직원은 그 남자 얼굴을 다시 볼 수 있다고 생각했
다. 또한 운이 좋으면 그 여자도 다시 볼 수 있으리라. 직원은 이 남
자를 만나기 위해 그 여자가 다시 호텔에 올지도 모른다고 생각했
다. 하지만 직원은 늦은 밤 퇴근할 때까지 두 사람 중 어느 누구도
보지 못했다.

*

사진은 침대 옆 탁자 위로 떨어진 채 뒤집혀 있었다. 사진 뒷면
에는 볼펜으로 쓴 숫자가 적혀 있었다. 1982년 5월 2일.
개봉한 인슐린 튜브 두 개.
사용한 콘돔 두 개.

이것들이 전부 쓰레기통 안에 담겨 있었다.

욕실 한구석에는 꾸깃꾸깃 접은 종이가 타고 난 검은 재가 있었다.

직원은 재를 물로 씻어냈다. 몇몇 종이는 완전히 타지 않았다. 학생들이 주로 사용하는 보라색 잉크로 오래전에 쓴 편지의 일부였다. 여자 아이의 글씨체로 너를 이해하고 여전히 보고 싶다는 말이 적혀있었다. 구입 명세서도 있었는데 거기에는 별 의미 없는 숫자들이 적혀 있었다. 직원은 미처 다 타지 않은 종이들을 쓰레기통에 넣었다.

캡슐 약병, 주사기 세트, 욕실에 널어놓은 속옷, 거울 장에 걸어두었던 옷들, 이것들이 다 사라졌다. 가방 속에 넣어놓은 것이 분명했다. 가방의 지퍼는 여전히 완전히 끝까지 채워져 있었다. 손님은 퇴실 준비를 하는 것이 분명했다. 아마도 호치민으로 돌아갈 것이다.

방청소를 끝낸 후 직원은 사진 속 남자를 다시 한 번 보았다. 직원은 사진 속 남자에 빠져 있음을 스스로 인정해야 할 정도로 사진 속 남자에게 끌렸다. 직원은 사진을 원래의 자리에 올려놓고 방을 나왔다.

정오. 오시(午時). 호수의 왕이 그 시간까지 호수에 남아있던 사람들의 목숨을 앗아가는 시간. 서호에서 소란이 일었다. 사람들이 우왕좌왕 뛰었다. 누군가가 물에 빠졌다는 다급한 소리가 들렸다. 종종 있는 일이었다. 호텔 직원들은 감히 밖으로 나가지 못하고 창문으로 머리를 내밀고 쳐다볼 뿐이었다. 나뭇잎이 시야를 방해했다. 그들은 누가 죽었고, 언제 죽었고, 그리고 시체가 하늘을 보고 똑바로 누워 있느냐, 아니면 엎드려 있는가(*베트남 사람들은 물에 빠져 죽을 때 남자들은 엎드려서 죽고 여자들은 하늘을 보고 똑바로 누워 죽는다고 믿는다.-역자주)에 관해서 큰소리로 묻고 답했다. 이야기들이 다 달랐다. 질문과 대답이 한참동안 소란스럽게 오고갔지만 어느 누구도 물에 빠진 사람이 죽었는지 살았는지 확실히 몰랐다. 그들이 아는 것 전부는 물에 빠진 사람이 남자라는 것뿐이었다.

직원의 심장이 쿵쿵 뛰었다. 예감이 좋지 않았다. 갑자기 마치 어떤 힘에 끌리듯 직원은 37호실을 향해 달리기 시작했다. 가방은 여전히 같은 곳에 있었다. 모든 물건들은 아마도 가방 속에 있을 것이다. 사진이 바닥으로 떨어졌다. 직원은 재빨리 사진을 집어 제자리에 놓았다. 이때 침대등 옆에 놓여있는 종이 한 장이 눈에 들어왔다. 만년필로 쓴 두 줄의 문장을 읽었다.

어느 누구의 잘못도 아니다.

내가 나의 운명을 결정했다.

세 번째 줄에는 서명이 네 번째 줄에는 이름이 적혀 있었다.

*

그 여자.

그 직원.

객실에서 모아온 베갯잇과 침대 시트.

다음 날. 직원은 손님들이 사용한 베갯잇과 침대 시트를 수거해서 내려왔다. 세탁실로 막 옮기려고 할 때 양 볼에 보조개가 있는 그 여자가 들어왔다. 직원은 사진 속 그 여자를 수없이 많이 봤다. 그런데 지금 그 여자가 사진 속에서 나와 직원의 눈앞으로 걸어오는 것이 아닌가! 그 여자는 어제 37호실 손님에게 일어났던 일을 모르는 것이 분명했다.

직원은 사진 속 소년과 소녀에게 연민을 느꼈다. 직원은 그 여자가 호텔 프런트 직원으로부터 어제 일어난 일에 관한 이야기를 듣지 않기를 바랐다. 직원이 그 여자에게 가서 모든 이야기를 직접 해줄 수도 있었다. 그러나 지금은 모든 것이 다 끝났다. 모든 이야기는 이미 다 끝나버렸다. 어서 호텔을 떠나세요. 정 그 남자를 찾고 싶다면 호텔이 아닌 다른 곳에서 찾아보세요. 호텔로 들어가서 그를 찾는다면 경찰의 수사를 받을 수도 있어요.

저는 당신을 알고 있습니다. 직원이 그 여자에게 짧게 말했다.

그러세요? 고맙습니다. 그 여자는 직원의 건넨 말의 의미를 모르는 듯 했다. 그녀의 눈은 말라 있었다.

저는 당신을 알고 있답니다, 직원이 재차 말을 건넸을 때 그 여자는 이미 직원의 시야에서 사라졌다. 그 사진은 직원의 지갑에 있

었다. 37호실에서 발견한 그 남자의 메모만을 호텔 사장에게 보고
를 하고 사진은 자신이 가졌다. 이유를 그녀도 몰랐다.

*

37호실 방문이 봉해졌다.
남쪽 사투리를 쓰는 여자.
핸드백 안에 있는 석 장의 손수건.
호텔 사장.
그 직원.

그날 오후, 호텔 사장은 봉인되어있던 37호실을 열라고 그 직원
에게 지시했다. 사장 옆에는 한 여자가 서 있었다. 그 여자는 비행
기를 타고 호치민에서 왔다. 사장은 봉인을 뜯어내고 문을 열었다.
그리고 가방을 여자에게 돌려주었다. 남자가 너무 가여워요. 너무
안됐어요. 그 여자는 불쌍하다는 말을 되뇌었다. 눈물이 흘러내렸
다. 손수건으로 눈물을 닦으려고 하였지만 들고 있던 손수건은 이
미 젖어 있었다. 핸드백을 열어 다른 손수건을 찾았다. 직원은 이를
유심히 보았다. 핸드백 안에 또 다른 손수건이 준비되어 있는 것을
보고 놀랐다.
봉인은 제거되었고 방은 깨끗이 청소되었다. 37호실은 다시 새

손님을 맞을 준비가 되었다.

*

한 장의 사진.
캡슐 약 한 병.
샘소나이트 여행가방 하나.
옷장에 걸어 놓은 두 벌의 셔츠와 바지.

반년 후. 직원은 청소를 하기위해 36호실에 들어갔다. 경악. 똑같은 여행 가방이 거기에 있었다. 항공사 스티커는 없었다. 옷장에 걸려있던 옷과 똑같은 옷들이 전부 다 거기에 있었다. 직원은 셔츠 사이즈와 바지 길이를 기억하고 있었다. 약병을 흔들 때마다 캡슐소리가 병 안에서 났다. 상표가 낯선 언어로 되어있어서 내용물을 알 수 없었다.

직원은 지금 자신에게 일어나는 것이 현실이 아니라 꿈이라고 생각했다. 그러나 침대등 하단에 놓인 사진이 현실이라고 말해주고 있었다. 사진 속에는 이전 사진에서 보았던 바로 그 소년과 소녀가 다른 세 명의 소년들과 같이 있었다. 이 세 친구들은 장난치듯 사진에 나오려고 자신들의 어깨를 소년과 소녀에게 밀착시키고 있었다. 소년과 소녀는 어쩔 수 없는 양 옆으로 조금씩 밀려나고 있었다. 소년의 눈은 여전히 젖어 있었고 소녀의 보조개는 여전히 예뻤다.

직원은 저는 당신을 알고 있습니다라고 그 남자에게 속삭였다. 마치 그 남자가 자기 바로 앞에 서 있기라도 한 것처럼.

저는 당신을 알고 있습니다. 오랫동안 만나지는 못했지만요

그 남자는 미소만 지을 뿐이었다. 베트남 사람들은 당황할 때 이를 미소를 이용하여 감춘다.

직원은 오늘 가족 모두가 시골로 휴가를 떠났기 때문에 집에 일찍 갈 필요가 없다는 이유로 연장근무를 자원할 요량이었다. 직원은 늦게까지 기다렸다가 지난번에는 37호실에 묵었었고 이번에는 36호실에 묵고 있는 이 손님이 누구인지를 확인해 볼 작정이었다. 이번에는 그 남자에게 직접 말을 건넬 것이다. 저는 당신을 알고 있습니다라고.

*

설치 예술가는 이 소설의 작가가 주사기 세트와 당뇨병 약을 잊어버린 것을 알려줄 것이다. 또한 사진이 여전히 그 직원의 지갑에 있다는 것도 상기시켜 줄 것이다.

솔직히 나는 주사기와 당뇨병 약을 잊고 있었다. 그리고 몇몇 인물들도 잊고 있었다. 재료와 구성이 설치예술에서는 종종 흔적도 없이 사라진다. 또한 예술가도 마찬가지로 사라진다.

음식쓰레기와 욕정

부인은 기이한 재능 탓에 종종 일을 엉망으로 만들곤 했다.

그리고 그녀 스스로 모든 상황을 망쳐버리곤 했다.

오늘 밤 같은 경우. 그녀는 목욕탕 욕조에 입욕제를 채우고, 유혹적인 향기에 몸을 담그며 무진 애를 썼다. 그녀는 방향(放香)초 위에 향기로운 오일판의 중앙에 놓인 방향초를 켜 방안에 장미 향기가 나게 애썼다. 그녀는 테이블에 꽃병도 올려놓았다. 침실 구석에서는 연기가 나지 않는 초 두 자루가 반짝거렸다. CD앨범에서는 세레나데가 방안을 채웠다.

이 모든 것이 남편을 위해서였다. 욕정을 불러일으키기 위한 것이었다. 그를 유혹하기 위해서였다. 그리고 부인은 자기가 소망하던 목적을 달성했다. 남편이 아내의 엉덩이를 팔로 감싸더니 사람들이 밀봉된 컨테이너 박스를 뜯기도 전에 끌어당기듯이 아내를 자기 쪽으로 끌어당겼다. 이 경우 그는 컨테이너 박스를 더듬으며 뜯을 수 있는 전권을 가졌다. 안쪽에 대단히 값진 선물이 담긴 것 같았다.

그러나……

이 컨테이너 박스가 침대에서 갑자기 뛰어올랐다. 죽은 물건의 역할을 그만 두더니 부인이 갑자기 제정신이 들었다. 말하자면 모든 악취에 민감한 여성이 되었다. 그녀의 두 눈이 번뜩였다. 오른쪽으로 미끄러졌다가 왼쪽으로 다시 오른쪽으로. 그녀의 코가 계속 오그라들어 킁킁 냄새를 맡았다. 오른쪽에서 왼쪽으로 다시 오른쪽으로. 그녀는 집게손가락으로 계속 방향을 가리키면서, 냄새 나는 장소를 알아내려는 듯이 계속 두드렸다. 오른쪽으로 그리고 왼쪽으로 다시 오른쪽으로.

"이 방에 죽은 쥐가 있어." 그녀가 중얼거렸다.

"이 방에 죽은 쥐가 있다고" 기도문을 읊조리듯이 그녀가 다시 말했다.

남편이 흐느껴 울었다. 이상한 방해를 받아 방금 대어를 놓친 어부처럼.

그러나 놓친 물고기가 얼마나 큰 것이었는지는 중요하지 않았다. 부인은 저녁 때 기울인 모든 수고의 목적을 재빨리 잊었다. 부부는 침대를 뒤집어 쥐를 찾기 시작했다. 둘은 가장 어두운 곳을 전등으로 비추었다. 요란한 소리를 내며 서랍도 잡아 빼고 상자와 찬장을 확 열어젖혔다. 마침내 남아있는 죽은 쥐의 냄새를 따라가다 그녀는 죽은 쥐가 있는 장소를 찾아냈다. 그녀는 날카로운 비명을 질렀다. 죽은 쥐였다. 여전히 세레나데가 흘러나오는 CD플레이어 바로 뒤에 죽은 쥐가 있었다. 장미 향기가 나는 방향오일판에서 머지않은 곳이었다. 저녁 7시 경에 죽은 것 같았다. 부인이 대기 중에서 지독한 악취를 맡은 바로 그 순간에 쥐가 썩어 악취를 풍기기 시작했다. 즉시. 일초도 지체 없이. 그 쥐는 남편이 사온 쥐약을 먹고 죽어서 구석에 처박혔던 것이다. 쥐약은 붉은 색으로 염색한 쌀알과 이 쌀을 먹은 후 죽은 쥐들이 서둘러 밝은 장소로 나올 것이므로 찾을 필요 없다고 쓰인 포장지로 되어있었다. 죽은 시체만 수거하면 되었다. 하지만 현실은 늘 라벨 딱지와 달랐다.

베트남인들은 특정 분야에 두드러진 사람을 도사라고 부른다. 그래서 남편은 냄새를 잘 맡는 자기 부인의 별명을 '냄새 여도사'라고 붙였다. 그녀는 냄새를 잘 맡는 개처럼 어디서나 냄새가 나면 킁킁 맡을 수 있었다. 그날 저녁 남편은 음식 쓰레기통을 들고 계단을 내려가 아파트 블록 끝에 있는 음식 쓰레기통에 비웠다. 그리고 나서 자신의 아파트로 돌아와 부엌에서 통을 씻은 후 자신이 해야 할 의무를 감탄스러울 만큼 수행했던 것이다. 그러나 저녁을 먹은 후 냄새 여도사가 뭔가 이상한 냄새를 맡았을 때마다 하던 식으로 코를 벌름거리기 시작했다. 썩은 레몬 냄새가 난다고 했다. 음식 쓰레기통에 틀림없이 뭔가 남아 있어. 다 쏟지 않았어. 틀림없이 통 안쪽

어딘가에 레몬 껍질이 있을 거야. 남편은 음식 쓰레기를 버리는 사람으로서 중요한 일을 조심스레 자신 있게 해냈다고 생각했다. 그는 냄새 여도사가 냄새를 상상한 거라고 굳게 믿고 있었다. 이제 냄새 여도사는 냄새 맡는 기술이 절정에 달해 이 레몬이 그들에게 익숙한 레몬과는 아주 다른 이상한 레몬이라고 당당히 말할 수 있었다. 그녀는 큰 노란색 껍질에 싸인 오렌지처럼, 크게 잘게 썬 레몬이라고 주장했다. 이제 냄새 여도사는 새로운 망상에 사로잡혔다고 남편이 주장했다. 이 집에서는 그런 레몬을 먹은 적이 결코 없었다.

좋아, 내기를 하자고 아내가 말했다. 만약 냄새 여도사가 지면 아내가 남편 대신 일주일 내내 오후 6시에 음식 쓰레기통을 들고 나가기로 했다. 남편이 지면 설거지와 함께 쓰레기 버리기 프로라는 숭고한 저녁 임무를 계속 하기로 했다.

물론 남편이 졌다.

그들은 부엌을 뒤졌으나 처음에는 어떤 물체도 찾을 수 없었다. 그러나 그때 냄새 여도사가 찾았다고 소리를 지르자, 남편은 자신이 쓰레기를 버리는 처지에서 벗어날 수 있을 거라는 자신이 더 이상 없었다. 의기양양하게 부인이 쓰레기통을 뒤집었다. 플라스틱 통 밑바닥에 끈적끈적하고 물기 있는 레몬 껍질, 잘게 썬 노란색 껍질의 오렌지색 손처럼 큰 것이 단단히 붙어있었다. 8조각으로 잘린 껍질 한 조각이었다. 그제야 비로소 남편은 자신이 음식쓰레기 짐수레에 통을 비운 후 통을 나뭇가에 두고 야외에서 팔과 어깨를 푸는 운동을 했었다는 걸 기억했다. 냄새 여도사는 남편이 자신의 유일한 의무를 등한히 했다고 귀찮게 들볶았다.

음식쓰레기통에서 들려오는 댕그랑 종소리가 그를 지배했다. 그 종소리는 유령 같았다. 매일 저녁 6시 길거리에서 댕그랑댕그랑 소리가 들리면 그는 벌떡 일어나 통을 들고 아래층으로 향했다. 물론 그는 통을 깔끔하게 준비했다. 가득 찬 백은 반으로 나누어 덜었다. 부피가 큰 백은 작은 것에 담아 넣었다. 하나도 흘리지 않도록 조심스럽게. 집안에 음식쓰레기가 조금이라도 있다면 냄새 여도사가 그걸 찾아내려고 밤새 온 집안을 뒤질 것이다. 그녀는 들볶으며 투덜거렸다. 음식쓰레기가 그들 인생의 적이었다. 음식쓰레기통에서 울리는 댕그랑 소리는 그의 꿈속에서도 울렸다.

그러나 냄새 여도사가 진 경우가 딱 한 번 있었다. 그녀는 냄새를 감지했지만 어디서 나는 것인지를 단정할 수 없었다. 근원을, 원인을, 이유를 찾아내지 못했다. 그녀는 저녁 내내 남편 곁에 붙어있었다. 그는 컴퓨터 옆에 앉아있었다. 하루 종일 일하느라 사무실의 컴퓨터 앞에 앉아있었고 매일 저녁 집에서 똑같은 일을 했다. 일에 중독된 것이었다. 새로운 성분의 마약. 끊기 어려운 그리고 표적 주위를 빙빙 도는 정찰기처럼 그의 주위를 배회하는 냄새 여도사가 여기 있었다. 그가 물었다. 또 무슨 일이야? 그의 목소리에는 짜증이 섞여 있었다. 어떤 빌어먹은 가상의 냄새 때문에 냄새 여도사가 밤새 온 집안을 막 쿵쾅거리며 뒤질 게 두려웠다. 냄새 여도사는 묵묵부답이었다. 그녀는 오로지 냄새와 쿵쿵거리며 냄새를 맡는 기관(器官)에만 집중하고 있었다. 그녀의 코는 공기 중 조금이라도 풍겨오는 냄새에 민감했다. 그녀는 그의 주변 공기에서 풍기는 남편 몸에서 나는 냄새를 가볍게 감지했다. 냄새 여도사는 조용히 목표지점으로 다가갔다. 혼자 중얼거리며. 바보 같으니! 내 정신 좀 봐! 그녀가 느닷없이 남편의 오른손을 낚아채 들어올렸다. 그리고는 왼손을 확 잡아당겼다. 그는 양손을 허공에 쳐든 채 항복한 군인처럼 앉아있었다. 부인이 남편의 양쪽 겨드랑이에서 쿵쿵 냄새를 맡았다. 아니야. 분명히 아니야. 거기서는 고약한 냄새가 나질 않아. 더구나 그는 겨드랑이에 탈취제를 사용하여 냄새가 나지 않게 하고 있었다. 겨드랑이에서는 악취가 날 수 없었다. 고약한 냄새가 난 적이 없었다.

그것은 해결할 수 없는 미스터리었다.

냄새 여도사가 미친 걸까? 그녀는 냄새에 민감했다. 그녀는 냄새에 사로잡혀 있었다. 그녀는 냄새에 사로잡혔다. 그녀는 냄새 때문에 시끄러웠다. 이제 그녀는 냄새 때문에 혼란스러웠다.

그녀의 혼란을 가중시킨 일이 또 하나 있었다. 남편이 5일 동안 사업차 남쪽으로 출장을 갔다. 5일 동안 냄새 여도사는 아래층으로 내려가 손수 음식쓰레기통을 비웠다. 그런 다음 그녀는 그녀의 아파트로 다시 올라갔다. 평소와 다름없이. 하지만 두 번이나 다른 사람의 아파트로 갔다. 두 번이나 자신도 모르게 위층으로 바로 올라가 두리번거리다가 3층에 있다는 걸 갑자기 깨달았다. 이럴 수가 있을까? 그녀의 아파트는 3층이 아니라 2층이었다. 두 번씩이나 똑같이 315호 문 앞에 서있다는 걸 알았다. 문의 숫자를 더해보니 9였다. 9는 행운을 알아맞히는 모든 게임에서 인기 있는 숫자였다. 냄새 여도사는 문 앞에서 숫자를 유심히 살피며 서서 한동안 머뭇거렸다. 쫓던 대상을 어느 지점까지는 몰래 접근했지만 그 대상의 흔적을 잃어버린 노련한 탐정처럼. 그러나 단서를 찾지 못해 탐정은 여전히 미심쩍어 했다.

왜 그녀는 엉뚱한 아파트로 가려했을까? 두 번이나. 마치 그녀는 자기 집으로 갈 때의 공간과 색, 그리고 빛이라는 평상시 기준을 사용하지 않은 것 같았다. 하지만 대신 어떤 냄새를 따라갔다. 그녀가 냄새로 아파트의 위치를 알아내려 했다면 실수한 게 틀림없었다. 심각한 실수를.

분명히 남편이 출장에서 돌아왔을 때 그녀는 냄새 이야기를 하지 않았다. 냄새 여도사가 신용을 상당히 잃을 수도 있었던 것이다.

*

사실 냄새 여도사는 지독한 겨드랑이 냄새를 찾는데 실수한 적이 없었다. 그 이유는 사건이 발생한 순서대로 곧 밝혀질 것이다.

그 사건은 이렇게 시작한다. 날마다 오후 6시경 남편은 음식쓰레기를 버리러 내려가 단지 끝까지 갔다. 댕그랑댕그랑. 그는 벨소리를 들었다. 그는 자동적 반응을 보였다. 그것은 과거의 조건반사에 해당하는 문제였다. 모두 종소릴 듣고 학교, 공장, 혹은 교회에서 식사를 한다. 종소리를 듣고 군대에서 훈련을 받는다. 전시에는 적군 항공기가 올 때 이웃과 지역에 경고하기 위해, 그리고 공습경보를 해제하기 위해 정말로 경보를 사용했다. 댕그랑댕그랑. 남편은 음식쓰레기통을 잽싸게 집어 들고 달렸다. 늦을 경우 쓰레기를 담은 짐수레를 따라잡기 위해 마라톤을 해야 했던 것이다. 그는 절대로 늦지 않으려 했다. 일분이라도 늦으면 냄새 여도사가 꽥 소리를 지를 것이다. 음식쓰레기 짐수레! 음식쓰레기 짐수레! 한번은 짐수레가 바람 속 유령처럼 눈 깜짝할 사이에 지나가버려 약 1킬로를 뒤쫓아 달려가야 했다. 헐떡거리며.

유령 같은 짐수레를 추격해야 했던 바로 그날, 그는 불현듯 릴레이 파트너를 찾았다. 좀 더 정확히 말해, 자기 앞에서 달리던 여인이었다. 그녀는 이런 상황을 예측이나 한 것처럼 티셔츠와 운동복 반바지에 운동화 차림이었다. 음식쓰레기를 비우기는 마라톤 달리기였다. 그리고 그는 자기 아파트에서 불쑥 나갈 때 입던 식으로 소매 없는 속셔츠에 단출한 반바지 차림이었다. 그는 그녀를 따라잡으려고 서너 걸음 더 빨리 달렸다. 그녀는 아름다웠다. 석양빛에 비친 이런 아름다움은 처음이었다. 정말 미인이었다. 그들 앞에서 음식쓰레기 수거 짐수레가 뽀로통한 연인처럼 재빨리 사라지고 있었다. 짐수레를 미는 위생담당 일꾼은 갑자기 보잘 것 없는 자기 운명에 복수를 하고 싶은 충동을 느꼈다. 의심할 바 없이 열등감의 발로였다. 주변의 사람들은 모두 깨끗하고 향긋한 옷을 과시하고, 스쿠터를 타고 내리며, 붐비는 차량들 사이로 불평하며 벌레처럼 꿈틀꿈틀 나아갔다. 음식쓰레기 짐수레를 끄는 사람은 화가 났고, 전에도 그랬듯이, 도로에서 점점 빠른 속도로 움직이기 시작했다. 짐수레를 밀 때 그녀는 멈춰 어느 쪽으로 다시 출발해야 할지 정하지 못한 척 했다. 의도적으로 그녀는 길을 가로지를 때 교통 혼잡을 일으키며 짐수레로 길을 막았다.

바로 그 순간 남편과 그 여인은 도로 가장자리까지 달렸다. 짐수레 때문에 방해 받아 도로 한가운데 있었다. 둘은 강 제방 끝자락에 이른 것처럼 완전히 멈춰 섰다. 마치 쫓기다가 앞을 차단하는 강물이 있어 더 이상 탈출구를 보지 못한 것처럼. 그들은 멈춰야 하는지, 아니면 강물 속으로 뛰어들어야 하는지? 그녀가 머뭇거렸다. 그는 뛰어내렸다. 즉시. 그는 그녀 손에서 음식을 담은 플라스틱 백을 낚아채더니 목숨을 건 전사처럼 도로로 뛰어들었다.

그녀 눈에는 영웅적 행위로 보였다.

하지만 영웅적 행위란 쉽게 할 수 있는 게 아니다. 그는 먼저 음식쓰레기통을 짐수레 속에 가볍게 던진 후 뒤이어 그녀의 음식 백을 던졌다. 백이 터지면서 쓰레기가 도로 위로 흩어졌다. 위생담당 일꾼은 그들이 짐수레를 가로막으려는 멍청이들인 듯, 다른 차량운전자들을 여전히 사납게 응시하고 있었다. 마치 그녀는 그들에게 이렇게 말하고 싶은 듯 했다. 난 일시적으로 이 일을 하고 있을 뿐이야, 곧 나도 깨끗한, 향긋한 냄새를 풍기는 직업을 찾아, 이 일을 그만 둘 거야. 음식쓰레기 백이 도로에 터지자 그녀는 서서 쳐다보기만 했다. 그는 잽싸게 치워야 했다. 부주의한 행인의 얼굴을 세게 치기라도 할 듯한 기세로 긴 빗자루와 긴 쓰레받기가 짐수레에 걸려 있었다. 그가 그걸 낚아채어 사방에서 싸우듯 쓸고 비우자 순식간에 도로가 깨끗해졌다.

왔던 길을 되돌아 달려가서 인도로 뛰어올랐을 때 그는 홍수 속으로 용기 있게 뛰어들어 희생자를 안전하게 끌어낸 사람처럼 보였다. 이제 어두워지기 시작했다. 두 사람은 천천히 왔던 길을 거닐었다. 처음으로 서로 말을 나눌 수 있는 기회였다. 그녀는 나라 전체에 만연한 프로답지 못한 정신에 관해 불평했다. 시장 점원들, 식당의 급사들이 손님을 빤히 쳐다보며 때로는 심지어 큰소리로 말한다니까요! 이들은 자신들이 이런 천한 일을 할 사람들이 아니며 좀 더 나은 직업으로 바꾸기 전에 임시로 할 뿐이라는 인상을 주려한다. 그녀는 그들 모두가 자기들이 하고 있는 현재의 직업을 자신들에게 어울리지 않는 천한 일로 여긴다고 불평했다. 농부에서 노동자, 컴퓨터 프로그래머, 기술자와 사업가 및 정부 관리자에 이르기까지 상황이 모두 같았다. 그들 모두가 더 높고, 더 깨끗하고, 더 향기로운 직업을 얻을 자격이 있다고 생각한다. 그들은 자기 일에 만족하면 자신이 천하고 바보라고 생각한다.

“프로답지 못한 정신이 압도적이죠.” 그녀가 반복했다.

그는 고개를 끄덕였다. 그녀는 모든 것을, 미모와 지성을 겸비했다. 그는 똑같이 프로답지 못한 정신이 문학과 예술, 기술과 경제학과 무역에도 존재한다고 덧붙였다. 예를 들어, 영화산업의 경우, 예술가가 예술감독 일을, 그래픽 예술가가 의상연출 일을 수행하면서, 대본작가가 감독 일을 하고, 음악가와 화가가 배우 일을 한다고 했다. 모두 아마추어였다. 그리고 프로조차도 자신 작품에 쉽게 만족하지 못했다. 그들은 실제로는 5점이나 6점인 것에 10점 만점을 주었다. 과거 그들의 조상들은 “9점이면 10점이 될 것이다.”란 속담을 믿었다. 그런데 오늘날에는 5점을 갖고 10점을 만든다. 그래서 매사가 섣부른 아마추어식이다.

이제 그녀가 감사하듯이 고개를 끄덕일 순서였다. 이 사내는 용기와 두뇌를 지녔구나!

베트남인들은 여성은 재능 있는 남성을 그리고 남성은 아름다운 여성을 사랑한다고 믿는다. 그리고 그들은 서로 즉시 끌렸다. 이 날 냄새 여도사는 음식통 밑바닥에 눌러 붙은 레몬조각을 뒤지고 찾느라 많은 시간을 허비했다. 남편이 흩어진 쓰레기를 쓸어 담을 때 도로에 내려놓았던 음식통에 레몬 조각이 꼭 달라붙어 있었던 것이다.

두 사람이 함께 음식쓰레기를 버리러 나갈 때면 욕정이 커졌다. 그날부터 계속 남편은 음식쓰레기 수거시간이 될 때까지 초조하게 기다렸다. 댕그랑댕그랑. 그는 3층에 사는 이웃 여자가 아래층으로 내려갈 만큼 충분히 기다리며 잠시 머뭇거렸다. 그런 다음 골난 쓰레기 인부가 짐수레를 멀리 밀고 가는 시간을 쟀다. 그 순간 그는 음식 쓰레기통을 움켜잡고 밖으로 달렸다. 그가 따라잡을 거리가 멀수록 대화시간이 길어졌다. 그런데 어느 날 음식쓰레기를 버린 후 두 사람이 돌아와 보니 계단통로가 텅 비어있었다. 그녀와 함께 그녀 아파트로 올라갈 용기가 생겼다. 그날 그녀는 아주 노란 껍질의 큰 레몬인 *채프*를 사용하여 양파 샐러드를 준비했다. 그와 그녀는 마치 자신들이 쓰레기를 버리며 아직도 밖에 있는 것처럼 이론상으로 가능한 토론을 계속했다. 동일한 감귤류에서 나온 것이라 할지라도 오렌지, 살구, 자몽, *챙*(레몬), *채프*(큰 레몬) 같은 많은 범주가 있다고 주장하면서. 동일한 레몬류라 할지라도 좀 더 크고 노란 과일은 *채프*로 불렸다. 그리고 세상에 존재하는 *챙 채프*(작가가 베트남어로 언어의 말장난을 한다. 큰 레몬을 의미하는 *챙 채프*는 유사하게 발음되는 '논쟁'이란 의미를 지닌다.-역자주)는 달콤하면서 맛이 썼다.

냄새 여도사가 겨드랑이에서 풍기는 끔찍한 냄새의 정체를 알아내려고 애를 쓰면서 남편 주위를 맴돈 것은 바로 그날 저녁 집에 돌아왔을 때였다. 사실 그 냄새는 이웃집 여자가 샐러드를 만들 때 넣었던 양파 냄새였다. 남편이 그녀 부엌을 서성이다 우연히 남은 양파 냄새가 옷에 배었는데, 그 양파는 더운 음식쓰레기 속에서 발효되어 탈취제로나 제거될 악취를 풍겼다.

모든 불륜관계처럼, 쓰레기를 버리는 두 사람은 함께 잘 기회를 모의할 필요가 있었다. 두 사람은 여관을 찾을 필요가 없었다. 이웃 여자의 아파트가 준비되어 있었다. 그러나 그들은 서둘러 몰래 들어왔다 나가다 보니 뭔가 부족했고, 그 부족함이 아쉬웠다. 한번은 남편이 사무실과 부인한테 변명했다. 자신이 나라의 중심부를 향해 남쪽으로 출장을 갈 것이라고 했다. 5일 동안. 하지만 그가 말한 나라의 중심부란 동일 건물의 3층이었다. 5일 동안 그는 그 아파트에 은닉했다. 두 남녀는 음식을 실컷 먹었고 사랑을 나누었다. 마침내 탈진하고 머리가 헝클어진 채 두 사람은 함께 말없이 누워 냄새 여도사 이야길 했다. 그는 부인의 냄새 맡는 특별한 재능을 다 알려주었다. 냄새를 맡고 또 맡는. 한번 냄새를 맡으면 그녀는 모든 걸 알아내려 했다. 언젠가 그녀가 이 아파트의 냄새도 맡을지 모른다고 그가 농담을 했다.

이런 우울한 이야기는 그만! 그러나 아파트에서 함께 누운 두 남녀는 그게 농담이 아니라는 걸 몰랐다. 바로 그 순간 냄새 여도사가 문 밖에 서서 머뭇거렸다. 315호. 냄새 여도사는 이틀 연속 음식쓰레기를 밖으로 내간 후에 3층으로 올라가는 데 익숙해졌다. 그녀가 가려낼 수 없는 것은 이 아파트에서 나는 악취였다. 그녀는 악취에 놀랐다. 그리고 이제 우리는 그녀의 놀람과 당혹감을 밝혀낼 지점으로 되돌아오게 된다. 가장 가능한 일은, 그녀가 남편한테서 아주 우연히 냄새를 알아차려 냄새가 사라질 때까지 315호 문 앞까지 따라갔다는 것이다. 그녀는 남편의 몸에 들러붙은 썩은 양파의 악취를 맡았을 수도 있다. 이런 냄새 때문에 그녀가 3층으로 오게 된 것이다. 그러나 일단 그 아파트에 다다르자 그녀는 자신이 그곳에 온 이유를 몰랐다.

315호 문 뒤에서 남편은 5일 연속 음식쓰레기 수거를 알리는 벨소리를 들을 필요가 없었다. 댕그랑댕그랑. 3층 아파트는 문이 굳게 잠겨있었고, 그는 댕그랑 소릴 듣지 않았다. 하지만 날마다 이웃 여자는 여전히 시간을 추정했다가 음식쓰레기를 비우러 내려갔다. 그녀는 두꺼운 오렌지 껍질 냄새로 인해 벌어질 손가락으로 할퀴는 무용담을 논의했다. 큰 노란색 레몬을 사용하면 그녀가 아무 냄새도 맡지 못할 수도 있다. 레몬을 반으로 잘라 즙을 짜 부엌 전체에 뿌리면 어떤 냄새도 맡지 못할 것이다. 어디든 흔적을 제거할 필요가 있을까? 그 위에 레몬즙만 뿌리면 되니까.

두 사람은 자신들의 모습이 밝혀질 정해진 운명을 알지 못했다. 냄새 여도사가 냄새를 맡아 찾아낼 필요가 없다. 냄새를 알아내서 신고하는 데는 박애주의자들의 눈과 귀가 필요하지 않다. 사설탐정과 공들여 설치한 덫이 필요하지 않다. 아마추어 정신이 나라 전역에 만연해있었다. 아마추어 불륜이 아마추어 쓰레기 짐수레에서 자랐다. 그날 저녁 아마추어 연인은 돌이킬 수 없는 실수를 저질렀고 며칠 동안 굳게 닫혀있던 유리창을 활짝 열어젖혔다. 쓰레기 짐수레 벨에서 흘러나오는 댕그랑 소리가 즉각 아파트 안에 울려 퍼졌다. 댕그랑댕그랑. 그가 벌떡 일어났다. 맙소사, 준비가 안 되었잖아? 짐수레는 이내 갈 것이다. 쓰레기통이 어디에 있지? 통이 어디 있는 거야?

그는 선잠에서 놀라 벌떡 일어나 문 밖으로 몸을 던져 복도로 나가 문가에 이미 놓인 잘 묶인 쓰레기 백을 낚아챘다. 그는 한 번에 두 계단씩 성큼성큼 뛰어 내려갔다. 그리고는 2층에서 달려 내려오던 사람과 충돌했다. 상대방이 쓰러졌다. 돕고자 재빨리 돌을 굽혔지만, 그의 눈에 보이는 건 계단 아래로 굴러 떨어진 쓰레기통이었다. 통이 구르면서 음식쓰레기가 사방에 널렸다.

그가 들고 있던 음식쓰레기통.

그는 자신이 일으켜 세우려고 했던 그 사람을 향했다. 부인인 냄새 여도사였다.

"언제 돌아왔지." 냄새 여도사가 날카로운 소리를 냈다.

남편은 그냥 민소매 속옷과 불룩한 배를 드러낸 헐렁한 반바지 차림이었다. 집에서 늘 입던 차림이었다.

"어떤 년의 음식쓰레기를 내버리려 하는 거냐구." 그녀가 고함쳤다.

그녀는 즉시 어떤 상황인지 이해했다.

*

질투심 탓에 그녀는 감각이 둔해졌다. 냄새 여도사는 몸 냄새와

위층의 음식쓰레기 악취를 따라 아파트 315호까지 올라갈 수 있었다. 대신 그녀는 남편을 자기네 아파트로 질질 끌고 왔다. 아우성을 치며. 왜 속옷과 바지 차림으로 일을 하냐고? 셔츠, 바지, 서류가방은 어디 있냐고? 물을 때 그녀는 그 모든 품목을 찾아내야 한다는 걸 깨달았다. 그녀가 문을 열자 여분의 옷과 액세서리가 아파트 앞에 놓여있었다. 바지, 셔츠 그리고 서류가방. 말할 것도 없다! 누가 이걸 가져왔지? 이 건물에 유령이라도 사나?

냄새 여도사는 코를 찡그렸다. 그녀는 계속 냄새를 맡기 시작했다. 아, 이쪽 방향이로군! 집게손가락으로 방향을 가리키더니 남편의 냄새를 따라 3층으로 곧장 올라갔다. 멍한 채. 양파 냄새로 뒤섞인 채. 높이 올라갈수록 냄새 흔적이 점점 약해졌다. 하지만 그녀는 냄새가 나는 곳을 따라갔다.

그녀는 잽싸게 달려 올라갔다. 3층에 발을 디디고 섰다.

몸의 냄새와 양파의 악취가 갑자기 사라졌다. 어디에도 흔적이 없었다. 대신에 짙은 아주 강력한 냄새가 공기 속으로 덩굴손처럼 퍼졌다. 상쾌하고 깨끗한 기분 좋은 향기였다. 한 아파트가 아닌 모든 아파트 문에서 풍기는 그 냄새는 복도 전체로 번져나갔다. 레몬 향기였다. 노란 껍질의 큰 레몬 종류였다. 향기는 신선했고, 다른 레몬, 오렌지, 살구 혹은 자몽의 냄새와는 달랐다. 향기가 대기 중으로 퍼졌다. 사람은 냄새를 맡고 즐길 수는 있으나, 냄새나는 곳을 찾아 킁킁거리는 사냥개처럼 냄새를 좇을 수 있는 것은 결코 아니었다.

레 민 쿠에

Le Minh Khue
(1949)

마지막 장맛비

전지전능한 달러

작은 비극

Anthology
of the Vietnamese
Short Stories

The Last Rain of the Monsoon

The Almighty Dollar

A Small Tragedy

레 민 쿠에 Le Minh Khue(1949) *woman writer*

탄 호아(Thanh Hoa)에서 1949년에 태어났다. 그녀는 16세에 청소년 자원봉사대에 가입했고 젊은 시절 대부분을 호치민 트레일(Trail)에서 보냈으며 나중에는 팅 퐁(Tien Phong, Vangurad) 신문과 야이 퐁(Giai Phong, Liberation) 라디오의 종군 기자로 일했다. 그러고 나서 그녀는 베트남 작가협회 출판사의 수석 편집자가 되었다. 베트남의 최고 단편소설 작가 중 한 명으로 간주되는 그녀의 작품에는 『별, 대지, 강(The Stars, The Earth, The River)』, 『여름의 절정(Summer's Peak)』, 『머나먼 별들(The Distant Stars)』, 『작은 비극(A Small Tragedy)』, 『도시 밖에서 보낸 저녁(An Evening away from the City)』이 있다. 그녀는 2008년에 베트남의 유명한 문학상과 이병주 문학상(Byeong-ju Lee Literary Award)을 수상했다.

마지막 장맛비

팔월 말경 우리 팀 기술자 세 명은 작년에 우리가 작성한 설계도면으로 새롭게 짓는 건축물의 완공을 앞당기고 이를 감독하기 위해 현장으로 파견되었다. 가을 입구에 들어섰지만 아직도 뜨거운 날씨였다. 도로 위의 아스팔트가 아른아른 빛나고 있었고, 나무들은 태양 아래서 꼼짝없이 달아오르고 있었다. 이런 날이면 사람들은 자신을 추스르지 못하고 이따금 성질을 부리거나, 불안해하거나, 이상할 정도로 우울해진다. 투안은 졸고 있었고 친한 친구인 미는 차창 밖을 쳐다보고 있었다. 뜨거운 열기가 그녀의 고운 안색을 망가뜨리고 있었지만, 그녀는 이를 알아차리지 못하고 있었다. 너무 지치고 힘든 모습이라 무슨 일이 벌어져도 전혀 관심을 보이지 않을 듯했다.

"이봐, 무슨 일이야?" 내가 큰소리로 물었다.

"무슨 일은, 아무 일도 없어요."

그녀는 더 이상 아무 말도 하지 않았다. 더위 때문은 아니지만 무언가에 푹 빠져 있는 모습이었다. 그녀는 건축 설계로 제법 수입이 있는 능력 있는 기술자였다. 무척이나 아들을 예뻐해서 종종 아들 이야기를 했고, 또한 충실한 가정주부이기도 했다. 하지만 이 정도로 안정적인 위치가 되자 그녀는 점차 풀이 죽는 것처럼 보였다. 성격도 괴팍해지면서 예쁜 얼굴도 일그러지기 시작했다. 항상 무엇엔가 쫓기는 것 같았고 뒤죽박죽인 것처럼 보였다. 이런 그녀의 모습을 보면 부아가 치밀었지만, 어찌할 도리가 없었다.

하지만 차가 시내에서 점점 더 멀어져가면서 점차 변하고 있는 그녀의 모습이 눈에 들어왔다. 어두운 모습은 사라졌지만 대신 안절부절 어쩔 줄 몰라 하는 모습이었다. 하지만 너무 더운 날씨라 나도 별반 관심을 두지 않았다. 그러다가 어느 순간 나도 졸음에 빠져들었다.

현장에 도착하자 현장감독이 악수를 청하며 우리를 따뜻하게 맞아주었다. 현장에 몇 가지 문제가 있다고 이미 들은 터라 우선 우리가 감당할 어려운 일이 무엇인가부터 그에게 물었다. 그는 웃는 모습으로 내 어깨를 토닥거리며 이렇게 말했다. "기술자 선생, 걱정 안 하셔도 됩니다."

고개를 돌리자 같이 온 동료들은 이미 사라지고 난 후였다. 남자

둘에게 배정된 방으로 가자 투안이 어느새 샤워를 마치고 나왔다.

그는 웃으며, "먼저 몸이나 씻으세요. 급하게 일을 서두르면 금세 지칩니다."

"자네 말이 맞아. 그 양반과 말이 잘 안 되기에 내 생각을 말할 수밖에 없었네."

나도 이내 몸을 씻으러 들어갔다. 강가에서 여과장치 없이 끌어 온 물이라 그런지 물이 제법 차가웠고 디젤 기름 냄새와 하초류 냄새까지 풍겼다. 몸을 씻고는 베란다로 나가보았다. 한 무리의 젊은 이들이 밖에 나와 바람을 맞고 있었다. 우리 뒤를 이어 승합차로 도착한 사람들이었다.

무리 가운데 한 사람이 손을 들어 흔들며 내게 말을 걸었다. "덕, 웬 일이에요? 저 빈이에요."

"빈! 세상에나! 자네 어디서 온 거야?"

우리는 득달같이 앞터로 뛰어나가 손을 잡고는 큰소리로 같이 웃었다. 내 손을 꽉 잡은 빈의 손아귀에서 반갑다는 느낌이 전해졌다.

"별 일이네. 자네를 만나리라고는 전혀 생각도 못 했네."

"저 역시 기대도 안 했어요."

이년 전 우리는 B 구역 현장에서 두 달을 같이 보내면서, 함께 일하고, 술도 마시고, 같이 상의도 하면서, 춤도 같이 추러 가곤 했었다. 그 후로 편지 왕래가 없었지만 분명 서로를 잘 기억하고 있었다.

빈이 주위를 돌아보면서 내게 물었다. "여기 뭐 마실 거 없나요?"

지나가던 사람이 강가에 줄 서있는 나무를 가리키면서 말했다.
"저 곳에 가보세요. 꼭 하노이 같아요."

"고마워요. 자, 같이 가시죠."

빈은 남부인의 전형적인 미남형 모습을 하고 있었다. 그는 백퍼센트 사이공 출신이었고 그가 하는 모든 몸짓은 여자들의 주목 대상이었다. 그는 항상 여자들의 시선과 미소, 그리고 대화 속에 둘러싸였다. 하지만 결코 잘난 체하지도 않았고 달리 약한 모습도 보이지 않았다. 그의 따스한 눈길과 건장하고 탄력 있는 몸에서 그것을 읽을 수 있었다.

"자네 팀은 여기에 왜 왔는가?" 내가 물었다.

"전기 선로 작업이에요. 작년과 같아요."

우리 둘은 까만 벽돌 건물인 음료수 가게로 들어갔다. 테이블이 두 줄로 놓여있었는데, 음료수 흘린 자국과 담배 태운 자국으로 더럽혀져 있었다. 가게는 사람들로 가득 차 있는데, 판 위에는 맥주, 레몬에이드, 냉커피 등의 목록이 적혀 있었다. 우리 둘이 앉을 자리를 찾고 있는데 웬 여자의 밝은 목소리가 들려왔다.

"덕, 이리 오세요."

사람들을 팔로 밀면서 그곳으로 갔더니 미가 거기에 있었다. 놀랍게도 그녀가 현장에서 일하는 몇몇 술에 취한 남자들 틈에 앉아 있었다. 이들 앞에 놓인 맥주잔에는 거품이 넘치고 있었다. 맥주 자리에서 항상 그렇듯이 한 사람만이 맨 정신으로 앉아 있었는데, 그건 다름아닌 미였다. 그녀는 남자들이 술에 젖어가는 모습을 보면서 무관심한 채 그 난장판 가운데 앉아있기를 좋아했다. 그녀는 몇 번인가 내게 남들이 점점 취해가는 모습을 지켜보는 게 얼마나 즐거운지 모른다고 말하곤 했다.

우리가 다가가자 그녀는 자리에서 일어나 우리에게 미소를 지었다. "멀리서 두 사람 모습이 보이데요. 요즈음은 두 분들처럼 멋진 모습을 쳐다보고 있자면 이상하다는 생각이 들어요. 마치 불행한 이 세상 사람이 아니라 다른 별에서 온 사람들처럼 보인다니까요."

나는 그녀의 팔을 잡아끌면서 이렇게 말했다. "저쪽으로 가자고 여기는 너무 시끄러워. 그런데, 어쩐 일로 당신이 여기 있는 거지?"

우리는 가게 밖에 있는 테이블을 발견했다. 의자를 준비하면서 나는 빈이 계속 미를 쳐다보고 있다는 것을 알았다. 마치 살견서 이런 놀란 경험을 한 적이 없다는 그런 표정이었다. 미는 하늘거리는 머릿결을 한 채 편한 모습으로 앉아 있었다.

"덕, 당신에게 이런 친구 분이 있는 줄은 몰랐어요."

나는 둘을 인사시켜 주었다. 서로 잠깐 쳐다보는 가운데, 무언가 강력한 것이 두 사람 사이에서 오가는 모습이었다. 맥주를 마시던 그룹 중 누군가 안에서 미를 불렀다. 안에다 지갑을 놓고 온 모양이었다. 그녀는 지갑을 가지러 안으로 들어갔다.

자리에 꼼짝 않고 앉아있던 빈이 말했다. "상당한 미모에요."

나는 깜짝 놀라, "예쁘다고? 어떻게 예쁘다는 거지?"

“예쁘잖아요. 그걸 모르세요?”

빈의 말을 들으면서, 맥주를 마시던 사람들 쪽으로 시선을 돌렸
다. 두 사람이 수다를 떠는 모습이 보였고, 다른 한 사람은 미의 지
갑을 들고는 자기들과 함께 앉아 있으라고 하면서 지갑을 돌려주려
하지 않았다.

“저 머릿결을 보세요. 긴 목과 어깨선하고…… 저런 모습을 어디
서 또 볼 수 있겠어요? 너무 순수한 모습이에요.”

빈의 남부 억양이 더욱 부드럽게 바뀌었다. 지갑을 손에 들고는
미가 우리에게 돌아왔다. 왼쪽 가슴 위로 대각선 모양으로 하얀 줄
무늬 두 줄이 그려진 셔츠를 입고 있어서 그 모습이 마치 태양을
향해 곧게 뻗은 나무처럼 보였다. 그녀는 예기치 않게 행복감을 맛
본 것처럼 밝은 모습을 하고 있었다. 순간 뭔가 떠올랐다. 아직껏
내가 제대로 보지 못했던 한 여성의 아름다운 모습이 빈을 만난 순
간 새롭게 드러난 것이다. 미는 빈에게 손을 내밀어 도움을 받으며
의자에 앉았다. 빈은 나에게 시선도 돌리지 않은 채 그녀 옆에 가
앉았다.

“두 사람 뭐 마실래?” 내가 물었다.

“아무거나. 알아서 시키세요.” 마치 두 사람이 동시에 대답하는
것 같았다.

나는 카운터로 가 레몬에이드 석 잔을 주문했다. 미숙한 솜씨로
레몬에이드를 만드는 여자의 손톱이 지저분해 보였다. 그녀의 길고

지저분한 손톱에 시선을 고정시키다가, 이내 설탕통 주둥이에 앉아 있는 큼지막한 파리떼로 시선을 돌렸다. 그 다음은 녹는 것을 방지하려고 쌀겨로 덮어놓은 얼음 덩어리에 시선을 돌렸다. 레몬에이드를 만드는데 꽤나 시간이 걸렸다. 미와 빈이 대화를 나누는 모습이 보였다. 다시 자리로 돌아오자 미가 의자에서 일어나 잔을 받았다. 그녀에게서 이전의 동요하던 모습이 사라지고, 이제는 아주 어여쁜 어린 소녀처럼 보였다. 주스를 마시면서 우리는 곧 다가올 축구 경기와 현장 모습, 그리고 특히 미에 대한 이야기로 수다를 떨었다. 나는 사내아이를 키우느라 경황이 없었던 미에 관한 이야기를 몇 가지 들려주었다. 빈은 믿기 어렵다는 눈치였다. 내가 시선을 다른 곳으로 돌리자, 둘은 마치 눈으로 대화를 나누는 듯이 보였다. 강둑 있는 곳까지 정원이 뻗어 있었다. 아주 시원한 날씨였다. 현장은 강 건너 편에 위치하고 있었는데, 철강과 석회석, 회반죽과 기중기 몇 대가 보였다. 노동자들 숙소는 강 이쪽에 있었는데 편의 시설은 부족했지만 어느 정도 하노이 분위기를 풍기고 있었다. 전문기사들도 계약을 맺고 온 우리들처럼 모두 수도에서 온 사람들이었고, 그런 대로 분위기도 괜찮았다.

우리는 오랫동안, 정말 오랫동안 앉아 있었다. 이미 대부분 사람들이 가게를 떠났다. 빈은 말하는 도중에도 미에게서 시선을 떼지 못했다. 미가 무언가 바라는 듯한 시선으로 나를 뚫어지게 쳐다봤다. 그녀의 표정을 읽은 나는 얼른 음료수를 마신 후 자리에서 일어났다. 빈이 따라 일어났다.

"덕, 어디 가세요?" 그가 물었다.

"그냥 앉아 있게나. 난 가서 내일 일 논의하러 총책임자를 만나러 가야하네."

"서두르지 마세요." 상기된 표정으로 미가 내게 조그맣게 말했다. 그녀는 거짓말을 제대로 하는 사람이 아니었고, 난 미의 그런 점이 좋았다.

"서둘러야 해. 여기에 남아서 빈에게 하노이 이야기 좀 들려주라고."

빈이 나를 똑바로 쳐다보았다. 우리는 몇 초 동안 서로 마주 보았다. 무언가 쓸쓸한 표정이 그의 얼굴을 스쳐 지나갔다. 햇볕에 그을린 잘생긴 얼굴을 한 빈은 여자들로 하여금 푸근함을 느끼게 해주는 그런 인물이었다. 미는 섬세하게도 빈의 이런 점을 읽어냈고 잠시라도 그 안에 닻을 내리고 싶어 했다.

나는 강 언저리를 따라 걸었다. 두 사람이 나를 쳐다보고 있다고 느끼긴 했지만 단지 무엇인가 바라 볼 대상이 필요해서 그러는 것 같았다. 둘 다 숨이 가쁜 듯 보였다. 잠시 미의 남편 모습을 떠올렸지만, 그런 나의 모습을 책망했다. 모든 사람들이 갖고 있는 문제들을 내가 걱정해봤자 무슨 소용이 있겠는가 하고 생각했다.

한 시간 이상 총책임자와 일을 논의했다. 군 대령 출신인 그와 전쟁시절에 대해서도 이야기를 나누었다.

그는 고개를 내저으며, 스물한 살짜리 아들에 대한 불만을 토로했다. "스무 살이 되었는데 왜 그리 맥이 없는지 모르겠어요. 왜 그렇게 마냥 풀이 죽어 있는지, 원."

작별 인사를 나눌 때, 그는 555 담배 한 갑을 건네주면서 혹 우리 팀이 계약 당시 염두에 두지 않았던 별반 의미 없는 연락 문제로 신경 쓰지 않았으면 한다고 내게 말했다.

주위를 더 돌아다닌 후, 식당으로 돌아오자 이미 다들 식당을 떠났는지 우리 팀 자리에만 미와 내 식사가 남아 있었다. 볶은콩 한 접시, 냉이국 한 그릇, 그리고 밥 접시 한 그릇이 놓여 있었다. 퉁퉁한 청소부 여자가 마루청소를 하려고 책상 위로 의자를 엎어서 올려놓고 있었다. 청소작업을 하던 그녀는 내게 식사하면서 사람을 기다리고 있어도 된다고 말했다. 식사를 마치면 쥐가 건드리지 못하게 하기 위해 음식 그릇을 나무 캐비닛 속에 넣어 두게 되어 있었다. 그녀는 다음날 아침에 출근해서 자기가 치운다고 했다.

나는 앉아서 미를 기다리며 총책임자 사무실에서 빌려 온 신문과 잡지를 꺼내 읽기 시작했다. 신문마다 다가오는 이탈리아 월드컵 경기 사진이 실려 있었다. 마라도나 사진을 보다가 나도 모르게 정상에 우뚝 선 그의 모습에서 괜히 걱정스러운 생각이 들었다. 모든 사람이 주목하는 그였지만, 모든 사람이 자신들이 원하는 대로 마라도나가 정상 자리를 지켜주기를 바란다면 그 정상 위치에서 떨어지지 않으려 노력한다는 게 결코 행복한 일처럼 보이지 않았다. 그런 상황이라면 아마 나는 사라져버리거나, 도망쳐버릴 것 같았다. 아니면 정상에 도달해도 아무런 말을 하지 않던가. 왜냐하면 영원히 좋을 수만은 없고, 영원히 정상에 있을 수만도 없기 때문이다.

신문을 모두 읽은 후, 시계를 보니 벌써 열 시가 되었다. 빈과 미와 헤어진 시간이 네 시였다. 지역 잡지에 실린 얼굴이 넓고 수척해 보이는 여자 사진을 보고 있는데 미가 등 뒤에서 불쑥 나타났다. 처음에는 굳은 표정으로 대할까 생각했지만 얼굴을 보는 순간 그럴 수가 없었다. 시원한 바람과 안개, 그리고 달빛 때문인지 얼굴에 생기가 넘쳐 보였다. 행복감에 겨웠는지 숨소리마저 고르지 않았다. 그녀는 조용히 자리에 앉았는데, 마치 몸에 전류가 흐르는 사람처럼 점점 빛이 나고 밝아 보였다. 누가 보더라도 경탄을 금치 못 할 정도로 빛이 났다. 그녀와 사 년 동안 같이 일하고 좋은 동료로 지냈지만 이렇게 매력적이고 사랑스럽게 보인 적은 이번이 처음이었다. 테이블 너머로 내게 웃음을 지었지만, 그녀의 시선은 다른 곳을 향하고 있었다. 심지어 목소리마저 전혀 다르게 들렸다.

"먼저 식사하세요."

"기다릴게. 혼자 먹는 게 뭐가 좋겠어?"

"하지만 배가 고프지 않아요. 몇 달 동안 안 먹고도 지낼 수 있을 것 같아요."

"지금만 그렇게 느끼는 거겠지."

"아니, 정말이에요…… 이제 막 깨달았어요. 아직까지의 내 삶이 진정한 삶이 아니었다라는 사실을요. 덕은 이해 못 할 거여요.”

“나도 다 이해한다고. 모두들 그렇게 느끼는 법이지.”

“남편은 어떻게 하냐고 지금 내게 묻는 거지요?”

“아냐.”

“맞아요. 아무런 말도 할 필요 없어요. 하지만 이렇게 살다가는 죽을 것만 같아요.”

“죽기는 왜 죽어. 괜찮을 거야. 며칠 지나면 집에 돌아가는 거고 모든 게 이전처럼 가는 거야.”

나는 저녁을 먹기 시작했다. 시장기가 돌았는지 밥맛이 좋았다. 미는 내가 먹는 모습에 주목하고 있는 듯했다. 하지만 실은 아무 것도 보고 있지 않다는 것을 나는 알고 있었다.

“그 사람도 결혼해서 네 살짜리 애가 있어요.” 미가 말했다.

“누구? 빈 말이야. 그래, 내게 말한 적이 있어.”

“그 사람 부인이 부러워요.”

“부럽기는. 세상에 정말 행복한 사람이 어디 있겠어.”

미는 웃으며 내 말에 동의하는 듯했다. 그녀는 종종 내게 사사로운 이야기를 들려주었었고 항상 그런 문제로 고민을 해왔었다. 나는 매번 그녀에게 간단하면서도 이따금은 단호한 충고를 해주곤 했다. 이런 충고 덕에 그녀는 자신을 다시 추스르는 듯이 보였었다. 항상 그런 식이었다.

“자, 이제 가서 잠이나 자자고 내일 아침에 현장으로 가야 하니까.”

“잠이 안 오는데요.”

“백까지 센 다음, 다시 처음부터 세어 봐.”

“지금은 안 돼요. 그렇게 쉽지 않아요. 하여튼 내일 아침에 현장에 나갈 테니 걱정 마세요.”

그녀는 테이블 위에 쌓여 있는 잡지와 신문을 내려다보았다. 아직 마흔 살도 안된 어떤 대통령의 사진이 눈에 띄었다. 재능도 많은 데다 정말 잘생긴 모습이었다. 사진을 보고 있자니, 그가 마치 슈퍼맨이나 아니면 지구 저편에 있는 큰 나라의 유명세 타는 대스타 같다는 생각이 들 정도였다.

미는 한동안 그 사진을 내려다보았다. “저런 사람들은 누구일까?” “대체 뭐가 다른 거지. 대체 범접할 수 없는 사람들이야. 저런 사람의 부인이나 연인들은 어떤 사람들일까? 정말 특별하고, 비상한 사람들일 거야.” 미가 중얼댔다.

“그건 누구에게나 다 마찬가지야.”

“어떻게 그럴 수 있어요? 행복해야 한다고요. 정말로 행복하게 살아야 해요. 그런 사람은 여자를 어떻게 사랑하는지 아는 사람들이에요. 가슴 속 깊은 곳에서 사랑을 하는 진짜 사랑 말이에요.”

“그럴 시간이 있겠어? 내가 장담컨대 대통령 일만 해도 바쁘다고.”

“저 사람이 우리나라가 어디에 있는지 알까요?”

“그렇겠지.”

“자, 난 이제 방으로 갈게.” 그녀의 한숨 소리와 함께 “세상에, 오, 세상에” 하며 탄식하는 소리가 내 귀에 들렸다.

나는 그냥 못 들은 체하고 방으로 돌아갔다. 투안은 이미 잠에 빠져 있었다. 테이블 위에 내가 먹을 커피 한 잔이 놓여 있었다. 커피에서도 디젤 기름 냄새가 나는 것 같았다.

나는 아침에 일찍 일어나는 습관이 있었다. 팔월의 아침 안개 속에서 아직 모든 게 뿌옇게 보였다. 이런 날은 해가 더 뜨겁게 작렬하곤 했다. 잠시 수영을 할 양으로 강가로 나서면서 비누와 칫솔도 함께 들고 나갔다. 강가에서 빈을 만날 거라고는 기대도 안 했는데, 바위에 앉아 있는 빈을 발견했다. 그는 발밑에 있는 돌을 집어 강에다 던졌다. 깊은 생각에 빠져 있는 듯 했다. 나는 빈을 부른 후, 우스개 농담을 건넸다. 하지만 그의 얼굴을 보자마자 내 얼굴에서 웃음기가 사라지고 말았다. 나는 빈의 모습에서 미의 얼굴에서 보았던 광채를 볼 수 있을 거라고 생각했었는데, 오히려 무척이나 쓸쓸해 보였다. B 현장에서 같이 지낼 때 항상 밝은 모습이었고, 여자들과 잘 놀면서 잘 될 거라는 희망을 주었다가 실망감도 주곤 했던 그였다. 하지만 그러면서도 아무도 빈에게 화를 내지 않았었다. 그는 항상 그런 식의 바람둥이였고 항상 즐겁게 인생을 엮어나갈 것처럼 보이는 사람이었다. 빈의 얼굴에서 이런 쓸쓸한 모습을 보긴 처음이었다. 그는 정말 깊은 슬픔에 빠진 듯 보였다.

바위에 기대앉은 그는 바지 주머니에서 담배 한 갑을 꺼내들었다.

"잠도 깰 겸 담배나 한 대 피우지 그래요." 그가 담배 한 대를 내게 권했다.

담뱃불을 붙인 다음, 나는 "그래서?" 하고 빈에게 물었다.

이 말은 여러 가지 의미가 있을 수도 아니면 아무 뜻도 없을 수도 있는 말이었다. 빈은 이 말에 옅은 웃음을 지어보였다. 우리는 함께 물에 들어가 강 저쪽으로 헤엄쳐 건너갔다. 물 위에는 기름 덩어리가 떠 있었고 냄새도 아주 역했다. 헤엄을 마치자, 기름 냄새 때문에 마치 뭔가가 몸에 묻은 그런 느낌이 들었다.

옷을 입으며 나는 중얼거렸다. "끔찍하네. 강물이 정말 깨끗했었는데."

"맞아요. 이놈의 공장들이 강을 다 못 쓰게 만들고 말 거예요."

나는 빈이 내게 할 말이 더 있을 거라고 생각했지만 그는 더 이상 아무 말도 하지 않았다. 강물에서 나오는 그의 모습이 더 쓸쓸해 보였다. 나는 빈처럼 저렇게 우울해 보일 정도로 내가 사랑에 빠진 적이 있었나 하고 생각해보았다. 아마 지금 빈이 느끼는 정도로 그렇게 사랑에 빠진 적은 없었던 것 같았다. 우리 둘은 주위를 걷다가 길 저편에 있는 커피 집으로 들어갔다. 우리가 마신 커피에서도 디젤 기름 냄새뿐 아니라 난로에서 나는 연기 냄새까지 나는 것 같은 느낌이 들었다.

그날 저녁, 식사 전에 몸을 씻은 후 식탁으로 갔지만 테이블에는 나와 투안만이 있었다. 다음 날 그리고 우리가 현장에서 지낸 일주일 내내 매일 저녁 미는 사라졌다. 나는 두 사람이 어디어 있는지 알고 있었다. 현장에서 북쪽으로 오백 미터쯤 강가에 멋진 어린 소나무 숲이 있었는데, 그곳에는 솔잎들이 뾰족하게 먼지더미를 뚫고 나와 있었고, 마치 하늘과 땅이 처음 창조될 당시처럼 공기가 깨끗한 곳이었다. 나는 친구들이 사랑을 나누는 모습을 상상하는 좋지 않은 습관이 있었다. 하지만 빈에게만은 경의를 표했는데, 항상 그래왔었고 두 사람의 이런 애정행각에도 불구하고 지금 역시도 그렇게 느꼈다.

매일 밤 나는 음식 쟁반 옆에 앉아 시간을 보내기 위해 신문을 읽으며 늦은 시간까지 미를 기다렸다. 그리고 매일 밤 밤안개와 차가운 공기를 맞으며 미는 늦은 시간에 돌아왔다. 이야기를 나누다 보면 처음에는 늘상 행복하고 걱정 없는 얼굴이지만, 몇 분 같이 있다 보면 첫날 오던 때처럼 당황스럽고 불편해 보이는 표정으로 바뀌었다.

이 기간 동안 빈에게서도 변화의 모습이 보였다. 그는 점차 명랑한 기운을 잃고 더욱더 쓸쓸해 보였다. 어느 날 아침에 강가에서 만났을 때, 그는 긴 한숨을 내쉬며 내 손을 꼭 잡았다. 마치 몸살이 난 사람 같았다. 이런 일이 있으면, 대개 여자는 남자를 잊는다는 것을 나는 알고 있었다. 여자들은 종종 그랬다. 하지만 그는 결코 그렇지 못했다. 나는 두 사람이 서로를 알게 된 것이 후회스러웠다.

그 주 토요일 밤이 되자 우리 일도 거의 끝이 났다. 한 무리의 전문가 집단이 현장에 도착했다. 회관에 조명 불빛과 화환이 내걸리고 댄스파티도 있었다. 나는 투안과 같이 댄스장 뒤편에 앉았는데 이 지역에서 온 처녀 두 명의 모습이 눈에 띄었다. 둘 다 수줍음을 타는 모양인지, 그 중 한 명은 입을 가리고 킥킥대며 웃고 있었다. 둘 다 까만 피부색이었지만 화장을 진하게 하는 바람에 이상하게 보였다. 태국에서 수입된 옷에다가 진한 향수와 번쩍거리는 팔찌를 끼고 있었다. 투안은 이들을 유혹하고 있었지만 나는 미를 기다리는 동안 조바심이 났다. 세 시부터 지금까지 미는 빈과 함께 사라져 나타나지 않았다. 두 사람에게는 이 마지막 날을 지낸다는 것이 쉽지 않았던 모양이었다.

회관 가운데에서 한 무리의 젊은이들이 춤을 추기 시작했다. 귀가 찢어질 정도로 큰 음악소리였다. 드럼 연주자는 두 눈을 꼭 감고 몸을 숙인 채 머리를 흔들며 드럼을 치고 있었다. 몇몇 여자들은 통이 넓은 바지차림이었고 일부는 치마를 입고 있었다. 아마도 같이 춤을 추고 있는 덩치 큰 유럽인들의 통역사인 것처럼 보였다. 유럽 사람들만이 음악에 심취해 춤을 추고 있었고, 나머지는 마치 통나무처럼 뻣뻣하게 서서 박자를 따라 움직일 뿐이었다. 게다가 전체적으로 임시로 만들어 놓은 듯해서, 댄스홀 같다는 느낌이 전혀 들지 않았다. 막 지루하다고 느낄 즈음에 미가 앞문을 통해 안으로 들어왔다. 그녀는 머리를 곧추 세우고는 천천히 걸어 들어왔다.

미는 남녀가 쌍으로 춤을 추는 구역을 지나쳐 왔다. 금발 머리를 한 남자가 지나가는 그녀의 모습을 쳐다보았다. 누군가와 춤을 추면서도 그는 매번 몸을 돌릴 때마다 홀 안에서 가장 예쁘게 생긴 여자에게 시선을 돌렸다. 그건 사실이었다. 그 순간 미는 정말 아름다운 모습이었다. 어느 젊은 여자도 미에게 비할 바가 되지 못했다. 미는 내 옆에 앉더니 테이블 위에 손을 올려놓았다. 나는 그녀의 손이 떨리고 있다는 것을 알았다. 내가 그녀의 손을 쳐다보고 있다는 것을 눈치 채고는 이내 테이블 아래로 손을 내리더니, 나에게 미안하다는 듯이 미소를 지었다. 금발 머리 청년이 우리 테이블로 다가오더니 미에게 춤을 청했다. 그녀는 춤을 출 줄 모른다고 영어로 대답했다. 그 사람은 혹 그녀가 거짓말을 하는 건 아닌지 의아해하면서 북부인 특유의 푸른 눈빛으로 신기하다는 듯 그녀를 쳐다보았다. 미는 혼란스러워 보였다. 그때 빈이 두 명의 친구를 동반한 채 안으로 들어왔다. 미가 나와 앉아있는 걸 보고선 빈은 웃는 모습으로 우리 테이블로 다가왔다. 이 모습을 본 미는 즉시 자리에서 일어나더니 금발 머리 청년에게 손을 내밀고는 같이 무대 위로 나갔다.

이미 한바탕 한 모양이었다. 적어도 난 그렇게 생각했다. 사랑이라는 것이 모두 이런 식으로 끝났다. 서로 등 돌리고, 서로 샐쭉해하고, 그리고 모든 사소한 것이 의미 있게 보이고 하는 것을 보면 아직 사랑이 중요한 것이구나 하는 생각이 들었다. 하지만 그때가 바로 헤어질 때이다. 한걸음만 더 내딛다보면 더 이상 계속할 것이 없다는 것을 알게 된다.

빈이 내게 담배를 내밀었다. 이 지역에서 온 여자 가운데 한 명이 빈에게 강렬한 눈길을 보냈다. 또 다른 처녀는 입을 가리고는 킥킥대고 있었다. 빈이 내 옆 자리에 앉자, 두 여자 모두 기뻐하는 눈치였다. 하지만 빈은 슬픈 표정으로 담배를 피우고 있었다.

"자네, 무슨 일 있었지?" 내가 물었다.

"문제는 우리 둘 다 어떻게 일을 풀어야 할 지 모른다는 거예요"

"그저 가만히 있게나. 내가 전에 충고했잖은가. 그저 가만히 있으라고."

"이번은 재미삼아 한 게 아니에요. 잠시 즐긴 것도 아닙니다. 그렇게 되길 원치 않아요"

그는 단호해 보였다. 그 순간 미는 낯선 청년과 함께 음악에 맞춰 춤을 추고 있었다.

다음날 우리 팀은 현장에 가지 않았다. 나는 미에게 하루 휴가를 주었고 미는 즉시 어디론가 사라져버렸다. 투안과 나는 남아서 나머지 일들을 처리했다. 낮 시간의 더위를 피하기 위해 우리는 선선한 저녁 시간에 집으로 향했다.

미가 먼저 차에 올랐다. 나무 밑에 서 있던 빈이 내 손을 꽉 잡았다.

"자네는 언제 사이공에 돌아갈 건가?" 내가 물었다.

"다음 주 화요일이에요. 긴한 볼 일이 있어요"

빈이 내 손을 세게 잡으며 악수를 청했다. 모든 감정이 이 악수에 실려 내게 전해졌다. 그리고는 차 안을 쳐다보았다.

"미, 당신 조그만 핸드백을 놓고 왔어요. 잠깐, 내가 가서 가져올게요."

차가 출발한 다음 나는 넋 잃은 듯 앉아 있는 미의 얼굴에 감히 시선을 맞출 수가 없었다. 그녀는 입술에서 피가 날 정도로 두 입술을 꼭 깨물었다. 그녀의 귓가 뒤로 파마를 한 머릿결에 마른 솔잎 하나가 걸려 있는 것이 보였다. 그녀는 뒷좌석 한쪽 귀퉁이에 몸을 웅크린 채 앉아 있었고 나는 다른 쪽에 앉아 있었다. 혼다 컵 차를 몰기 좋아하고 여자들과 놀면서 열정적으로 라틴 스텝을 밟기 좋아하는 젊은 청년인 투안은 운전석 옆에 앉아 있었다. 그는 지난 밤 내내 통역하던 여자들과 놀고 지냈는지, 앞좌석에 앉아 자고 있었다. 운전사는 길을 주시하며 차를 몰고 있었다.

미의 마음을 달래볼 양으로 그녀의 손을 잡았다. 차가운 손이 아직도 떨고 있었다. 촉촉하던 눈가는 이제 완전히 마른 모습이었다.

차가 현장을 지나 마을을 통과해 지나갔다. 이 지역은 모든 마을이 다 비슷해 보였다. 차는 논을 가로질러 속도를 내며 고속도로로 들어섰다. 운전사가 조그만 카세트 녹음기에 테이프를 넣자 처량하고 짜증스러운 목소리가 흘러 나왔다. 나는 마음속으로, 두 눈을 감고 머리를 뒤로 젖힌 채 감상적인 투로 자기 멋대로 노래를 부르는 여가수의 모습을 떠올렸다. 해가 뉘엿뉘엿 지고 있었다. 나는 아무런 말도 하지 않았다. 이런 순간 무슨 다른 말을 할 수 있겠는가?

몇 분이 흐른 뒤, 별안간 미가 내게 물었다. "지금 몇 시나 됐어요?"

"여섯 시쯤, 아님 조금 지났을까."

"좀 있으면 집에 가서 우리 아들을 볼 수 있겠네요. 세상에, 한 주 내내 우리 아들을 까맣게 잊고 있었어요. 어쩌면 그럴 수가 있지요? 이런 식으로 지낸 적이 없었는데. 죄를 짓고 말았어요"

"괜찮아. 이런 일은 잘못된 게 아니야."

"더 이상 정상으로 돌아가지 못할 거 같아요. 곧 애를 데리고 떠날 거예요. 빈이 애를 데리고 오라고 했어요"

"어디로 가는데?"

"어디든지요. 어디든지 우리들이 살 수 있는 곳으로 가자고 했거든요. 그 사람 부모님이 계신 태국으로 도망갈 거예요"

"그 다음 어디로 갈 건데?"

"그건 나중에 생각하기로 했어요"

"내 생각엔 이제 다 잊어야 해. 달로 가든 화성으로 가든 결코 도망칠 수는 없어. 그게 우리의 운명이거든. 얼마 시간이 지나면 그냥 지금처럼 느끼게 될 거야. 난 그걸 믿어."

"하지만 나는 꼭 빈과 같이 살 거예요."

"누구랑 같이 살아도 마찬가지라니까."

미는 한동안 말이 없었다. 잠시 후 그녀가 울고 있다는 것을 알았다.

"그럼 죽어버리면 되지요. 영원히 이런 식이라면 나에겐 아무 것
도 없는 것이나 다름없어요. 매일 조금씩 죽어가는 거예요. 결국 멍
청해지고, 무기력해지다가 집에 처박혀 지내는 신세가 되는 거지요.
점점 비천하고 사악해지다가, 애한테 소리나 지르고 이웃과 싸움박
질이나 하면서 깍쟁이가 되어가는 거예요. 십 년 있으면 저도 마흔
살 중늙은이가 되고 저를 알아보는 사람도 없을 거예요."

"마음을 편하게 하라고. 십 년이면 아직 멀었어. 그리고 그 기간
이면 엄청난 것을 쌓을 수 있는 시간이야."

"그가 날 일깨워주었어요. 자기도 나처럼 느낀다는 거예요. 자기
에게 사랑이 뭔지 가르쳐줘서 내게 고맙다고 했어요. 나도 그 사람
을 사랑하거든요. 이런 감정은 정말 처음이에요."

"당신 결혼했을 때도 아마 똑같이 느꼈을 거야. 그렇지 않아?"

"그건 그래요!"

"봐. 그러니까 살아있다는 것에 감사해야 하는 거라고 이 세상에
살아있다는 사실 자체가 우리가 바랄 수 있는 최고란 말이야. 게다
가, 당신은 건강하고 밤에도 걱정 없이 잘 자잖아. 밥 못 먹을 정도
도 아니고 세상에 걱정이 없잖아."

"덕은 전쟁을 겪었으니까 그런 말을 하는 거예요."

"그럴 수도 있겠지."

"전 전쟁터에서 총 들고 빗발치는 총알 사이로 달려 나갔던 사람

들을 보면 항상 존경심이 들어요. 세상에 그런 순간에 무슨 생각을 했을까요?”

“아무 생각도 없어. 그런 순간에는 내가 도달해야 할 목적지가 있기 때문이야. 앞에 목적이 있으면 사람은 다 똑같이 행동하지. 이거저거 생각할 틈도 없어.”

“꼭 노인네처럼 말씀하시네요. 빈은 전혀 그렇지 않았어요. 그 사람은 당황해하는 모습이었어요.”

“그랬어?”

“너무 자신만만해 하시는 것도 싫어요. 모든 게 얽혀 있는데 어떻게 그렇게 자신만만해 하는지 전 모르겠어요.”

“얽힌 걸 풀려고 해도 소용이 없으니까.”

밤 가운데로 차가 달려가면서 우리는 다시 조용해졌다. 테이프 속의 여자는 계속 노래를 불러댔다. 사람들은 왜 별 의미 없는 것에 계속 자신을 밀어 넣는 것일까? 여자의 사랑과 눈물. 그녀의 외로운 세상. 흐느껴 울면 항상 고통이 따르는 법인데.

미가 웃음을 터뜨렸다. “끔찍하네. 저 여자는 어떻게 노래를 저렇게 한담? 나도 저 가수처럼 됐으면 좋겠어요. 잘 먹고, 옷 잘 입고, 아무 걱정도 없고 말이에요.”

“당신도 저 사람보다 나쁠 게 없는데.”

“저도 저렇게 되려고 노력해볼게요. 멀리 떠나려면 돈도 많이 필요하겠지요?”

“그럼, 많이 필요하지.”

“그러면 아무 데도 안 가면 되겠네요.”

“어떻게 그렇게 생각하나?”

“왜요? 제가 덕이었다면 어리석은 일은 아예 하지 않을 것 같아요.”

“원, 세상에! 아직 집이 멀었나?”

“한 시간 더 가야 해요.”

“잠이나 잘게. 당신과 말하다 보면 얘기가 어디로 가는 즐 몰라.”

다음날 아침, 일찍 사무실로 나갔다. 책임자가 우리 설계계약이 승인을 받아 삼백만 동*을 받게 되었다고 알려주었다. 그는 그 가운데 백만 동을 우리 팀에게 줄 계획이라고 했다. 나는 투안과 미가 빨리 와서 이 기쁜 소식을 접하기 바랐다. 그리고 또 책임자에게 우리 계획이 현장에서 어떻게 진행되고 있는지 알려주고 싶었다. 투안이 출근한 후, 우리는 열 시까지 기다려보았다. 결국 책임자는 회의 때문에 안 되니 오후에 보자고 했다.

책임자는 미가 아이들 문제 등으로 바빠 도착하지 못한 것으로 생각했다. “너무 열심인거 아냐?” “미 같은 주부가 정말 주부지. 미 같은 엄마가 정말 엄마야. 그런 여자는 처음 봤어.”

나는 아무 말도 하지 않았다. 투안이 두 시에 돌아오겠다며 사무

---

* 동(dong)은 베트남의 화폐 단위이며, đ로 표기하거나 VND(Vietnam Dollor)로 표기를 한다. 200, 500, 1000, 2000, 5000동의 지폐와 동전이 있으며 10,000, 20,000, 50,000, 100,000, 200,000동의 지폐로 나뉜다. 삼백만 동은 우리 돈으로 172,500원 정도이다.(2011년 2월 기준)

실을 떠났다. 나는 책상에 앉아 신문과 편지 몇 개를 꺼내 읽기 시작했다. 잠시 후 사무실로 걸어오는 미의 발자국 소리가 귀에 들렸다. 그녀는 구석자리로 가 앉았지만 나는 그녀에게 눈길을 돌리지 않았다. 한편 그러기가 두려웠다. 여자의 불행이 어떤 것인지 난 아직 이해하지 못하고 있기 때문이다. 그 불행이 과연 진짜 불행인 건지도 몰랐다.

미는 서류를 꺼내더니 뭔가 쓰기 시작했다. 그러다가 더 이상 침묵을 못 견디겠다는 듯, 말을 꺼냈다. 항상 같은 식이었다. 그녀는 우선 자신이 살고 있는 지역의 거주관련 프로젝트가 어떻게 진행되는지 내게 말해주었다. 전 지역에 쥐가 들끓고, 늙은 쥐들이 워낙 크고 무지막지해서 사람들이 놀란다는 것이다. 게다가 사람들도 쥐와 다를 바 없어서 틈만 있으면 기어 들어와 둥지를 튼다고 했다. 꼭 장바닥처럼 난장판이라는 것이다. 마치 그곳 거주 프로젝트에 소위 "문명의 꽃"이라는 것이 온통 집중되어 있는 것 같았다.

"저, 덕." 그녀가 내게 말했다. "지난 밤 집에 도착했을 때 너무 웃긴 걸 보는 바람에 눈물이 다 날 뻔한 일이 있었어요."

"뭔데."

"화장실이 있는데, 그 밑에 정화조가 있거든요 사람들이 오물을 비료로 쓰려고 거기에 구멍을 뚫었어요 그런데 그 정화조가 항상 넘쳐서 구멍 뚫린 데로 흐르곤 했어요 그날 밤 그 구멍을 막아야 하는 걸 깜박했는데, 어느 집 손님인가 전기가 나가 깜깜한 가운데

그곳에 간 거예요. 그러다가 그만 빠져서 익사할 뻔 했다지 뭐에
요.”

“그래서?”

“황소처럼 울부짖었다는데, 하여튼 한참 걸려서 그 사람을 꺼냈
어요. 그런데 설상가상으로 물이 부족한 바람에 오물을 닦으려면
별 수 없이 그 사람을 하수구에 집어넣을 수밖에 없었어요. 그런 다
음 집집마다 한 동이씩 몸 씻을 물을 추렴했어요. 그날 밤 내내 그
사람이 고열에 시달리는 바람에 결국 병원 응급실로 옮겨 놓았지
뭐에요.”

“왜 열이 났는데?”

“너무 겁을 먹어서 그랬다나 봐요. 제게 그 일이 벌어졌다면 전
아마 못 살았을 거예요.”

나는 가만히 미의 얼굴을 쳐다보았다. 그녀의 큰 눈망울에서 어
제 그녀가 겪었던 고통은 더 이상 찾아 볼 수 없었다. 그건 항상 우
리가 봐왔던 얼굴, 삶의 괴로움에서 벗어나지 못해 지치고 분노에
찬 바로 그 얼굴이었다.

그녀는 곧바로 “대단한 공작”에 관한 이야기를 들려주었다. 식구
들을 모두 데리고 시골을 떠나 팔 제곱미터 되는 쬐그마한 공간으
로 비집고 들어온 끔직스러운 늙은 노인네에 대한 이야기였다. 그
노인은 그 땅 위에다 삼 층짜리 건물을 지었는데 각 층 천장이 너
무 낮아 사람들이 앉아서 지내야만 했다. 더 이상 층수를 올리지 못

하자 그는 천장에 구멍을 뚫어 위로 기어 나올 수 있게 만들어, 옆 아파트 옥상으로 가 그 옥상을 다른 아파트 사람들과 같이 사용했다. 노인네는 거기에 등을 달고는 매일 밤 마치 귀신 들락거리듯 다니다가, 어느 날인가 천장이 무너지는 바람에 어떤 부부의 옷장 위로 떨어지기도 했다는 것이다. 사람들이 간청도 하고 욕을 해대기도 했지만, 그 노인네는 귀 먹어 안 들리는 양 귀를 이리 댔다가 저리 댔다가 했다는 것이다.

노인은 거리에서 오래된 빗자루와 낡아빠진 그릇을 모아 갖고 와서 거주 프로젝트의 공간에다 숨겨 놓곤 했는데, 한구석에다가는 낡은 타이어 두 짝을 쌓아 놓고 그 중 하나에다가는 마른 나무 등걸을 모아 두었다. 몇 년이 지나면서 이것들이 썩기 시작하자 쥐와 바퀴벌레 소굴로 변했는데, 그래도 아무도 손도 못 대게 했다는 것이다. 지역위원회나 심지어 도시인민위원회 사람들도 가까이 못 하게 했을 정도였다고 했다. 마을 마당에서 크게 떠들어대는 바람에 몇 백 명이나 되는 마을 사람들도 놀란 나머지 노인에게 말 한마디 못하고 있었다고 했다.

그 노인은 마치 자기만의 성채에서 대단한 공작이나 되는 듯이, 냄새가 진동하는 그 팔 평방미터 공간 건물에서 만족하며 살게 되었고, 딸 결혼도 성사시키고 아들놈도 장가보내고 자기 아버지 장수파티도 했다는 것이다. 이 모든 걸 창고 같은 그 삼 층 건물에서 성대히 베풀었다. 하객들은 모두들 고개를 숙이고 다닐 수밖에 없었고, 안이 너무 무더운 나머지 밖으로 나올 때면 마치 둗에 끓인 새우처럼 벌건 얼굴을 하고 나왔다는 것이다. 어느 날인가는 섭씨 39도 되는 날인데, 집안 온도는 더 높았었는데, 노인이 웃통을 홀딱 벗고 앉아, 위스키를 마시고 생선 대가리를 먹으면서, 라디오를 켜 놓고 다리를 흔들대고 있었다. 라디오는 항상 소리를 최대로 키워 놓았었다고 한다. 이 노인은 미에게도 악몽 같은 사람이었고 그 동네 모든 겁먹은 사람들에게 악몽 같은 존재였다는 것인데, 그 노인 이야기만 나오면 마을 사람들 모두 그저 웃고 말았다는 것이다.

"어제 이 대단한 공작이 천을 구했는데, 집에 가서는 자기 부인 에게 이걸 사라고 했다는 거예요. 두 사람이 한참 흥정을 했대요." 미가 말했다.

"그런데 뭔 일이 벌여졌는가 보지?"

"노부인이 오백 동을 깎아 달라고 우겼는데, 노인네가 거리채를 잡아 '3층' 아래로 내동댕이쳤다는 거예요. 노부인이 의자 모서리에 떨어지는 바람에 병원에 실려가 관자놀이에 세 바늘을 꿰맸다는 거 예요. 부인을 병원에 두고 집에 돌아온 노인네는 지붕 아리 마루에 서 왔다 갔다 하다가 누군가의 전선을 건드려 그만 감전돼고 말았 어요."

"그래서 죽었어?"

"아니. 그 사람은 벼락을 맞아도 죽지 않을 사람이거든요."

"그럼 그 노인 이야기가 계속 되는 거네?"

"어떻게 끝이 나겠어요? 계속 할게요."

"좋아! 그 노인 이야기가 내게 힘을 북돋아주네. 웃음은 사람을 건강하게 만들거든."

"언젠가 내가 들려 준 대학 철학교수 이야기 기억해요? 아이들이 자벌레라고 부른 사람말예요."

"벌써 몇 번 얘기했지."

"그 사람 학위가 세 개나 된데요. 하나는 국내에서, 둘은 유럽에서 받았다네요."

"너무 많이 받았네."

"어제 열쇠공의 자전거에 구멍을 내다가 현장에서 잡혔어요. 두 집 간에 쓰레기 버리는 장소 문제 때문에 싸움이 났다는 거예요. 그 사람은 상대방에게 잔뜩 화가 났지만 아무 말도 안 했답니다. 누구든지 남에게 화가 나면, 이 사람은 결코 말을 하지 않는다네요. 그러다가 어두워지면 다른 사람들 타이어에 송곳으로 구멍을 낸답니다. 한번은 어떤 여자의 물시금치 바구니에다가 자기 애 오물을 던졌다가 그 여자가 그 사람 입에다 그 오물을 다시 처넣은 적도 있었다는 거예요."

"오늘은 열쇠공 아들 둘이서 대나무 장대로 그를 팼어요. 지금까지 두 가족 모두 경찰서에 구금되어 있어요. 게다가 이 자는 도벽증도 있어서 뭘 훔치곤 했는데, 어느 날인가 계란을 훔치다가 아이들에게 걸린 적도 있어요. 그런데 학위가 세 개나 된다니. 대학 안 나온 사람은 또 되게 무시한다네요.”

우리는 눈물이 나올 정도로 크게 웃었다.

“아마 이 사람도 처음부터 그러지는 않았을 겁니다. 서서히 죽으면서 자기를 더럽히게 된 걸 거예요. 저도 마찬가지고 언젠가 저도 그런 끔찍한 여자가 될지 몰라요.”

“아니, 미는 그럴 리가 없지.”

“아니, 피할 수가 없어요. 저도 매일 그 놈의 대단한 공작이 죽기 바라면서 저주 했거든요. 심지어 벼락이 내려도 안 죽을 사람인데 말입니다. 시골 출신인데 어려서부터 게를 잡고 달팽이를 잡아먹어서 그런지 믿지 못할 정도로 건강하다는 거예요. 그 큰 덩치와 마치 구리로 만든 종처럼 크게 울리는 목소리로 남들을 괴롭혔어요. 아무도 그 자를 피할 수 없었어요. 이 땅에서 사람들이 파리와 모기를 피할 수 없는 거나 마찬가지에요.”

“어렵다.”

“우리도 남들을 괴롭히는 파리나 모기 같은 존재란 말입니다.”

“그렇지 않아.”

“빈에게 편지를 보내서 부인과 이혼하지 말라고 해야겠어요.”

“맞아. 두 사람 다 아무 짓도 해선 안 돼. 그냥 지금처럼 살아가야 해.”

“아무 것도 할 수 없어요. 모두 다 끝났어요.”

“미!”

"그냥 울게 놔두세요. 오늘 아침 일어나 보니 제가 아직 모기장 안에 누워있는 거예요. 누군가 노래 부르는 소리가 들여오는데 아는 노래 같기는 한데 누구랑 같이 들은 노래인지 기억이 안 나는 거예요. 눈물이 왈칵 쏟아지더라고요. 결혼한 지 팔 년 됐는데 그렇게 울어보긴 처음이에요. 정말 아침 내내 쓸쓸했었어요. 자전거로 사무실에 오면서 계속 눈물을 흘렸어요. 눈물 때문에 길도 안보일 지경이었어요. 기찻길 건널목에서 한 무리의 사람들이 기차가 지나가길 기다리고 있었어요. 아무도 나에게 관심을 두지 않는다는 생각에 계속 눈물을 흘렸어요. 그런데 오토바이를 타고 가던 두 사람이 나를 본 거예요. 뒤에 앉은 사람이 제 얼굴을 보더니 씩 웃더라고요. 그 사람이 뭐라고 했는지 맞춰보세요?"

"기권할 테야."

"그 자가 내게 이렇게 말하데요. '이봐요, 어제 몇 번을 찍었기에 이렇게 낭패를 본 겁니까? 울지 말고, 첫 번이 실패했으면 다시 시도해 보세요.' 제가 아무 말이 없자, 그 사람이 심각한 표정을 짓더니 이렇게 말했어요. '오늘은 74번을 찍으세요. 당신이 마음에 들어서 번호까지 주는 겁니다. 내 말 듣고 74번 시도해보세요.'"

"기차가 지나간 후, 이 두 사람은 엑셀을 밟더니 사람들 사이로 들어가 이내 시야에서 사라졌어요. 아마 내가 도박꾼으로 보인 모양이에요. 하지만 그 순간 빈의 모습이 떠오르면서 이렇게 살면 안 되겠다 싶더라고요."

“우리 가서 커피나 한잔 먹자고.”

“그래요. 그리고 우리 다시는 이런 이야기 하지 않기로 해요.”

“맞아.”

“겨우 일주일 밖에 안 만났는데, 생각하면 빈을 만난 게 꼭 옛날 일 같아요.”

“그저 꿈이었다고 생각해.”

“아니면 내가 복권에 당첨된 거겠지요.”

“다 마찬가지야.”

그녀는 아직도 훌쩍거리고 있었다. 하지만 이내 안정을 되찾은 것처럼 보였다. 나는 그녀도 결국 이런 모든 것에 익숙해 질 것이라고 생각했다.

그런 다음 우리는 시내로 향했다. 그날 날씨는 아직도 두더웠다. 아무 일에도 손이 갈 수 없게 만드는 그런 날씨였다. 옆에 같이 걷고 있는 이 여자는 어리석게도 시간을 소비해버린 것이다. 이런 순간들이 꼭 필요한 것일까? 요즈음 사람들은 잘못된 번호를 선택했을 때 눈물을 흘린다. 미는 사랑 때문에, 아니 인생의 사소한 문제 때문에, 아니면 지나친 소망 때문에 눈물을 흘리고 있다.

전지전능한 달러

오후 세 시에 주엉 노인 집안의 자녀들 사이에서 세상을 떠들썩하게 하는 싸움이 시작되었다. 흥분한 아이들과 어른들이 마을 한쪽 구석으로 모였지만, 너무 가까이 다가가 감히 자기 생명을 무릅쓰는 모험은 아무도 하려 들지 않았다. 그 집안 식구들은 격렬해서, 그들 가까이 다가가면 누구든지 다칠 위험을 무릅써야 하는 것이다. 스스로 도망갈 길을 생각해본 뒤에야 모두 삼삼오오 짝을 지어 선 채 안전한 거리에서 싸움을 지켜보았다.

주엉 노인의 맏며느리인 쿠아가 그 싸움을 시작했다. 그녀는 여러 해 동안 고기 장사를 했다. 임신 7개월째인 그녀는 코끼리처럼 건강했다. 솜처럼 가벼운 듯 무거운 고기를 나르면서, 그녀는 남편의 쌍둥이 동생이 사는 집으로 달려갔다. 쿠아의 남편 이름은 캉이었고 쌍둥이 형제인 시동생 이름은 안이었다. 아주 오랫동안, 주엉 노인은 가족의 화목이라는 축복을 원했고, 그래서 처음 태어난 쌍둥이 형제에게 그런 의미심장한 이름을 지어주었던 것이다.

쿠아는 땅에 한 발을 딛고 다른 발은 장식 타일 현관에 올려놓은 채 "노래를" 부르기 시작했다. 이 마을에서 오랫동안 고기 파는 장사꾼이 "노래를" 시작하면, 이승에서는 아무도 그녀를 능가할 수 없다. 호기심 많은 구경꾼 중에서 가장 억센 남자도 귀까지 붉어졌다. 남자들 앞에서 당황한 여자들은 서로 쳐다보았다. 쿠아는 동서인 안의 아내를 겉치레로 대했다. 두 여인은 주엉 노인 집안에 며느리로 발을 디딘 이후 철천지원수가 되었다. 그래서 기회가 있을 때면 그들은 가장 나쁜 악담을 퍼부었다. 그러나 마을사람들은 오늘처럼 그들이 열 받은 모습을 보지 못했다. 싸움이 시작되자, 안의 아내는 전혀 수그러들지 않았다. 그러나 당연히 그녀는 고기 장사꾼과는 상대가 되지 않았다. 이제 그녀는 캉의 아내가 자기 가족에게 던졌던 많은 가시 돋힌 말을 되돌려주면서 돼지우리 옆 헛간 같은 부엌에 숨었다. 이것은 정말 다양한 합창 같았다. 이 순간을 어휘를 늘릴 좋은 기회로 알고 있는, 동네 꼬마들은 기쁜 나머지 와 하고 떠들면서 서로 달라붙었다.

캉과 안은 아직 그 싸움에 개입하지 않았다. 그들은 형제였고, 게다가 한쪽 뺨의 상처로만 서로 구분되는 쌍둥이였기 때문이다. 그 상처는 주엉 노인 때문에 생긴 게 아니고, 두 형제가 감옥에 있을 때 서로 싸우느라 생긴 것이었다.

그 순간, 두 형제는 각기 다른 장소에서 자기 아내를 지켜보았으며, 아무도 움직이려 들지 않았다. 캉은 길 건너 절름발이인 디엠이 운영하는 개고기 가게 안에 앉아서, 아내의 배를 계속 주시했다. 안은 헛간 같은 부엌 가까이에 흑단 나무단의 침대 옆에 앉아 있었다. 두 형제는 아내가 하는 말을 한마디도 놓치지 않았고, 술에 취한 듯 그들의 피가 역류하기 시작했다.

남편의 누이인 캔이 시장에서 집으로 돌아오자, 오토바이를 길 오른쪽에 세웠다. 마을 사람들은 그녀를 몹시 존경했다. 그녀는 온 마을을 통틀어 처음으로 오토바이를 몰고 다녔으며, 그런 인상적인 색깔의 오토바이를 처음으로 소유한 여자였기 때문이다. 그녀는 검 붉은 프랑스 실크 옷을 걸치고, 손톱과 발톱에는 진한 주홍빛 매니 큐어를 발랐다. 그녀의 옷은 마을 시장통의 여자 잡화 판매원의 옷과 같았다. 그녀는 온 마을에서 가장 큰 알루미늄 제품 가게, 즉 그녀의 거리에서 가장 크고 가장 번쩍이며 가장 장사가 잘 되는 가게 주인이었다. 그녀는 마을에서 가장 유명한 여자였는데, 아주 다정하면서도 날카로워서 그녀의 저주를 들으면 잡초라도 오그라들 정도였다. 안의 집으로 나긋나긋 우아하게 걸어 들어오는 지금 이 순간에도, 그녀는 침착해보였다. 그녀는 두 올케 사이에 자리를 잡더니 이렇게 말하기 시작했다. 증오심이 이글거리는 이 격렬한 분위기에서 여느 때처럼 상냥한 그녀의 목소리는 너무나 냉정해서 등뼈를 오싹하게 했다.

"그만 둬요. 제발. 우리 가족은 이미 충분히 저주를 받았다고요."
그녀가 말했다. 그러더니 그녀가 목소리를 높였다. "냐오, 어디 있
니?"

냐오는 선천적으로 다리를 저는 불구에다 두 팔을 얼굴까지 들지
못하는 고통 때문에 유순하고 바보 같았다. 이 때문에 셔츠까지 줄
줄 흘러내리는 콧물도 닦지 못했다.

냐오는 고개를 하늘로 젖히고 히죽대면서 집에서 나왔다. 그는
바느질 땀을 따라 금줄로 수놓은 타이(Thai) 진을 잘 차려입었다. 누
드 서양 여성의 모습을 도드라지게 장식한 호주머니 주위 셔츠에
침이 묻어 있었다. 캔은 불쌍한 막내 남동생의 목덜미를 잡고 먼저
캉의 아내 쪽으로 밀치다가, 안의 아내에게 밀쳤다.

"새 언니들, 이렇게 해봐요." 그녀가 말했다. "계속 싸우다가 이
애를 반으로 나누세요. 둘 다 반씩 가질 수 있겠네요. 얼마나 좋아
요. 그렇게 무가치한 존재가 갑자기 왕위에 오르다니요. 그 앤 모든
사람의 응석받이로 자랐죠. 우리가 이 애를 반으로 나누는 것 말고
뭘 할 수 있겠어요? 아무도 불평할 수 없어요. 죽든지 살든지 그 앤
별 차이가 없으니까요. 그러니 두 새언니가 이 시동생을 돌보느라
지칠 필요도 없겠네요."

부푼 배가 떨리더니 캉의 아내가 격렬히 저항했다. 그녀는 또한
뱃속의 아들 성격이 급해서 엄마를 한층 거세게 걷어찼다고 생각했

다. 그녀가 시누이에게 말했지만, 그 말은 안의 아내를 저주하는 악담이었다.

"나에게 뭐라 공격할 필요 없어요." 그녀가 시누이 캔에게 말했다. "올케도 저 난쟁이 얼굴의 여자를 이미 너무 잘 알잖아요 음란한 여자 딸이라 탐욕스러워요. 너무나 욕심 사나워요. 저 여잔 이미 두 달이나 시동생에게 매달려 있었죠. 두 달 동안이나요. 그래서 조상에게 바칠 제사용 개머리를 살만큼 돈도 많이 모았죠. 오늘 저 여잔 우리 집에 시동생을 보내줘야 해요. 하지만 아직도 시동생에게 매달려 있잖아요. 이미 두 주가 됐는데도 저 여자에게 계속 주의를 줬고, 심지어 내가 몸소 여기 왔어요. 하지만 저 여자는 아직도 시동생을 못 가게 하잖아요. 저 여자 뺨을 베어버릴 거예요. 저 여자 남편에게 가솔린을 부어버릴 거예요. 아내를 가르칠 줄도 모르고 마누라 치마폭에나 숨는 저 인간 말예요. 저 인간들은 왜 그렇게 욕심이 사납죠?"

사태가 그 지경이 되자 서로 더는 참을 수가 없었다. 안이 집에서 달려 나왔다. 전쟁 때 특공대원들이 쓰는 날카로운 칼로 태아가 있는 쿠아의 배를 겨냥해 찔렀다. 나중에 몇몇 사람은 태아가 지르는 비명소리를 들었다고 주장했다. 캉의 아내가 숨을 헐떡였다. 임신 7개월째인 배가 먼저 땅바닥에 닿았고 그 후에는 현관 가장자리에 얼굴이 부딪쳤다. 캉은 1.5미터나 되는 긴 쇠막대를 들고 절름발이 디엠의 집에서 달려 나왔다. 그는 아내를 도우려고 서두르지 않았다. 그는 극도의 흥분 상태에서 동생의 뒤를 전속력으로 달렸지만, 사람들이 그를 말릴 수 있었다. 캔은 놀라운 장면, 일어날 거라고는 생각지도 못한 결과 앞에서 온몸이 꽁꽁 얼어붙은 채 서있었다. 캉의 아내 배 밑에서 흘러나온 피가 석조 안뜰에 번졌다. 캔은 잡고 있던 냐오의 목을 놓았다.

냐오는 그를 둘러싸고 일어난 소란에 무심했다. 대신 그는 입으로 알 수 없는 몇 마디 소리를 질렀다. 잠시 뒤에 그는 물통으로 걸어가서 물이 가득 든 바가지를 꺼내 힘껍게 마셨다. 물과 침이 웅덩이를 이루며 바닥으로 흘러내렸다.

*

젊은 시절 주엉 노인은 집에서 머나먼 도시에서 일하려고 가족을 떠난 기간요원이었다. 그는 시청 무역 연합 사무소의 재정 파트에서 일하는 직원일 따름이었다. 그러나 이 외진 마을에서는 모두들 그가 아주 중요한 요직을 차지한 줄로 알고 있었다. 마을에 전기가 들어오기도 전에 그는 자기 머리통만큼 큰 오리엔탈이라는 브랜드의 라디오를 들고 다녔다. 그가 어딜 가든 라디오에서는 큰 음악소리가 울려 퍼져서, 아이들은 떼를 지어 그를 따라다녔다. 그는 토요일 저녁이면 아주 흡족한 얼굴로 "인기 있는" 브랜드의 자전거를 타고 도시에서 집으로 돌아왔다. 그는 마을 어른들에게 차를 대접

하면서 동서의 정치 상황이나 마오(Mao)나 스탈린(Stalin) 같은 우상에 관해 이야기를 나누었다. 아무도 그의 도시 실생활이 어떤지 몰랐다. 거기서 그는 책상에서 잠을 자야 했으며, 매일 아침 6시면 일어나 담요를 접고 요를 개어 캐비닛에 넣어야 했다. 공동 부엌에서 밥을 먹으려면 매끼 3하오(hao: 베트남의 화폐 단위-역자주)나 들었다. 과중한 업무로 식사에 늦을라치면 언제나 부엌 아가씨가 그의 면전에다 욕설을 퍼부었다.

주엉은 아내와 자녀, 그리고 마을 사람에게 이 모든 것을 숨겼다. 어느 달인가는 빚을 갚으려고 식권을 모두 팔아야 했던 일도 그들에게는 숨겼다. 그래서 그는 식당에서 식사를 못 하고 빵과 소금으로 연명을 해야 했다. 또 그는 경비원이 문을 잠근 뒤 사무실에 늦게 돌아와서 휘몰아치는 빗속에서 비를 줄줄 맞으며 처마 밑에서 밤을 지새워야만 했던 일도 말하지 않았다. 그는 그때 너무 아파서 거의 죽을 뻔 했다.

막내인 냐오가 태어나기 전에, 주엉의 집은 거의 집이라고 할 수 없었다. 몇 가지 알 수 없는 이유로 노인은 갑자기 절망에 빠졌고, 이윽고 대오각성했다. 그는 곰곰 생각해보니 한때 우상시했던 스탈린과 마오가 실은 그저 보통 사람일 뿐이라고 차 마시는 친구에게 말했다. 그에게는 이제 다른 우상이 필요 없었다. 그게 바로 그가 깨달은 바였다. 그 뒤 주엉의 인생은 아주 바뀌었다. 쌍둥이 아들인 캉과 안이 갓 스무 살이 되었을 때 그들은 파병되었다. 하지만 6개월 만에 남부가 해방되었다. 노인은 두 아들을 제대시켜 달라고 군대에 간청했지만, 받아들여지지 않았다. 그러자 그는 두 아들을 재촉해서 도망치게 했다.

남북을 오가는 여객용 기차가 읍내를 지날 때면 노인과 두 아들은 반드시 기차를 탔다. 작고 기민한 캉과 안은 훌륭하게 몸을 숨겼고, 그들의 사업 여행은 한 번도 실패하지 않았다. 처음에는 여자속옷 장사를 했다. 이 나라 여자들이 나일론 속옷을 입기 시작한지 꽤 오래 되었다. 그래서 이제는 그걸 살 수 있으니, 아무리 비싸도 구입하려 들었던 것이다. 노인은 또한 북부의 말린 마늘과 아니스 열매, 계피를 사다가 남쪽에 팔았다. 여윳돈이 꽤 생기자, 두 아들을 훈련시켜 금 장사를 시켰다. 캉과 안이 기차 장사꾼을 6개월만 사귀면 그 뒤에는 어딜 가나 사람들은 그들 형제를 피했다. 두 쌍둥이 형제가 나란히 걷는 모습을 보면 심지어 들개들도 코를 킹킹거리다가 도망쳤다. 지금까지 쌍둥이 형제에게는 각자 3번씩이나 감옥형 선고 기록이 있다. 감옥에서 나올 때마다, 두 형제의 얼굴은 점점 더 거만해졌다. 형제가 길을 걷다 누군가를 발로 걸어차면, 발길에 차인 사람이 그저 황송하게 바라보다가 그들에게 사과를 하곤 했다.

주엉은 캉과 안이 살 집을 짓고 두 아들에게 각기 어울리는 며느리를 골랐다. 한 며느리는 고기 장사를 했고, 또 다른 며느리는 도박장을 갖고 있었다. 이 도박장 주인을 며느리로 얻은 것은 정말이지 축복이라고 하겠다. 그해 연말 그 지역 경찰이 쳐들어와 몽땅 다

가져갈 때까지 온 마을에서는 그녀의 도박장에 마음이 끌렸다. 그래도 주엉의 며느리는 마치 여주인공처럼 행동했다. 여러 달 동안 자기연민 때문에 눈물을 흘리지도 않았고, 임신한 그녀는 감옥에 갇힌 남편에게 음식을 날라대었던 것이다. 아이를 출산한 뒤에는 맥주 바를 열었다. 마을 사람들이 그런 즐거움을 안 게 도대체 얼마만인가? 그녀는 눈에 띄게 점점 더 부자가 되었다. 그러나 시아버지가 금 한 냥(tael)의 1/20을 빌리자, 그녀는 자신에게 돈을 갚을 뿐 아니라 한 잎(Trinh)도 빼지 말고 이자까지 갚으라고 했다.

주엉조차 돈에 대한 두 며느리의 탐욕에는 주춤 했다. 한번은 캉의 아내가 부엌을 짓겠다고 시부모님에게 경질재 재목을 빌렸다. 부엌을 다 짓고 나서, 며느리는 시아버지에게 와보시라고 했다.

"제 운이 너무 좋았어요." 그녀가 다정하게 미소를 지으며 말했다. "아버님께서 아주 좋은 나무를 주셔서 그 나무 대금을 지불해야 하는데, 아직도 그렇게 좋은 재질의 나무를 구할 수가 없네요"

시아버지는 입맛이 썼지만, 아무 말도 못했다. 왜냐하면 주엉은 수십 년간 기간요원으로 일을 해서, 지금 그의 며느리가 그를 속여도 예의범절이 너무나 강한 그로서는 며느리와 싸울 수가 없었기 때문이다. 며느리가 시아버지 스스로 오해했다고 생각하길 바라고 있으며 며느리가 나무를 빌린 게 아니라 선물로 원했다는 걸 깨닫자, 그는 더욱 화가 났던 것이다.

캉과 안을 낳은 뒤로, 주엉은 두 딸을 낳았다. 캔의 성격은 쌍둥이 오빠와 똑같았지만, 외모는 아주 딴판이었다. 캔의 체격과 힘은 농장 머슴 같았다. 수확이 적을 때면 캔은 결코 배불리 먹을 수 없었다. 그녀는 키가 너무 커서 쿵쿵 무거운 소리를 내며 걸었지만, 공부하다 외국에서 막 돌아온 바싹 마른 랜(Lan)과 결혼하기로 했다. 랜은 외국에서 몇몇 아랍인과 밀수입을 하다 걸렸다. 그래서 그 나라에서는 그를 추방해 버렸다. 베트남 대사관에서는 랜이 아무 문제없이 고국으로 돌아가게 해주었다. 왜냐하면 예전에 그의 외할머니가 지금은 거물급의 정부 인사가 된 어떤 사람이 숨은 비밀 벙커에 먹을 것을 갖다 준 일이 있었기 때문이다. 외국으로 가기 전에 랜은 대학 입시에 6번이나 떨어졌다. 마침내 7번째에 그는 돈을 박박 긁어모아 유럽으로 가게 됐다. 그러나 외국에서 몇 년을 지낸 후에도, 랜은 여전히 쇼핑할 때 필요한 몇 마디 기본적인 문장을 하기 위한 단어도 잘 몰랐다. 그럼에도 불구하고, 그는 아주 거부가 되었다. 그는 2천 개의 다리미와 4천 개의 알루미늄 그릇, 세 대의 냉장고, 1500개의 전기솥, 천 개의 압력솥, 많은 다른 잡다한 제품을 포함하여 컨테이너 7대 분량의 제품을 고국에 들여왔다. 모두가 값비싼 제품이었다. 랜은 "열 가지 사랑"이라는 시가 막 유행하던 시절에 산더미 같은 제품을 마을에 들여왔다.

1. 내복을 입고 있어서 당신을 사랑해.
2. 건어물을 잘 공급해주어서 당신을 사랑해.

3. 얼굴에 세면용 타월을 쓰니까 당신을 사랑해.

4. 매일 사용할 치약이 충분해서 당신을 사랑해.

5. 담배 파이프가 있으니까 당신을 사랑해.

당시 장차 랜의 친척이 될 사람들은 키에(Kieu)라는 시인의 시에 맞춰 다음과 같이 시를 낭송하곤 했다.

하늘이 우리를 벗게 하면, 그땐 벗어야 해.

하늘이 우리에게 내복을 입게 해주면, 그땐 입을 수 있어.

랜이 그 지역에 도착한 뒤에는, 모두 그의 얘기만 했다. 젊은 마을 여자들은 랜이 그렇게 오랜 세월 긁어가며 쌓아올린 번쩍번쩍하는 모든 냄비와 팬에 흥분했는데, 그 여자들 사이에서 캔이 단연 돋보였다. 달콤한 목소리와 뭐든 기꺼이 하는 두 손 덕분에 그녀가 단연 돋보였던 것이다. 랜은 캔과 결혼하면 그의 많은 제품이 사라지기는커녕 늘어날 거라고 생각했다. 랜 옆에서 걸을 때 캔은 번개에 쓰러진 나무 위에 거대한 모습을 드러낸 우람한 산처럼 보였다. 그러나 그녀는 그렇게 부유한 남편을 만나다니 자기 운이 아주 좋다고 생각했다. 그녀는 마을에서 못 좋은 시장 중앙에 가게를 열었고, 장을 보려면 누구나 그 가게를 지나가야 했다. 두 주에 한 번 꼴로 그녀는 물건 구입차 도시로 가곤 했다. 얼마 뒤에는 제품을 운

반해주는 트럭이 왔기 때문에 더 이상 도시로 갈 필요가 없어졌다.

　정부에서 수십 차례나 조사를 나와서 가게 문을 닫은 뒤에도, 캔의 사업은 여전히 잘 되었다. 그녀는 자금을 아주 잘 조달해 이층집을 지을 수 있었다. 한번은 명령에 따라 행동하는, 도시에서 온 기자 여럿이 그녀의 이층집 사진을 찍었다. 기자들은 반짝반짝하는 타일 욕조를 많이 찍었는데, 그 마을에서는 그런 욕조가 처음이었다. 그게 기자들의 말이었다. 타일 욕조가 있는 그녀의 집은 "부르주아 같은 삶"이라는 비판과 함께 신문에 실렸다. 캔은 이를 무시했으나, 정부에서 그녀의 이층집 중 한 층을 사무실로 쓰려고 빼앗자, 정말로 열을 받았다. 그 당시 그녀는 주변에서 저항을 해도 처벌을 받지 않는 걸 보았다. 그래서 그녀는 대담한 계획을 세웠다. 어느 날 그녀는 옷을 홀딱 벗고 머리에서 발끝까지 온몸에 물소 똥을 바르고는, 자기 집 안뜰에 드러누워 발길질하며 소리를 질렀다. 그러나 당국에서 들이닥쳐 그녀에게 수갑을 채웠다. 그들은 그녀를 도시로 호송했고, 거기서 그들은 투기와 밀수, 부정 축재, 법에 대한 항거 혐의로 그녀를 고소했다. 18개월의 집행유예가 선고되었다. 결국 그 지역의 작은 수예품 사업 사무실이 그녀 집의 2층으로 이사했다. 그녀는 그게 싫어서 새 사무실과는 별도의 계단을 마련했다. 아래층에는 그녀의 가족이 살면서 제품을 저장하기도 했기 때문에, 묘책을 생각해낼 공간이 거의 없었다. 그러나 이번에는 남편 이름으로 새로이 사업 허가를 내어서, 그녀는 계속 자금을 늘려 나갔다.

이제 그녀는 손해 본 투자액을 벌충하고 싶어서 이전보다 더욱 서둘렀다.

캔의 여동생 이름은 트랑이었다. 그녀는 가족 중에서 가장 다정한 성격에 혼자 고등학교를 졸업했다. 그녀의 키는 남달리 커서 약 1미터 75센티나 되었다. 아마도 이 나라에서는 누구도 그렇게 키가 큰 여성과는 결혼하지 않을 것이다. 게다가 그녀의 눈꼬리는 찢어지고 광대뼈가 몹시 튀어나와 석조상 같았다. 그런 여성은 못생긴 여성이라 여겼다. 학교 재학 시절 내내 시들어빠진 식물처럼 병약한 읍내 남학생들은 한 번도 그녀와 함께 걸으려 하지 않았다. 아무도 그녀에게 다정한 말을 건네지 않았고, 그녀 쪽은 쳐다보지도 않았다. 트랑은 자기 운명이 아주 서글프다고 생각했다. 학교를 졸업하자, 집에서 재봉사 일을 했다. 전쟁이 끝나고 나자, 바느질이 쓸모 있어 보였던 것이다.

집에 있을 때, 그녀는 거의 웃지 않았으며 말수도 적었다. 캉과 안, 캔은 모두 자기 소유의 집이 있었다. 트랑은 낡은 부모 집에서 부모님과 불구인 남동생 냐오와 함께 살았다. 주엉 노인이 남북을 왕래하는 기차간에서 처음 장사를 시작한 이후, 그 집은 벽돌로 다시 지어져서 이제는 그가 보았던 남부 지방의 집처럼 평면 지붕이 생겼다. 집이 더 넓어졌지만, 그 집에는 언제나 욕설이 난무했다. 늙으면 늙을수록, 주엉의 말수는 적어졌다. 그는 가끔 딸에게 눈을 떼지 않고 지켜보다가 이렇게 비웃었다. "애, 못생긴 애야! 절에 가서 주지 스님에게 청소부 자리라도 부탁해야지. 건달도 너하곤 결혼하지 않을 테니 말이야. 그러니 결혼을 기다린다고 빈둥대지 말거라. 넌 눈에 거슬리는 애물단지에 불과해."

그의 조소는 냉정하게 들렸지만, 자세히 살펴보면 그의 눈에 글썽한 눈물이 보였다.

주엉의 부인으로 말하자면, 나날이 신경이 날카로워졌다. 깡말랐지만, 그녀의 욕설은 구리종 소리처럼 쩌렁쩌렁 울렸다. 그녀는 매우 민첩했다. 그녀는 욕하고 싶으면 언제든지 욕할 핑계를 찾아냈다. 그녀는 마룻바닥에 놓인 빗자루를 비롯해 트랑이 깜빡 잊고 벽이나 테이블에 걸지 않은 바구니에 이르기까지 매사에 욕설을 퍼부어대곤 했다. 이 모든 것은 그녀로 하여금 지나간 옛 시절에 대해 욕지거리를 퍼붓게 만들었다. 가족이 많은 고통을 견디는 동안, 주엉이 도시와 마을을 즐거이 오가던 시절 말이다. 부인이 두 쌍둥이 아들을 거둬 먹이려고 게와 달팽이를 잡아야 했던 시절에 대해 욕을 하면, 주엉은 부인 귀에 대고 나직하게 이렇게 말하곤 했다. "당신은 그걸 견뎌야 해. 언젠가 국제적 가족을 얻기 위해 온 마을 사람이 고통을 참고 있어. 우리만 고통당하는 게 아니야." 그러고 나서 주엉은 큰 라디오를 집어 들고 다음 일요일까지 사라져버리곤 했다. 일요일마다 집에 돌아오면 아이들에게는 사탕 하나 주지 않고 호랑이처럼 먹어댔다. 다음날 떠날 때면 아내의 지갑에서 두 하우(hao, 1/10)를 훔치곤 했다. 아내에게는 두 하우 이상의 돈이 없었지만, 그래도 그는 그 돈을 갖고 가곤 했다. 한번은 아이들 옷을 해 주려고 두었던 천 조각마저 몰래 들고 나가 그 천을 팔아먹었다. 집에 너무 비가 새서 비가 올 때면 마치 집안에 비가 오는 것 같았다. 캔이 태어났을 때, 그녀는 소금만 친 쌀죽을 먹었다. 두 아들은 똥을 집어먹으면서 집의 웅덩이를 기어 건넜다. 그즈음 주엉의 수입은 너무 적어서, 그 시절에 안의 부인이 소금 절인 살구를 먹는데 소비하는 돈만큼도 안 되었다. 얼마나 쓸모없는 인간인가.

날이면 날마다, 그게 그녀가 하는 타령이었다. 이런 타령을 할 때마다, 주엉은 버럭 소리를 질렀다. 그는 자기 손이 닿는 것은 뭐든 때려 부셨다.

우기가 한창 정점에 달한 어느 7월, 그는 아내를 구타했다. 주룩주룩 내리는 비는 그 집의 평면 지붕에 아무 영향도 주지 않았다. 주엉이 대각성을 하자, 남북을 왕래하는 기차간에서 장사를 시작했는데, 그는 그 대각성 이후 집의 지붕을 고쳤던 것이다. 바깥 날씨는 음침했다. 어린 냐오가 현관으로 기어나가 빗물 속에서 놀았다. 트랑의 음울한 재봉틀 소리가 계속 들려 왔다. 주엉의 부인은 침대 아래 놓인 반짇고리를 보더니 욕을 하기 시작했다.

"반짇고리를 침대 밑에 두다니." 부인이 딸에게 소리쳤다. "이 갈보야! 네 애비 같은 떠돌이가 언젠가 바보 같은 약 몇 알을 먹더니 가치 없는 백치를 낳았지 뭐야. 폭탄이 투하되었길래 네 애비에게 전보를 쳤더니 집에도 안 오더구나. 폭탄으로 집이 무너졌을 땐, 한 손에는 캔을 안고 다른 손으로는 무너진 벽돌 아래서 쌀 한 자루를 끌어내야 했었다고 그렇게 하지 않았으면, 누가 내 새끼를 먹여줬겠니? 네 그 멋진 얼굴 좀 보렴. 넌 캉의 마누라 발뒤꿈치도 핥을 자격이 없어. 새아기는 빈손으로 시작해 이젠 한 재산 일궜다고"

주엉은 술을 마시고 있었다. 빈 병을 들고 이를 악물더니 아내에게 술병을 던졌다. 주엉 부인은 악! 하고 소리를 지르더니 쓰러졌다. 부인의 뇌가 병의 파편에 찔렸던 것이다. 병원에서 집에 돌아오자, 한창 열이 오르다가 몇 달 간 걷잡을 수 없이 열이 내리더니 그녀는 마침내 죽어버렸다.

두 달 후, 술에 취한 채 수영하러 갔던 주엉 노인은 연못에 빠져 익사했다. 트랑이 아버지를 찾으러 갔을 때, 나무처럼 뻣뻣해져 물 히아신스 사이에 얼굴을 처박고 누워있는 아버지 모습을 발견했다.

부모님 장례를 치른 뒤, 주엉 자녀들은 돈을 찾아 각기 다른 방향으로 새 길을 가기 시작했다. 마을 가장자리에 있던 옛집은 더 황폐해졌다. 트랑의 재봉틀에서는 하루 종일 찰칵 덜컥거리는 소리가 났다. 고개를 한쪽으로 젖힌 냐오는 자기가 흘린 침을 갖고 놀고 있었다. 가끔 그는 옷을 벗어 던지고 아버지가 물에 빠져 익사한 연못으로 홀딱 벗은 채 걸어 들어가 물속에 다리를 고정시켰다.

거의 서른 살이 되자, 트랑은 한층 더 거칠고 못생겨 보였다. 옆집에서 칠리 쏘스를 파는 그녀의 친구 칸은 아이를 낳게 해줄 남자를 찾아보라고 트랑에게 말했다. 그러나 트랑은 다정한 성격에 남자라고는 거의 사겨보지 않았기 때문에, 그런 생각만 해도 귓볼이 발개졌다. "이 바보야!" 트랑이 이렇게 말하며 친구를 나무랐다.

칸이 대꾸했다. "네가 바보지, 자식도 없이 죽을 셈이야? 너무나 값져서 간직해야 하는 게 뭔데?"

트랑은 아무 말도 못하고 울기 시작했다.

갑자기 가극단이라도 오는 것처럼, 활기 없는 마을에서 사람들이 부산을 떨기 시작했다. 산자락 밑에 이름없는 작은 시멘트 회사가 커지고, 먼 나라에서 전문가와 일꾼들이 도와주러 왔다. 마을 곳곳에 도로가 확장되었고 눈부신 아스팔트 포장이 되었다. 건축자재를 끌어올리는 거대한 호송 트럭들이 트랑의 집을 지나 산기슭의 작은 언덕으로 이동했다. 이즈음 트랑은 마음이 너무 불안해서 바느질도 거의 못할 지경이었다. 모든 다른 마을 주택처럼, 그녀는 바느질 가게를 깔끔하게 치웠다. 그녀는 새로운 화장품을 진열하려고 유리장을 구입했다. 여기 오는 서양 남자들이 아내를 함께 데려올 거라는 소식을 들었기 때문이다. 그러고 나서 그녀는 영어를 배우러 마을 학교 영어 선생님이 가르치는 반으로 갔다. 그녀는 장차 고객과 영어로 대화할 수 있었으면 했다. 그녀는 매일 밤 앉아서 "좋아, 좋아."라고 발음했는데, 냐오는 이 발음이 이상한지 얼굴을 돌리고 웃었다. 어두운 주영의 집에 별이 비치는 것처럼, 그 집안에서는 트랑이 가장 똑똑했다. 그녀는 영어를 아주 신속히 배웠고, 발음도 아주 정확했다. 영어 선생은 이 점을 알아차렸고, 처음으로 이 남자는 짐

짓 친절하게 그녀를 바라보았다. 비록 그녀의 키가 너무 커서 선생의 키가 그녀의 어깨에 닿았지만.

산 아래 있는 주택의 건축이 끝나자마자, 서양인 부부들이 속속 도착하기 시작했다. 얼마나 신속하던지 쏟아져 들어오는 달러가 정말로 많은 차이를 만들어냈고 건물은 빨리 지어졌으며 아주 아름다웠다. 그들은 줄곧 사이공에서 벽돌공을 데려왔다. 곧 주택 마당의 바닥을 돋운 원형 화단에 꽃이 만발했다. 기어오르는 포도나무가 이미 백인 주택 단지를 둘러싼 철문 울타리를 뒤덮었다. 사람들은 밖에서 들여다본 광경에 넋을 잃었다. 더운 열대 밤의 기후 때문에 백인들 몸에서 땀이 나거나 나쁜 냄새가 나지는 않았다. 그들은 하루 24시간 내내 에어컨을 윙윙 틀어댔다. 마을 아이들은 백인주택 단지를 둘러싸고 관찰했다. 하지만 오래된 조상 숭배 관습을 따르기 때문에, 마을사람들이 들어오지 않고 일정한 거리를 유지한다는 사실을 백인들은 알고 있었다.

어느 날 아침, 철문 울타리 사이로 구경하던 마을사람들은 짧은 반바지 차림에 털이 복실복실한 남자가 포장된 화려한 안마당에서 줄곧 혼자 공을 갖고 노는 모습을 보았다. 늙은 정원사는 감탄하는 눈초리로 그를 바라보며 서 있었다.

이 지역에는 놀 만한 장소가 없어서 "Mr. 서양 사람들"은 가끔 읍내에 나가 산보를 하곤 했다. 멀리 북유럽에서 나고 자란 사람들에게 그 마을은 아주 비좁았던 것이다. 그러나 그들은 여기 이곳을 좋아했다. 이곳에는 조용하고 한 줄로 된 나무(xa cu)들이 늘어서 있고, 고대 우물이 있었기 때문이다. 그 우물은 좀개구리밥(duck weed)으로 뒤덮이긴 했지만, 여전히 매우 아름다운 벽돌로 만들어졌다. 모든 게 다른 마을과 비슷했다. 잡다한 가게들. 기계 수리가게들. 훌륭한 가게들. 슬로건이 도처에 걸려 있는데, 몇몇은 밝은 적색이었고 다른 것들은 순백색이었다. 서양 사람들은 모든 것에 흥미를 보이며 한가로이 어슬렁어슬렁 걸어 다녔다. 치즈 한 조각을 처음 발견한 열대 파리떼처럼, 꼬마들이 서양사람 뒤를 시끄럽게 졸졸 따라다녔다. 치즈 조각이 돌아서서 꼬마들을 볼 때마다, 파리떼는 윙 소리를 내며 흩어졌다가 잠시 뒤면 다시 몰려들었다. 가끔 저 "Mr. 서양 사람들"은 트랑의 유리 진열대를 들여다보았지만, 좀처럼 사지는 않았다. 트랑에게는 그들과 서툰 영어로 대화할 기회가 생겼다. 그녀는 서양 사람이 자기 말을 이해할 뿐 아니라, 자기도 서양 사람들 말을 이해할 수 있다는 걸 깨달았다.

어느 일요일, 트랑은 사이공에서 들여온 타이의 풀오버 셔츠를 입고 있었다. 그녀는 그날 아침 머리를 감아 빨리 마르게 머리를 늘어뜨렸다. 또한 입술에는 립스틱을 조금 발랐다. 화장품의 재미난 점은 화장품을 바르면 화장한 사람들이 덜 못생겼다는 생각에 자신감을 더욱 갖게 된다는 것이다. 그녀는 자신을 거울에 비춰보고는, 가서 앉아 행복한 기분으로 밖을 내다보았다.

정오경 주택단지의 백인 남자가 읍내로 외출했다. 하루 중 더운 때였기 때문에 몇몇 "파리"만 그 남자 뒤를 졸졸 따라다녔다. 그는 거의 아무 데도 가지 않았다. 실은 오늘 처음으로 읍내 외출을 한 것이었다. 그는 반바지 차림이었는데, 작열하는 열대의 태양 아래 불편해 보였다. 그는 트랑의 가게로 가서 비누 두 줄과 프랑스 향수 한 병을 샀다. 그녀가 그에게 돈을 거슬러 주려고 섰을 때, 그는 이 나라 남자들에게 관심을 받지 못한 그녀의 큰 키를 요리조리 주의 깊게 살폈다. 그는 그녀가 사랑스럽다고 생각했다. 그는 그녀의 날 씬한 허리를 몰래 훔쳐보았다. 볕에 그을린 그녀의 맨팔과 긴 머리 에 그의 푸른 눈이 기뻐서 가느다란 실눈이 되었다. 트랑은 그 서양 남자에게 안녕히 가시라고 인사를 하고는 다음에 다시 가게에 오라 고 했다. 그는 다시 오겠다고 하면서 "당신은 참 아름답군요!"라고 진지하게 감탄했다.

이 마을에 삼십 년을 살았지만, 처음으로 누군가가 그녀에게 아 름답다는 말을 해준 것이었다. 이제 다른 국적의 남자가 영어로 그 녀를 칭찬하고 있었다. 그녀는 그 서양사람 말을 오해했거나 분명 히 잘못 들었다고 100% 확신했다. 다음 날 일과 뒤에 그 서양 사람 이 다시 나타나자, 그녀는 깜짝 놀랐다. 그는 손수건 한 장을 구입 해 떠나면서 다시 "아주 아름다워요!"라고 말했다.

트랑은 칠리 쏘스를 파는 친구 칸의 집으로 헐레벌떡 달려갔다. 그들은 함께 사전을 찾아봤다. 그는 정말 "아주 아름다워요"라고 말했던 것이다. 그가 정직한 것인가, 아니면 그녀를 놀리고 있는 건가? 두 여자는 놀라서 서로 바라보았다.

그날 이후 내면에서 환한 불이 타오르는 것처럼, 트랑의 거친 모습과 찢어진 눈꼬리가 바뀌었다. 그녀는 화장품을 부지런히 발랐고, 멋진 바지와 풀오버 셔츠를 입었으며, 머리를 길게 늘어뜨려 등을 대부분 덮었다. 그 서양 사람은 유리 진열대에 진열한 그녀의 물건을 거의 다 구입했다. 이웃 가게 사람들은 매일 오후 나타나는 그의 존재에 익숙해졌다. 그의 이름은 발음하기 아주 어려웠다. 트랑은 여러 번 사람들에게 그 이름을 말해줬지만 아무도 그 이름을 반복할 수 없었다. 그들은 다만 끝의 센이라는 음절만 기억했고, 바로 그 때문에 그를 센 씨라고 불렀다. 그는 가끔 트랑의 유리 진열대 옆에 놓인 의자에 앉았다. 한번은 그녀가 그에게 만들어준 녹차를 마셨다. 일어나 떠날 때마다, 그는 항상 그녀의 손에 키스해도 좋은지 허락을 구했다. 그가 처음 허락을 구할 때 그 제스처가 너무나 특이해서, 그녀는 두려움으로 얼굴이 창백해졌다. 그러던 어느 날 그는 그녀에게 청혼했다. 그는 그녀에게 자기 나이는 53세이며 아들만 둘 있다고 말했다. 큰 아들은 30세였다. 그에게는 이미 손자가 있었지만, 아내는 죽었다. 그는 너무 슬퍼서 여기 일하러 왔다. 그는 토목기사이며 아직 고국에 할 일이 있기 때문에 6개월만 여기 머물 것이다. 그가 고국으로 돌아갈 때, 그는 트랑이 자기를 동반해 주기를 바랐다.

트랑은 그에게 연민을 느꼈다. 겉으로 보면, 그 서양 남자는 부족한 게 없는 것 같았다. 행복해 보였지만, 그들은 쉽게 슬퍼지는 사람들이었다. 아내는 죽고, 자녀가 출가해서 혼자 외롭게 사는 센 씨처럼, 몇몇 사람은 심지어 비참했다. 아, 그것은 운명이었다. 센 씨의 청혼을 받아들인 그날 밤, 트랑은 잠을 이룰 수가 없었다. 그녀는 드러누워 눈물을 흘렸다. 부모님이 살아서 자기에게 이런 행운이 찾아오는 걸 보지 못했다는 사실과, 절름발이 남동생 냐오, 심지어 이웃의 예쁜 홍(Huong) 생각도 했다. 홍은 많은 구혼자를 버리고 자물쇠 제조업자와 결혼했는데 이제는 그 남편이 날마다 구타나 했던 것이다.

외국인과의 결혼에 따른 모든 절차가 아주 신속하게 진행되었다. 서양 사람들과 그 주택 단지 사람들이 떼를 지어 트랑의 집으로 왔다. 트랑의 거리에 사는 사람은 날마다 이런 행사가 있는 거 아니므로 몹시 흥분했다. 캉의 아내와 안의 아내는 질투심 때문에 배가 아팠다. 이는 분명 눈먼 고양이가 튀긴 생선을 얻은 격이었다. 캔은 여동생 이마에 자기 손가락을 갖다 댔다. "넌 70세대가 가질 법한 행운을 다 가졌구나." 캔이 말했다.

캉과 안은 여느 때보다 더 말없이 각자 생각에 잠겼다. "이건 금광이야. 이걸 캐려면 어떻게 해야 할까?"

그들은 부모 재산을 나누어 가졌다. 트랑은 비상시를 대비해 금을 구입하는데 자기 몫을 썼다. 부엌으로 말하자면, 냐오가 드나들게 그들은 별도의 문을 만들었다. 매일 형과 누나들은 냐오에게 먹을 음식이 있는지 확인해야 했다. 캔은 냐오의 돈을 늘려 그 이자로 그를 부양할 수 있도록 남동생의 돈을 보관했다.

센 씨는 트랑과 처가 식구를 차에 태워 결혼식에 참석하게 하노이로 모셨다. 트랑 거리의 사람들은 그녀가 목에 건 만년필 뚜껑만큼 큰 십자가가 달린 목걸이와 손에 낀 다이아몬드 반지를 보았을 때, 놀라서 숨이 막힐 정도였다. 이 두 보석은 센 씨가 준 선물이었다.

신부를 데려갈 날이 오자, 온 마을사람들은 마치 정치 집회나 되는 듯 떼를 지어 거리로 나갔다. 그날, 트랑은 아주 긴 드레스에 머리에는 흰 꽃을 달고, 장미 부케를 들었다. 그녀는 신랑 어깨에 닿을 정도로 우뚝 섰다. 그녀가 너무나 매력적인 여성으로 보여서 그 마을학교 영어 선생은 질투심으로 가슴이 쓰렸다. 그녀는 자기가 가르친 여자 제자 중에서 제일 못 생겨서, 따로 돈을 더 줄 때까지는 수업에 들어오지도 못하게 했었다.

캉과 안, 두 형제는 검은 옷을 입었는데, 그 때문에 더 키가 작고 얼굴은 더 험악해 보였다. 캔은 남편의 팔짱을 꼈다. 그녀는 살구색 아오자이(ao dai)를 입고 목에는 흰 진주 목걸이를 걸었다. 삐쩍 마른 랜은 아내 옆에서 어정어정 걸었다. 신랑신부는 흰 꽃으로 장식된 자가용을 탔다. 처가 친척은 버스에 올랐다. 신부를 태운 차는 아주 서서히 움직였고 트랑 거리 사람들은 그 차 뒤를 따라 같이 걸었다. 냐오만이 혼자 부엌 안마당에 서 있었다. 그는 잠시 중얼거리더니, 옷을 벗고 연못으로 가서 두 다리를 흔들었다. 거머리가 다리에 달라붙어 있었다. 냐오는 거머리를 떼더니 머리에 올려놓았다. 그것은 너무나 재미있는 게임이라, 그는 결혼식 행렬이 멀리 사라져도 쳐다보지도 않았다.

두 달이 지난 후에도, 마을 사람들은 그 결혼식 이야기를 했다. 왕에게 바쳐진 농부 소녀의 이야기와 다를 바가 없었다. 그녀의 결혼은 유례없이 많은 재산뿐 아니라 최고의 명예를 가져왔다. 이생에서는 지혜를 얻는 것보다 행운을 얻는 게 나은 법이다!

매일 시장으로 가는 길에 캔은 냐오에게 밥그릇을 건네주었다. 냐오는 어떻게 반만 먹고 나머지 반은 저녁 식사로 남겨야 하는지 알고 있었다. 그녀가 시장에서 돌아올 때면, 가끔 동생에게 케이크나 쏘시지 한 조각을 갖다 줬다. 그녀는 좀처럼 남동생이 굶주리게 하지 않았다. 그러나 그녀에게는 남동생을 목욕시켜줄 시간이 없었다. 이제 소년의 거리에 사는 아이들은 새로운 게임을 생각해냈다. 그들은 냐오를 에워싸고 그의 머리에서 이를 잡았다. 그들은 이를 한 웅큼 잡은 다음, 포장된 안뜰에 내려놓고, 이가 펄쩍펄쩍 뛰는 걸 지켜보면서 와 하고 떠들었다. 겨울이면 냐오는 한층 더 러워졌다. 한번은 캔이 사이공에 가자, 냐오는 배가 고팠다. 냐오를 싫어한다고 형수들을 나무랄 수는 없지만, 형들도 동생을 견딜 수가 없었다. 심지어 한번은 캉이 너 같이 보기 흉한 존재는 살 가치가 없다면서 그 소년을 찌르려고 협박한 적도 있었다. 냐오는 자신이 찾아낸 곳이라면 어디서나 누워 잤고, 가끔은 자기가 배설한 오물 위에서 자기도 했다.

겨울이 다가왔고 트랑은 전기난로가 있는 저택에 편히 정착한 것 같았다. 그녀는 사랑하는 남동생이 어떻게 지내는지 그 형편을 알 도리가 없었다. 캔이 가버린 동안, 냐오는 온몸에 종기가 나는 피부병에 걸렸다. 견딜 수 없는 악취 때문에 아이들도 감히 그에게 더 가까이 접근하지 않았다. 추워지면 불쏘시개용 나뭇가지를 모으려고 마당에 나갈 만큼 똑똑했지만, 그 열기 때문에 그는 더 가려웠다. 그는 옷을 벗고 피부에서 딱지를 떼어냈다. 그는 불에 구워질 때까지 다 구운 다음 딱지를 먹었다. 그는 자기 딱지가 아주 맛있다고 여기는 것 같았다. 며칠 뒤에 다시 딱지가 생기자, 그는 다시 딱지를 떼어내어 구웠다.

어느 날 안의 아내가 지나가다가 냐오에게 빵 한 조각을 던져주었다. 그녀는 시동생이 딱지를 굽는 걸 보고 구역질을 너무 심하게 해서 그 뒤로는 감히 되돌아갈 엄두도 못 냈다. 두통으로 고생한다는 캉의 아내는 냐오를 보면 기절할 것 같다고 말했다. 캔이 사이공에서 돌아왔을 때, 그녀는 똥파리떼에 둘러싸여 오줌과 똥으로 범벅된 매트에 쭉 뻗고 드러누운 냐오의 모습을 보았다. 그는 아사 직전이었다. 그녀는 가서 동생에게 국수 국물을 사줬는데, 국수가게에서 돌아오면서 내내 욕을 했다. 누구라고 이름은 대지 않았지만, 무정한 두 오빠와 사악한 두 올케 욕을 한다는 걸 삼척동자라도 알 수 있었다.

트랑이 보낸 첫 번째 편지가 온 집에 불을 질렀다. 이 작고 무미건조한 마을에서, 이쪽 거리 사람은 저쪽 거리 사람이 저녁으로 뭘 해먹었는지까지 다 알지라도, 이런 엄청난 이야기는 지나치기 어려웠다. 편지에서, 트랑은 집에 안전히 도착했다고 말했다. "그남편"가 매우 사려 깊고 모든 필요를 돌봐주기 때문에 "그"에게 잘 보호받고 있다고 그녀는 느꼈다. 그에게는 바닷가 작은 도시에 방 두 개짜리 집이 있었다. 그녀는 가끔 가서 앉아 뜨개질하곤 하는, 그 집 뒤의 정원을 아주 좋아한다. 그녀는 불쌍한 "그"를 위해 스웨터를 짜고 있으며, 그는 그녀의 요리에 정말 감사한다. "그"는 가끔 그녀를 레스토랑에 데려가거나 야외 피크닉에 데려간다. 여기서는 자전거를 타고 집에 가듯, 모두 다 자가용을 운전한다. 그녀는 "그"의 두 아들을 만났는데, 두 아들에게는 이미 직업과 가족이 있다. "그"의 두 아들은 그녀를 아주 존중하는 태도로 대한다. 어느 날 그녀가 "그"와 쇼핑을 갔을 때, 쇼핑센터 안의 작은 식료품 가게 주인이 전에 일하던 여직원이 남편과 함께 미국으로 막 떠났기 때문에 판매 일을 해보겠냐고 물었다. 그녀는 즉시 좋다고 했고, "그"도 그녀가 일자리 얻은 걸 기뻐했다. 왜냐하면 "그"가 일하러 가면, 내내 집에 혼자 있는 그녀가 우울해할지도 모르기 때문이었다. 그녀에게 일자리가 생겼지만, 힘든 일은 아니다. 그녀가 판매원으로 일한 이후, 모두 그녀를 아주 미인이라 여겨서 가게에 손님이 많아졌다고 주인은 말했다. 얼마나 이상한 일인가!

그녀는 그 달부터 냐오의 양육비를 고향에 있는 가족에게 보낼 수 있다고 했다. 매달 그녀는 100달러씩 보낼 것이다. 두 가족이 차례로 한 달씩 동생을 돌본 대가로 100달러를 받고, 다음 달에는 다시 누군가 그를 데려갈 것이다. 100달러라니? 캉과 안은 다음 가족 회의에서 거의 싸울 뻔 했다. 안의 아내가 냐오를 먼저 맡게 되었다. 집 판 돈을 나눌 때 캉의 가족은 금 한 냥의 3/40을 더 받았기 때문이다. 이런 이유로 캉의 아내는 입맛이 썼다. 왜냐하면 바로 그녀가 여분의 금을 보관했으며, 이제 그 일에 대해 아무것도 할 수 없었기 때문이다.

안과 그의 아내가 냐오의 집에 갔을 때, 그들은 더 이상 혐오감을 느끼지 않았다. 결국 냐오는 안의 혈육이었다! 그러니 시동생 또한 그녀의 혈육이었던 것이다! 안의 아내는 소매를 걷어 냐오를 씻겼고, 그의 궤양에 연고를 발라주고, 이를 잡으려고 냐오의 머리를 잘라주었다. 그러고 나서 두 사람은 그를 자기 집에 데려왔다. 바로 다음날 냐오는 블루진을 입었다. 이 마을 사람들은 타이 블루진과 타이 풀오버, 타이 비누라면 사족을 못 썼다. 냐오가 너무나 깔끔해져서, 온 마을 사람들은 잊었던 등잔에 갑자기 밝은 불빛이 들어온 것처럼, 그를 바라보았다. 가끔 안의 아내는 누가 이 광경을 볼 거라 확신하면서, 심지어 냐오에게 숟가락으로 밥을 떠먹여줬다. 그래서 아무도 반박할 수 없었다.

그달 말에, 캉은 냐오를 데리러 갈 때 안의 집에 칼을 가져갔다.

그러나 안도 칼을 꺼냈다. 안은 누가 몇 달간 냐오가 있던 저 구역질나는 분뇨를 치워야 했느냐?라고 물었다. 누가 그의 딱지를 치료하고 이를 잡아줬나? 이런 것을 참아낸 사람은 누구든지 보상을 받을 만하다. 그는 동생을 한 달 더 데리고 있기 원한다. 그래서 캉의 가족은 연속 두 달 동안 동생을 데리고 있게 되었다. 이지 집으로 가자!

둘이 형제만 아니라면, 바로 그때 거기서 동생네 부부를 따라갔을 텐데, 라고 캉은 혼자 생각했다.

결국 캔이 중재를 해야 했다. 그녀는 이 모든 일이 역겨웠지만, 감히 그런 말은 못했다. 대신 그녀는 두 오빠에게 조금씩 양보해라, 그렇지 않으면 온 마을에서 그들에게 호통을 칠거라고 말했다. 캉은 집으로 갔지만 그의 아내는 그 집에 남아서 밤까지 내내 욕을 해댔다. 거리 위아래의 온 마을 사람이 그 욕을 들을 수 있었다. 그 뒤 캉의 아내는 계속 앙심을 품었다. 안의 아내가 고기 노점을 지나갈 때마다, 그녀는 식칼 두 개를 집어 칼 두 개를 가는 무시무시한 쇼를 하곤 했다. 그녀는 오늘을 기다리고 있었던 것이다. 일어나야 할 일이 마침내 일어나고 말았던 것이다.

*

사람들은 캉의 아내를 그 마을의 병원 응급실로 데려갔지만, 그녀도, 7개월짜리 태아도 살아나지 못했다. 경찰에서는 동생을 죽이지 못하도록 캉에게 수갑을 채워야 했다. 무슨 일이 일어나길 기다리며 온 마을이 숨을 죽였다. 바로 그날 밤, 경찰에서는 안을 체포해 도시로 데려갔다. 단 한순간에 두 명이나 죽였기 때문에 그는 사형선고를 받았다. 안의 아내는 남편에게 어린 자식이 둘이나 있다는 사실을 고려해달라고 법정에 간청하면서 사형 선고를 감옥형으로 감형해달라고 관대한 처분을 호소했다. 캉으로 말하자면, 그는 미쳐버렸다. 사람들은 그렇게나 여러 번 유혈이 낭자하게 하고도 내내 냉담하고 거만한 태도를 유지한 뒤에, 왜 아내와 아이가 죽은 광경에 그가 미쳐버렸는지 궁금하게 여겼다. 아니면 그는 아무도 모르는 다른 이유 때문에 미쳐버린 걸까? 그는 대부분 머리에 손을 얹고 앉아서 종종 큰 비명을 질렀지만 아무도 저주하진 않았다. 그러고 나서 그는 도시의 정신병원에 보내졌다. 캔이 캉의 두 딸을 길러야 했다. 그즈음 그녀의 가게는 도무지 장사가 안 되었다. 경쟁이 더 악화되긴 했지만, 장사가 잘 안 되는 주요인은 가끔 두통이 찾아오고 예전처럼 많은 재고 목록을 작성할 수 없었기 때문이다. 냐오만이 행복했다. 안의 아내는 이전보다 시동생을 더 잘 보살폈다. 그녀는 이백 달러를 받았다. 그녀는 모두가 보게 돈을 쳐들고는 돌돌 말아 치워버렸다. 그녀는 밤마다 절에 가서 경건하게 공물을 바쳤다.

마을 사람들이 그 사건을 널리 이야기할 기회가 있었다. 트랑의 친구인 칸만이 아무 말도 하지 않았다. 왜냐하면 그녀는 트랑의 편지를 여러 통 받았기 때문이었다. 트랑은 가끔 이 편지들에서 자신의 울적함을 인정했다. "바다에서 바람이 휘몰아치는 비오는 밤이면, 고향이 몹시 그리워. 같이 옥수수를 튀겨 먹던 시절이 기억나. 너네 집에서 만든 칠리 소스가 몹시 먹고 싶어. 여긴 없어. 언제 다시 고향을 볼 수 있을까?"

요즘은 칸이 어딜 가나, 사람들이 그녀에게 이것저것 많이 물었다. 알다시피, 외국에 사는 친구가 있다는 건 흔치 않은 일이었던 것이다. 그러나 그녀는 트랑에 대해 거의 아무 말도 하지 않고 애써 신중해 보이려 했다. 그런 인상적인 자리를 차지한 친구를 위해 침묵하면서 말이다. 마을학교 영어 선생은 칸의 얼굴에서 이런 표정을 보자, 몹시 화가 치밀었다. 그는 가끔 디엠의 개고기 가게에 갔고, 같이 몇 잔 걸치고 나면 두 사람은 아주 친해졌다. 영어 선생은 마음이 몹시 쓰라렸지만 무엇 때문에 그렇게 쓰라린지 몰랐다. 쓰라린 마음이 들 때마다, 속이 울렁거리고 구역질이 났다. 트랑이 그 긴 드레스를 입고 살그머니 그의 곁을 지나갈 때 이 기이한 느낌이 시작되었던 것이다. 트랑은 군중 속에 있는 그를 쳐다보지도 않았다. 그녀는 약혼자의 회색 수염을 보느라 너무 바빴다. 바로 그 순간 그는 처음으로 속이 울렁거렸던 것이다. 빌어먹을! 트랑이 꽃으로 장식된 차를 타자, 그는 그렇게 중얼거렸었다. 아마도 그는 자신을 저주했는지도 모른다.

디엠과 함께 앉아 트랑 생각을 하는 이 순간, 선생의 속이 정말

뒤집혔다. 디엠이 캉과 안이 어떻게 싸웠으며 돈 때문에 어떻게 살
인을 저질렀는지 이야기할 때, 그 영어 선생은 개고기 그릇을 노려
보면서 조용히 앉아 있었다.

디엠이 자기 잔을 벌컥벌컥 마시더니 잔을 테이블에 쾅 하고 내
려놓았다. "우라질!" 그가 말했다. "돈 때문에 서로 죽인다면 그만
한 가치가 있는 거겠지."

영어 선생이 고개를 끄덕였다. 그가 이렇게 말할 때, 그의 말은
강력했지만, 목소리에는 감정이 결여되었다. "그래도, 너무 더러운
일이야." 그가 말했다. "너무 더러워. 그렇지 않아?"

작은 비극

나는 부친 살해 사건 취재를 위해 V 군(郡)에 갔다. 내가 다니는 회사는 도청 소재지 최대의 신문사로 나는 상부의 지시에 따라 아들이 아버지를 잔혹하게 죽인 이 사건을 취재하러 간 것이다. 그것은 결코 실수나 우발적인 범죄가 아니었다. 범인 자신도 고의적인 살인이라고 자백했다. 그는 아버지를 살해한 다음, 시체를 뒤뜰로 질질 끌고 가서 칼로 배를 가르고 간을 꺼냈다. 나는 아무런 질문도 할 수 없었다. 그저 유치장 철창 사이로 우두커니 그를 지켜보면서 이 지역의 전후 범죄율 상승에 대해 조사를 좀 해봐야겠다고 생각했다. 그곳에 도착했을 때 나는 뚜엔 삼촌의 편지를 받았다. 내 사촌이자 그의 맏딸인 까이가 이달 말쯤 약혼자와 함께 가족 방문차 호치민 시에서 온다는 소식이었다. 약혼자 쾅은 새 투자법에 따라

K 시청과 S라는 프랑스 회사가 공동으로 설립한 새우양식회사 업무 때문에 외국에서 귀국한 교포였다. 그들은 사내 커플이 아니었다. 그들의 첫 만남은 새 투자법에 따라 외국에서 귀국한 교포들과 도시를 대표하는 이십 여명의 지식인들과의 회합에서 이루어졌다. 공식적인 회의에 이어 노래와 시낭송회가 열렸다. 쾅은 노래를 썩 잘 불렀다. 그가 노래를 부르는 동안 까이는 그에게서 눈을 떼지 못했다. 그들은 스스럼없이 서로에게 다가갔고, 곧 사랑에 빠졌으며 결국 결혼을 약속하게 되었다. 아버지의 맏형인 까 백부의 자식들과 까이의 형제자매들은 모두 호치민 시에 살고 있었다. 그들은 모두 젊었고 또한 다들 출세 가도를 달리고 있었다. 이들 중에는 외국인과 결혼한 사람도 있었기 때문에 까이가 프랑스 국적의 쾅과 결혼하는 것은 전혀 문제될 것이 없었다. 까이는 그곳 친척들에게 쾅을 소개하였으며 따라서 뚜엔 삼촌 내외는 적이 안심하고 있었다. 이제 까이가 약혼자를 북쪽의 친척들에게 공식적으로 선보인다는 것이다. 상견례 후에 쾅은 회사 업무 차 프랑스로 돌아갔다가 어머니와 함께 귀국할 예정이었다. 그러고는 바로 결혼식 준비를 시작할 생각이었다.

나는 V 군 사건 때문에 기분이 언짢았다. 내 머리 속은 아버지를 살해한 그 남자에 대한 생각으로 가득 차 있었다. 겉으로 보아 그는 전혀 특별한 데가 없었다. 지극히 정상적이고 평범했다. 다만 안색이 지나치게 창백한 것이 조금 거슬릴 뿐이었다. 나는 길에서 살인

현장을 두 번 본 적이 있는데 살인자들은 전혀 체구가 크지도, 행동이 난폭하지도 않았다. 둘 다 안색이 창백하고 섬세한 모습이었으며 차갑고 단호한 표정을 짓고 있었다. 이런 사람들은 감정의 동요 없이, 후회나 동정심 없이 살인을 범할 수 있다. V 군의 남자 또한 그런 유형이었다. 그는 스스로에 대해 만족한 듯 했지만 주위 사물에 대해서는 초연한 태도를 견지하고 있었다. 그를 바라보노라면 마치 온몸에서 싸늘한 냉기가 뿜어 나오는 듯했다. 그의 아내는 아이들을 데리고 가버렸다. 친아버지를 죽인 사람이 어떻게 가족에 대해 조금이라도 동정심을 가질 수 있겠는가? 정신 감정을 해야 한다는 사람도 있었다. 미치지 않고서야 어떻게 그런 행동을 할 수가 있겠는가? 하지만 그는 이 모든 것에 무관심한 듯 쇠창살 속에서 우두커니 앉아있었다.

하지만 나는 일을 젖혀두고 돌아가야만 했다. 마침 내가 사는 도시로 가는 하노이 기자들이 있어서 그 차에 동승했다. 덕택에 차비를 아낄 수 있게 되었다. 그 돈이면 까이에게 근사한 약혼 선물을 사줄 수 있을 것이다. 나는 뚜엔 삼촌의 자식들 중에서 까이를 제일 좋아했다. 그녀는 미모가 빼어난 데다 성격도 매우 좋았다. 1957년생인 그녀는 출생 이후 내내 최고위 관리용의 최고급 배급품을 받는 집안에서 자랐다. 열일곱 살에 유럽으로 가서 대학에서 화장(火葬) 기술이라는 이상한 공부를 하였다. 물론 주위에서 뭐라고 말들이 많았지만 그녀는 무척 고집이 셌기 때문에 아무도 그녀 마음을 돌릴 수 없었다. 그녀는 육년 동안 외국에서 유학하였다.

유학 기간 동안 뚜엔 삼촌은 유럽으로 업무 출장을 가는 인편을 통해 사랑하는 딸에게 온갖 것을 다 부쳐주었다. 어찌나 세심하게 신경을 썼던지 프랑스 사람들조차 놀랄 정도였다. 여름이면 지구 반대편에 있는 집에서 비행기 편으로 냉장시켜 보내온 싱싱한 연꽃으로 기숙사 방 화병을 가득 채울 수 있었고 겨울이면 인편으로 보내온 베트남 특산의 신선한 조개를 즐길 수 있었다. 그녀는 신선한 공심채(空心菜)*와 생선 소스를 먹었고 심지어는 시트로넬라 잎이나 다른 여러 허브를 넣은 물에 머리를 감기도 하였다. 그녀는 이 모든 것이 마치 우리가 숨 쉬는 공기처럼 세상에 지천으로 널려있기라도 하듯이 스스럼없이 향유하였다. 그 당시 나도 기숙사 생활을 하였다. 하지만 내가 있던 곳은 베트남이었다. 이층 침대의 아랫간을 쓰면서 나는 심한 먼지 알레르기에 시달렸다. 침대 윗간의 밑바닥 판자 사이로 먼지가 줄줄 새어나왔기 때문이다. 위 침대를 쓰는 친구가 자기 전에 먼지를 좀 털기만 했으면 훨씬 나았을 것이다. 하지만 그녀에게는 그런 배려심이 없었다. 당시 남학생들은 공동 부엌에서 함께 밥을 먹었는데 개인 식기라는 것은 아예 없었다. 그냥 큰 양푼에 밥을 푼 다음, 거기에 모든 반찬을 한꺼번에 쏟아 부어 일종의 비빔밥을 만들었다. 그러고는 각자 숟가락을 들고 양푼 주위에 둘러앉아 머리를 맞대고 밥을 먹었다. 기숙사 계단은 쓰레기투성이에

---

* 조그만 나팔꽃 비슷한 꽃이 피기 때문에 '나팔꽃채'라고도 하며 중국어로 요오차이(雍菜)라고 한다. 베트남인들이 즐겨먹는 야채로 주로 줄기와 잎을 데치거나 국에 넣어 먹는다.

다 오줌범벅이었다. 미래의 지식인들은 대학 정문 앞에서 외상으로
차를 마시며 시간을 보냈다. 그들의 머리는 길고 지저분했으며 얼
굴은 영양실조로 누렇게 떠 있었다. 쌀이 한 톨도 없을 때도 있었
다. 그럴 때면 모두들 '주먹'이라는 걸 하나씩 받았다. 돌덩이처럼
딱딱한 밀떡과 팔뚝 길이의 공심채 한 줄기가 바로 그것이었다. 나
는 까이에게 그런 내 학창 시절 이야기를 해주었다. 그러나 그녀는
대체로 그런 것에 무관심한 것처럼 보였고 때로 조용히 미소를 짓
기도 하였다. 그런 사정을 알고 있었느냐고 물으면 물론 알고 있었
다면서 조그만 소리로 웃었다. 나는 무엇 때문에 그녀가 웃는지 몰
랐다. 하지만 그녀가 결코 무관심하지 않다는 것을 잘 알고 있었다.
어쩌면 그녀는 이렇게 생각했는지도 모른다. "다 마찬가지야. 우리
는 닥쳐오는 불행을 참고 견딜 수밖에 없어. 운명이니까. 누구의 탓
도 아니야."

　유럽 유학 중에 공산당에 가입한 까이는 이후 몇 년간 청년회에
서 활동하였다. 그녀에게는 모든 일이 공기처럼 당연하였다. 그녀는
폴란드 출신 청년과 사랑에 빠졌다. 그들은 서로를 깊이 사랑하였
다. 하지만 그녀는 귀국하고 싶었다. 집에 모든 현대적 시설들이 갖
춰져 있고 현대의 모든 편리를 누릴 수 있다면 가난한 나라에 사는
것이 외국에 사는 것보다 훨씬 나으니까. 고국에 돌아오면 전혀 힘
들여 노력할 필요가 없었다. 적어도 물질적인 면에서는 부족한 것
이 하나도 없었기 때문이었다. 게다가 정신적인 면에 있어서도 까

이는 매우 개성이 강했기 때문에 외국의 이상한 생활양식을 받아들일 생각이 추호도 없었다. 그녀는 내게 이렇게 반문했다. "왜 꼭 나야? 날 사랑한다면 그 사람이 나를 따라 베트남에 와야지!"

귀국 후, 그녀는 베트남 최고의 여섯 개 기관을 놓고 저울질한 끝에 결국 한 연구소를 택하였다. 기껏 공부한 화장(火葬) 관련 기술은 집어치웠다. "시체를 화장시킬 에너지를 도대체 베트남 어디서 구한단 말이야?" 그녀는 내게 웃으며 물었다. 연구소 근무를 시작한 후에도 그녀는 항상 발바닥에 먼지 한 점 묻지 않은 싱싱하고 깨끗한 모습이었다. 그녀는 하노이에서 북부 제 2의 도시인 이곳에 파견된 시(市)정부 고위관리 관사에서 부모와 함께 살았다.

뚜엔 삼촌과 같은 고위층이 사는 관사는 일반 서민들에게 있어 일종의 수수께끼였다. 언젠가 하노이에서 돌아오는 길에 친구를 만나러 그런 곳에 간 적이 있다. 그 친구의 아버지는 고위 관리의 요리사였다. 그래서 그녀는 아버지와 함께 관사촌 안의 어느 집에서 곁방살이를 하고 있었다. 내가 관사촌 입구로 다가가자 푸른 칠을 한 초소에서 푸른 제복을 입은 군인이 어깨에 소총을 메고 튀어 나왔다. 그러고는 돌처럼 굳은 얼굴에 의심스러운 눈초리로 나를 훑어보며 퉁명스럽게 물었다. "여기 뭣 하러 왔어?" 그는 내가 내민 신분증을 찬찬히 조사하더니 나를 그대로 세워둔 채 철문으로 가서 초인종을 울렸다. 그러자 안쪽에서 노란 제복을 입은 군인이 나왔다. 그 역시 똑같이 무표정하고 의심스러운 눈으로 나를 훑어보더니 철문 바깥의 군인과 몇 마디 말을 주고받은 다음 관사 안으로 사라졌다. 얼마 후, 민간인 복장의 남자 한 명이 내게로 다가왔다. 그는 현미경으로 박테리아를 관찰하는 연구원처럼 나를 찬찬히 뜯어보았다. 드디어 요리사의 딸이 나타났을 때 내 몸은 완전히 진땀으로 얼룩져 있었다. 이런 일을 당하자 나는 다시는 그녀를 보지 않기로 결심하였다. 요리사의 딸이 왜 그런 곳에서 얼쩐대고 있단 말인가?

이 모든 거추장스런 경비 체제 때문에 관사에 사는 젊은이들은 일반인의 생활과 유리되어 있었다. 또한 이 때문에 나는 뚜엔 삼촌의 자식들에 대해 매우 큰 적대감을 가지고 있었다. 지방도시 역시 일이 돌아가는 것은 수도와 마찬가지였고 때로는 수도보다도 더 까다로웠다. 나는 이 모든 것에 진력이 났다. 까이에게는 친구가 별로 없었고 또 그녀는 부모와 함께 관사에서 사는 것을 매우 싫어했다. 그래서 그녀는 자주 시영 아파트 단지에 있는 내 방에 와서 일인용 침대에 끼어들곤 했다. 비오는 날이면 천정에서 비가 줄줄 새는 가운데 둘이 함께 오그리고 자기도 했다. 물론 그것은 그녀가 어려운 서민 생활을 진정으로 좋아하기 때문은 아니었다. 그녀는 풍족한 생활을 하면서도 자주 우울했다. 그녀는 내게 말했다. "모든 욕구가 충족되는 것이 꼭 좋은 것은 아니야. 조금 어려움이 있어야 인생이 더 흥미롭지 않겠어?" 그 이후로 나는 그녀의 친구가 되었다.

뚜엔 삼촌이 현직에 있는 동안 나는 지독히 경비가 삼엄한 그 관사에 한 번도 간 적이 없다. 물론 아무리 철통같다고 해도 들어갈 방법은 있기 마련이다. 그리고 실제로 그런 방법을 찾아낸 수완 좋은 남자도 있었다. 그 남자는 까이의 연구소 근처 사무실에서 일하던 엔지니어였다. 그가 찾아낸 방법은 칼라 사진이었다. 당시에는 칼라 사진이 매우 귀했다. 이 친구는 여기에 착안하여 까이에게 식구들 사진을 찍어주겠노라고 하였다. 뚜엔 삼촌의 아내는 장사꾼의 딸이었고 젊었을 때는 변두리 식료품 가게에서 점원으로 일했다. 그래서 그녀는 칼라 사진 얘기를 듣자 뛸 듯이 기뻐하며 까이에게 당장 그 엔지니어를 데리고 오라고 했다. '귀부인'과 그녀의 '귀공자' 자식들은 칼라 사진 때문에 흥분했다. 뚜엔 삼촌도 사진을 찍었다. 그는 정장을 입고 소련제 볼가 자동차 옆에 거만하게 버티고 섰다. 자동차 위에는 애완견 발바리가 웅크리고 앉아 있었다. 그래서 사진만 보면 그는 어디 외국의 거물처럼 보였다. 이런 와중에서 오직 까이만이 무관심했다. 그러나 운명의 장난이었을까? 이후 엔지니어가 자주 집안에 출입하게 되어 까이의 부모와 몇 번 저녁 식사를 함께 나누게 되자 까이는 그의 청혼을 받아들였다. 그는 매우 잘생기고 똑똑한데다 성격도 쾌활하였다. 키가 훤칠하게 컸지만 결코 싱겁지 않았고 손가락도 매우 섬세하였다. 손이 섬세하고 멋진 남자는 쓸모가 없으며 아내를 불행하게 만든다는 것을 까이는 잘 알고 있었다. 그럼에도 불구하고 그녀는 혼례복을 입었다. 그들은 약일 년을 함께 살았다. 때때로 그녀는 불쑥 우리 집에 찾아와 멍한 표정으로 앉아 있곤 하였다. 그녀는 남편 욕을 거의 하지 않았다. 하지만 매우 풀이 죽어 있었다. 당시 나는 평생 어려움 없이 제 멋대로 살아온 여자들은 조금만 어려움이 닥쳐도 으레 그런 법이라고 생각하였다. 그러던 어느 날 그녀는 대단한 비밀이라도 발설하듯이 내 귀에 대고 속삭였다.

"할 말이 있는데 해도 될까?" 그녀가 물었다.

"그럼, 되고말고" 내가 말했다.

"나는 운이 좋았던 적이 없었어."

"운고 좋은지 나쁜지 어떻게 알아?"

"하지만 정말이야. 나는 행복이 무엇인지 몰라."

"행복이란 매우 드문 거야. 안 그래?"

"그럴지도 몰라. 하지만 나는 언저리만 빙빙 돌고 아무것도 안 돼. 나 같은 사람이 제자리만 맴도는 게 이상하게 생각되지 않아?"

까이의 남편은 이제 마음대로 외국에 가서 아무짝에도 쓸데없는 연구를 할 수 있게 되었다. 시정부 고위관리의 사위가 되었기 때문이다. 그래서 그는 유럽으로 갔다. 물론 그는 매우 괴로워했다. 왜냐하면 떠나기 전에 까이가 이혼을 요구했기 때문이다. 이번에도 역시 그녀 고집을 꺾을 수 있는 사람은 아무도 없었다. 나 역시 여러 번 그녀를 비난했다.

마침내 그녀가 조용히 말했다. "봐, 이 결혼에서 이득 본 사람이 누구지? 그 사람이 큰 이익을 본 거야. 그렇잖아? 만일 나하고 결혼을 하지 않았으면 절대로 유럽에 갈 수 없었을 거야. 그러니까 그이는 우리 결혼에서 정말 큰 이익을 본 셈이지.”

까이는 전 남편을 매우 싫어하였다. 어떤 남자를 그토록 싫어하는 사람을 나는 그 이전에도 그 이후에도 본 적이 없다. 어쩌다가 그 남자 얘기가 나오면 그녀는 무척 두려운 듯 숨을 헉헉거렸다.

얼마 후 그녀는 가족을 떠나 혼자 남쪽으로 갔다. 떠나기 전에 그녀는 신문기자촌에 살고 있는 나를 찾아와 함께 새우를 곁들인 국수를 먹으러 갔다. 그녀는 한창 절정기였다. 나는 그녀가 자랑스러웠다. 그녀는 키가 크고 고상했으며 남들과는 다른 드문 미모를 가지고 있었다. 길에서 보는 미인들은 천편일률적이었다. 한가지 모델을 베꼈기 때문이다. 이에 반해 그녀의 미모는 척 보기만 하여도 전혀 다른 성격이었다. 그녀의 눈, 눈썹, 입술은 모두 반듯하고 윤곽이 뚜렷하였다. 피부 또한 잘 그을린 갈색이었다. 한마디로 그녀는 북쪽 지방에서는 보기 드문 미인이었다. 북쪽 사람들은 아담한 키에 흰 피부의 여자를 좋아했다. 그래서 사람들은 그녀를 별로 주목하지 않았다. 그녀 역시 주위 사람이나 사물에 무심하였다. 그러나 그렇게 무심한 가운데서도 그녀의 미모는 문자 그대로 빛이 났다. 그녀는 좋은 음식과 아름다운 옷을 좋아하였고 행복한 순간들을 뒷생각 없이 즐겼다. 그리고 그 이외에는 아무것도 특별히 신경쓰지 않았다. 나는 때때로 그녀를 백작부인이라고 부르며 놀리기도 하였다. 그러면 그녀는 웃으며 ‘운명인 걸 어떡해. 모든 것에는 대가가 있어.'라고 말하였다. 어쩌면 그녀는 자신도 알지 못하는 어떤 것에 대해 대가를 치르고 있는지도 몰랐다.

*

　나는 자동차를 얻어 타고 내가 사는 도청 소재지로 갔다. 우리 도(道)는 매우 커서 그 면적이 작은 나라에 거의 견줄만했다. 그래서 V 군에서 도청 소재지로 돌아가려면 하루 온종일이 걸렸다. 하노이의 기자들은 모두 세 명이었다. 그들은 함께 우리 시에서 뭔가에 대해 취재하고 있었지만 그것에 대해서는 일절 함구하였다. 그들은 V 군에 오자마자 경찰서로 직행하여 관련된 사람 두어 명을 만났다. 그러고는 곧바로 도청 소재지로 돌아갔다. 일의 성격상 그들은 조금 긴장된 모습이었다. 하지만 돌아오는 길은 그런대로 즐거웠다. 그들은 신문과 관련된 재미있는 얘기를 하면서 함께 웃었다. 하지만 나는 머릿속으로 사촌 까이에 대해, 그리고 앞으로 있을 약혼식에 관한 뚜엔 삼촌의 편지에 대해 생각하면서 잠자코 앉아 있었다.
　뚜엔 삼촌은 삼 년 전에 퇴직하였다. 이제는 집을 지키는 경비병도 없었기 때문에 찾아 가더라도 괜한 심문을 당하지 않았다. 그는 아내와 아이들과 함께 식사를 하고, 정원에서 꽃에 물을 주거나 큰 나무 그늘에 매어놓은 해먹에 누워 흔들거리면서 시간을 보냈다. 그는 너무도 오랫동안 국민들 위에 군림해왔다. 도청 소재지 전체를 통틀어 최고의 월급과 그 외 여러 가지 특전을 누리며 살아왔다. 그의 집에 있는 것은 모두 국가가 제공한 것이었다. 책상 위에 놓인 문진에서부터 거실의 그림에 이르기까지, 책꽂이에서부터 현관 앞의 매트에 이르기까지 어느 하나 국가로부터 받지 않은 것이 없었다. 그리고 퇴직과 함께 그 모든 것이 고스란히 그의 소유가 되었다. 그에게는 그 모든 것이 매 순간 숨 쉬는 공기처럼 너무도 당연한 것이었다. 그래서 퇴직 후에 평범한 생활을 하게 되자 자신의 무력함을 절감하였다. 일반 시민들의 평범한 생활이 더러운 거지처럼 뚜엔 삼촌의 집 속으로 꾸역꾸역 밀려들어왔다. 그러나 그로서는 어찌할 방도가 없었다. 그는 너무 물정을 몰라 화폐 가치가 왜 이렇게 떨어지느냐, 점원은 또 왜 이렇게 무례하냐며 화를 내고 '모든 것이 엉망'이라고 한탄하는 등 모든 것에 대해 불만을 털어놓았다. 그 역시 당대의 다른 권력자들과 마찬가지로 어째서 사정이 그렇게 나쁘게 되었는지 전혀 알아보려 하지 않았다. 물론 '모든 것을 엉망'으로 만든 데 대한 자신의 책임 또한 결단코 인정하지 않았다. 그는 자신의 아침 식사용 돼지고기 배급량이 일 킬로 줄었다고, 또한 버터 배급량이 오백 그램 줄었다고 불같이 화를 냈다. 시 당국 고위 관리만이 출입하는 식료품 가게는 매월 설탕 백 그램을 배급받는 대학생들에게는 호기심 어린 비밀의 장소였다. 이제 그 가게의 문이 뚜엔 삼촌 앞에서 조금씩 닫혀가고 있는 중이었다. 그는 이 세상의 모든 것을 향유할 수 있는 권리를 점차적으로 빼앗기고 있었던 것이다.

자동차를 함께 탄 기자들은 내가 뚜엔 씨의 질녀라는 것을 몰랐다. 어쩌면 그들은 그의 질녀가 그렇게 초라한 행색의 기자일 수 있다는 사실을 상상조차 하지 못했을 것이다. 차가 없어 남의 자동차를 얻어 타고, 녹음기도 사진기도 없이 달랑 수첩만으로 취재를 하는 데다 타고 다니는 자전거조차도 지독한 헌털뱅이였으니까 말이다. 실제로 지금 그들의 차 지붕에 얹혀있는 그녀의 자전거는 너무도 낡은 것이었다.

운전석 옆 자리에 앉은 뻐드렁니 청년이 뒤를 돌아보며 내게 물었다.

"여기 기자시죠? 뚜엔 씨 인터뷰한 적 있으세요?"

"아니, 없어요."

"유감이군요. 그런 대단한 인사를 안 만나다니."

내 옆자리에 앉은 남자가 웃으며 말했다.

"아마 당신 같은 사람은 절대 안 만나주었을 걸요. 현직에 있을 때는 …… 뭐랄까, 자기 상반신 사진을 찍어줄 사람하고만 인터뷰했으니까요. 웃옷 단추를 전부 채우고 말이죠. 그래서 사람들은 단추를 턱밑까지 채운 모습만 보았죠. 그 사람, 화장실에는 가는지 몰라. 또 잠자리에서는 어떤 옷을 입는지도 궁금하고"

그들은 모두 웃음을 터뜨렸다. 차가 강을 건너갔다. 강물은 아직 앝았다. 물이 차려면 좀 더 기다려야 했다. 강 양쪽에는 옥수수와 고구마와 호박이 자라고 있었다. 술래잡기 하는 아이들의 웃음소리가 들려왔다. 다리는 전후에 복구된 것으로 조잡한 초록색 페인트가 칠해져 있었다. 예전에 이 다리는 정말 멋졌다. 하지만 전쟁 중에 폭격을 당해 파괴되고 말았다.

뻐드렁니 청년이 다시 뒤를 돌아보았다.

"여기는 전쟁 초기에 폭격이 대단했어요."

"그래요?"

"그때 나는 포병이었는데 강 저편에 배치되어 있었어요. 그래서 잘 알지요. 에프 105 폭격기가 매일 폭탄을 퍼부었어요. 매캐한 연기 때문에 숨을 쉴 수 없을 정도였지요. 그런데 어느 날 젊은이들이 떼 지어 나타났어요. 수천 명은 족히 되었을 걸요. 중대장에게 연유를 물었더니 시정치위원회의 결정이라고 툴툴대면서 대답하더군요. 그 중대장이란 친구도 나중에 다른 전투에서 전사했죠. 어쨌든 그 젊은이들은 포탄 구멍을 메우라는 명령을 받고 거기 온 것이었어요. 아니? 이 벌건 대낮에? 그래요! 중대장은 화가 나서 씩씩거렸어요. 이 무슨 말도 안 되는 명령이람. 이렇게 맑은 날에 말이지. 다 죽게 될 거야. 그의 예언대로 오전 여덟 시에 에이디 6 전투기가 멀리서 나타나더니 곧이어 에프 105 폭격기가 차례차례 하강을 하더군요. 우리 편도 대공포를 쏘아댔어요. 결국 에이디 6 한 대를 떨어뜨렸지요."

"그런데 사람들은?"

"청년 선봉대 말입니까? 정말이지 그렇게 많은 사람들이 그렇게 허무하게 죽는 것은 한 번도 본 적이 없어요. 맨손에다 발육도 나쁜 아이들이 개미처럼 이리저리 강둑을 뛰어다니는 꼴이란! 나무란 나무는 모두 폭격으로 말끔히 청소가 된 터라 아무데도 숨을 데가 없는 벌건 강둑을 말이지요. 구덩이 하나에서 어린 소녀 세 명을 꺼냈는데 하도 단단히 껴안고 있어서 도저히 떼어놓을 수가 없더군요. 울지 않을 수가 없었어요. 나중에 늙은 요리사가 어찌어찌해서 겨우 떼어놓았지요. 그 아이들은 모두 도시 아이들이었어요. 그렇게 많은 사람이 그렇게 죽는 것은 정말 본 적이 없어요. 시체들을 다 치우니까 벌써 새벽이더군요. 게다가 한밤중에 또 한 번의 폭격이 있었어요. …… 유산탄(榴散彈) 폭격이었어요."

"뚜엔 씨는 어떻게 되었어요?"

"뭐라고요?"

"포탄 구멍을 메우라고 벌건 대낮에 젊은이들을 내몰았다고 벌을 받지 않았나요?"

"아니요. 아무 일도 없었어요. 그냥 신문에 이렇게 났더군요. G 다리에서 에이디 6 전투기 한 대를 격추했다. 군과 인민은 영웅적 투쟁을 벌였다."

차 안의 사람들은 모두 입을 다물었다. 운전수는 속도를 늦추었다. 그때로부터 약 이십 년이 흘렀다. 나는 어깨 너머로 뒤돌아보았다. 죽은 자들의 눈길이 보이는 것 같았다. 그들의 비난과 원망이

들리는 것만 같았다.

얼마간 침묵이 흐른 후 뻐드렁니 사내가 절규하듯 말했다.

"수많은 사람이 죽었어요. 안 죽을 수 있었는데. 밤중에 해도 되었는데. 왜 하필 벌건 대낮에 나무 한 그루 없는 벌건 들판으로 사람을 내몰아요?"

"칠십육 년에 여기서 또 다른 참극이 일어났지."

"그 사건은 나도 잘 알아요."

운전수가 고개를 돌렸다. 그는 당시 남쪽에 있어서 그것에 대해 전혀 몰랐다.

뻐드렁니 사내는 잠깐 뜸을 들이더니 설명을 시작했다.

"그것도 뚜엔 씨 소행이에요. 큰 사업의 책임자였는데 그 사업에는 인력이 많이 필요했죠. 수천 명의 젊은이를 관개 사업에 투입했으니까. Q 지역은 지반이 약했어요. 석회암으로 된 산이 근처에 있어서 지면 아래 군데군데 물구덩이가 있었으니까. 지질학자들이 경고했지만 뚜엔 씨는 들은 척도 하지 않았어요. 당국은 사업에 대해 요란한 선전을 해댔어요. 모두들 열의에 가득 차 있었죠. 붉은 깃발과 현수막이 곳곳에 내걸렸어요. 하지만 현장에는 기계라곤 눈 닦고 봐도 없었어요. 그래서 지반이 내려앉았을 때 땅속에 매몰된 사람을 파내려고 해도 아무런 방도가 없었어요."

"몇 명이나 죽었어요?"

"당국은 숫자를 밝히지 않았어요. 당신 혹시 몇 명이나 되는지 알아요?"

"아뇨, 몰라요."

"사실 나는 다 알고 있어요. 소규모의 지진 같았지요. 사망자 일백팔십육 명. 모두들 젊디젊은 청년들이었어요.

뻐드렁니 사내는 한숨을 쉬었다.

"지반 함몰 사고가 있고 나서 사업에 대한 열의가 사라졌어요. 그래서 사업 계획 전체가 폐기되고 말았어요. 수백만 동이 날아갔을 거예요. 하지만 아무도 몰라요. 눈이 튀어나올 정도로 놀라운 숫자들은 언제나 비밀에 붙여지니까요."

"우리나라에서 일 돌아가는 것을 보면 참 우스워요. 모든 게 비밀이야. 누군가의 명성을 보호하기 위해서지. 모든 게 애매므호해서 도대체 어떻게 생각해야할지 알 수가 없어."

"뚜엔 씨는 은퇴하기 전에 또 한 번 사고를 쳤어요. 어쩌면 좀 더 있는지도 모르지만."

"또 뭔데요?"

"요즘 언론이 조사하고 있는 사건인데 글쎄 우기가 닥쳤는데도 불구하고 3개 군 전체에 양어장용 연못을 파라고 했다지 않아요. 젊은이들은 하던 일을 모두 중단하고 연못을 파야했어요. 그런데 비가 퍼붓자 물이 불어서 연못마다 물이 넘쳐흘렀어요. 그래서 물고기는 다 달아나 버리고 사람들은 기진맥진하고 말았어요. 들리는 얘기로는 굶어죽은 사람도 있다는 군요."

"그거야 처음부터 뻔한 일 아니에요?"

"이 사건 알고 있었어요? 그때 여기 살고 있었지요, 그렇죠?

"아니, 몰랐어요."

내가 말했다.

"그렇다면 당신은 정말 고분고분한 기자군요. 언제나 위에서 쓰라고 시키는 것만 쓰나요?"

"그래요!"

나는 더 이상 이야기를 계속하고 싶지 않아서 그렇다고 하였다. 뚜엔 삼촌에 대해서는 이와 비슷한 얘기가 너무도 많다. 도청 소재지의 기자들은 그것을 전부 알고 있다. 하지만 그 얘기를 결코 입에 올리지 않는다. 시청 지도자 동지들의 평판을 보호해야 한다는 압력을 끊임없이 받고 있기 때문이다. 때때로 나는 고통스러웠다. 수많은 사람을 간접 살인하고 또 다른 수많은 사람들의 삶을 비참하게 만든 장본인이 바로 뚜엔 삼촌이었기 때문이다. 그는 아무런 오점 없이 명예롭게 퇴직하였고 또한 아무런 양심의 가책 없이 잘살고 있다. 단지 자신의 임무를 충실히 수행한 것뿐이니까. 퇴직 후 그는 내게 자주 전화를 걸어 놀러 오라고 하였다. 나는 그에게 화가 나 있었다. 그래서 퇴직 후 일 년간은 그를 보러 가지 않았다. 그러나 까이가 호치민 시에서 부탁 편지를 보내왔다. 그녀 말로는 삼촌에게는 친구도 없고, 또 집에서는 평생 가족에게 폭군으로 군림해 왔기 때문에 더욱 고독하다고 했다. 그는 자식들이 어떤 직업을 갖고 또 어떤 음식을 먹는지를 살피면서 그들의 운명을 재단하였지만 감정적으로는 매우 소원했다. 집에서도 역시 무뚝뚝하고, 엄격하고, 무관심했으니까. 그것은 사람들이 거실에 걸린 그의 사진을 보면서 느끼는 일반적인 감정이기도 했다. 어쨌든 까이의 편지에 의하면 그랬다.

나는 그가 약하다고는 생각하지 않았다. 나는 자주 우리 도시의 여러 고위 관청에서 열리는 그의 정치 연설을 취재하러 갔다. 그는 이곳저곳으로 돌아다니며 새 결의안을 설명하였고 몇 달 후면 옛 것을 비난하고 새로운 결의안을 내놓았다. 항상 그런 식이었다. 그는 군중들 앞에서 매우 여유 있고 초연한 자세를 견지하였다. 때때로 나는 그가 청중을 경멸하지만 애써 그것을 감추고 있는 것 같은 느낌이 들었다. 인민 이야기를 할 때 연단 위에서 손수건을 꺼내 눈물을 닦는 일도 없었다. 그는 매우 자제력이 강하였고 여간해서는 울지 않는 사람이었기 때문이었다. 그 점에 있어서는 나는 그가 마음에 들었다.

하노이 기자들은 여전히 뚜엔 삼촌 이야기를 하고 있었다. 그들은 더 이상 말을 삼가지 않았다. 게다가 그들은 과히 독설가라 할만했다. 이제는 운전수마저도 한데 끼어들었다. 그의 생각은 나 자신이 자주 품어왔던 생각이기도 했다.

"언제나 그래. 수백만 명의 운명이 단 한 사람의 손에 맡겨져 있어. 아무리 그걸 바꿔보려고 해도 도무지 안 되는 거라고."

그러자 내 옆에 앉은 남자가 킬킬대며 말했다.

"온 세상이 다 그런걸 뭐. 몇 사람 손에, 심지어는 단 한 사람 손에 쥐어있는 셈이지. 그자가 마음만 먹으면 무엇이든 마음대로 할 수 있고, 그러면 우리는 모두 끝장나는 거지."

그들은 요란하게 소리 내어 웃었다. 뻐드렁니 사내가 다시 뒤를 돌아보았다.

"어떻게 생각해요? 이 모든 일을 뚜엔 씨가 좋아서 했다고 생각해요?"

"어쩌면 그랬을 지도 몰라요. 그 사람도 바보는 아니니까 해야 할 것과 하지 말아야 할 것 정도는 분별할 수 있었겠죠."

"나도 그렇게 생각해요."

운전수가 고개를 갸우뚱하며 말했다. 그러자 침묵이 흘렀다. 불현 듯 머릿속을 스치는 생각이 있었지만 그것에 대해 차마 농담조로 얘기할 수는 없었기 때문인 듯하였다.

까이의 부탁 때문에 나는 할 수 없이 뚜엔 삼촌을 보러갔다. 하지만 그와의 대화가 예상 외로 재미있었기 때문에 나는 좀 더 자주 찾아가기 시작했고 결국 그가 내게 속마음을 털어놓기에 이르렀다. 그는 내 기사를 칭찬하였다. 나는 삼촌의 무뚝뚝한 외양 뒤에 무엇이 숨어있는지 알아내고 싶었다. 내 생각으로 그는 이제 아무 것도 잃을 것이 없었고 아무 것도 감출 것이 없었다. 어쩌면 두어 가지 질문을 할 수 있을지도 몰랐다. 그래서 나는 방문할 때마다 사람들이 아직까지도 나쁘게 말하는 그의 행위에 대해 질문하였다. 하지만 별 뾰족한 대답을 얻어내지 못했다. 대부분의 경우, 그는 내 말을 주의 깊게 듣고 나서 인자한 미소를 지었다.

그는 자주 내게 물었다.

"정말 그래? 사람들이 정말 그렇게 말했단 말이지? 너는 어떻게 생각하니?"

"어째서 그런 일을 하셨어요?"

"너도 알다시피 나 혼자 한 게 아니야."

"그래요. 하지만 삼촌이 막을 수도 있었잖아요."

"난 아무 것도 할 수 없었을 거야. 너도 언젠가는 알게 될 거야. 이제 그 얘기는 그만 하자."

삼촌과 나는 주로 정원으로 내려가는 대리석 계단에 앉아서 이야기를 나누었다. 우리 얘기는 항상 그런 식이었고, 그는 화기애애한 분위기에서 이야기를 끝마치려고 했다. 물론 나는 그럴 생각이 없었다. 그럴 때면 그는 희끗희끗 세어가는 콧수염 뒤에서 빙그레 웃었다. 그와 함께 나의 흥분도 다소 가라앉았다.

"왜 지난 일을 캐물어서 인생을 복잡하게 만드느냐?"

"하지만 언젠가는 사람들이 이 모든 걸 알아야 해요."

"그래, 맞아. 하지만 그때가 되면 나는 이미 이 세상 사람이 아닐 거야. 그러니 사람들도 날 무덤에서 끌어내지는 못할 거야."

나는 한숨을 쉬었다. 너무도 지당한 말이었다. 그는 자신의 임무를 수행하였다. 모든 면에서 그의 과업은 완성되었다.

우리가 도청 소재지에 도착하였을 때는 이미 날이 어두워지고 있었다. 기자들은 모두 싸구려 저녁을 먹으러 여관으로 갔다. 그러면서 나도 함께 가자고 우겼다.

뻐드렁니 사내가 나를 바라보며 말했다.

"집이라고는 두 평짜리 방 한 칸, 차라고는 헌털뱅이 자전거 한 대, 남자 친구는? 없음. 게다가 이 세상 고민은 다 짊어진 사람처럼 언제나 심각한 표정을 짓고 있는 엘리트 기자. 이쯤 되면 정말 지독한 골동품 아닌가요?"

그들은 모두 와하고 웃음을 터뜨렸고 나 역시 웃지 않을 수 없었다.

뻐드렁니 사내는 계속 나를 놀려댔다.

"우리 모두 실패자에요. 우리 기자들은 사소한 일만 파고드는 바보들이죠. 그런데 뚜엔 씨 좀 보세요. 하늘이 내린 모든 선물을 다 누리고, 그의 자식들은 그 부스러기를 주워 먹죠. 물론 부스러기만 말입니다. 하지만 그것도 우리에 비하면 엄청난 사치죠."

운전수가 그를 제지했다.

"그만 해. 그건 농담거리가 아냐."

나는 하노이의 기자들에게 작별 인사를 한 다음, 자전거를 끌고 좁은 골목길을 얼마간 걸어갔다. 갑자기 모든 흥분이 사라졌다. 까이 생각을 하면서 나는 뻐드렁니 사내가 옳다는 것을 인정하지 않을 수 없었다. "자식들은 부스러기를 주워 먹죠." 그는 이렇게 말했다. 지금도 까이는 무척 운이 좋은 셈이다. 프랑스 국적의 남자를 꿰어차고 사이공에서 함께 날아올 수 있으니까. 나는 결코 그렇게 살 수 없을 것이다. 어느 남자라도 일인용 침대와 책꽂이 밖에 없는 두 평짜리 방에는 들어오기 싫을 것이다. 거기서 볼 것이라고는 좀 먹은 물건들과 고독과 결핍으로 누렇게 뜬 얼굴밖에 없을 테니까. 하지만 까이는 땀 흘려 일하지 않고도 인생의 모든 것을 즐기고 있다.

나는 방에 들어가 가방을 침대에 내던지고 나서 멍하게 앉아 있었다. 얼굴조차 씻지 않았다. 문득 새삼스럽게 자신의 운명에 대해 생각하게 되고 그러다가 자기 연민에 빠지는 때가 있는 법이다. 아마 이 세상에는 그런 사람이 꽤 많을 것이다. 인생살이가 고달프고 어디 한 곳 기댈 언덕도 없는 그런 사람들 말이다.

야간 전화 교환수가 왔다. 그를 바라보며 나는 생각했다. 가치 없는 인생을 사는 사람이 여기 또 한 명 있구나. 그는 비쩍 마른데다 자주 기침을 해댔다. 주머니 속에 신문지 조각을 잔뜩 넣고 다니며 코를 닦았다. 고질적인 만성 콧병으로 고생하고 있었다. 아마 어떤 여자도 그와 결혼하려하지 않을 것이다.

"안녕하세요, 무슨 일이라도?"

내가 물었다.

"언제 들어왔어요?"

"지금 금방이요."

"오늘 오후 늦게 전화가 왔었어요. 시내에서. 누구 아는 사람 있어요?"

"그냥 조금 아는 사람이죠."

"좀 다녀가라고 하더군요. 까이라는 여자였어요."

나는 저고리 주머니에서 담배 몇 개비를 꺼내 그에게 주었다. V군 회의실에서 슬쩍한 것이었다. 그는 기뻐서 입이 찢어졌다. 전화는 별로 중요하지 않더라도 담배는 분명히 중요했다.

"아이고, 이런 고마울 데가! 정말 고마워요."

나는 대강 몸을 씻기로 했다. 하지만 공동수도에는 물 한 방울 나오지 않았다. 조금 후에는 전기가 나가버렸다. 기자촌은 갑자기 부서진 벌집처럼 소란스러워졌다. 젊은 여자, 늙은 여자 할 것 없이 모두 의자를 현관문 앞에 내어놓고 요란하게 수다를 떨어댔다. 개들이 짖어대고, 고양이가 날카롭게 울어대고, 아이들은 고래고래 소리를 질러대고 …… 하지만 하도 캄캄해서 앞에 앉은 사람 얼굴조차 보이지 않았다. 아마 지옥도 이보다 더 나쁘진 않을 것이다. 나는 이 모든 것에 진저리가 났다. 그래서 모기장을 치고 잠을 청했다. 까이는 될 대로 되라지. 그곳은 나와는 관계없는 세상이었다. 빛으로 가득한 세상이었다.

이튿날 아침, 침대에 누워있는데 누군가 방문을 두드리며 내 이름을 불렀다. 귀에 선 목소리였다. 나는 침대에서 후닥닥 일어나 거울을 바라보았다. 창으로 아침 햇살이 비쳐 들어왔다. 머리도 얼굴도 괜찮았다. 어제 저녁의 비참함은 다 사라져버린 것 같았다. 나는 문을 활짝 열었다. 까이었다.

"안녕, 내 꼬마 동생!"

사촌 까이었다. 그녀의 빼어난 미모 앞에서 내 마음은 흥분으로 가득 찼다. 그녀는 예전보다 훨씬 더 아름다웠다. 그녀는 예의 그 무관심하고 초연한 태도를 벗어버렸다. 그녀의 열정적인 눈길이 나를 감쌌다.

"어제 저녁에 얼마나 기다렸는지 몰라. 그래서 아침에 내가 왔어."

그녀가 말했다.

"집에 와서 그냥 뻗었어. 너무 피곤했거든."

"무슨 일이 있었구나. 안 좋은 일이었나 보네. 피곤하다고 날 보러오지 않을 네가 아닌데 말이야."

나는 아무 말도 못하고 그냥 웃기만 했다. 까이는 역시 영리했다. 그녀는 언제나 내 마음을 읽을 줄 알았다.

"방 좀 빨리 치워. 손님이 왔거든."

"누군데?"

"쾅."

"아이고, 맙소사! 어쩌자고 그 사람을 데려왔어? 말도 안 돼."

"걱정 말아. 괜찮을 테니까."

우리는 함께 모기장을 걷고 베개를 털었다. 까이가 빗자루로 바닥을 쓸었다. 주중에 내가 없는 동안 모든 것 위에 먼지가 한 겹 제대로 입혀 있었다. 까이가 내 등을 떠밀었다.

"가서 세수 좀 하고 와!"

나는 내가 가진 옷 중에 제일 덜 낡은 셔츠를 트렁크에서 꺼내들고 공동 목욕탕으로 갔다. 다행히도 물이 나왔다. 전기도 들어왔다. 햇살이 마당과 뒷골목을 가득 채우고 있었다. 목욕을 하고 오는 길에 이웃집에 들어가서 머리를 빗었다. 거울을 보니 그런대로 봐줄 만 했다. 방으로 돌아오니 쾅이 벌써 안으로 들어와 있었다. 그의 값비싼 혼다 스쿠터가 앞마당에 세워져 있었다. 그가 삐걱거리는 의자 위에 앉아있는 것을 보는 순간, 나는 가슴이 철렁했다. 내가 기사를 쓸 때 걸터앉는 그 의자는 낡아빠졌을 뿐만 아니라 흰 개미가 쓸어 더욱 가관이었기 때문이다. 까이는 내 침대 발치에 앉아 있었다. 그녀가 내게 들어오라고 손짓하였다. 쾅이 의자에서 벌떡 일어났다.

"안녕하세요, 쾅입니다. 까이한테 얘기 많이 들었어요. 내가 상상했던 모습 그대로군요"

나는 그를 똑바로 바라보았다. 그렇게 매력적인 남자는 지금까지 본 적이 없었다. 까이 쪽을 돌아보니 그녀는 빙그레 웃고 있었다. 그들은 둘 다 매우 매력적이었다. 마치 서로를 위해 태어난 것 같았다. 그 순간 관상가들의 말이 생각났다. 부부는 서로 닮는다고 하지 않는가. 나는 그 말을 바로 믿게 되었다. 쾅에게는 어딘가 모르게

까이와 닮은 데가 있었다. 그러니 그들은 헤어지지 않고 잘 살 것이
라는 생각이 들었다.

그는 내 방의 모든 물건들을 호의적인 시선으로 바라보았다. 독
신 여자의 초라한 방과 거기 딸린 물건들을 말이다. 그의 태도를 보
면 마치 그런 방에 살던 사람 같았다. 하지만 튀지 않는 수수한 차
림새를 보면 그는 부자임에 틀림없었다. 진짜 부자는 태도나 옷차
림으로 부를 과시하지 않는다. 그들에게 부란 너무도 자연스러운
것이니까. 그의 자연스러운 귀태는 대학 졸업장으로 만들어지는 그
런 종류가 아니었다. 그가 낡은 의자에 다시 앉았을 때 나는 적이
마음이 놓였고 더 이상 그것이 창피하지 않았다.

"타오 씨는 요즘 어떻게 지내세요?"

"보시다시피, 이렇게 살아요."

"프랑스에서는 생활이 더 편리하지요. 하지만 너무 시간이 없어
서 이런 건 가질 수가 없어요."

그는 벽에 걸린 <영원한 고요 위에>라는 제목의 풍경화를 가리
켰다. 매일 아침 나는 그 평온한 그림을 바라본다. 그러면 나도 모
르게 눈물이 흐른다. 종국에는 우리 모두가 가게 될 그곳은 너무도
높고 신성하기 때문이다.

"이 그림 자주 보지요?"

"네, 그래요."

"그리곤 울죠, 그렇죠?"

나는 고개를 끄떡였다. 우리는 모두 웃음을 터뜨렸다. 이상한 것은 콩이 매우 친밀하게 느껴졌다는 점이다. 결코 이역만리 먼 곳에서 온 사람 같지 않았다. 왠지 죽은 오빠를 연상시키는 데가 있었다. 그것은 매우 부드럽고, 깊은 느낌이었다. 그가 어린 여동생에게 하듯이 내 머리를 쓰다듬어 주고 꼭 껴안아주면 좋겠다는 생각이 들었다. 오랫동안 나는 어느 누구도 이렇게 가깝게 느껴본 적이 없었다.

얼마 후, 우리는 그의 스쿠터를 내 방 안에 밀어 넣어놓고 함께 아침을 먹으러 나갔다. 그가 우리들 가운데 서서 걸어갔다. 나는 매일 수많은 남자들을 만나서 얘기를 나누지만 한 번도 진짜 남자를 본 적이 없었다. 이 나라에서는 항상 먹고살 일을 걱정하고, 사소한 일들 때문에 서로 다투어야만 한다. 즐거움과 쾌락조차도 진부하고 시시하다. 그래서 남자들은 위엄을 잃어버렸다. 여자들과 다를 것이 없다. 그러니 어딜 가나 한 종류의 인간밖에는 만나지 못한다. 그것이 너무 지겨워서 우리는 남녀를 구분하는 습관을 잃어버렸다. 남자 곁에서 걸어간다는 느낌을 가져본 것이 도대체 얼마만인지 모른다.

"왜 결혼하지 않으세요? 이렇게 사는 것은 너무 슬프잖아요?"

그가 물었다.

까이가 나를 곁눈질했다.

나는 솔직하게 대답했다.

"아무도 날 사랑해주는 사람이 없어요."

"당신에게 맞는 사람을 만나지 못했기 때문이죠, 그렇죠?"

까이가 킬킬대며 웃었다. 쾅은 곰곰 생각하더니 이윽고 입을 열었다.

"때로 그건 느낌의 문제일 뿐이에요. 적개심을 버려야 해요. 쓸데없는 적개심을 키우지 말아요. 당신에게 맞는 반려를 만나건 모든 게 잘 될 거예요."

"그건 말하긴 쉽지만 실천하기는 어려워요. 당신은 까이가 있으니까 그렇게 말할 수 있지만 나는 당신과 다르잖아요."

그는 사람 좋게 웃으며 까이의 어깨에 팔을 둘렀다. 우리는 비탈길을 걸어 내려가 식당이 늘어서 있는 길로 접어들었다. 반대편에서 차가 오자 그가 내 손을 잡아당겼다. 순간, 짜릿한 느낌에 나는 화들짝 놀랐다. 그는 나의 상상과는 너무도 달랐다. 어제 오후, V군에서 돌아오는 차 안에서 뻐드렁니 사내가 뚜엔 삼촌 같은 사람의 자식들이 부스러기를 먹는다고 말했을 때였다. 그때 나는 쾅에 대해 콧수염을 가늘게 기른 사내일 것이라고 제멋대로 상상했다. 내 상상 속의 쾅은 무릎 위에 삐딱하게 올려놓은 기타 반주에 맞추어 시끄럽게 노래를 불러 제치는 모습이었다. 게다가 눈은 건방지게 지그시 감고 있었다. 인력거를 부를 때면 인력거꾼 따위는 쳐다보지도 않은 채 그냥 손가락만 탁탁 튀기고, 또 여자들에게 으스대기 위해 괜히 쿨한척하는 그런 위인이었다. 내가 왜 그렇게 상상했는지는 모른다. 하지만 어쨌건 내 상상 속의 쾅은 텔레비전에서 자주 보는 히피 싱어 송 라이터 비슷한 사람이었다.

"쾅에게 어떤 음식을 대접할까?"

까이가 내게 물었다.

"어떤 음식을 좋아하세요?"

"어렸을 때 남쪽에서 살았어요. 그리고 프랑스에 간 이후로 어머니는 항상 남쪽 음식을 만들어주셨어요. 식초 뿌린 새우와 삶은 돼지고기 요리, 생야채와 허브, 바싹하게 튀긴 국수, 새우 간 것을 사탕수수와 함께 구운 것, 껍질이 연한 게를 깨를 뿌린 라이스페이퍼에 싼 것, 이런 것들을 와인과 함께 먹었어요."

"이런, 벌써 입에 침이 고이네요."

"북쪽 음식은 별로 못 먹어봤어요. 그러니까 제일 맛있는 것을 소개해주세요."

"까이, 뚱보 투 아줌마 집에 '분탕' 먹으러 가자."

내가 제의했다.

"그래, 좋아. 먹어 본지 정말 오래되었어."

투 아줌마의 식당은 벵골보리수가 줄지어 늘어선 긴 골목 끝에 있는 조그만 가게였다. 외양은 초라했지만 국수만큼은 기가 막혔다. 투 아줌마는 까이를 보자 밖으로 뛰어나왔다.

"아이고, 아가씨, 남쪽으로 갔다면서? 그 소리 들은 게 벌써 한참 된 것 같은데."

"네, 그래요. 잠깐 들리러 왔어요. 이분은 내 친구 쾅이에요. 프랑스에서 귀국했어요. 아줌마네 국수가 먹고 싶대요. 잘 부탁드려요.”

“자, 어서 이리와 앉아요. 이 자리가 제일 시원하거든. 키엔아, 공기 세 개 내어오너라.”

쾅은 무척 감명을 받은 듯하였다. 그는 벵골보리수 밑둥치에 편안히 기대앉았다. 까이의 눈 꼬리에 웃음이 담겨 있었다.

“아줌마가 흥분한 것 같아요. 외국 손님이거든.”

그녀가 말했다.

쾅은 살짝 슬픈 미소를 지었다.

“난 프랑스 국적이지만 프랑스에선 외국인 취급을 받아요. 또 여기 베트남에서는 영주권이 있어도 모두들 날 외국인으로 생각해요. 그러니 어떻게 행복할 수 있겠어요?”

“그럼, 당신이 난 곳으로 돌아가지 그래요.”

“불행히도 거기가 어딘지 몰라요. 물론 난 여기 돌아오고 싶어요. 프랑스에서도, 베트남에서도 이방인 취급을 받고 싶지 않아요. 때론 가족 내에서도 이방인처럼 느낄 때가 있어요.”

쾅과 까이는 이것에 대해 여러 번 얘기를 한 것 같았다. 쾅의 어조는 조용했다. 노스탤지어가 깃든 목소리였다. 나는 무슨 얘긴지 잘 이해할 수 없었다. 그래서 그들의 나직한 목소리를 묵묵히 듣고만 있었다.

쾅이 나를 바라보며 말했다.

“타오, 이 얘긴 안 한 것 같은데, 사실 우리 부모님도 북쪽 출신이에요. 두 분 다 돌아가셨지만. 양어머니가 날 사이공으로 데리고 갔죠. 거기서 쭉 살다가 1970년에 프랑스로 갔어요.”

“얼마 전에 까이가 편지로 알려주었어요.”

까이는 일어서서 투 아줌마가 국수를 삶고 있는 곳으로 갔다. 쾅의 시선이 그녀를 뒤쫓았다.

“슬픈 얘기죠, 안 그래요?”

“그래요, 정말 슬퍼요. 하지만 프랑스에 가게 되었으니 운이 좋은 거죠.”

“꼭 그런 건 아니에요. 왠지 모르게 이곳에 돌아오지 않으면 안 될 것 같은 기분이 들었어요. 이건 정말이에요. 괜히 그러는 게 아니에요.”

“뭔지 알 것 같아요.”

“그렇게 쉽게 이해될 것 같지 않은데요. 나 자신도 내가 프랑스에서 만족하지 못하는 이유를 모르겠어요. 직업도 있고 돈도 제법 벌고. 문제는 마음이 편치 않다는 점이에요. 그냥 막연한 느낌이지만. 왜 당신도 알죠? 때로는 별것 아닌 사소한 것 때문에 입맛이 없어지고 잠도 못자는 때가 있잖아요.”

“그래요. 가끔 그럴 때가 있어요.”

“결혼 후에 우리는 사이공에서 살 거예요.”

“양어머니는 어떡하고요?”

“여기로 모셔올 거예요. 저 없이는 못 사시니까요. 당신 생각은 어때요?”

“여기서 살지 않는 편이 나을 것 같아요. 이 땅에는 슬픔이 너무 많아요. 그걸 어떻게 견뎌내려고요? 결혼하고 나면 프랑스에 가서 살아도 괜찮을 것 같은데요.”

“어쩌면 그럴지도 몰라요. 이게 내 친어머니 사진이에요. 양어머니께서 날 위해 간직하고 계셨던 거예요.”

그는 조그만 지갑에서 작은 사진 한 장을 꺼내주었다. 아주 오래 전에 찍은 사진이 분명하였지만 사진 상태는 매우 양호하였다. 나는 사진 속의 여자를 찬찬히 뜯어보았다. 귀태가 흐르는, 이루 말할 수 없을 정도로 아름다운 얼굴이었다. 나는 왠지 가슴이 찡하였다. 어쩌면 그 고상한 얼굴 때문인지도 몰랐다. 사진 뒷면의 글씨는 아직도 똑똑히 읽을 수 있었다. “사랑하는 티, 이 사진을 보고 엄마를 기억하여라. 한 아줌마를 엄마처럼 사랑하여야 한다. 1953년, 삼 마을에서.”

“왜 당신 이름이 ‘티’인가요?”

“어릴 때 별명이었대요. ‘티’ 해에 태어났다고 말이지요. 사이공에 와서도 양어머니는 내가 학교에 갈 때까지 이름을 바꾸지 않았어요. 물론 지금도 집에서는 ‘티’라고 불러요.”

투 아줌마가 눈처럼 흰 국수 세 그릇을 가지고 왔다. 까이가 라임과 고추가 담긴 쟁반을 가지고 뒤따라왔다.

투 아줌마가 은근한 목소리로 말했다.

“외국 손님이 오셨으니까 특별히 내가 직접 만들었어요. 사실 직접 만들어본 지 꽤 오래 되었어요. 보통은 부엌에서 지시만 하니까요.”

“절 외국 손님이라고 부르지 마세요. 백 프로 베트남 사람이니까요.”

“하지만 프랑스 국적이잖아요. 그러니까 이제 베트남 사람이 아니죠. 당신 같은 사람은 프랑스 국적을 가질 자격이 있어요. 베트남 사람들은 외모가 단정치 못해요. 고생에 찌들어서 그렇죠. 자, 이제 국수에 라임을 좀 짜 넣어요. 대단해, 프랑스 사람이라니.”

투 아줌마가 그렇게 흥분하는 것을 보고 쾅은 좀 슬픈 것 같았다. 까이도 그것을 느꼈는지 중간에 끼어들었다.

“아줌마, 이 국수 어떻게 만드는지 좀 알려주세요. 맛있다고 소문이 자자하잖아요.”

투 아줌마는 의자를 끌어당겨놓고 그 위에 걸터앉았다. 그리고는 우리들이 모두 자리에 앉을 때까지 기다렸다가는 만면에 미소를 띠우며 이야기를 시작하였다.

“어때, 맛있지? 내가 직접 만들면 불평하는 사람이 한 명도 없어요. 요리법으로 말할 것 같으면 먼저 거세한 수탉을 골라야 해요. 적어도 삼 킬로는 나가는 튼실한 놈으로 말이지. 그것을 물에 넣고 삶았다가 꺼내서 이쑤시개로 양쪽 날개 밑을 찔러야 해요. 그 안에 고인 물을 빼내야 빨리 마르니까. 또 그래야 나중에 자를 때 고기가 산산조각으로 부서지지 않아요.”

“그런데 국물은 어떻게 만들어요?”

“닭 삶은 물을 사용하는 게 좋아요. 그 국물에 새우와 돼지 뼈를 넣는데 꼭 도가니 뼈를 써야 해요. 그 위에 닭 뼈와 버섯과 생선 소스, 또 화학조미료와 닭기름에 튀겨낸 양파를 넣어요. 제대로 하려면 기술이 필요해요. 이렇게 기본을 만든 다음 그릇에 담는게 고명은 무엇보다 색과 향에 신경을 써야 해요. 맛도 있고 보기에도 좋아야 하니까. 삶은 계란 얇게 썬 것, 소시지 채친 것, 절인 사탕무, 다진 새우, 닭살 저민 것. 이런 것을 차례차례 얹고 피시 소스에 후추와 고추를 넣어서 곁들어 내야 해요. 냄새 좀 맡아봐요. 냄새만 맡고도 재료가 뭔지 알 수 있겠죠?”

“이건 정말 일류에요. 사이공에서는 아무도 이렇게 맛있는 국수를 못 만들어요.”

“이 국수를 만드는 사람은 많아요. 하지만 다른 지역 양념은 이 국수와 맞지 않아요. 반드시 북쪽 지방 것이라야 해요. 이 지역의 사탕무와 허브는 특히 맛있어요. 다른 지방 것은 못 써요.”

투 아줌마는 우리가 국수를 다 먹을 때까지 식탁에 앉아 있었다. 쾅이 국물을 마지막 한 방울까지 깨끗이 먹어치우자 그녀는 만족한 듯 미소를 지으며 쾅에게 말했다.

“정말 제대로 먹을 줄 아는구먼. 한 방울도 안 남기고 말이지. 한 숟갈이라도 남기는 건 만든 사람에 대한 예의가 아니에요. 그렇죠?”

그녀는 길에까지 따라 나와서 또 오라고 당부했다. 우리는 시내를 가로질러 흐르는 큰 강까지 걸어갔다. 갑자기 까이가 쾅 쪽을 돌아보며 물었다.

"근데 왜 삼 마을을 찾아보지 않아요?"

"프랑스에 돌아가서 어머니께 자세한 것을 여쭈어봐야 해요. 그곳이 어딘지 한 번도 말씀해주시지 않았거든요. 지금은 아무도 살지 않는다고 했어요. 모두 죽었다고 말이지요. 그러니까 우리가 누군지 아는 사람이 아무도 없대요. 내가 그 마을 얘기를 꺼내면 어머니는 질색을 하셔요."

우리는 강둑에 올라섰다. 강 저편에서 바람이 불어왔다. 우리가 서 있는 곳에서는 도시 전체가 한 눈에 보였다. 항구와 공장이 보이고 몇 년 전부터 번창하기 시작한 시장이 보였다.

쾅은 눈을 가늘게 떴다. "북부는 정말 아름답군요. 이렇게 멋진 풍경은 처음 봐요."

"좀 과장하는 것 아니에요?"

"아니, 정말이에요. 다른 나라에는 철과 콘크리트가 너무 많아요. 차도 많고, 공해도 너무 많아요. 우리나라에는 아직도 자연 그대로의 순수함이 남아있어요."

"뿐만 아니라 우리 위장도 자연 그대로의 상태로 남아있지요."

쾅은 내 머리를 살짝 때렸다. 우리 세 사람은 서로 손을 잡고 제방의 사면을 마구 내달려 강가의 모래사장으로 내려갔다. 쾅의 마

음 속에는 자기가 태어난 마을에 대한 궁금증과 불안이 항상 내재
되어있었다. 또한 그를 베트남의 산하로 이끄는 뭐라 말할 수 없는
어떤 것의 존재를 항상 느끼고 있었다. 그리고 내 가슴에는 항상 우
수가 스며있었다. 그러나 그 순간만은 우리 모두 무척 즐거웠다. 우
리는 젊었고 할 일이 많았다. 광활한 세상이 우리 앞에 열리는 것
같았다. 지금까지의 잔인하고 어두운 세상 대신, 밝고 즐거운 세상
이 전개될 것만 같았다.

“뚜엔 삼촌 만나 보았어요?”

나는 쾅에게 물었다.

“아뇨, 아직.”

“왜요?”

까이가 쾅의 어깨에 머리를 기대며 말했다.

“아빠는 형님을 모시러 하노이에 가셨어. 까 백부님 말이야. 어제
아침에 집에 가니까 막 떠나셨다더군. 아마 오늘 오후에 만나게 될
거야.”

“그래서 말인데 까이, 나는 무척 걱정이 돼요.”

“걱정 말아요. 마음에 들어 하실 테니까. 틀림없어요”

“고위 공직자를 어떻게 대해야할지 모르겠어요”

“아빠는 예전에는 공직자였지만 지금은 아니에요. 그냥 은퇴한
노인이죠. 은퇴해서 새로운 삶을 배우고 있는 중이죠.”

우리는 저녁에 만나기로 약속하고 헤어졌다. 나는 빈방에 홀로

돌아와 슬픔과 욕망에 사로잡힌 채 우두커니 앉아 있었다. 사랑을 한다면 까이처럼 대단한 사랑이어야 했다. 하지만 그것은 쉽사리 얻을 수 있는 것이 아니지 않은가?

*

나는 가로등불이 켜지기 직전에 자전거를 타고 저택 앞에 도착했다. 마당에는 삼촌이 사적인 용무를 볼 때 사용하도록 배당된 조그만 자동차가 주차되어 있었다. 내가 제일 먼저 마주친 사람은 까이였다.

그녀는 내 귀에 대고 속삭이듯 말했다.

"사윗감을 보시고 아빠가 뭘 좀 생각하시는 것 같아."

"그래, 정말이야?"

"흡족하신 건지, 아니면 뭔가 걸리는 것이 있는지 도통 감을 못 잡겠어."

"흡족하실 거야. 틀림없어. 쾅 같은 사람을 사위로 맞고 싶지 않을 사람이 어디 있겠어? 뭘 더 바라겠어?"

가족 전부가 그곳에 모여 있었다. 나는 까 백부께 인사를 드렸다. 올해 팔십 세의 이 노인은 눈처럼 흰 콧수염과 염소수염을 기르고 있었다. 아주 오래 전, 그는 나름 지위가 높은 관리였으며 지금도 불 삼키는 곡예사와 같은 귀족적 면모를 지니고 있었다. 뚜엔 삼촌이 손짓으로 나를 불렀다. 내가 다가가니 그는 V 군에 갔던 일에 대해 물었다. 나는 아버지를 죽인 청년 이야기를 하였다. 그는 귀로는 내 이야기를 들었지만 눈으로는 쾅의 일거수일투족을 관찰하고 있었다.

아래층의 거실은 뚜엔 삼촌이 방문했던 여러 나라의 양탄자들로 장식되어 있었다. 거실 중간에 걸린 커다란 페르시아 양탄자에는 그 나라의 옛 전설 그림이 새겨져 있었는데 그것만으로도 축제 기분이 났다. 거실 끝에서 끝까지 흰 테이블보를 덮은 식탁이 차려져 있었다. 숙모는 길 건너 호텔에서 음식을 배달시켜왔다. 손님 시중을 위해 제복을 입은 웨이트리스 두 명이 함께 딸려왔다. 숙모는 푸른 꽃이 수놓인 흰색 아오자이(베트남의 전통 복장-역자주)를 입고 있었다. 그녀는 아직도 작은 도시의 높은 마나님 특유의 과시하는 습관을 버리지 못하고 있었는데 환갑 노인에게 그 옷은 정말 어울리지 않았다. 게다가 그녀의 자식들과 조카들은 모두 별로 눈에 띠지 않는 캐주얼한 복장을 하고 있었기 때문에 주위 분위기와도 어울리지 않았다. 그녀는 내게 다가와 미소를 지으며 정말 오랜만이라고 말했다.

"어떻게 생각해? 집이 크니까 식당에 가지 않고 배달을 시켰어. 그게 더 편하잖아."

나는 그녀에게 모든 게 완벽하다고 대답했다. 그녀는 좀 더 말하고 싶어 했지만 나는 곧 그녀 곁을 떠났다. 나는 '삼 대에 걸친 순수한 혁명분자 증명서'를 가지고 있는 여자들을 좋아하지 않았다. 혁명 지도자와 결혼을 하고 나면 그녀들은 타의 추종을 불허하는 속물이 된다. 나는 그녀가 가진 것을 전혀 부러워하지 않는다. 그래서 그녀는 나를 존중한다. 나는 여기서 밥을 먹은 적도 없고 하늘에서 그 집 위로 떨어진 듯이 보이는 산더미 같은 부(富) 때문에 그들의 비위를 맞춘 적도 없다. 까이가 어머니를 조금도 닮지 않은 것은 이상한 일이었다. 그녀들은 마치 핏줄이 다른 것 같았다.

사람들이 잔칫상이 차려진 방안으로 들어오기 시작했다. 모두들 시내에 사는 친척들이었다. 나이든 사람들은 자기들끼리 따로 모여 앉았고 젊은이들은 시시때때로 들락거렸다. 까 백부는 식탁 중간에 앉았다. 콩이 마당에서 들어와 까 백부 앞으로 가서 손을 맞잡고 옛날식 절을 하였다. 그리고는 뚜엔 삼촌 쪽을 보고 같은 식으로 절을 하였다. 모두들 웃음을 터뜨렸다. 그러나 까 백부는 콩의 태도가 마음에 든 것 같았다.

"다들 왜 웃는 거냐? 베트남 사람들은 이런 예절을 지켜야해. 오랫동안 우리 민족은 혁명 하느라 바빠서 이런 전통을 계승하지 못했어. 그런데 외국에 사는 사람들이 그걸 소중히 지키는군. 자네, 계속 잘 간직하게."

"알겠습니다. 우리 같은 해외 동포들은 우리 전통을 잘 지키려고 애씁니다. 그렇지 않으면 모두 잃어버릴 테니까요. 우리는 유럽 사람들과 다릅니다. 그들이야 뭐든지 정복하고, 어딜 가든지 자기네 문화를 그대로 옮겨가지만요."

나는 그들의 대화를 좀 더 잘 듣기 위해 그들 곁에 앉았다. 까 백부는 상반신을 앞으로 내밀고 그의 말을 귀 기울여 들었다. 그는 항상 나이를 잊고 인생의 모든 것에 참여하기를 원했다. 뚜엔 삼촌은 식탁 건너편에서 사윗감을 마주 보고 앉아 있었다. 그는 좀처럼 감정을 드러내지 않는 사람이었지만 오늘 밤만은 동요된 기색이 역력했다. 쾅이 방에 들어 온 순간, 그의 손이 덜덜 떨렸다. 그때 그는 파이프 담배를 피우고 있었는데 손이 하도 떨리는 바람에 파이프를 떨어뜨리지 않으려고 애를 쓰는 것을 보고 나는 그것을 알아차렸다. 그는 까 백부와 얘기하는 쾅의 모습을 요모조모 뜯어보면서 뭔가 곰곰이 생각하는 것 같았다. 심지어는 당황과 낭패에 가까운 표정까지 언뜻언뜻 드러났다. 나는 그것이 딸에 대한 깊은 사랑 때문이라고 생각했다. 안심하기 전에 좀 더 딸의 약혼자에 대해 알고 싶기 때문이라고 생각했다.

잔치는 정말 멋졌다. 나는 한 번도 그런 음식을 먹어 본 적이 없었기 때문에 그 이름조차 알 수 없었다. 방안은 기대로 가득 차 있었다. 아마도 까이의 행복이 모두에게 전해졌기 때문일 것이다. 그녀는 빛나도록 아름다웠고 그녀의 눈동자는 물이 찰랑찰랑한 연못처럼 반짝였다. 그녀는 좌우를 바라보며 잔을 들어 모든 사람들과 차례로 축배를 들었다. 쾅은 두 손으로 턱을 감싸고 눈을 껌뻑이며 그녀를 바라보았다. 그것은 그다지 멋진 자세는 아니었다. 그래서 나는 왜 그것을 보고 까 백부가 깜짝 놀라는지 이해가 되지 않았다. 쾅의 모습을 보던 그의 손이 살짝 떨렸다. 포크에 꽂혀있던 소시지 조각이 함께 떨렸다. 이윽고 그는 뒤로 물러나더니 저녁 식사가 끝날 때까지 깊은 생각에 잠겨 있었다. 혹시라도 쾅이 말을 걸면 그는 고개만 끄덕일 뿐 더 이상 쾅을 쳐다보지 않았다. 대신 그는 크리슈나 신을 모시는 두 처녀가 소떼를 돌보는 장면이 그려져 있는 인도산 양탄자만 쳐다보았다. 나는 걱정이 되었다.

식사가 끝나자 까 백부와 뚜엔 삼촌은 위층에 쉬러 올라갔다. 나이 든 손님들은 하나둘씩 집으로 돌아갔다. 그들에게 작별 인사를 할 때 쾅은 두 손을 맞잡고 절을 하였다. 그 모습을 보고 그들은 마음이 짠하여 미소를 지었다. 젊은이들은 좀 더 오래 남아있었다. 쾅이 기타를 들고 와 자리에 앉자 까이와 나를 비롯한 모든 젊은이들이 그를 빙 둘러쌌다. 약간 취기가 오른 그는 처음보다 훨씬 편한 모습이었다.

그는 조율을 한 다음, 나를 돌아보며 말했다.

"해외에 살 때, 나는 북쪽 사람들이 너무 가난한데다 먹고 사는 데 바빠서 다른 것은 전혀 생각하지 않는 줄 알았어요 그런데 지금 보니 그게 아니에요. 당신과 까이와 또 다른 모든 사람들과 얼마든지 대화가 되니까요. 또 이건 전혀 가난이 아니에요. 이 정도의 생활수준은 프랑스에서도 쉽지 않아요."

나는 웃음을 터뜨렸다.

"뚜엔 삼촌은 보통 사람이 아니라 VIP라고요. 이런 집은 매우 드물어요."

쾅은 까이의 어깨에 팔을 둘렀다.

"당신을 처음 만났을 때 귀족이라고는 꿈에도 상상 못했어."

"당신에게 귀족 같은 건 아무 의미도 없었을 걸요. 당신이 그날 만난 그 평범한 여자 있죠? 만일 내가 그 여자 같았더라면 당신은 제 아무리 귀족이라도 꿈쩍도 안했을 걸요, 그렇죠?"

그러고 나서 쾅은 노래를 하고, 또 외국에 처음 갔을 때 이야기도 했다. 참 어렵고, 외롭고, 굴욕적인 생활이었다. 모르는 사람들 사이에서 자리를 잡느라 열심히 노력하고 투쟁해야 했다. 무시당하지 않으려면 사회적으로 인정받는 당당한 지위를 얻어야 했기 때문이었다. 그래서 고국에서보다 훨씬 힘들었다.

그의 애기를 들으면서 나는 그가 가지고 온 조그만 사진첩을 조심스럽게 뒤적였다. 몇 장은 젊은 여자들과 찍은 것으로 한결같이 예쁜 여자들이 그의 곁에서 미소를 짓고 서 있었고 나머지는 모두 그의 양어머니 사진이었다. 백발에 아오자이를 입은 그녀는 사람이 매우 좋아 보였다. 사진 배경은 모두 상당히 고급스러워 보이는 장소였지만 그럼에도 불구하고 나는 그녀가 서민 출신임을 한 눈에 알아볼 수 있었다. 쾅과 함께 찍은 사진에는 주로 앞에 꽃무늬가 수놓인 검정 아오자이를 입고 있었다. 그들이 사는 조그만 집 앞의 정원에서 찍은 사진도 있었다. 멋진 파란 커튼이 처진 현관문 앞에는 조그만 티 테이블이 놓여있었다. 그들은 상당한 부자였지만 편안하고 검소한 생활을 하는 것 같았다. 참 아름다운 집이었다.

복도로 난 창문에 뚜엔 삼촌이 보였다. 때마침 쾅이 노래를 불렀고 모두들 열심히 듣고 있었기 때문에 나 외에는 아무도 삼촌을 보지 못했다. 삼촌이 내게 손짓을 하였다. 나는 일어나서 방을 나왔다.

"숙모 얘기로는 쾅이 친어머니 사진을 가지고 있다던데, 정말이냐?"

그가 물었다.

"네, 삼촌."

"가서 가지고 오렴."

나는 거실로 돌아갔다. 쾅의 친어머니 사진은 앨범 맨 첫 장에 있었다. 나는 그것을 뚜엔 삼촌에게 가져갔다. 그는 이층에 올라가서 자세히 보고 싶다고 하였다. 나는 잘 이해가 되지 않았지만 뭔가 심상치 않은 일이 있는 것만은 틀림없었다.

반시간 가량이 흐른 후, 뚜엔 삼촌이 다시 창문에 나타나 내게 손짓을 하였다.

"나와 함께 이층에 올라가자. 할 말이 있어."

나는 그를 따라갔다. 그는 숨을 헐떡거렸고 실내의 가파른 계단을 올라가는 그의 몸은 눈에 띠게 졸아든 것 같았다.

"무슨 일이에요, 삼촌?"

내가 물었다.

그는 말 대신 몸을 움츠리며 손가락으로 젊은이들의 웃음소리가 왁자지껄 터져 나오는 거실을 가리켰다. 나는 삼촌을 따라 삼촌 침실로 들어갔다. 그의 이마에서 땀이 줄줄 흘러내리고 있었다. 나는 황급히 손수건을 꺼내 땀으로 범벅이 된 그의 얼굴을 닦아 주었다. 그의 이마는 얼음처럼 차가웠다. 그는 침대 발치에 앉았다. 마치 마지막 남은 돈 몇 푼을 모두 소매치기 당한 불가촉천민과 같은 모습이었다. 그의 모습을 보며 나는 거의 울먹이는 소리로 물었다.

"삼촌, 무슨 일이에요? 겁나 죽겠어요."

그는 나를 쳐다보지 않았다. 그 대신 아무 것도 없는 정면의 벽만 멀거니 바라보았다. 이윽고 그가 말했다.

"너는 좋은 아이야. 나는 항상 너를 좋아했어. 그래서 알려주는 거야. 개들을 그만 두게 해야 해. 더 이상 깊은 관계가 되면 안 돼. 이제 끝내야 해. 함께 자게 놔둬선 안 돼."

나는 어찌할 바를 몰랐다. 그는 아래층을 가리켰다. 웃음소리가 위층까지 울려왔다. 나는 알아차렸다. '개들'이란 쾅과 까이였다.

"그 아이가 티야. 내가 버린 아이지. 하늘이 날 벌하시려고 여기로 돌려보내셨어. 벌써 몇 달째 자기 누이동생과 사이공에서 함께 잤어. 요즘 젊은이들은 다들 그런다면서. 결혼 전에 함께 잔다더군. 서로 쳐다보는 눈초리만 봐도 벌써 함께 잤다는 걸 알 수 있어. 하늘이 날 벌하시려고 그를 돌려보내셨어."

나는 소리 내어 흐느끼기 시작하였다.

"삼촌, 그럴 리가 없어요. 잘못 아신 거예요."

"어떻게 잘못 알 수가 있겠니? 그 사람은 삼 마을에서 태어난 티라는 이름의 아이야. 한 아줌마가 그 아이를 데리고 갔지. 난 모든 걸 다 알아. 당시 나는 아무 것도 할 수가 없었어. 내 잘못이 아니야. 그 아이를 여기서 처음 보았을 때 뭔가 집히는 게 있었어. 그 이후로 계속 가슴이 두근거리는 게 여간 고통스럽지 않았어. 그때는 왜 그런지 몰랐지."

그는 몸을 앞뒤로 흔들면서 마치 정신 나간 사람처럼, 마치 온몸이 갈가리 찢어지는 참을 수 없는 고통에 시달리는 사람처럼 미친 듯이 말을 이어나갔다. 나 역시 참을 수가 없어서 방을 뛰쳐나가 까 백부를 찾았다. 까 백부는 자고 있지 않았다. 그는 손짓으로 나를 제지하였다. 그는 이미 알고 있었던 것이다. 그는 나를 따라 뚜엔 삼촌 방으로 왔다. 삼촌은 베개를 꼭 끌어안고 있었다. 나는 삼촌에게 물을 마시게 하고 약용 기름으로 그의 손과 발을 문질러 주었다. 그런 다음, 숙모를 부르려고 하였다. 하지만 삼촌은 파랗게 질리면서 나의 팔을 잡았다.

"암말 말아. 한마디도 하면 안 돼. 절대 아무에게도 말해선 안 돼."

나는 고개를 끄덕였다.

까 백부가 체념한 것처럼 말했다.

"모든 게 운명이야. 그러니 할 수 없지. 어떡하겠니? 티를 떠나보내라. 그럼 모든 게 일단락 날 테니까. 저녁 먹을 때, 그 아이 앉은 모습을 보고 깜짝 놀랐다. 하노이에서 학교 다닐 때의 네 모습과 똑같더구나. 완전히 판박이더구나. 운명이야. 그래도 우리는 운이 좋은 거야."

아래층에서 다시 웃음소리가 터져 나왔다. 나는 소름이 오싹 끼쳤다.

＊

사실 모든 것이 뿌리째 뒤흔들린 이 땅, 전쟁과 슬픔밖에 경험하지 못한 이 땅에서 진정 끔찍한 일이란 없는지도 모른다. 나는 '돌아오지 않는 남편을 기다리다 망부석이 된 여인' 같은 이야기는 옛사람들이 지어낸 이야기라고 생각했다. 운명에 대항하는 것은 쓸데없는 짓이라고 지레 포기하고서 힘든 세상을 한탄만해서는 안 된다고 생각했었다. 그런데 이런 불행이 뚜엔 삼촌의 가족에게 생기리라고 누가 짐작했겠는가? 하지만 각각의 시대에는 또 그 시대만의 비극이 있는 법이다.

우리 친할아버지는 삼 마을 출신이었다. 그는 젊어서 후에(옛 베트남 왕국의 수도-역자주)의 왕궁에서 벼슬살이를 하였다. 하지만 무엇인가의 이유로 사직을 한 후에 토박이인 할머니를 데리고 고향으로 돌아가 새 삶을 시작하였다. 자라면서 나는 아무도 그곳을 삼이라고 부르는 것을 듣지 못했다. 항상 '약진(躍進) 협동농장', 혹은 '약진 마을'이었다. 아름다운 삼이라는 이름은 혁명의 소용돌이 속에서 망각 속에 가라앉아버리고 지금은 오직 늙은이들의 기억 속에만 어렴풋이 남아있다.

뚜엔 삼촌은 고등학교 졸업자격 국가고시에 합격하여 철도국에 근무하게 되었다. 할머니는 마을의 최고 명문 집안의 아가씨를 며느리 감으로 점찍어 아들과 결혼시켰다. 그녀는 드물게 보는 미인이었다. 그래서 시골로 시집온 이후, 바깥출입을 거의 하지 못했다. 왜냐하면 그녀를 본 소작인들이 식욕을 잃고 잠을 이루지 못했기 때문이었다.

할아버지는 일찍이 돌아가셨고 할머니도 뚜엔 삼촌이 결혼한 지 이년 째 되던 해에 돌아가셨다. 청렴한 관리의 유산이라야 얼마 되지 않았다. 얼마간의 농지와 일꾼을 두고 경작하던 차 농장과 기와집 한 채가 전부였다. 하지만 당시의 가난한 시골 사람들에게는 그 정도면 대궐 같은 집에서 호강하며 사는 것으로 보였다. 그래서 사람들은 우리 집안을 시기하였다. 까 백부는 딸을 따라 하노이에 가서 살고 있었기 때문에 뚜엔 삼촌이 고향의 재산을 물려받았다. 우리 부모님도 고향에서 살았는데 아버지는 매일 인근 도시로 가서 학생들을 가르치고 어머니는 오빠 학비를 벌기 위해 조그만 찻집을 열었다. 할머니가 돌아가시자 뚜엔 삼촌의 아내는 아오자이를 벗고 팔찌도 벗어버리고 머리를 둘둘 말아 올린 모습으로 차 농장에 바구니를 날랐다. 여자들은 그녀를 시샘했다. "저년은 왜 저렇게 예쁜 거야? 피부가 왜 저렇게 흰 거야? 발에 거머리가 붙어 고생한 적도 없을 거야."

그녀는 여자들의 험담에 상처를 받았다. 하지만 그녀는 대거리하지 않고 그냥 밭에 나가 일했다. 당시에는 일꾼을 두는 것이 금지되어 있었다. 차 농장은 끝없이 넓었고 그녀는 티를 임신하고 있었다.

지방 도시의 시청에 근무하던 뚜엔 삼촌은 이미 1953년 초에 시골의 정치 상황에서 죽음의 냄새를 맡았다. 그는 아내에게 상황이 좋아지면 돌아갈 테니 걱정하지 말고 기다리라는 편지를 썼다. 그의 아내는 슬프게 울었다. 왜냐하면 임신 중인 몸으로 모든 일을 혼자 해내어야했기 때문이었다. 다행히도 우리 부모님이 근처에 살고 있었다.

하지만 게릴라들이 출몰하기 시작하면서부터는 아무도 그녀를 도와줄 수가 없었다. 그들은 매일 밤 할아버지 집에 나타나 총의 안전장치를 풀고 집안에 있는 사람들에게 총구를 겨누었다. 뚜엔 삼촌으로 말할 것 같으면 그는 당시 끓는 바다와도 같았던 정치판 속으로 자취를 감추었다.

그해 말에 뚜엔 삼촌의 아내는 콩을 낳았다. 그녀는 그를 티라고 불렀다. 그가 아직 3개월밖에 되지 않았을 때 그녀는 심한 결핵에 걸렸다. 게다가 집에서 쫓겨나 뒤뜰에 있는 쌀 창고에서 살고 있었다. 그녀는 기침 때문에 건강이 매우 나빴다. 우리 부모님은 그곳에서 쫓겨났기 때문에 비참한 지경에 빠진 그녀를 도우러 갈 수 없었다. 어느 날 밤 어머니가 쌀 한 움큼을 쥐고 몰래 정원으로 들어갔다가 혼비백산을 하였다. 풀숲에서 불쑥 손이 튀어나와 그녀의 발을 잡아끌었기 때문이었다. 쌀은 사방으로 날아가 풀밭에 흩어지고, 어머니는 잡혀서 이 주일간 어두운 감옥에 갇혀 있었다. 지주의 재산을 은닉하기 위해 접선을 시도했다는 죄목이었다. 쾅의 어머니는 밤새 젖을 찾으며 우는 아기의 울음소리와 허기에 지쳐 쓰러졌다. 그때 문득 그녀의 머릿속에 먼 친척인 한이 떠올랐다. 홀몸인 그녀는 도시에서 장사를 하고 있었다. 그녀는 한에게 연락을 하였다. 한은 관청을 수없이 들락거리며 눈물로 호소하여 겨우 친척 방문 허가를 받아내었다. 이런 우여곡절 끝에 어렵사리 뚜엔의 아내를 찾아갔다가 한은 티를 떠맡게 되었다. 뚜엔의 아내는 이렇게 말했다.

"어서 가거라! 여기를 빠져나가 아이를 살려다오."

뚜엔의 아내는 용케도 황금 목걸이 하나를 숨겨가지고 있었다. 시집올 때 친정 부모가 지참금으로 마련해준 것이었다. 한은 그 목걸이를 받자 울음을 터뜨렸다.

"아, 언니! 도저히 그렇게는 못 하겠어."

"넌 가야 해! 어두워질 때까지 기다렸다가 아기를 데리고 강으로 가는 샛길로 나가. 거기서 시장 근처에 있는 기차역에 가서 하노이로 가도록 해. 어쩌면 하노이는 아무 문제없을 지도 몰라. 일단 하노이에 간 다음, 거기서 어디로든 가도록 해. 나를 위해 꼭 아이를 맡아 길러줘.”

“아, 언니! 겁이 나 죽겠어!”

“제발 날 도와다오. 내가 이렇게 아프지 않았으면 벌써 탈출했을
거야. 이건 내가 결혼하기 얼마 전에 찍은 사진이야. 잘 간직했다가
티에게 보여줘. 엄마 얼굴을 알 수 있게 말이야. 아버지는 죽었다고
말해줘. 삼 마을에는 절대로 돌아오지 못하게 해. 무슨 수를 써서라
도 못 오게 해야 해. 여기 돌아오는 날엔 큰 불행이 생길지도 몰라.
그러니 내게 약속해줘.”

“알았어, 약속할게.”

“여기서 멀면 멀수록 좋아. 삼 마을로 돌아오는 길을 가르쳐 주
지 마. 알았어? 내가 죽으면 내 영혼이 너와 네 아들을 지켜볼 거야.
지금부터 너는 그 애를 네 아들이라고 불러야 해.”

그들은 비 내리는 밤에 헤어졌다. 추위가 뼛속까지 사무쳤다. 아
기는 허기에 지쳐 울지도 않았다. 한은 쌀을 조금 입에 넣고 씹은
다음 아이 입에 넣어주었다. 뚜엔의 아내는 바나나 잎사귀 더미 위
에 누워있었다. 그녀는 손을 들어 아기의 얼굴과 팔과 다리를 쓰다
듬었다. 그리고는 한에게 손짓했다. “어서 가, 어서!”

한은 가지고 온 약간의 쌀을 남겨놓고 티와 함께 어둠 속으로 사
라졌다. 밖에는 차가운 비가 내리고 있었다. 게릴라들은 초소를 떠
나 할아버지 집안에 들어가 있었다. 거실에는 석유등이 밝게 빛나
고 있었다. 떠들썩한 웃음소리 덕택에 그들은 몰래 그곳을 빠져나

올 수 있었다. 한은 티를 데리고 하노이를 거쳐 하이퐁으로 간 다음, 거기서 사이공으로 가는 배를 얻어 탔다. 이렇게 그들은 북베트남에서 사라졌다.

그 후, 우리 어머니가 간신히 뚜엔 삼촌의 아내를 만났을 때 그녀는 어머니에게 말했다. "티를 멀리 보냈어. 그러니 이제 죽을 수 있어." 그녀는 며칠 더 각혈을 하다가 결국 바나나 잎사귀 더미 위에서 새우처럼 몸을 웅크린 채 죽었다. 우리 부모는 매장 허가를 받아내어 그녀를 덕석에 싸서 꼰 묘지에 묻었다. 뚜엔 삼촌은 돌아오지 않았다. 한이 아기를 데리고 간 일, 그의 아내가 그를 비겁하다고 경멸한 일, 또한 그녀가 낯선 사람들 틈에서 한스럽게 죽어간 일 등을 모두 까 백부로부터 전해 듣고서도 말이다. 그는 비밀리에 아내의 무덤을 찾을 수도 있었다. 하지만 결코 그러지 않았다. 그는 매우 조심스럽게 깊숙이 잠수했다. 그리하여 그가 다시 나타났을 때 그는 이미 높은 지위에 올라 있었다. 그는 매우 순수한 배경의 여자와 결혼했다. 하층 농민 집안 출신으로 토지 개혁 이후 상인이 되었기 때문에 전적으로 안전한 여자였다. 오랫동안 그는 고위 관리직을 맡았다. 하노이 정부 직속의 지방 정부 최고위 인사였으니까. 그는 온 세계를 돌아다녔고 여러 지방에서 협정에 서명했다. 이런 유쾌한 여행과 위대한 성취 사이사이에 그는 나쁜 일도 많이 저질렀다. 예를 들어 수천 명의 젊은이를 미국 비행기의 폭탄 아래 내맡긴 것과 같은 철면피한 일들 말이다. 그러면서도 그는 그들의 목숨을 살리기 위해 손가락 까딱하지 않았다.

오 개월 후, 어머니는 나를 낳았다. 그리고는 곧 산욕으로 죽었다. 집에는 약도 없고 쌀도 없었다. 우리 가족은 무엇을 하건 게릴라의 감시를 받았고, 무엇이건 못하게 금지당했다. 그래서 아홉 살 난 또 안 오빠가 몰래 밭에서 훔쳐온 고구마와 논에서 주워온 이삭으로 연명했다. 아버지는 심한 병에 걸려 집안에 누워있었다. 그래서 내 울음소리를 들어도 아무 것도 할 수 없었다. 당시 우리 마을은 남부에서 데려온 신병(新兵)들로 가득 차 있었다. 그들은 가난한 농부 출신으로 아직 군복만 입었지 제대로 된 군인이 아니었다. 그들은 지주의 자식들을 지주만큼이나 미워했다. 그래서 그들을 보면 달려가 마구 패댔다. 지주의 자식들은 낮에는 두려워서 밖에 나다니지 못했다. 어느 날 아침, 또안 오빠가 채소를 구하러 밖에 나가고 없을 때 그들이 집에 들이닥쳤다. 그들은 병석에 누워있는 아버지를 둘러싸고 "지주의 자식을 죽여라!" 하고 소리쳤다. 아버지는 이 소리에 깜짝 놀라 중병인 몸으로 자리에서 벌떡 일어나 마당으로 뛰어나갔다. 두 남자가 그를 뒤따라와 막대기로 머리를 마구 때렸다. 아버지는 예전에 연꽃을 기르던 연못으로 뛰어들었다. 뒤따르던 두 남자는 증오 때문에 이성을 잃고 연못으로 따라 들어와 아버지의 머리를 미친 듯이 돌로 쳤다. 얼마 후, 아버지가 죽은 것을 확인한 그들은 집을 떠났다. 아버지는 물속에 머리를 처박은 채 죽었다. 좀 개구리밥으로 뒤덮인 수면은 아버지의 뇌수와 피로 얼룩져 있었다.

또안이 집에 돌아오니 아버지는 죽어있었고, 나는 울다 지쳐 기진맥진해 있었다. 그때 그는 겨우 아홉 살이었다. 우리 울음소리를 듣고 할아버지 집에서 집안일을 거들던 마음씨 좋은 늙은 소작인이 달려와 아버지를 묻고 우리를 자기 집에 데려갔다. 그는 매일 나에게 밥 한 끼씩을 주었다. 나는 병약한 새끼 고양이처럼 겨우 숨이 붙어있는 정도였다. 하지만 나는 살아남았다. 얼마 후, 증오의 물결이 어느 정도 가라앉자 아주머니가 도시에서 와서 우리를 자기 집으로 데려갔다. 또안이 중학교에 입학하였을 때 나는 아직 매우 어렸다. 그는 칠 학년을 마치고 사범학교에 가서 삼 년간 공부한 끝에 교사가 되었다. 그는 기골이 장대하고 키가 큰 젊은이였지만 항상 우울했다. 지금 오빠의 얼굴을 되새기면서 돌이켜 생각하니 내가 처음 쾅을 보았을 때 바로 또안 오빠를 연상한 이유를 알만 했다.

그 지역 교사들을 위한 정신 교육 시간의 일이다. 흰 안경을 쓴 남자가 연단에 올라가서 상냥한 어조로 말했다.

"우리 중에는 토지 개혁 기간에 억울하게 비판을 당한 사람들이 많이 있을 것입니다. 동무들, 우리 솔직하게 이야기해봅시다."

또안은 연단으로 가서 열정적으로 말했다.

"우리 할아버지는 쌀을 내어 군인들을 먹였고, 우리 아버지는 1945년에 정부를 타도하는데 참여했고 군 레지스탕스 위원회에도 가입했습니다. 할아버지의 가족 중에는 혁명을 위해 목숨을 바친 사람이 두 명이나 있습니다. 그런데 왜 우리 아버지는 맞아 죽었습니까? 그리고 왜 혁명은 그것에 대해 아무것도 해주지 않는 겁니까?”

흰 안경을 쓴 남자는 오빠와 다정하게 악수하면서 꼭 상부에 전달하겠다고 약속했다.

또안은 학교로 돌아가 학생들을 가르쳤다. 그런데 이 주일 후, 교장실에서 호출이 왔다.

“선생은 여자와 부도덕한 관계를 맺고 있습니다. 교육계에는 품행단정한 사람이 필요합니다.”

교장은 교육청장이 서명한 파면 명령서를 오빠의 코앞에 내밀었다. 뚜엔 삼촌은 그곳 시장이었기 때문에 당연히 이 명령에 대해 알고 있었을 것이다. 그러나 친척들은 오랫동안 그를 찾아가지 않았다. 친척들이 찾아가도 모르는 체 했기 때문이었다. 또안은 아차 싶었다. 물론 그는 김이라는 같은 학교 여선생을 사랑하고 있었으며 그녀는 유부녀였다. 당시 그것은 매우 중대한 범죄였다. 하지만 그가 파면을 당한 것은 그 때문이 아니라 더 심각한 것 때문이었다. 또안은 그것을 즉각 알아차렸다. 그의 인생은 이제 끝장난 것이다. 그는 귀향 명령을 받았다. 약진(躍進)마을은 끔찍한 기억으로 가득 차 있다. 또한 그곳의 농부들은 아직도 지주의 자식들을 증오한다. 분배받은 땅을 도로 뺏길까봐, 또 무슨 불상사가 생길까봐 두려워하였기 때문이다. 나를 보러 집에 온 그는 나를 껴안고 마구 울었다. 나는 나도 함께 고향으로 가겠다고 떼를 썼다.

“나는 아무데도 안 가. 너는 여기 있어야 해. 공부 열심히 해서 배운 사람이 되어야 해."

그가 말했다.

나는 아직 어렸다. 그러니 어떻게 그의 마음을 이해할 수 있었겠는가? 오빠는 기차역 쪽으로 갔다. 그리고는 하노이로 가는 기차 밑으로 뛰어들었다. 아주머니는 나를 오빠 근처에 얼씬도 못하게 했다. 하지만 나는 사람들이 수군거리는 소리를 들었다. 오빠의 머리와 팔과 다리가 모두 으깨져서 선로 위에 뒤범벅이 되었다고 했다. 나는 머리칼이 쭈뼛 곤두서는 것 같았다. 공포가 사랑을 압도하였다. 나는 그때 너무 어려서 불행이 무엇인지 몰랐다.

그동안 뚜엔 삼촌은 경비병이 보초를 서는 저택에서 살았다. 까이는 자라서 유럽에 유학을 갔다. 삼촌은 아들 비를 외국에 유학 보내 화학을 전공시켰고, 귀국 후에는 시청 기획위원회에 일자리를 마련해주었다. 둘째 아들 후옹은 물리학을 전공하고 시 소속 원자력연구소에서 일한다. 자동제어 시스템을 전공한 막내아들 호앙 역시 아버지 덕에 가격통제위원회에 들어갔다. 그들의 직업은 여러 영역에 골고루 분산되어 있었고, 정치 바람을 전혀 타지 않는 안전한 분야였다. 그는 모든 점에서 선견지명이 있었다. 그러나 오직 한 가지 그가 예상하지 못한 것이 있었다. 그것은 자식들 중 두 명이 우여곡절 끝에 만나 서로 사랑에 빠진 것이다. 그리고 그들은 결혼을 코앞에 두고 있었다.

　이튿날 아침 까 백부는 기어이 하노이로 돌아가겠다고 했다. 뚜엔 삼촌은 까이가 운전을 잘 하니까 차로 백부님을 모셔다 드리는 게 좋겠다고 했다. 까이는 자기 아버지의 얼굴이 푸석푸석하고 볼이 쑥 들어간 것을 보고 놀랐다. 삼촌이 까이를 손짓해 불렀다. 그녀가 가까이 다가가자 그가 말했다.

　"좀 피곤하구나. 쾅하고 의논할 것이 있으니까 쾅은 여기 있고, 네가 까 백부를 모셔다드렸으면 좋겠다. 갔다가 내일 돌아오너라."

　쾅과 까이는 서로 껴안은 채 계단을 내려갔다. 창문으로 내다보니 정원의 큰 나무 밑에서 키스하고 있는 그들의 모습이 보였다. 그들의 키스는 결코 입술만 살짝 대는 식의 조신한 키스가 아니었다. 나는 까이의 지갑 속에 들어있던 호텔방 계산서를 생각했다. 그들은 비싼 호텔방에 이 주일간 함께 투숙했었다. 나는 아이가 생기지 않기를 하늘에 빌었다. 이런 경우, 왕왕 팔이나 다리가 하나 없는 아기가 태어나기도 한다. 혹은 눈이나 코가 기형일 수도 있다.

　까 백부는 짐을 싸면서 머리를 절레절레 흔들었다. 그러면서 혼잣말처럼 중얼거렸다.

　"이런 변이 있나. 이런 수치가 또 어디 있나. 이젠 됐어. 이제 그만 죽을 때가 되었어."

　그는 나를 돌아보며 말했다.

“더 이상 살아 무엇 하겠니?”

까이가 떠나자 뚜엔 삼촌이 말했다.

“쾅 보고 들어오라고 해라.”

쾅은 호앙과 함께 정원 울타리 근처에 서 있었다. 내가 부르자 그가 뛰어왔다. 나는 소스라치게 놀랐다. 밝은 햇빛 아래서 보니 뚜엔 삼촌을 너무도 많이 닮았기 때문이었다. 특히 눈썹과 턱과 입술은 삼촌을 빼다 박은 것 같았다. 귀티가 나는 큰 귀 역시 같은 집안 사람 특유의 유사성을 지니고 있었다. 그는 내 머리를 쓰다듬으며 말했다.

“아버님이 부르신다고, 그렇죠?”

나는 고개를 끄떡하였다. 그는 급히 이층으로 올라갔다.

나는 부자 관계가 밝혀지는 그 순간을 차마 볼 수가 없어서 아래층으로 내려가 부엌으로 갔다. 그리고는 숙모를 도와 스프링 롤을 만들었다. 오늘 식사는 가족끼리만 오붓하게 할 예정이었다. 그녀는 까 백부가 갑자기 떠나는 바람에 속이 상해 있었다.

“뭘 그러세요. 노인들은 원래 애들처럼 변덕이 심한걸요.”

내가 말했다.

숙모는 영악한 여자였지만 이십 몇 년 전에 자기 남편이 처자에게 짐승 같은 짓을 했다는 것만은 결코 상상할 수 없었을 것이다. 자기 한 몸만 보신하기 위해 그들을 펄펄 끓는 기름 가마 같은 상황 속에 내버려두었다는 것을, 너무도 잔인하게 그들을 유기하였다는 것을 말이다.

　그녀는 스프링 롤을 말다말고 손으로 이마의 머리를 쓸어 올렸다. 갈비탕이 끓기 시작하자 뚜껑을 열어서 그대로 땅바닥에 내려놓았다. 귀부인이 된 지금에도 어릴 때 시골에서 하던 막된 버릇이 그대로 남아있는 것이다. 그녀는 부드럽고 달콤하게 말하는 법을 터득하였지만 나는 기름을 바른 듯 간드러진 그 목소리를 들으면 등줄기에 소름이 돋았다. 삼촌이 현직에 있을 때 그녀는 나 같은 건 안중에도 없었다. 원래 미천한 신분 출신이 귀한 몸이 되면 아래 사람을 더욱 멸시하는 법이다. 그녀는 남편이 선진국을 공식 방문하면 빼놓지 않고 따라갔다. 어디를 가든 그녀는 성냥에서부터 비누까지 호텔에 비치된 소모품을 몽땅 털어가지고 왔다. 그녀는 사소한 물건에 대한 욕심을 억제하지 못했다. 그것은 그녀와 같은 신분 출신의 사람들에게 공통된 특징이었다. 그녀는 자기 운전수에서부터 국영상점의 점원에 이르기까지 모든 사람들에게 못되게 굴었다. 그녀는 자기가 하녀라는 사실을 잊어버린 부잣집 하녀와 흡사했다. 그녀를 보면 나는 울화가 울컥 치밀어 올라 속으로 그녀를 비난하였다. 그녀는 까이를 낳았다. 하지만 이 사건이 있은 후, 나는 항상 까이가 내 숙모, 즉 쾅을 낳은 또 하나의 숙모의 딸이 아닐까 하는 생각을 지울 수 없었다. 만일 그렇다면 그들은 같은 어머니의 배에서 태어나, 고통스런 이별을 겪은 후, 잔인한 운명의 손에 의해 다시 만나게 된 셈이 된다.

한 시간 후, 나는 발끝으로 살금살금 이층으로 올라갔다. 뚜엔 삼촌은 기절한 듯이 가만히 누워있었다. 나는 정원으로 달려 나갔다. 쾅은 울타리 근처의 돌 벤치에 앉아서 담배를 피우고 있었다. 나는 그의 곁에 다가가 앉았다. 그는 조용히 내 손을 잡았다.

나는 그토록 슬픈 남자의 얼굴을 본 적이 없었다. 왜냐하면 오랫동안 내가 본 절망의 모습은 죄다 로토에서 돈을 잃었거나, 보다 넓은 공공 임대 아파트를 분배받지 못해 실망하였거나, 저임금 때문에, 혹은 먹을 것이 모자라서 고생하거나 아니면 하찮은 험담 때문에 괴로워하는 모습이었기 때문이다. 나는 이런 얼굴을 본 적이 없었다. 이 세상의 그 무엇도 위로할 수 없는 지독한 슬픔이 각인된 그런 얼굴 말이다. 어쩌면 모든 행복과 슬픔에는 그 문화 특유의 무엇인가가 새겨져 있는지 모른다. 모두들 자기 문화 특유의 방식으로 행복과 슬픔을 표현하니까 말이다.

나는 목 놓아 울고 싶은 것을 꾹 참고 그에게 말을 걸었다.

"아무도 모르니까 기다렸다가 내일 떠나세요."

"아니, 오늘 오후에 떠날 겁니다. 사람들에게, 그리고 까이에게는 갑자기 일이 생겼다고 해주세요. 어르신께서 원하시는 대로 어머니를 여기 모시고 오려면 지금 꼭 해야 되는 일이라고 말이지요. 그 외에도 뭔가 좀 그럴 듯한 이유를 지어내주세요. 나는 여기 다시 돌아오지 않을 테니까. 까이는 바람둥이한테 걸렸다고 생각하겠지요. 물론 그 편이 나아요."

점심 식사는 완전히 초상집 분위기였다. 뚜엔 삼촌은 우울하였고, 쾅도 우울하였다. 어찌 누구라도 행복할 수 있었겠는가? 까이의 남동생들과 그들의 여자 친구들은 모두 어리둥절하여 어찌할 바를 몰랐다. 뚜엔 삼촌의 아내만이 아무것도 눈치채지 못하였다. 이런 때만은 그녀처럼 천박한 사람이 무척 유용했다. 그녀는 스프링 롤이 너무 짜서 사람들이 잘 안 먹는다고 생각했다. 급한 일이 있어서 두 시에 통일급행열차를 타야한다고 쾅이 말하자 모두들 놀라거나 놀라는 척 하였다. 그러자 그가 말했다.

"꼭 일주일 후에 돌아오겠습니다. 정확히 일주일입니다."

그때부터 식사가 끝날 때까지 식탁에서는 뚜엔 삼촌의 아내만이 뭘 모른 채 여전히 지껄여댔을 뿐 그 외에는 어느 누구도 말하지 않았다. 그녀는 그 방에서 가장 행복한 사람이었다. 그도 그럴 것이 그녀는 사람들에게 어려운 일이 있을 수 있다는 것을 상상조차 하지 못했기 때문이다. 만일 그녀가 계속 떠들지 않았다면 아마 모두들 울고 말았을 것이다.

나는 뚜엔 삼촌 방에서 부자의 이별을 지켜보았다. 쾅은 어제까지 얼굴도 모르다가 갑자기 아버지가 된 사람을 부둥켜안고 흐느껴 울었다.

"아버지! 아버지! 절 용서해주세요!"

"아냐, 그건 네 탓이 아니야. 자, 이제 가거라. 세월이 좀 흐른 다음에 네 여동생에게 이야기하마. 날 용서해다오."

그들은 함께 울기 시작하였다.

통일급행이 시내를 가로질러 역에 들어왔다. 쾅은 침대칸에 들어 갔다. 그는 창문으로 나와 까이의 동생들을 바라보았다. 얼굴이 이루 말할 수 없이 창백하였다. 벌써 생명이 빠져나가버리고 없는 것 같았다.

이튿날 저녁 까이가 돌아왔다. 그녀는 어떤 설명도 들으려하지 않았다. 심지어 나에게까지 화를 내었다.

"네가 뭘 알아? 누굴 사랑해본 적도 없잖아. 그런데 네가 어떻게 이해를 해? 아냐, 날 붙잡지 마. 도대체 왜 떠난 거야? 우린 서로 깊 이 사랑하고 있었는데."

그녀는 그날 밤 통일급행을 탔다. 뚜엔 삼촌은 앓아누웠다. 넓은 집은 더 넓고 횅했다. 나는 며칠 더 그 집에 있었지만 회사에서 연 락이 왔기 때문에 출근할 수밖에 없었다. 신문사에서는 나에게 V 군에서 일어난 살인 사건 취재를 끝내라고 하였다. 요즘에는 이런 종류의 기사가 꼭 필요하였다. 신문 가판원이 "부친 살해 사건이요! 아들이 아버지를 죽이고 배를 가른 사건이요!" 하고 외치기만 하면 신문은 불티나게 팔려나간다. 우리는 급료와 보너스를 받는다. 그러 면 인생은 문자 그대로 무척 아름다워진다. 나는 이런 모든 것이 너 무도 역겨웠지만 어쩔 수 없었다. 그대로 할 수밖에 없었다.

V 군으로 돌아가기 전에 나는 까이의 전보를 받았다.

"모든 곳을 다 뒤졌지만 쾅을 찾을 수가 없어. 와서 좀 도와줘!"

하지만 내가 어떻게 갈 수 있겠는가? 게다가 그를 찾지 못한 것은 매우 잘 된 일이었다.

부친 살해범은 시 경찰청으로 이송되었다. 그래서 나는 구태여 V 군까지 갈 필요가 없었다. 그는 철창 건너편 탁자 앞에 앉아 있었다. 나는 이쪽 편에 앉아서 기자 수첩을 펴놓았다. 내가 알고 싶은 것은 그가 아버지를 왜 그렇게 잔인하게 죽였는가 하는 줄이었다. 나는 그에게 취조 투가 아니라 학생들을 가르칠 때나 쓸법한 부드럽고 친절한 목소리로 물었다. 그는 나를 빤히 쳐다보았다. 그는 더 이상 모든 것에 무관심해 보이지 않았다. 그의 눈에는 증오가 가득했다. 이것은 좋은 징조다. 말을 할 조짐이기 때문이다. 그는 아직도 창백하고, 눈이 퀭하고, 차갑고, 잔인하게 보인다. 하지만 언젠가는 입을 열 것이다. 그래서 나는 참을성 있게 기다렸다. 때로 미소까지 지어보였다.

드디어 그는 자기 안의 그 무엇에라도 떠밀린 듯이 짐승처럼 앞으로 펄쩍 뛰어 이빨을 드러내며 주먹으로 가슴을 쳤다.

"뭘 알고 싶은 거야?" 그가 야수처럼 으르렁거렸다.

"왜 알고 싶은 거야? 그런 나쁜 놈은 죽어도 싸. 한평생 나쁜 짓만 했어. 누가 그걸 참고 견뎌? 마음대로 해. 날 마음대로 처리해. 내 살을 저며서 개한테 던져줘. 하지만 그자는 나쁜 놈이야. 양심이라고는 털끝만큼도 없어. 난 그자와는 절대로 함께 못 살아."

그는 계속해서 미친 듯이 고함을 질러댔다. 경비원이 와서 그를

감방으로 데리고 갔다. 나는 한숨을 쉬었다. 또 하나의 끔찍한 이야
기라니! 제대로 알고 싶으면 처음부터 찬찬히 조사해야 했다. 하지
만 나는 뚜엔 삼촌 가족의 이야기 때문에 이미 기진맥진해있었다.

나는 콧구멍만한 내 방으로 돌아갔다. 나는 정말 그곳이 필요했
다. 마치 오아시스 같았다. 그곳에서는 아무도 나를 괴롭히지 않고,
아무런 비극도 없다. 그곳에서 나는 자유롭게 잠자고, 생각하고, 내
그림 <영원한 고요 위에>를 바라볼 수 있다.

나는 문을 열고 들어갔다. 누군가 문 밑으로 집어넣은 전보가 내
발 앞에 놓여있었다. 나는 그것을 뜯어서 읽었다.

"부 둑 쾅이 M호텔 5층 00호실에서 자살하였음. 희생자가 호텔
직원에게 요청한 대로 귀하에게 연락하는 바임. 내방하여 조사에
협조할 것을 요청함."

이것이 이 이야기의 정해진 결말이었는지도 모른다. 하지만 나는
그 잘생긴 사촌의 얼굴이 그렇게 사라지는 것이, 시커먼 흙 속에서
그렇게 천천히 썩어가는 것이 견딜 수 없다.

도안 레

Doan Le
(1943)

신에게 던지는 물음표

츄아 마을의 묘지

츄아 마을의 더블 베드

Anthology
of the Vietnamese
Short Stories

A Question Mark for God
The Cemetery of Chua Village
The Double Bed of Chua Village

도안 레 Doan Le(1943) *woman writer*

항구도시인 하이 퐁에서 1943년 출생했다. 베트남 사회주의 공화국 최초의 영화배우 중 한 명으로서 여러 영화에 출연했다. 이후 그녀는 베트남 국립 영화사(Vietnam National Company of Feature Films) 소속 극작가와 영화감독으로 활동했다. 또한 도안 레는 재능있는 화가로서 활동했는데 1996년, 2005년, 2010년에 유화 전시회를 열기도 했다. 도안 레는 문학가로서 여러 편의 시와 소설을 썼다. 『대대로 내려오는 가계의 책』, 『로토 리의 수호신』, 『미녀와 왕』, 『미친 노인』, 『츄아 마을의 묘지』 같은 작품이 포함된 단편집도 출간했다.

신에게 던지는 물음표

…… 내가 사랑을 모른다고 말한 사람들에게

지난주에 처녀는 자신의 열일곱 번째 애인 장례식에 참석했다. 사실 그는 전체 23명의 명단 중 17번째일 뿐이었다. 이 사람은 다른 사람들이 좋아하는 그런 타입의 사람이었고 처녀의 이웃에 살았었고 영화감독이자 완벽한 신사였다.

맨 처음으로, 제일 먼저 죽은 사람은 8번째 남자로서 시인이었고, 다음으로는 11번째 남자인 미혼의 화가가 죽었다. 작년엔 5번째의 차례였는데 그는 퇴역한 군대 소장(少將)이었다. 이들 세 명의 불운한 남자들 각각에게 처녀는 하얀 장미꽃 다발을 바쳤고 관이 버스에 실릴 시간이 될 때까지 이들과 함께 있었다.

매번 똑같았다. 처녀는 연인의 관이 영구차에 안장되고 누군가가 일어나 문상 온 가족과 친구들에게 감사를 표할 때까지 기다리다가 바로 그때에야 행렬의 끝에서 빠져나와 살며시 다가가 하얀 장미다발을 관 뚜껑 위에 올려놓곤 했다. 그녀를 지켜보는 호기심 많은 시선을 일축하면서. 그녀는 자신의 연인들 각각에게 적절하게 안녕을 표할 수 있었다는 사실이 자랑스러웠고, 이것을 조롱거리로 만든다면 온 세상에 대해서라도 대들 기세로 그렇게 안녕을 표했다.

"날 용서해줘요 여보, 나는 장례 스카프나 애도의 모자는 감히 쓰지 못하고, 당신 관에 몸을 던져 흐느껴서 슬픔을 누그러뜨릴 수도 없어요. 난 당신에게 바치는 이 장미의 꽃잎 속에 내 슬픔의 눈물을 감추었으니, 여보, 내 사랑과 함께 받아줘요……."

음력 7월의 열다섯 번째 날에 처녀는 종이 공양물을 파는 노인의 제안에 따라 그 소장을 위해 칼, 창, 백마를 샀다. 지하 명부에서는 이런 것들이 장교들이 일할 때 없어서는 안 되는 것이다. 또 그 노인은 시인의 경우에는 처녀가 집과 금, 그리고 많은 돈을 제공해야 한다고 의견을 말했는데 그건 시인이 저술작업을 하는데 마음의 평화가 필요하기 때문이라고 했다. 화가에게는 붓과 유화물감 외에도 몇 병의 수입양주가 반드시 있어야 했다. 그녀는 모두 합쳐 30만 동에 가까운 돈을 썼지만 그들의 화장이 끝나고 나자 아주 만족했다.

16일째 밤에 그녀는 이 세 남자 모두가 각기 다른 사랑과 감사의 표현을 하면서 자신에게 오는 꿈을 꿨다.

난 이 모든 일을 처녀가 남겨 놓은 두 권의 두꺼운 일기장에서 알게 되었다. 이 책들은 마치 별똥의 무리에서 떨어져 나온 두 개의 유성처럼 뜻밖에 내 손에 들어오게 되었다. 처음에 나는 당혹했다. 신문과 문구류를 팔며 내 집에서 사는 그 자그마한 꼽추 여자가 그렇게 아름다운 글씨체를 갖고 있다는 것을 나는 믿을 수 없었다. 각각의 획이 공들여 정밀하게 새겨진 것처럼 보였다. 나같이 까다로운 노총각 교수도 깔끔하고 한결같은 글자들의 행이 행진하듯 만들어 놓는 페이지들을 볼 때면 경탄할 수밖에 없었다. 그 펜의 각 획과 함께 그녀는 자신의 육신에서 날아올라 다른 누군가가, 꿈꾸는 젊은 명문가의 귀부인이 되었다. 다른 사람들이 매일 보는 그 불쌍한 꼽추는 고통 받는 요정을 안에 품고 있는 그저 흉하게 생긴 껍질일 뿐이었다.

말라버린 장미꽃잎의 향기가 아직도 남아있는 일기장의 페이지들 속에서 나는 일부러 모호하게 해놓은 의미들에 대한 단서를 정교하고 섬세하게 제공하는 이름 앞머리 글자들을 반은 읽고 반은 추측했다. 스물세 명의 연인들 중에서 소장의 이름은 'P'로 지시되는데 아마도 '판', '푹' 혹은 '푸'를 의미하는 것 같았다. 영화감독에게는 'P'가 'g'와 같이 쓰여 있어서 분명히 그의 이름은 '펑' '푸엉' 아니면 '풍' 같은 것일 것이다. 내가 확실하게 추측할 수 있는 사람은 13번째 남자였는데 그는 치 페오*의 역을 맡았던 배우인데 왜냐하면 신문 사진기사에서 오려내진 그의 사진이 일기장에 풀로 붙여져 있었기 때문이었다. 그녀는 그에게 푹 빠졌었지만 그와 사랑하다가 초기에 절망을 겪었다.

"당신 어떻게 날 그렇게 무관심하게 볼 수 있어요? 내가 당신에게 편지 봉투를 건넬 때 내 손이 어떻게 떨리는지 못 봤어요? 내가 당신 옆에서 조금이라도 더 있고 싶어서 오늘 아침에 잔꾀부린 것 알아채지 못했어요? '잔돈이 없네요, 내일 주셔도 되요.' ─ '가서 잔돈 가져 올게요.' ─ '이렇게 이른 아침부터 잔돈 있는 사람은 거의 없어요. 됐어요, 그냥 가져가시고 선물이라고 생각하세요. 나중에 혹시 편할 때 신문 하나 사러 들르시게 될 때 갚으시면 되요, 그렇게만 하시면 되요.' ─ '아니에요, 아주머니, 그러면 안 돼요…….'"

"당신은 오랫동안 주머니를 뒤졌죠. 그러다 갑자기 비명을 살짝 질렀죠. 오, 신이여, 그때 당신의 눈은 순수한 행복으로 빛났어요. 당신은 지갑 구석에 돌돌 말린 채 있는 닷 전 짜리 지폐를 발견한 거지요. 당신은 접힌 주름을 펴려고 애썼어요. 나는 계산대 뒤에서 나와서 그 지폐를 두

---

* 베트남 작가 남 카오(Nam Cao)가 1941년에 발표한 단편소설 「치 페우」(Chi Pheo)의 주인공. (역자주)

손으로 받았지요. 정말 중요한 건 제가 이런 식으로 당신과 더 가까이 있을 수 있고 당신의 늠름한 몸에서 발산되는 온기를 느낄 수 있고, 그 온기가 날 뚫고 가는 걸 느낄 수 있다는 거죠."

"당신이 떠난 뒤에 당신의 조용하고도 깊은 목소리와 부드러운 웃음소리를 떠올리면 난 심장을 꿰뚫리는 고통을 느꼈어요. 내게 말하는 당신의 목소리를 언제나 다시 들을 수 있을까요? 나는 당신이 이 길을 다시 지나갈 때면 언제나 당신과 내가 오랫동안 간직해온 우리만의 농담을 나누기라도 하듯 내 쪽으로 몸을 돌려 웃어 보기를 하늘에 빌었어요. 그렇게 되겠죠, 그렇죠, 내 사랑? 그저 단 한번만이라도……?"

그날 밤, 그 뒤의 많은 날 밤처럼, 그녀는 달콤하고 뜨겁게 그의 꿈을 꿨다.

그러나 삼 주도 지나지 않아 그녀는 뜻밖에 그가 어떤 예쁜 여자와 걸어가는 것을 보게 되었다. 그들은 까불거리고 친근하게 말하고 웃으며 마치 일부러 그녀를 놀리기라도 하듯이 신문가판대 바로 앞을 지나갔다. 그는 그녀의 천진난만하고도 절망적인 눈길 쪽으로 곁눈질 한번 하지 않았다. 그녀는 이렇게 상처받아 본 적이 없었다…… 정말 짧긴 했지만 내 열세 번 째 사랑이여 영원히 안녕! 그녀는 그에게 화가 난 건 아니었다. 그저 그를 잊으려고 애썼다.

그녀의 영혼이 날 용서하기를. 그러나 난 그녀의 딱한 23번의 열정적 사랑 이야기 모두를 여기에서 말할 용기가 없다. 결국 이건 일련의 고통 받는 욕망 이상이 아니다. 그녀가 여러 달, 여러 해 동안의 고독의 메마른 절망을 위무하기 위해 스스로를 속여 왔거나, 아니면 이 두 권의 일기장이 그녀가 두고 떠난 이 세상에서의 이득을 위해 날조된 그녀의 가장 큰 거짓말이거나 둘 중 하나이다.

어쨌거나 나는 일기장 두 권을 그녀의 작은 철상자에서 발견하고 나서 한 줄 한 줄 샅샅이 다 읽었다.

그리고 나는 그녀의 스물세 명의 연인들의 이야기를 극도로 엄숙하게, 심지어는 깊은 연민으로 받아들였다. 이것은 우리 자신이 배반한 사람을 결코 용서하지 않는 악의 피조물이면서도 다른 어떤 사람이 가진 무조건적이고 비난받을 수 없는 사랑의 마음을 가서 조롱하게 되기 때문 아닐까? 단순하고 궁핍하지만 신적인 관대함과 기쁨으로 스스로를 희생하는 그런 마음을. 천박한 자기의심으로 괴롭힘 당하지 않는 마음을…… 이러한 마음 때문에 나는 아무리 초라하고 늙었어도 이런 마음을 가슴 속에 지니고 있는 사람이라면 처녀라고 불러야만 한다는 걸 알게 되었다.

이 일은 모두 정오 무렵에 시작되었는데 나는 어디선지는 모르지만 내 방으로 들어와 메아리치는 큰소리에 갑자기 잠에서 깼다. 그리고 누가 문을 두드렸다. 즈어 노인이었는데 슬픈 눈으로 날 쳐다보고 있었다.

"교수님! 훼 양이 죽었습니다요."

나는 화다닥 일어났다. 우리가 이웃이 된 이후로, 내 기억이 옳다면, 즈어 노인이 내 방에 발을 들여놓은 유일한 때는 매년 음력 설날뿐이었다. 이런 이유로 그가 예기치 않게 나타난 것은 그의 그 짧막한 말과 더불어 내게 상당한 충격을 주었다. 마치 신고 있던 슬리퍼가 발밑에서 사라지기라도 한 것처럼.

"그 여자가 어떻게 죽었나요?"

"오늘 오후 저는 그 여자가 신문가판대를 열지 않은 걸 알았고 그리고 나서 그 여자에게 밖으로 나와서 내 열쇠를 받으라고 불렀지만 아무 대답이 없길래 걱정이 되어 타이 부인을 불러 강제로 문을 열게 했죠……. 근데 교수님, 제일 이상한 건 그 여자가 꼭 자는 것처럼 침대에 누워 있었다는 거지요."

나는 앞서 내가 들었던 소리가 분명 아래에서부터 온 것임을 갑작스레 이해하게 되었다. 내가 사는 집에서 본채 건물은 ㄴ와 다른

세 가족이 같이 쓰고 있었고 즈어 노인과 훼 양은 뒷마당의 차고를
나눠 쓰고 있었다. 차고의 나무문 두 개는 매일 굳게 닫혀 있었다.
즈어 노인은 장사하러 잡동사니를 실은 수레를 끌고 나가려고 할
것이고 그가 골목을 벗어나기도 전에 벌써 그의 스피커가 울려 퍼
지는 것을 들을 수 있을 것이다. 어떤 이는 남과 같이 걷고, 또 어떤
이는 사람들이 떠나는 걸 조용한 슬픔 가운데 지켜본다네……. 처녀로
말하자면, 그녀는 골목 초입에 있는 오래된 비누열매 나무 바로 아
래에 신문가판대를 펼쳐 놓을 것이다. 우리의 이 작은 마을 사람들
은 평화롭고 조용하게 함께 살고 있었다. 거의 어떤 일도 일어나지
않은 채. 오늘까지는.

"근데 누가 이거 보고해야 하는데. 서류에 뭐 쓰는 건 정말 하기
싫은 일이거든요."

"알겠습니다. 타이 부인이 이 일을 구역 경찰에 보고했고, 투 씨
는 하 장에 있는 그 여자의 친척들에게 오라고 연락할 거예요."

"아, 그 여자가 하 장에 친척들이 있다고요?"

"네. 그 사람들 기다리는 동안 아래로 내려와서 한번 보시죠……."

나는 옷을 차려입고 즈어 노인을 따라 마당으로 내려갔다. 걸어서 얼마 안 되는 거리였지만 내가 이 자그만 꼽추 여인에 대해 알고 있는 모든 것을 마음속에서 정리해 보기에는 충분한 시간이었다. 한데, 그 여자가 가판대에 대여용 미국소설을 꽤 여러 권 갖고 있었다는 사실 외에는 내가 그 여자에 대해 아는 게 거의 없다는 것을 알게 되었다. 매일 그녀는 여기저기로 마치 꼴사나운 그림자처럼 조용히 움직였었고, 그녀의 인사말은 작고도 공손했는데 그건 마치 그녀가 자신의 위치와 운명을 알고 있어서 다른 사람을 성가시게 하거나 관심 끌 일을 피하기 위해서인 것 같았다.

"훼 양이 하 장에 친척들이 있다고 했는데, 어떤 사람들인가요?"

"오빠가 두 명 있습죠, 교수님, 나으리. 그 여자가 그 지역에서 가장 돈 많은 상인의 딸이라는 얘기를 어디서 들었습니다. 부모가 죽고 난 후 그 여자와 오빠들은 사이좋게 지내지 못하게 되어서 결국 그 여자는 집을 떠나 하노이로 왔고 다시는 돌아가지 않았지요. 그 오빠 두 명은 아주 못된 사람들 같고 그 여자를 단 한 번이라도 만나러 왔었다는 말을 들은 적이 없어요."

차고를 방 두 쪽으로 나누기 위해 벽이 하나 만들어져 있었는데 이 두 방은 항상 안쪽으로 우중충하고 어두웠다. 그나마 두 방 다 가구가 별로 없어서 적어도 겉보기에는 어느 정도 깔끔해 보이기는 한다는 사실이 이 우중충함을 상쇄해주고 있었다. 일단 첨단 유행의 화장대의 커다란 거울과 얼룩 한 점 없는 꽃무늬 매트리스가 있는 침대를 감안한다면 처녀의 방은 몹시 아늑해 보였다. 그녀는 거기에 파란 어린애 담요에 덮힌 채 누워있었다. 한줄기 햇살이 침대 발치에 단아하게 정렬되어 있는 한 켤레의 플라스틱 샌들 위로 비치고 있었다. 이 광경이 너무나 조용하고 평화로워서 나와 즈어 노인, 그 방에 있던 몇몇 이웃 여자들은 갑자기 어색함을 느꼈다.

결국에 사람들은 그녀가 심장마비로 급사했다고 결론 내렸다. 해질 무렵쯤에 하 장에서 온 전화는 그녀의 오빠들이 중국으로 떠난 이후에는 그녀가 이들의 소식을 몰랐었다는 것을 우리에게 알게 해주었다. 우리 집에 사는 사람들은 막 세상을 떠난 이 영혼을 달래주기 위해 적절한 장례를 준비할 책임을 떠맡기로 만장일치로 동의하였다. 처녀의 겸손한 행동거지가 이 집에서 많은 친구를 얻게 해준 셈이다.

그 작은 철상자는 동네 사람들 모두가 주의 깊게 지켜보는 가운데 개봉되었다. 그녀의 소지품으로는 금반지 한 쌍, 거의 3백만 동의 예금이 들어있는 은행통장, 그리고 우리가 지금껏 그녀가 어떤 행사에서도 입는 걸 본 적이 없는 비싼 천 등이 있었다. 그 돈이면 장례식 치르기에 아주 충분한 액수였고, 심지어는 화장 후에 그녀의 유해를 묻을 영원한 안식처를 구입하는 비용을 포함해도 충분했다. 모든 필요한 준비를 하기 위해 소규모 준비위원회 위원들이 선출되었다. 그녀의 소지품 중에서 딴 데로 옮겨진 것은 두 권의 일기장뿐이었는데 그것들은 뭔가 중요한 내용이 기록되어 있지나 않을까 하여 검토하도록 내게 맡겨졌다······.

그날 밤 나와 라오 노인은 이 동네에 둘밖에 없는 머리 희끗한 총각이자 불면증환자였기 때문에 밤에 그녀의 시신을 지켜주기로 자원했다. 즈어 노인은 질 좋은 차를 한 단지 끓이고 밝고 일정하게 타도록 등불을 맞춰 놓았고 방의 모든 창문을 다 열었다. 그는 향불을 피우거나, 턱을 무릎에 괴고 앉아 있거나, 아니면 어린 아전 (arjun) 나무가 두 개밖에 없는 가지를 비비며 나뭇잎 바스락대는 소리를 내고 있는, 우리가 같이 쓰는 작은 마당을 내다보는 일을 번갈아 했다. 나는 책읽기에 빠져 있었고 떠다니는 향불의 향내 한가운데서 그 처녀의 환상의 세계에 빠졌다.

밤이면 밤마다 바로 이 방에서 처녀는 가장 달콤한 꿈을 꿨다. 애인들이 그녀에게 와서 베개에 셀 수 없이 많은 부드러운 사랑의 말을 속삭였었다. 거기에는 거짓말이라든가 무의식중에 하는 거친 표현도 일체 없었다. 남자들은 모두 그녀를 즐겁게 해줄 방법을 찾았고, 이들 각자는 마치 축복을 받아들이듯이 그녀의 희생을 받아들였다. 그녀는 밤이면 밤마다 부드럽게 애원하듯 평화로운 잠으로 배웅해주는 열정적인 팔에 안겨 누웠다……. 처녀는 신문기자와 함께 짧은 여행을 한 적이 있는데 한밤중의 폭풍우가 처녀를 잠에서 깨우는 바람에 여행은 중간에 끝나고 말았다. 그녀는 어떻게 여행이 끝났는지를 알아내지 못해서 너무나 속상했다. 그 뿐만이 아니라 그가 그녀의 손을 잡아 문의 아치를 지나 성 안으로 막 인도해가는 바로 그 순간에 깨어난 것이다. 그녀의 몸 전체는 애인이 첫 키스를 하며 입술로 그녀의 입술을 누르기를 기다리는 동안 기대감으로 굳어졌고 차가왔다…….

그녀가 특별히 언급하지는 않았지만 나는 이 모든 동화 같은 꿈 속에서 처녀가 놀랍도록 아름다웠고, 가장 세련된 옷을 입어 우아하게 빛났었다는 걸 알았다. 그녀는 이렇게 썼다.

"난 우아하고 느리게 걸었어. 호수 한복판에서 불어오는 바람은 내 옅은 노란색 블라우스의 패널 천을 퍼덕거리게 만들었는데 그건 마치 내 주위를 맴도는 지는 가을 햇살 같았어. 호기심 많은 눈길들이 나를 쳐다보았지. 난 웃고싶은 충동을 느꼈지만 무관심한 척 했어. 난 가슴을 쥐어짜는 듯한 흥분상태에서 그가 오기를 기다리고 있었지……."

이와 같은 멋진 꿈에 흉한 모습이 들어설 자리가 어디 있었겠는가? 못생겼다는 그 끔찍한 진실은 꼭 닫혀져 치워졌다. 왜냐하면 이

진실이 한번이라도 우리에게서 도망친다면 단 한순간일지라도 모든 것은 다 녹아 사라질 것이기 때문이었다. 처녀는 신에게, 굽은 척추라는 잔인한 저주로 자신의 영혼을 그렇게 고문했던 신에게, 복수하고 있었다. 꿈으로 그녀는 신을 이기는 방법을, 절대적 승리를 획득할 방법을 찾은 것이다. 어떤 면에서 그녀는 정말로 경탄할만하다…….

즈어 노인은 길게 한숨을 내쉬고 나서 목소리를 낮추고는 이렇게 물었다. "그래서 그 여자가 도대체 뭐에 대해 썼길래 일기장이 두 권이나 된답니까, 교수님?"

"아, 그냥 일상적인 사건과 생각들이죠."

"그 여자 친척들이 올지 모르니 우리가 이 일기장을 잘 갖고 있어야 하나요?"
"꼭 그럴 필요는 없어요. 내일 저는 이 일기장을 그 여자의 관 속에 넣으려고 해요. 그건 그냥 어떤 특정인과 아무 특정한 관련도 없는 생각들을 적은 것일 뿐이거든요."

내가 왜 이 일기장이 어느 누구와도 아무런 관련이 없다그 말했을까? 사실 나는 모르고 방문하여 이 방에 와있는 모든 사람들에게 이 일을 알리고 싶은 충동을 느꼈다. 난 자신들을 무조건적으로 사랑했고, 밤이고 낮이고 그리워했으며, 기사도적인 이상적 남성상으로 변형시켜 준 그 가슴에게 이 사람들이 안녕의 표시로 흰 장미 다발을 가져와야만 한다고 말하고 싶었다. 한데 그렇게 안 된다면 그녀의 사랑스러운 떠난 영혼 앞에 지금 약속하는데 난 내일 아침 제일 먼저 열아홉 송이의 흰 장미를 사서 그녀의 관 위에 올려놓을 거다. 자신들도 알지 못하는 새에 그녀의 사랑을 배신해버린 남자 한 명에 한 송이씩. 그 말은 내가 이미 죽은 네 남자는 제외하고 있다는 의미이다.

즈어 노인이 긴 한숨을 내쉬었다. "교수님, 나으리, …… 일이 이런 식으로 일어나서는 안 되는 거였는데……."
"무슨 얘기하시려는 건가요?" 내가 놀라며 물었다.

"예, 저, 저 말이죠, 그날 밤 그 일이……."

띄엄띄엄, 머뭇머뭇하며, 즈어 노인은 구년 전 어느 억수같이 비가 내렸던 밤에 관해 얘기했다.

구년 전 폭풍은 오후에 시작되었고 자정 무렵에 바람은 채찍 소리를 내며 거세지더니 태풍 같은 광기를 띠게 되었다. 땅거미 질 바

로 그때에 거리 전체에 전기가 나갔다. 즈어 노인은 그날따라 딴 때
보다 일찍 잠자리에 들었다. 잠을 잘 자기 위해 늘 약처럼 마시던
포도주 한 잔을 마시기는 했지만 그는 웬일인지 걱정되고 안절부절
못하며 몸을 뒤척였다. 그는 옛날에 입은 상처가 다시 쑤시고 있다
고 생각했다. 육신이 오십 줄에 가까워지다 보면 몸이 부서져 떨어
져 나가는 걸 느끼기 위해 공식 상이용사 카드를 꺼내 볼 필요는
없다. 그의 몸뚱아리의 각 부분 부분마다 매복하여 피해를 입힐 기
회를 기다리는 적군이 있다는 사실은 말할 것도 없고

다행히도 그는 자정쯤에는 곯아떨어졌다. 그러나 잠들자마자 다
시 벌떡 일어났다. 그는 대나무로 된 칸막이 문 바로 밖에서 들리는
것 같은 소리에 잠이 깼는데, 이 문은 사람들이 밖에서 못 들어오게
막지 않기 때문에 아주 살짝 손만 대어도 항상 기분 좋게 열리곤
했던 문이었다. 그리고 나서 옷이 바스락거리는 소리가 들렸다. 즈
어 노인은 귀신을 무서워하는 사람이 아니었고 도둑은 더더욱 안
무서워했지만 살이 따끔거리며 소름이 돋는 걸 느끼지 않을 수 없
었다. 그는 나무 목침을 찾으려고 더듬거렸고 그걸 찾자 방어적 자
세로 몸을 준비하면서 손에 꽉 쥐었다. 복도가 갑자기 약한 번개섬
광의 김빠진 빛에 의해 밝게 되자 그는 문이 확 열리면서 움직이지
않고 서 있는 어떤 사람의 그림자가 그 안에 있음을 알았다. 즈어
노인이 숨을 멈췄다. "들어오려면 들어와 봐." 그는 생각했다. "이 늙

은이가 너를 까무러치게 때려누일 수 있나 없나 한번 보라고."

"즈어 씨, 혹시 촛불 있나요?"

즈어 노인은 마음의 평정이 되돌아옴을 느꼈다. 그는 바로 이웃
에 사는 사람의 조심스러운 목소리를 너무나 잘 알고 있었다.

"바로 여기 있어요. 제가 가서 하나 가져 올게요……."

먼저 그는 슬리퍼를 찾아야만 했다. 그는 서둘러 성냥을 켜서 더
듬거리며 찾아보았지만 성냥불꽃은 활짝 생명으로 타오르자마자 꺼
졌다. 그의 발이 축축한 흙바닥을 훑었다……. 갑자기 여자의 몸이
있었다. 따뜻하고 허벌 샴푸 냄새로 향기로운 몸이. 그리고 이 몸이
그의 몸을 누르고 있었고 한 손이 더듬거리며 그의 손을 잡았고 그
로 하여금 두 번째의 성냥을 켜지 못하게 막았다.

"켜지 마세요……. 전 빛이 필요 없어요……."

그리고 밖에서 내리는 비는 광포함이 두 배가 되었다.
즈어 노인은 말을 그쳤다. 내 심장은 마치 박동을 그친 듯 했다.
그럼, 이것도 그렇다는 말인가? 그러나 나는 그 노인에 관한 이야기

는 전혀 읽은 바가 없었고 일기장 두 권 어디에도 그의 이름이 단 한번이라도 언급된 적이 없었다. 나는 의심하는 시선을 즈어 노인에게 고정시켰다. 그러나 그는 이러한 내 반응에 대해 신경 쓰지 않았고, 대신 마당의 거대한 어둠을 멍하게 응시했다.

아니다, 즈어 노인 같은 사람은 그녀의 시신이 바로 거기에 있고 그녀의 혼이 아직도 머물고 있는데 이런 망신스러운 이야기를 꾸며낼 수 있는 사람이 아니었다. 이야기가 짧고 제대로 끝나지도 않았다는 것이 그가 이야기를 꾸며내고 있는 것이 아님을 더 입증해주었다.

"이 일을 생각하면 기분이 안 좋으시죠? 사람들이란 정말……."

갑자기 차가운 돌풍이 방으로 불어와 계란밥 사발 옆의 촛불을 꺼뜨렸다. 마치 우리 주위를 몰래 살금거리는, 눈에 안 보이는 제삼의 인물이 있기라도 하듯이. 당황한 기색으로 즈어 노인은 일어나 촛불에 다시 불을 붙였다.

나는 내 목 뒤에 소름이 돋는 것을 느꼈다. 우리가 일종의 유령을 경험하지 않았다고 누가 말할 수 있겠는가?…… 정말이지, 불과 일 초도 안 되어 부드럽게 슬리퍼 끄는 소리가 우리 귀에 들렸다.

그 처녀가 방으로 막 들어와 불타는 눈으로 일기장을 낚아 채 가려
고 하는 것 같았다.

그러나 막상 들어온 사람은 투 아줌마였는데 그녀는 내 바로 옆
방에 사는 혼혈 중국여자였다. 그녀는 지금 막 자기가 만든 계란 넣
은 타피오카 푸딩 두 사발을 갖고 왔다.

"그런데요, 저도 잠 못 잤어요, 아시다시피. 계속 그 생각하느라,
그리고 그 여자가 안 됐었어요. 하늘이 그 여자를 못생기게 만들기
는 했지만 그 여자처럼 마음이 착한 여자를 찾는 일은 아시다시피
쉬운 일이 아니에요, 아무렴요. 전 아주 여러 가지의 다양한 미래를
그 여자를 위해 준비해주려고 했지만 그 여자는 관심이 없었어요"

나는 즈어 노인을 힐끗 쳐다보았다. (노인은 자기 스스로에게 이
렇게 말하는 듯했다) 들어봐, 이 친구야, 그 여자가 만만했다고 생각하
는 건 아니지? 네 얼굴을 거울로 한 번 잘 보라고. 말라빠진 사과처럼 쭈
그러들었지? 구년 전에 네 모습이 좀 봐줄만 했었다 해서 지금도 남들과
비교될 만하다고 생각하는 건 아니겠지? 변변치 못한 노점상의 운명에 걸
터앉아 가진 전 재산이라곤 물건 실어 나르는 리어카 달랑 하나뿐인 너
같은 놈이 너 자신을 괜찮은 결혼상대라고 믿었단 말이야?

　질투의 속삭임이 내 심장을 관통했다. 나는 그 처녀 같고 아무도 손댄 적 없는, 우아하고 꿈꾸는 듯한 영혼을 가진 그녀의 육신을 떠올렸다. 그것이 기형인들 어떤가. 어떻게 그 육신이 헤매 다니다 저렇게 더럽고 시들어빠진 팔에 안길 수 있단 말인가?

　투 아줌마가 이층으로 다시 돌아갔다. 즈어 노인은 차 한 단지를 새로 끓었다. 김 오르는 내 찻잔에서 연꽃향이 향기롭게 더돌았고 차가운 방의 날카로운 냉기를 무마시켰다. 이런 밤에는 선율있고 음울한 흐느끼는 소리로 방을 채워 줄 친척들이 없다는 것은 막 세상 떠난 사람에게는 진짜 슬픈 일이었다. 나는 갑자기 그 처녀가 항상 자기 아이를 갖기를 바라고 기도했었던 걸 기억해냈다. 여러분 생각에는…….

　나는 즈어 노인을 향해 너그러움이 밀물처럼 밀려옴을 느꼈다. 아마도 이건 그가 내게 찻잔을 줄 때 두 손으로 하는 공경의 태도를 보였기 때문이기도 하고, 한편으로는 처녀가 자신을 씨 없는 복숭아에 비기며 아이를 출산할 수 없었기 때문에 저주받은 여인이라고 적어 놓은 감동적인 구절을 내가 읽어서이기도 하다……. 갑자기, 그리고 부드럽게 나는 말했다. "돌봐줄 아이만 있었더라도 그녀는 더 행복했었을 텐데. 그건 우리 남자들에겐 그냥 주어지는 것이지만 여인에게는……. 그렇게 생각하지 않아요?"

"그렇습죠, 뭔 말씀인지 알다마다요. 그 비 오던 밤에 그런 모험을 감행한 걸 보면 그 여자가 아기를 원하던 바람이 끔찍하게도 강했음에 틀림없죠. 헌데……"

즈어 노인은 머리를 떨궜고 표정이 불쌍해졌다. 잠시 침묵이 흐른 후 그는 머리를 들어 애처롭고 비극적인 눈으로 날 바라보았다. 그는 몸을 크게 떨었다.

"전 그럴 능력이 안 돼요……. 파편 하나가 제 몸에 들어와 박혀 저는 더 이상 사람의 씨를 제 안에 가질 수 없게 되었어요, 교수님. 그래서 제가 아무에게도 한마디 말도 안 하고 마을을 떠나 이리로 온 거죠. 그 때문에 저는 제 자신이 이미 죽은 거나 마찬가지라고 생각해요."

나는 그를 쳐다볼 엄두가 안 났다. 아, 그렇게 조용하고 평화롭다고 내가 그려왔었던 우리의 작은 마을에서의 삶이, 이 삶이 그렇게 많은 사악한 물밑 물살을 감추고 있다니…….

난 처녀를 위해 향을 새로 하나 켰다. 얇은 담요 밑에 그녀의 굽은 몸이 마치 움직이지 못하는 물음표처럼 누워 있었다. 그래, 신이시여, 여기 우리 세상의 가장 위대한 물음표가 누워 있소, 오직 신 당신에게만 던지는 물음표 말이오.

츄아 마을의 묘지

죽어서나 살아서나, 주위에 훌륭한 이웃을 두었다는 것은 매우 좋은 일이다. 내 경우엔 좋은 이웃을 두었다는 것이 상당한 내적 만족을 가져다주었다. 생전의 내 삶은 마치 운명인 것처럼 불행했기에, 죽은 후엔 상황이 좋아질 수밖에 없었다. 츄아 마을 묘지의 주민이 된 이래로 나는 줄곧 인간미와 이웃 간의 단란함이 가득한 더할 수 없이 활기찬 분위기에서 살아 왔다.

내가 있는 곳은 묘지에서 가장 끝자리다. 내 오른쪽엔 혼 노인이 누워있는데, 그는 내가 이곳에 온지 두 달 후인 중추절에 들어 왔다. 왼쪽에는 앞을 못 보는 백 할배가 누워있다. 머리 쪽에는 타오 병장이 있는데, 이곳에 온 지 2년 가까이 되니 여기서는 고참 축에 든다. 이렇게 우리 넷은 예의를 갖추면서 사이좋게 살고 있는데 난 종종 내 발쪽에 들어 올 네 번째 이웃이 누굴까 궁금해 했다. 제일 나쁜 것은 혹 얼치기 철학자가 들어오는 것인데, 이런 류의 사람들은 살아서 가라오케에 미쳤던 사람들보다 더 끔찍하다.

어제, 츄아 마을 묘지 일꾼들이 와서 내 발치에 네 번째 이웃이 누울 자리를 마련하기 위해 땅을 팠는데 평균보다 훨씬 길게 자리를 파냈다. 나는 귀를 쫑긋 세워 이곳에 묻힐 사람에 관한 뭐 화끈한 이야기 거리라도 주워들으려 했지만 일꾼들은 아는 게 별반 없어 보였다.

"어디서 들었는데, 그 노인네가 투 다 마님과 친척지간이라 마님이 이곳에 묻힐 수 있도록 애쓰셨다지 아마."

"생명보험협회랑 묘지 관리위원회에 돈은 지불했나?"

"알게 뭐람"

"일 처리하는 꼴들하고는…… 묘 자리 파는 일꾼들한테 "담뱃값"이라도 찔러주라고 유족들한테 말해줘야 할 거 아냐. 젠장, 다했네. 이 정도면 충분히 깊어."

"근데, 이보게, 어제 이 사람 아들이 묘 자리를 좀 더 깊고 넓게 파달라고 부탁하던데. 유리관 때문이라나. 내일 장례가 끝나면 섭섭지 않게 해주겠다고 했어."

"아, 진작 말하지 그랬어, 이런 식으로는 어디 푼돈이라도 벌겠어?"

그렇고 그런 말들이었다. 일을 끝내고 떠날 때까지 이런 식의 투덜거림이 계속되었다.

계속해서 투덜거린 이야기에 대해 쓸 일은 아닌 것 같다. 이 정도면 새로 들어올 내 이웃에 대해 알만한 것은 다 알아낸 것 같으니. 츄아 마을의 투 다 마님과 혈연관계고 마님이 이곳에 묻힐 수 있도록 해주셨단 말씀. 그러니까 그 사람도 나처럼 이곳 출신이 아닌 타지 사람이 분명하다는 것. 그리고 특히 중요한 사항은 유리관에 매장될 정도로 상당히 높은 관직에 있었다는 것. 보통 사람들은 생각도 못할 호사니까.

새로 올 사람이 유리관에 매장될 것이라는 소문이 순식간에 묘지에 쫙 퍼졌다. 화젯거리가 되기에 충분했기 때문이다. 유리관까지 하사받을 정도로 높은 관리였다면 마이 딕 묘지에 묻힐 자격이 충분할 텐데 왜 이리로 오는 거지? 유골이라도 조상들의 고향에 묻히고 싶다는 유언에 따른 것이라면, 분명 이곳 행정기관이 나서서 화려한 장례절차를 계획했을 것이고 묘 자리 파는 일꾼들에게도 적절한 지시가 내려 와서 일꾼들이 늦게까지 일을 하며 "담뱃값" 타령을 하도록 내버려두지는 않았을 텐데. 도대체 이 사람은 누구란 말인가? 이곳에 와 있는 투 다 마님의 친척이란 친척한텐 다 물어 봤는데도 아는 사람이 하나도 없었다. 호기심만 더 증폭될 뿐이었다. 이곳 묘지 주민들은 이런 저런 추측들을 해봤지만 결국은 같은 결론에 도달했다. 새로 올 이 사람은 뭔가 특별한 사람임에 틀림없다는 것.

거의 정오가 다 됐고, 묘지 주민들은 장례 행렬이 도착하자 흥분이 거의 극에 달했다. 엄청나게 많은 사람들로 한참을 시끌벅적할 것이라고 예상했으나, 실망스럽게도 관을 실은 자동차 한 대와 아들 하나가 "아버지, 아버지"를 서럽게 불러대는 소리와 몇 안 되는 친척들의 발소리만 그 뒤를 따를 뿐이었다. 우리가 얼마나 실망했는지 누가 이해할 수 있겠나. 나팔소리도 없고 북소리도 없고 심지어 추도사도 없는 도시 빈민들의 조용하기 그지없는 장례같이 들렸다.

또 다른 한편으론 장례 행렬 뒤를 따라가는 젊은 물소 몰이꾼들이 속닥거리는 소리와 감명 받은 듯한 호루라기 소리가 꽤 많이 들렸다.

"와, 여 저기 진짜 유리관이네! 시신은 물론이고 안이 다 보이네."

"준장이었군. 도대체 훈장이 몇 개야!"

"이 사람 옷 입을 줄 아네. 끝이 은으로 된 저 지팡이 좀 봐!"

장례는 한 시간가량 걸렸다. 타고 온 차로 돌아가는 문상객들의 발소리, 시내 쪽으로 방향을 잡은 차바퀴 소리를 들었다. 우리 모두는 안도의 한숨을 내쉬었다. 이제 자정까지 기다리는 일만 남았다. 자정이 되면 진상이 다 들어날 거다.

갑자기, 시간이 끝도 없이 지겹게 늘어져 있는 것 같았다. 초를 세면서 낮의 열기가 사그라져가는 소리를 귀 기울여 들었다. 마음의 눈으로 해가 붉게 변해 저 너머 언덕 숲으로 머뭇거리며 가라앉는 모습을 그려보았다. 알아들을 수 없는 속삭임들이 땅 속에서 뿜어져 나왔다. 주민들이 소문들을 서로 주고받는 소리였다. 이들이 죽어서도 이러는 것을 보니 살았을 때도 조바심을 억제하지 못했었던 것이 틀림없다. 분명 이들에겐 오늘 저녁에 있을 행사가 축제보다도 더 신나는 일이 될 것이다.

큰 부엉이의 울음소리가 이슬에 젖은 풀잎 위로 떠다니자, 아직 채 어두워지지 않은 묘지 전체가 술렁대기 시작했다. 우린 더 이상 자제 할 수가 없었다. 서로의 관을 찾아가서 똑똑 두드리는 소리가 시끄럽게 울린다. 묘지 저 끝 쪽에 있는 짓궂은 혼이 크게 "부--부--" 거리는 소리가 땅 속을 통해 끝도 없이 메아리를 친다. 묘 밖으로 나오려면 아직도 30분은 있어야 하는데 왜 그렇게 초조하게 구느냐고 당신이 지적할지도 모르겠다.

그러나 정말이지 우리를 비난해서는 안 된다……. 오늘 밤 같은 행사가 가끔 있어주지 않는다면 묘지에서의 생활은 끔찍하게 단조로울 테니까. 세대를 거쳐 반복되는 오래된 불화, 낡아빠진 반목을 고집스럽게 키워가는 흠잡기 좋아하는 혼들이 허구한 날 내뱉는 똑같은 불평소리, 곧 이혼 할 부부가 가끔씩 옛날의 허물을 들춰내 서로 끙끙거리며 트집 잡는 소리. 그러니 때때로 신참 혼이 들어와서 우리 생활에 양념 노릇을 하는 건 우리로선 매우 다행한 일이다.

신참 혼은 대체로 며칠 동안 혹독한 신고식을 치러야 한다. 이곳 출신이 아니라면 가족사를 캐묻는 혹독한 심문을 거쳐야 하고, 이곳 출신들이라면 가족과 이웃과 마을 소식을 묻는 질문들이 쏟아진다. 모두가 최근에 일어난 세상사를 알고 싶어 한다. "독립국가연합(Commonwealth of Independent States, 소련 해체 후에 발족한 공화국 연합체- 역자주)은 어떻게 되어가고 있는가?"라는 질문에서부터 부패와 국내외의 AIDS 대처상황에 이르기까지 모든 것을……. 또 신참 혼은 "터줏대감"한테 자기소개를 해야 한다. 터줏대감이라는 이름도 현대적으로 바뀌었다. 옛적의 친근했던 집안 신이 아니라 묘지 경영 이사, 실행 간부, 호적 간부라는 이름이 사용된다. 신참 혼이 갖고 들어온 물건은 어떤 것이든 이 간부들에게 바쳐야 하고 나중에는 그것을 이웃들이 나눠 갖는다. 며칠 밤이 지나 신참 혼의 모든 것이 완전히 다 털려야 비로소 공식적으로 묘지의 주민으로 인정된다. "고참한테 혼쭐난다."는 속담의 진정한 뜻이 이런 거다.

큰 부엉이가 두 번째 울 때쯤엔 우린 잠시도 조용히 누워있을 수가 없었다. 소란스럽고 시끄러운 소리들이 땅 속에서 점점 삐져 올라왔다. 혼 노인, 백 할배, 타오의 자리에서도 관 뚜껑이 열리는 달각거리는 소리가 났다.

"일어나요, 교수님! 시간 됐어요!"

혼 노인이 내 관 뚜껑 위에 똑바로 서서 나를 부르는 소리다. 새로 들어 온 혼더러 들으라고 하는 말이 분명하다.

"네, 선생님, 나갑니다."

그렇지만 난 몇 분 더 머뭇거리면서 조금 더 기다리려 했다. 신참 혼이 정말 고위층 정부 관리라면, 그런 사람을 대할 땐, 지방 관리가 알현하는 것이 최선이다. 그런 사람들 보다 먼저 들어가면 당신이 한 수 이겨 먹으려 한다고 생각할 테고 그러면 골치 아픈 일밖에 생기지 않는다.

"여보슈, 교수님, 나오시죠?"

타오 병장의 목소리엔 벌써 짜증이 섞여 있었다. 관 뚜껑을 열고 나가는 수밖에 다른 도리가 없었다. 타오 씨는 나보다 나이는 어리지만, 이곳엔 나보다 더 오래 전에 들어왔기 때문에 이에 합당한 예의는 차려야 한다.

모든 것들을 은빛으로 물들이면서 달이 지평선 위로 막 솟아오르고 있었다. 눈앞에는 자기 묘 위에 걸터앉아서 몸을 쭉 늘이거나 뒤틀면서 뻣뻣함을 풀고 있는 혼들로 촘촘했다. 깜박거리는 인광을 내는 옷을 입은 그림자들이 앞뒤로 잽싸게 움직였다. 이런 것을 본 경험이 없는 사람들의 눈에는 정말 끔찍한 광경일 거다. 그러나 우리 묘지 주민들이 서로를 볼 땐 빛바랜 해골만 보이는 게 아니다. 살았을 적 우리가 입고 있었던 몸의 그림자도 보인다. 살아있는 사람들은 결코 볼 수 없는 것이다.

혼 노인은 내 어깨를 꽉 잡고 찡긋 웃었다. 머리카락이 덕지가져서 해골에 달라붙어 있는 모습이다.

"안심이 되죠. 응? 이 사람이 우리의 조합을 완벽하게 해주네. 어이, 일등 저항훈장도 받았다는데! 세상에, 이 작자 정말 모를 사람이네. 재밌는 일이 오늘 밤 많이 쏟아지겠는걸.”

그러나 다른 혼들이 알고 있는 것들을 얻어 듣기도 전에 한 무리의 관리들이 멀리서 다가오고 있는 모습이 보였다. 늘 그렇듯 주인 노릇을 하는 “현대판 터줏대감”들이다. 그들이 어떤 정부를 따르는지 누가 그들을 뽑아주었는지 이곳에서는 아무도 모른다. 하지만 그들이 이 일을 해온지가 오래됐기 때문에 아무도 감히 물어보질 못한다. 권력과 권위를 가진 3인방들이 더 근엄해 보이려 목깃을 올린게 눈에 띈다. 경영이사는 거만한 공직자의 인상을 더 강하게 주려고 관절이 부딪히는 덜거덕 소리를 시끄럽게 내면서 무리를 이끌고 왔다. 그 뒤를 많은 혼들이 까치발로 조용히 따라오는데, 그야말로 빈틈이 하나도 보이지 않는 무리의 모습 그 자체였다. 빛이 나고 번쩍거렸다.

타오 병장은 누더기가 된 옷 뒷자락을 걷어쥐면서 그 무리들이 지나갈 길을 내주고는 경직된 군대식 차렷 자세를 취한다.

“잘 오셨습니다!”

나와 혼 노인과 백 할배는 그 길에서 비켜서기 위해 옹송그리며 모여 있었다. 내가 서두르는 바람에 백 할배와 부딪혀 그의 앞니 하나를 빠지게 했다. “이거 끝나면 내 앞니 꼭 찾아내슈.”라고 그가 꿀꿀거린다. 난 그의 입을 막기 위해서 재빨리 손을 꼭 쥐었다.

“초대…… 흠…… 동무, 삼가 당신을 초대합니다. 나와서 동지들과 이야기를 나눕시다.” 수줍은 듯 상냥하게 호적 담당 간부가 꽃이 뿌려진 묘를 향해 말을 한다.

정적.

내 해골 목덜미로 소름이 끼쳤다. 우리 주민들은 이 묘지가 생긴 이래 이렇게 상냥하고 기분 좋은 초대의 말을 들어본 적이 없다. 보통은 호적 담당 간부가 흙무덤을 발가락으로 톡톡 치면서 신참보고 나오라고 질책을 하는 것이 상례다. 실제로 신참들은 나오라는 말을 들을 때까지 기다리지도 않는다. 도착한 날 밤에 최대한 빠른 시간에 열심히 관을 열고 나와서 저승에서 오랫동안 그들을 기다려 온 친척들과 조상들을 만나 만면에 웃음을 머금고 악수를 하면서 인사를 나눈다. 마치 먼 곳으로 추방됐다가 돌아온 것처럼 환하게 웃으며 이야기를 나눈다. 그리고 나선, 호명될 때까지 기다리지 않고 준비한 선물을 들고서 관리들을 찾아간다.

"동무, 저희한테 몇 분 할애해주시는 게 못마땅하시다면. 제 말은…… 아직 피곤하시다면 그냥 그렇다고 알려만 주시면 더는 귀찮게 해드리지 않겠습니다. 죄송합니다만 동무, 아직 저희가 존함도 알지 못해서……"

말이 더 길어졌다면 웃음을 참지 못했을 거다. 호적 담당 간부는 그 무리 중에서 제일 거만한 자인데, 이 상황에서 그가 하는 아부와 가식적인 목소리는 정말 역겨웠다. 다른 때처럼 소리를 질렀으면 오히려 더 나을 뻔했다.

묘지 전체가 숨도 쉬지 않는 것 마냥, 물을 끼얹은 듯 조용했다.

그저 아무것도 모르는 귀뚜라미만 울어댔다. 잠시 후에, 꽃 아래에서부터 올라오는 약한 신음소리가 들렸다.

"으…… 음……"

흥분한 혼들이 웅성거렸다. 호적 담당 간부는 퀭한 눈구멍을 이리저리 돌리면서 조용히 하라는 의미로 노려봤다. 즉각 조용해졌다. 그의 입이 한 번 더 열리더니 비굴한 목소리가 나왔다.

"동무, 아니 장군님을 감히 초대합니다……. 나오셔서 한 가족이 된 저희와 인사를 좀 나누시길. 저희의 무례를 용서……"

묘에 놓인 꽃들이 갑자기 흔들리면서 육중한 몸이 밖으로 나오는데 그는 키가 170센티미터는 족히 되고 훈장이 빼곡한 장군 제복을 입고 끝이 은으로 된 지팡이를 들고 있었다. 실로 위엄 있고 경외심을 불러일으키는 모습이다. 묘지 주민들은 한결같이 감탄해서 숨을 쉴 수가 없었다. 구경꾼들이 뛰어 올라와서 환호를 해주었더라면 완벽했을 텐데. 어느 묘지가 우리 장군처럼 당당한 분을 모시고 있다고 자랑할 수 있겠는가! 걸물이기도 하시고!

그런데 나는 너무 가까이 서 있었기 때문에 장군이 등장할 때 그 순전한 광채에 어안이 벙벙하기도 했지만 그 분 얼굴이 멍한 표정을 하고 있고 뭔가 혼란스럽고 두렵고 좌불안석인 것을 보지 않을 수 없었다. 그 분은 우리를 보지 않으려 눈길을 재빨리 떨궜다. 참 이상도 하지. 살아있다면 장군들은 하나같이 누가 말이라도 한마디 할라치면 불을 뿜어내듯 노려볼 텐데 죽어서는 겁쟁이가 된단 말인가?

“보고합니다! 공군 대공부대 소속 병장 담 숀 타오, 준장님께 보고합니다!

타오가 크고 점잖은 소리로 자기소개를 했는데 준장은 너무 놀란 나머지 묘 위의 꽃 장식 사이로 툭 떨어져서 벌벌 떨기 시작했다. 위대하신 장군이 의전용 파라솔 손잡이에 부딪혀서 시들어가는 꽃 화환에 둘러 싸여 앉아 있는 모습도 장관이었다. 그는 입을 딱 벌리고 타오 병장을 바라봤다. 누굴 나무랄 수 있겠나? 날쌔게 발꿈치를 붙이면서 경례를 하는 흐느적거리는 해골을 보면 누군들 혼비백산하지 않겠나?

경영 이사가 손가락 관절 한마디를 잽싸게 날려 타오 병장의 두개골을 정면으로 맞혔다. 그리고 엄하게 일렀다. “뒤로 물러서! 누가 이런 어수선한 모습으로 인사를 드리라고 했나? 장군님께서는 개별 인사는 받지 않으신다. 인사는 우리가 할 일이야.”

“네!”

타오는 날다시피 물러서서 혼 노인과 내 사이로 숨었다. 그의 갈비뼈가 어찌나 심하게 들썩이고 떨리는지 내 몸이 그 달가닥 거리는 진동을 느낄 수 있을 정도였다. 갑자기 타오가 안쓰러워 졌다. 부자나 권력가들이 오면 몸을 피하는 게 상책이라고 늘 말해줬었는데.

“장군님! 츄아 묘지의 주민인 저희들은 정중하고도 열정적으로 장군님을 환영합니다!

행정 이사가 크게 환호하기 시작하고 모두들 따라했다. 장군의 눈은 그 어느 때 보다도 더한 두려움으로 쟁반만큼 커졌다. 무리들이 인광을 깜박거리며 활기차게 그를 환영하러 몰려들자 그는 갑자기 양손으로 얼굴을 감쌌다.

"조용! 조용!"

호적 담당 간부가 높이가 50센티미터 정도 되는 둔덕으로 날아올라가서 눈처럼 흰 묘지 천을 신호기인양 흔들었다. 무리들이 갑자기 조용해졌다.

죽어서나 살아서나, 우린 항상 자기절제를 하는 방법을 알고 있다.

호적 담당 간부가 어색한 웃음을 지었다.

"장군님, 안심하십시오. 이곳 주민들은 대부분 좋은 사람들이죠, 세련되지는 못하지만 열정적입죠. 아마 장군님께서 접하던 그런 류의 사람들은 아닐 겁니다……. 저희를 소개할 수 있어 대단한 영광입니다. 저희 셋은 우리 지역 정부를 공식적으로 대표하는 사람들로서 입주 절차를 진행하기위한 허가를 받고자 이곳에 왔습니다.

"네……. 정말 영광입니다……."

아주 작은 소리로 준장이 마침내 호적 담당 간부에게 대꾸했다. 달이 흘러가는 구름에 가리자 밤이 이상하게 어둡고 조용해졌다. 모두들 무례를 범하지 않으려 관절이 달그락 거리는 소리를 내지 않으려고 애쓰고 있었다.

“장군님, 존함을 좀 알려주실 수 있겠는지요?”

“저 말씀인가요? 네, 제 이름은 둥 둑 람입니다.”

준장의 목소리는 겁에 질려있었고 고분고분했다. 혼 노인이 내 귀에다 대고 소근댔다. “장군까지 되신 분이 죽어 묘지에 오면 이 정도 밖에 안 되는가 보지, 응?”

“보고 드립니다, 둥 둑 람 준장님……”

“아이고, 절 그렇게 부르지 마세요 전 둥 둑 람이고 3급 전기공이며 은퇴한 사람입니다.”

“장군님…… 어째서…… 어떻게 귀하가 3급 전기공일 수가 있습니까?”

“저에게 이 옷을 입히고 모자를 씌운 건 실수 때문이었습니다. 제 진짜 이름은 둥 둑 람이고 은퇴한 3급 전기공입니다. 이 모든 게 …… 그저 매장 준비를 하는 과정에서 생긴 착오였을 뿐입니다.”

“세상에, 장군님…… 아니 동무, 지금 저희에게 농담하시는 거죠?” 호적 담당 간부가 소심한 목소리로 물어봤다. 대답하는 신참의 목소리는 훨씬 더 소심했다.

“제 목을 따신다 해도, 제가 감히 어떻게 농담을 하겠습니까? 제 팔자가 그렇죠! 여러분 절 좀 믿어주세요. 누굴 속이거나 장난질을 할 생각은 해본 적이 없습니다. 시신 안치소에서 일이 꼬이는 바람에 이렇게 된 겁니다.”

저 너머에 서 있는 혼 무리들 사이에서 갑자기 킥킥대는 웃음소리가 터져 나왔다.

"그럼…… 유리관은 뭡니까?"

"선생님, 그것도 마찬가지에요. 이것들은 모두 콰익 반 탄 준장님 것입니다. 여기, 여기를 좀 보세요. 그 분 성함이 지팡이에 새겨져 있잖아요. 그리고 여기 군복 주머니엔 참모총장님과 만나기로 한 내용의 쪽지가 있네요. 누군가가 꺼내는 걸 깜빡했나 봅니다."

호적 담당 간부는 그 구겨진 쪽지를 꼼꼼히 살펴봤다. 다른 두 관리도 손잡이에 적힌 이름을 확인하느라 끝에 은이 달린 지팡이를 서로 들어주고 있었다. 그리곤 한데 모여서 합동협의를 했다.

마침내 호적 담당 간부가 다시 질문을 했다.

"그럼 당신이 은퇴한 3급 전기공이란 증거가 있소?"

그의 목소리는 여느 때와 같이 거만한 어투로 돌아갔다. 우리가 볼 때도, 준장에게서 느껴지는 화려한 영광 따윈 없었다. 지금 우리 눈에 보이는 건 출처를 알 수 없는 나이 든 3급 은퇴 전기공일 뿐이었다. 이제 자기가 진짜 3급 은퇴 전기공이고 둥 둑 람이란 걸 어떻게 증명할 건인지?

행정 이사는 좋은 생각이 떠오르자 무리를 향해 읊조리며 말했다

"타오 다 마님의 친가든 외가든 친척 되는 사람들은 지금 나오시오!"

몇 안 되는 혼들이 무리에서 빠져나와 인광을 번쩍거리며 3명의 관리들을 향해 미끄러지듯이 나갔다.

"저희들 다 모였습니다."

"이 사람이 둥 둑 람 씨란 걸 아는 사람 있나?"

잔뜩 위축된 열아홉이나 스무 살쯤 된 젊은 혼이 대답했다. "존경하는 선생님들…… 아주머니 되시는 투 다 마님이 제사가 있을 때면 시골에 있는 둥 둑 람 아저씨네 집에 저를 데려 가곤 했습니다. 두 사람이 사촌지간이라 왕래가 잦았습니다."

"젊은이, 자세히 보고, 람 씨가 맞는지 얘기해 주게."

젊은 혼이 나이든 혼 주변을 몇 차례 돌았다. 팽팽하게 당겨진 기타 줄 같은 긴장감이 돌았다. 침묵이 너무 깊어서 야생 장미 가지에 떨어지는 이슬방울 소리도 들렸다.

"아, 뚜엔……" 신참이 더듬거렸다. "자네가 진짜 뚜엔이라면 날 좀 도와주게나. 내가 누군지 이 분들께 말씀드려줘!" 애원하듯 젊은 혼에게 두 팔을 들어 올렸다. 그런데 젊은 혼은 뭔가가 두려운 지 늙은 혼의 애원을 피하듯이 뒤로 미끄러져 갔다.

"그래서?" 호적 담당 간부가 젊은 혼의 멱살을 잡고 소리쳤다. 젊은이가 당황해서 말했다. "존경하는 동지, 람 씨와 비슷한 특징들이 있는 것 같습니다만 전……"

"여기 자네 앞에 있는 작자가 람이란 걸 맹세하겠나?"

"……그렇지만 감히 그렇다고 맹세할 수는 없……"

신참은 펄쩍 뛰었고, 너무 당황해서 말이 쉬지도 않고 쏟아져 나왔다. "뚜엔, 들어봐, 날 이렇게 모르는 척 할 수는 없지! 니가 아니라면 자네가 내 딸 항이 낮잠 자는 동안 개 방에 숨어 들어가서 나한테 귀싸대기 얻어맞은 걸 내가 어떻게 알겠나?”

이 말에 젊은 혼의 자존심이 상했다. 성질을 불같이 내더니 소리를 질렀다. “아, 내가 당신이라면 그렇게 개자식처럼 굴진 않았을 텐데! 항이 그날 자길 보러 와달라고 했다는 거 당신도 잘 알고 있잖아. 당신은 내가 너무 가난하다고 말했어. 그래서 우리를 만나지 못하게 둘 사이를 갈라놨지. 그리고 나선 자기 딸을 강제로 외국에 있는 베트남 사람과 결혼을 시켰고 그래 분해서 내가 자살을 한 거라고. 인생을 낭비해도 분수가 있지……” 그는 흐느끼고 있었다. “저 사람이 그 늙은이 람이 맞습니다. 저 사람과 같은 세상에서 살아야 한다면 맹세코 그런 세상에선 살지 않을 겁니다……”

더 이상 믿지 못 할 이유가 없었다. 이 괴상한 신참이 우리 모두를 속인 것이었다. 이 사람 때문에 우리가 이틀 동안이나 미쳐서 논쟁에 휘말리고 안달을 했으니 이 자의 죄는 그냥 넘어갈 수 없었다. 잘못 알았던 것에 대한 처음의 당혹감이 분노로 변했다. 다들 발을 구르고, 소릴 지르고 욕을 해댔다.

“이봐, 형씨, 창피하지도 않나? 준장인 척 하다니!”

“사기-꾼!”

“저 놈을 쫓아내자구!”

호적 담당 간부가 한 말씀 하기 위해선 조용히 하라고 소리를 질러야 했다. “조용! 문제 해결에 누가 당신들 의견이 필요하다고 말한 적 있어? 우리가 해결할 일이라고!"

세 명의 관리가 또 회의를 하느라 머리를 맞대었다. 잠시 후, 호적 담당 간부가 목소리를 높여 발표를 했다. "좋소, 람 씨. 지금은 어떤 결정도 내리지 않겠소 교수님의 도움을 받아서……" 이 시점에서 그는 나를 가리켰다. "……우리한테까지 온 이 오해의 전말을 소상히 빠른 시간 내에 알려야 할거요. 알아들었소?"

"네!"

그 간부는 처음에 신참에게 너무 친절하게 말을 한 것에 대해 분이 안 풀렸고 지금도 그 자의 옷을 당장 벗길만한 그럴듯한 근거를 찾지 못한 게 더욱 부아가 나서 자리를 뜨기 전 다시 한 번 신참 혼쪽을 향하더니 손가락으로 위협하듯 그의 얼굴을 찔렀다. "진실을 말하는 게 좋을 거야. 의도적으로 숨기는 게 있다는 사실이 밝혀지면 그땐 자신을 원망해도 소용없을 테니!"

세 명의 관리가 휑하니 자기들 묘를 향해 갔다.

신참은 이 일을 추스릴 시간이 없었다. 모욕하고 조롱하는 군중이 그를 에워싸고 있었다. 겉옷을 잡아당기고, 지팡이를 가로채고…… 피하고 싶어서 그는 머리를 무릎 사이에 파묻었다. 타오 병장은 여러 차례 발길질까지 하려 해서 내가 겨우 말렸다.

혼이 되어 봤던 사람들은 우리가 분을 내는 이유를 이해할거다. 우리들 사이에선 속임수와 사기만큼 비열하고 경멸스런 죄는 없기 때문이다. 평생을 세상에서 온갖 유의 속임수와 사기를 저지르며 보낸 우리 모두에게 죽음이야 말로 회개를 할 수 있는 처음이자 가장 거룩한 기회인 것이다. 세속에서의 속임수 냄새를 여전히 풍기면서 죽음을 맞이하는 자는 그의 뼈를 묻을 땅을 결단코 한 조각도 차지하지 못할 것이다.

신참에 대한 비판의 흐름이 점점 더 공격적으로 변하고 있었다. 갑자기 그가 손을 얼굴에 대더니 크게 울었다. 측은하게 흐느끼는데 그 모습을 보니 내 마음에 연민이 들어 서둘러 끼어들었다. 나는 다른 이들을 뒤로 밀쳐냈다.

"됐어요, 여러분! 이런 노친네를 괴롭혀서 무슨 소용이 있겠어요? 살았을 때 서로를 비참하게 만들었던 걸로 충분치 않나요?"

이곳 사람들은 나를 존경한다. 이곳에 있는 선생들 중 내가 가장 늦게 들어 왔는데 그 말은 내가 살아서 가르쳤던 학생들이 이곳 주민들 자식이나 손자가 된다는 얘기다. 그들은 자기들한테 대단히 유용한 일이라 여겨서 나를 묘지의 신임고문으로 추대해줬다. 법적 논쟁이나 다툼이 있을 때마다 사람들은 나를 찾는다. 한마디로, 내 말이 이곳에선 무게가 있다는 뜻이고 그래서 시끄럽고 부글부글 끓던 사람들이 점차 조용해지기 시작했다. 이 광경을 보고 신참은 훨씬 더 가엾게 울었다. 난 팔꿈치로 찌르면서 입을 다물라고 했다. "그만, 여기서 그치고 싶소, 아님 계속하시겠소?"

겁먹은 아이처럼 두려움에 흐느끼던 중 그가 울음을 멈췄다. 나는 혼 무리를 향해 말했다.

"제 생각은, 이 사건을 매우 신중히 고려해야 한다는 것입니다. 실제로 무슨 착오가 있지 않았나 싶습니다. 숨이 넘어가고 나서는 살아있는 사람들이 모든 일들을 처리하도록 자신을 맡겨야 하는데 무슨 책임질 일을 이 사람이 할 수 있었겠습니까? 보고서를 작성하도록 이 분을 도와주는 일을 제가 맡았으니 자세히 물어볼 생각입니다. 그리고 나서 여러분께 이게 다 어떻게 된 일인지를 보고해 드리겠습니다."

혼들은 마지못해 그러기로 했다.

"그래도 저 사람이 빌려 입은 준장 군복은 벗어야 할거요! 보기만 해도 눈에 거슬려요. 그렇게 잘 차려입고 싶다면 젠장 마이 딕 묘지로 갔어야지!"

"교수님, 이곳 법이 어떤지 자세히 설명해 주슈. 저 자도 알아야 할 테니."

"네, 그렇게 하겠습니다."

경험이 많은 혼을 신참에게 붙여서 새로운 삶의 방식을 지도하게끔 하는 것이 이곳의 관습이다. 그러니 이들이 하는 말은 나보고 이 괴짜 같은 혼을 맡으라는 얘기다.

우리가 대부분의 시간을 보내는 모임 장소로 마침내 혼들이 사라졌지만 여전히 유리관과 가짜 준장 사건에 관해서는 말들이 많았다. 내 이웃에 사는 세 명도 발을 끌면서 따라갔다. 나는 맡은 척임감과 궁금함 때문에, 그리고 신참 혼에 대한 연민으로 신참과 함께 뒤에

남았다. 군중들이 던진 묘지용 옷 하나를 집어서 그에게 건네주었
다.

"우선 그 화려한 옷부터 벗어요."

"네!"

그 늙은이는 긴장 탓으로 군복을 매우 서툴게 벗었다. 묘지용 옷
을 입더니 다 흩어진 꽃 사이에 몸을 둥그렇게 말고 앉았다. 훌쩍
거리면서 "교수님, 절 이렇게 보살펴주시니 정말 감사합니다. 어떻
게 은혜를 갚아야 할지. 그저 교수님만 믿고 모든 걸 의지하겠습니
다. 제가 할 일이라도 있으면 말씀해주십시오."라고 말했다.

군복이 아닌 평범한 묘지 옷을 입고 있으니 신참은 점잖고 측은
한 노인처럼 보였다.

나는 그 혼 앞에 앉았다. 그는 빛바랜 내 해골을 신기한 듯 쳐다
보다가 차츰 내 모습에 익숙해져 좀 안정이 되는 듯 했다. 그러더니
반쯤은 실제고 반쯤은 환영인 내 얼굴을 보더니만 다시금 얼굴에
놀라운 표정이 나타났다. 이런 모습은 묘지에 거주하는 주민들의
특징이다. 안쪽에 있는 뼈를 감싸는 해골의 바깥쪽에 살았을 적 얼
굴 모양을 정확하게 보여주는 뿌연 연청색 막 층이 있다는 이야기
이다. 이 층이 눈에는 분명하게 보이는데 그 실체는 없다. 이 층 덕
분에 우리가 서로를 알아 볼 수 있다. 우리가 그저 마구잡이로 모인
뼈들의 집합에 불과하다면 다른 이와 어떻게 구분이 가겠는가? 외
모에 특별히 신경을 많이 쓰는 여성들은 생전의 몸 형태를 그대로

간직하고 있는 경우도 있지만, 남자들은 몸을 입고 있는 게 덥고 거치적거리기 때문에 그저 귀찮게 여길 뿐이다. 이런 노인 같은 신참은 49주를 기다려야만 세속에서의 삶의 흔적을 모두 벗어버릴 수 있게 된다. 그때가 되면 몸을 벗어버리고 우리들과 같은 모습이 될 거다.

나는 천천히 만년필과 공책을 꺼냈다.

"말씀하시는 것을 이제부터 받아 적겠습니다. 그러니, 저승으로 발을 들여 놓은 순간부터 이야기를 해보시지요. 알아들으셨습니까?"

그 노인은 우리 앞에 놓인 중차대한 일을 다시 깨달은 것처럼 긴 한숨을 내쉬었다.

그 밤은 혼들에게 밟힌 꽃의 향기로 자욱했다. 달은 머리 바로 위에 걸려 밝고 깨끗한 빛으로 우릴 감쌌다.

교수님, 이런 일이 일어날 것을 예상하고 미리 준비하는 사람이 있을까요? 은행의 저축 대출 창구에서 향수냄새를 풍기는 풍채 당당한 나이 드신 부인이 저를 밀치는 바로 그 순간에 제가 죽었습니다. 퇴직금이 조금 있었습죠. 그래 이자라도 받아먹을 요량으로 예금을 하려고 마음먹었어요. 그 여자가 아무 생각 없이 와서 내 앞으로 거대한 엉덩이를 밀어 넣는데 순간 짜증이 팍 났어요. 어떻게나 세게 밀어 넣던지 그저 피하는 도리밖에는 없었습니다. 근데 그 순간 갑자기 목 뒷덜미에서 정수리까지 날카롭고 마비시키는 고통을 느꼈어요. 손을 휘저어서 창구 위에 있던 제 예금통장을 겨우 잡고서 쓰러졌습니다. 정신이 들었을 땐 시체 안치소에 누워 있더라고요.

눈이 부시도록 불이 환히 밝혀져 있는 직사각형의 방이었습죠. 모두 네 명이 있었는데 셋은 남자고 한 사람은 여자였어요. 다들 몹시 차가운 시멘트 판 위에 누워있었어요. 자정이었고 아무것도 움직이지 않았죠. 그래서 우린 바로 인사를 나누기 시작했어요. 전 바깥쪽에 누워 있었는데 준장님 옆이었어요. 그 준장님은 노라는 성을 가진 "프롤레타리아의 영웅" 옆에 누워 있었어요. 가장 안쪽 판에는 어떤 장관의 부인이 있었고요. 그 부인은 말하기를 거부하면서 조용히 있었습니다. 준장님이 제게 조용히 말씀해주시길 그 부인은 남편이 바람을 펴서 자살을 했다고 했어요. 그래서 남자들한테 모두 원한을 품고 있다네요. 죽어서 조차요.

이렇게 고위층에다 권력까지 있는 사람들 사이에 끼어 있다는 게 몹시 불안했어요. 그래서 그 준장님께 여기가 어디냐고 물어 봤지요.

"베트남 사회주의 병원 시체 안치소."

그래 놀랄 것도 없지, 라는 생각이 들더군요. 저축 대출 창구가 몇 걸음 안 되는 곳에 있었기에 내가 이곳에 안치되는 행운을 누리게 됐을 거예요. 살았다면 이런 방에 들어올 엄두도 낼 수 없었겠지요. 좀 주제넘긴 하지만 죽어서라도 이 사람들이 누리는 호사를 누리는 게 나쁘지는 않았어요. 한 가지 마음에 걸리는 건 내 외아들 홍이 이런 일이 일어난 건 꿈에도 생각 못 할 것이고, 이런 곳은 감히 찾아보려고 하지도 않을 거란 거였죠.

"프롤레타리아의 영웅"은 죽음에 대해 완전히 편안해 보였어요. 즐겁다는 듯이 웃으며 이렇게 말했어요. "신사여러분, 오늘이야 말로 우리가 이생의 부침과 희로애락으로부터 완전히 자유롭게 된 날이오! 여러분께 고백하는데, 내 인생의 후반기를 산 것은 제기랄 그 "영웅"이었지 진정한 내가 아니었소. 난 영웅이라는 칭호의 무게에 눌려 살았소. 당신들은 그 부담감이 얼마나 큰지 상상도 못할 거요. 마지막 눈을 감을 때 그 짐이 내 어깨에서 내려졌다는 것을 알게 되면서 말할 수 없는 편안함이 몰려왔다오. 좀 붕 뜨는 것 같은 낯선 느낌이 드는데 이 기분은 사라지지 않을 것 같소. 물 담배 한 대만 있다면 더 바랄게 없을 텐데!"

준장님도 역시 감정이 격해있었지만 좀 다른 감정이더라고요. "내 사랑하는 사람들의 얼굴을 들여다 볼 수 있는 시간이 빨리 왔으면 좋겠네요. 그들을 위로할 방도는 없지만 적어도 편안한 표정을 지어서 그들이 감정을 다스릴 수 있게는 할 수 있을 겁니다. 내가 항상 가장 두려워했던 것은 눈물범벅이 된 아내와 아이들의 모습을 보는 거지요. 아시겠지만 무장을 한 동지들은 또 완전히 다르답니다. 아무리 큰 슬픔이 가슴을 찢는다 해도 우린 그저 뻣뻣이 포옹 한 번하고 어깨를 두드리면서 "나 가네!" 같은 간단한 말 한마디하는 정도죠. 전투 시에 그랬던 것처럼……"

전 그저 늙은 3급 전기공에 불과했어요. 그 사람들이 하는 말들은 너무 낯설고 고상해 보여서 전 그저 존경어린 침묵을 지키기만 했지요.

하필 그날 밤, 책임감이라곤 전혀 없는 망나니 같은 녀석을 경비로 만난 게 우리의 불행이었다는 말씀을 꼭 드려야겠어요. 그 추잡한 마음속에 도대체 뭐가 들어가 있는지 알 수가 없었습니다. 정규 경비원에게 특전을 주느라 그곳에서 임시로 3일째 일하고 있는 녀석이었지요. 정규 경비는 나이가 들어서 병이 들었대요. 제가 그곳에 도착한 날 밤, 그 뻔뻔한 놈은 접수대를 밤새 지키는 게 제 임무인데도 그곳 문을 걸어 잠그고서는 어떤 계집이랑 사랑행각을 벌리러 집으로 갔지 뭡니까. 아침 6시 반이나 돼서야 잠이 반쯤 덜 깬 모습으로 몸을 질질 끌고 돌아왔어요. 열쇠를 열쇠 구멍에 넣자마자 어떤 젊은이가 그 놈을 부르는 소리가 들렸지요. 전 끝 쪽에 누워 있었기 때문에 그들의 대화를 다 들을 수가 있었습니다. 젊은이는 준장님의 아들이었어요. 옷 한 꾸러미와 개인 물품을 경비에게 주면서 장례를 치르기 위해 시신과 관을 공회당으로 내오는 의식 시간에 맞춰 그날 아침 9시까지 자기 아버지를 준비시켜 달라고 말하더군요.

이 말은 안했어야 되는 건지도 모르겠습니다만 제가 겪고 있는 모든 문제가 바로 그 요청에서부터 시작해서요. 그래도 보고서엔 넣지 말아주세요. 모든 걸 자세히 알기 전엔 다른 사람들을 섣불리 판단해서는 안 될 테니까요. 그리고 제가 한 말 때문에 좋지 않은 감정이 생기는 것을 원치 않습니다. 그러나 아직도 준장님의 아들이 관습대로 자기 부모의 유물을 직접 관리하는 아들의 도리를 왜 다하지 않았는지는 모르겠습니다. 아마 장례식을 준비하는 일이 너무 벅찼는지도 모르죠. 아님, 자기 아버지가 준장일 뿐 아니라 혁명의 영웅이라서 정부가 장례의식을 처음부터 끝까지 시시콜콜 다 관장해주리라고 생각했는지도요. 아니면 시체안치소 경비를 장례조직위원회의 위원으로 잘못 알았던지…… 아무튼 간단히 말하자면 군복과 메달 몇 개와 은으로 끝을 댄 지팡이를 시체안치소 경비에게 건네주었어요. 모두 준장님에게는 기념이 될 만한 물건들이었죠. 그리곤 약혼녀랑 함께 오토바이를 타고서 냅다 내뺐어요. 제 아버지한테 들어와서 예의를 표하지도 않고요.

장례식이 정부 대표단의 조문까지 다 갖춘 매우 장엄한 행사가 될 거라는 소리를 들었어요. 준장님의 아들은 전날 밤을 꼬박 새웠는데도 아직도 해결되지 않은 자잘한 사항들로 골치를 썩고 있었죠. 준장의 부인이 둘이나 되는 관계로 관이 공회당에서 출발해 이승의 집들을 둘러보고 작별을 고할 때 관을 맞이할 사당을 양쪽 집에 세워야 했고요. 누가 손님들을 맞이할 것인지, 장례행렬에 참석할 사람은 누구이고, 나중에 조의를 표하러 들르는 사람들을 맞이하기 위해 누가 뒤에 남아 있을 것인지, 여기저기서 내려오실 양가 친척들은 누가 맞을 건지, 장례식에 참석하기 위해 시골에서 올라오시는 분들 숙소와 음식은 누가 책임지고 조달할 것인지 등을 결정해야 했습니다. 끝도 없었습니다. 시체안치소 경비를 기다리면서 약혼녀와 이런 일들을 의논하는 소리를 들었어요. 그러니 그렇게 급히 가버린 것을 이해하고도 남습죠.

시신에게 옷을 입혀 준비시키는 것이 시체안치소 경비가 당연히 해야 할 일이라고 생각했던 탓에 준장님 아들이 경비 손에 "수고비"를 좀 쥐어주는 걸 깜박했습니다. 경비가 기분 나빠하는 걸 분명히 알 수 있었어요. "빈속에 잠도 참아가면서 이 고생을 하면서 시체 옷이나 갈아입히라고? 그 개자식은 뭐 그렇게 막돼먹었어, 내가지 친척이라도 된대? 부자 아버지 됐다고 사람들을 이렇게 막 부려먹어도 된다는 거야? 담배 값이나 술 한 잔 받을 돈도 주지 않고서……" 이렇게 침을 튀기며 불평을 늘어놓으면서 건물 안으로 비트적거리며 들어갔어요.

그 녀석이 투덜대면서 옷 꾸러미와 모자와 지팡이를 저희가 누워 있는 시멘트 판 위에 갖다놨습죠. 갑자기 서더니, 꼼짝 않고서 아무 말도 하지 않더라고요. 악마가 조용하고 독기에 찬 순간에 녀석 영혼을 사려고 그 녀석 속으로 들어갔을까요? 혀를 한 번 차더니 손을 뻗어 제 얼굴을 덮고 있던 천을 훌렁 벗기더라고요. 그리곤 돌아서서 이번엔 준장님 얼굴을 덮고 있던 천을 제치는 거예요. 눈썹을 치켜 올리고선 나를 쳐다보고, 또 준장님을 쳐다보고 그렇게 번갈아 가며 보는 겁니다…… 어느 시신을 준비시켜야 하는지를 모르는 건지 아님 우리 두 사람이 생김새며 몸집이 비슷하다는 것을 알고서 예기치 않았던 사악한 생각이 들어서인지? 아님 정말 아직도 피곤으로 머리가 어지럽고 집중력이 떨어져서였을까요?

제가 알고 있는 것은 그 경비가 혀를 차는 소리를 한 번 더 들었다는 겁니다. 그러고 나서 그는 재빨리 일을 시작했어요. 병원 가운을 벗기고, 군복을 급히 입히고 메달과 훈장을 핀으로 고정시키고 모자는 가슴 위에 지팡이는 손에다 쥐어 줬는데…… 저에게 그렇게 했습니다! 그 염병할 망나니 같은 녀석이 준장님 대신 나를 선택했다는 말씀예요!

그때 내가 몸을 일으켜 앉을 수만 있었으면 보기 좋게 귀 방망이를 한 대 날리는 건데!

그러니 보시다시피, 교수님, 제 잘못이 아니었어요. 여기서 보고서를 마무리지셔도 되고요, 원하시면 좀 더 계속 쓰셔도 됩니다. 중요한 것들은 대충 다 말씀드렸습니다. 단지 보고서 작성하실 때 단어 선택을 좀 신중하게 해달라는 부탁을 드리고 싶네요. 필요하지 않은 부분들은 잘라 내시고요. 지금부터 드리는 말씀은 글쎄, 그냥 교수님께만 털어 놓는 이야깁니다.

교수님, 그 다음엔 모든 일들이 시계처럼 정확하게 진행됐습니다. 유리관을 들여오고, 제 몸을 그 안에 넣었는데 모자는 머리에 씌우고 지팡이는 제 옆에 놓았습니다. 그러고 나서 그 작고 정교한 크리스탈 꽃마차를 조심스럽게 특별 차량에 연결했습니다. 그 차는 저를 가장 화려하고 엄숙한 곳으로 데려갔습니다. 솔직히 그게 꿈인

지 생시인지도 모르겠던데요. 갑작스레 장군이 된다는 것, 그렇게
화려한 행렬의 주인공이 된다는 거……. 거기엔 예총을 완비한 의
장대가 있었고 유성처럼 수많은 촛불과 전구가 있었고, 깃발과 현
수막이 휘날렸어요……. 그런 기회가 주어졌을 때 아무것도 개의치
않고 부와 권력의 장식들을 그저 즐겼어야 했었는데 말이죠. 그런
데 제 가슴은 순간순간 커져만 가는 두려움으로 가득했어요. 내가
준장이 아니란 사실이 발각되었을 때 제가 겪어야 할 망신만 생각
이 나고 그땐 어떤 일들이 벌어질까? 분명히 나를 유리관에서 끄집
어내서 군복과 모자를 벗길 테지. 내가 사기꾼이나 되는 줄 알고
아, 이 무슨 망신이람!

어쨌거나 이 창피스런 운명을 피할 길은 없게 되었다고 마음먹었
습니다. 누군가 이 뒤죽박죽된 상황을 가능한 빨리 알아내기를 바
랐죠. 그래서 어서 빨리 이 일이 끝나 시체안치소로 돌아갈 수 있게
되길. 수십 명의 사람들이 내 관 옆을 지나갔지만 다들 관 균형을
더 잘 잡기위해 관 밑에 있는 받침대를 조정하고, 최대한 아름답게
보이도록 꽃꽂이를 하고, 향내가 제대로 퍼지도록 향을 피우는 일
에만 분주했고요…… 뭐라도 하나 의심하는 사람이 한 사람도 없었
어요. 조금만 더 기다리면 준장님의 친지들이 도착할 거라고 저 자
신을 안심시켰지요. 장례조직위원회 사람들은 준장님을 모를 수도
있을 테니까요.

스물여 명 되는 친지들이 왔어요. 거친 천으로 된 흰 스카프와

상복 모자를 머리에 쓰고 제 관 옆에 줄을 서려고 죽 늘어섰습니다. 목이 메이는 흐느낌 소리가 들린 것으로 보아 준장님 부인과 자제분들이었을 거예요. 흰 상복을 입은 사람들 중에서 터져 나올 놀란 비명소리를 기다리느라 긴장해서 제 마음이 조마조마 했습니다. 일분이 지나고, 이 분이 지나고…… 장송가가 울리기 시작했죠 내려다보니 저도 모르는 새에 엄청난 사람들이 모여 있더라고요. 음악이 그치자 즉시 한 소장이 앞으로 나와 눈물과 감정이 북받친 소리로 추도문을 낭독했습니다.

어떻게 이럴 수가 있는 거죠? 훤히 들여다보이는 유리관 너머로 제 얼굴이 빤히 보이지 않나요? 그런데 준장의 두 부인과 몇 명이나 되는지 모를 자식들이 그걸 알아보지 못하다니! 슬픔에 너무 빠져서, 아님 문상 온 귀빈들을 감동시키는 일에 집중해서 내 얼굴은 한 번도 보지 않았다는 말인지? 아님, 내가 내가 아니었나?

"동지여! 사지를 오가는 전쟁 시부터 당신의 전우였던 저희는 한없는 슬픔으로 주체할 수 없는 심정을 안고 당신 앞에 섰습니다." 준장의 군 동료들에게 저의 모든 희망을 거는 수밖에 다른 도리가 없다는 생각이 들었습니다. 분명 한 명쯤은 나를 볼 거고, 한 명이면 족하니까요 "이 마지막 작별의 순간에 당신의 아름다운 모습을 우리 가슴에 영원히 새겨 넣을 것입니다……."

세상에, 교수님, 거기에 온 모든 사람들, 군복 입은 사람, 평상복 차림의 사람들, 꽃을 놓는 사람, 관 주변을 돌기 전에 묵례를 하는

사람들 중에 단 한 명도…… 전 소리를 지르고 싶었어요. 어쩔 줄
몰라서 비명을 지르고 싶었단 말입니다. 그러는 내내 슬픈 얼굴을
한 사람들이 줄지어 제 옆을 지나갔지요. 끝도 없겠다 싶은 생각이
들 때까지요. 처음엔 절망했다가 화가 났다가 나중엔 씁쓸해지더군
요. 아, 준장님, 신원불명의 시신이 되더라도 절 원망하진 마십시오
라고 속으로 말했어요. 아무도 당신에게 신경 쓰는 사람이 없네요
정말 한 사람도 당신을 생각해주는 사람이 없어요. 당신 묻인 영광
의 순간을 제가 훔친 게 아니라 당신의 가장 큰 슬픔을 떠맡게 된
거네요.

장례가 막바지에 이르고 그 모든 겉치레 의식에 대해 마음이 냉
랭해지기 시작했을 때 갑자기 공군 대표단 가운데서 익숙한 얼굴이
보였어요……. 세상에, 내가 얼마나 흥분을 했는지 감정이 북받쳐
터져 나올 것 같았다니까요! 내 아들 홍이었어요! 내 아들이었다고
요! 대표단을 따라 관에 가까이 오면서 그 아이는 걱정스럽고 긴장
된 표정이더군요. 저를 보자마자 입을 쩍 벌린 채 그 자리에서 꼼짝
못하고 굳어버렸어요. 뒤에 있는 사람이 그 아이를 쿡 찌르자 마지
못해 앞으로 나갔지만 눈은 나한테서 떼질 못했지요……. 애야, 뭘
보는 거냐! 날 좀 빨리 구해줘! 라고 생각했습니다. 애비도 못 알아
본단 말이냐? 자 어서!

그러자 홍이 진짜로 대열에서 빠져나왔습니다. 흰 상복을 입고
스카프를 두른 사람들 사이로 뛰어 들더군요. 뭐라고 말했는지는

알 수 없지만, 그곳이 온통 아수라장이 됐어요. 엄숙한 분위기에도 불구하고 상복을 입은 두 여인이 관 바로 앞까지 쏜살같이 건너오더니 제 얼굴을 뚫어져라 살펴보았죠. 준장님의 두 부인들인가 보다 생각했어요. 그 분들 눈이 점차 커지더니 젊은 마님이 비척거리며 쓰러져 기절했습니다. 갑자기 흰 옷을 입은 무리들이 모두 나방이 날듯이 옷자락을 날리며 제 쪽으로 달려와 관을 둘러쌌습니다.

홍은 두려워 떨고 말문이 막혀있었죠. 그래도 단호하게 나를 가리키며 "제 아버님입니다."라고 밝혔어요.

다행히도, 때 마침 중요한 손님들이 다른 곳에 신경을 쓰고 있어서 무슨 일이 벌어졌는지 아는 사람이 없었어요. 잠시 후에 장례조직위원회 사람이 마이크에 대고 "문상객 여러분께 심심한 사과의 말씀을 드립니다. 장례 절차상의 어려움이 생겨서 장례위원회는 콰익 반 탄 준장님께 마지막 경의를 표하러 오신 모든 문상객들에게 돌아가셨다가 오후 1시 반에 다시 오시기를 부탁드립니다. 동지 여러분, 불편을 끼쳐드려 정말 죄송합니다."

공회당의 문을 당장 닫으라는 명령이 내려졌어요. 가족들과 장례조직위원회가 급히 그 일을 의논하려고 모였습니다. 당황한 빛이 가득한 눈으로 내가 마치 검은 마법이라도 써서 관에 들어간 것처럼 계속해서 나를 돌아보더라고요.

준장님 아들은 내 아들 홍하고 같은 나이 또래인 것 같았어요. 전체 일을 맡고 있는 것 같이 보였습니다.

“여러분 진정들 하세요. 이 일은 절대 비밀로 하셔야 제가 일을 제대로 처리할 수가 있습니다. 홍의 아버지라는 사람을 병원에 데려다 놓고 1시 반 이전까지 아버님을 모시고 오겠습니다. 휴, 정부 대표단이 때 마침 버스에 올라탄 게 얼마나 다행인지. 그건 됐고, 앞으론 이 일을 절대 입에 담지들 마세요!”

얼굴이 눈물범벅이 된 스무 명도 넘는 사람들 사이에 조용히 오고 간 이야기들을 들으면서 모든 사람들이 저마다 나를 알아보지 못한 이유가 있었다는 걸 알았어요. 먼 조카딸뻘 되는 사람만 예외였는데, 그 사람은 좀 의심은 갔지만 감히 말을 할 수가 없었다는군요. 몹쓸 병 때문에 아저씨의 모습이 변한 거면 어쩌나, 아니면 이 모든 게 예전에 있었던 일처럼 은밀한 작전에 참가하기 위해서 준장님을 감쪽같이 사라지게 하기 위한 책략일 수도 있지 않을까? 그래서 그 여자는 좀 더 가까이 가서 제대로 볼 수 있을 때까지 기다리기로 마음을 먹었대요.

2분 뒤에 장례조직 위원회가 간부를 보내 내 아들 홍과 준장님 아들을 도와 뒷문을 통해 관을 내와서 베트남 사회주의 병원까지 실어다 줄 창 없는 차량에 안전하게 실을 수 있도록 돕게 했어요.

이젠 살았구나! 전 부활이라도 한 것 마냥 기뻤습니다. “어려서는 부모의 덕을 보고 늙어서는 자식 덕 본다.”는 말이 딱 맞는 경우지요. 나중에 알았는데 홍이 얼마나 고생을 하면서 제 아비 시신을 애처롭게 찾아다녔는지 몰라요. 시체 안치소 경비가 제 아들놈한테

"아, 이것 보게나, 여기 얼마나 많은 사람들이 있나 보슈! 나가 당신 아버지를 다른 사람들 눈에 띄지 않게 몰래 빼돌릴 수 있을 거라고 생각하슈? 좋으실대로 댁 아버지를 보물이라고 계속 부르시지. 내가 당신 아버지 유해를 전쟁 중에 실종된 미군으로 잘못 오해할 일은 거의 없으니. (실종된 미군 유해를 찾을 수 있는 정보를 제공하면 보상을 받음)"라고 말했다네요. 다른 가능성이 다 사라지자 홍은 냉정을 완전히 잃어버렸어요. 고통스럽게 흐느끼던 중 혹시 시신이 바뀐 건 아닐까? 하는 생각이 들었대요. 다른 시체안치소에서는 그런 일들이 있을 수 있겠지만 여긴 베트남 사회주의 병원이고 준장님인데 실수가 있었다는 건 생각할 수도 없는 일이었죠. 그래서 은행에서 가까운 다른 병원 세 곳으로 먼저 쫓아갔죠. 시체안치소 경비들한테 이것저것 캐물어서 그날 아침 매장된 시신 열네 명의 주소를 어찌어찌 알아낼 수가 있었대요. 여덟 명은 여자였으니 마음 놓고 잊어버려도 됐고요. 나머지 여섯 명의 남자들 장례를 찾아 빠르게 움직이면서 홍은 시신을 직접 보기위해 장례식장에 몰래 들어갔대요. 장례 중 몇 건은 탄 수안 만큼 먼 곳에서 있었고 몇몇은 부아이였다지요. 부처님이 보살펴 주셨나 봐요. 차로 꽉 막힌 도로를 미친 사람 마냥 좌충우돌하면서 다녔는데도 몸에 상처하나 입지 않았으니. 목록에서 다섯 사람의 이름을 지우고 났을 때 절망스러웠대요. 남은 사람은 준장님뿐이었으니까요. 암만해도 준장님이 그럴 리가…… 안 그러겠어요?

그래도 용기를 내서 내 아들놈은 엄숙한 장례식이 거행되고 있는 그 큰 공회당으로 향했지요. 정부 대표단과 같은 시각에 도착했는데 치안 특파대가 낯선 사람은 입구에 얼씬도 못하게 했다네요. 그래 점점 커져가는 걱정을 누르고 앉아 기다리는 수밖에 없었대요. 마침내 귀빈들이 자리를 뜨고 나서야 슬쩍 들어와 향을 들고서 때마침 안으로 들어오고 있던 공군 대표단 사이로 낄 수가 있었던 거죠. 행운을 비는 것밖엔 할 수 있는 게 없었죠. 사실 거기서 날 찾을 수 있다는 건 감히 생각도 못했을 테니까요.

그런데 아들놈과 전 차를 함께 타고 있었고, 홍은 나에게서 조금도 눈을 떼지 않고 무덤덤한 표정을 한 채 꼼짝 않고 앉아 있었어요. 이렇게 멋지게 차려입은 아비를 보는 느낌이 어떨까 궁금하더군요. 갑자기 홍이 준장님 아들에게 이렇게 묻더라고요. "타이, 이 일을 어떻게 처리할 생각인가요?"

마치 넋이 나간 모양으로 멍하니 있던 타이는 얼굴을 찡그리면서 대답했어요. "그래, 이건 엄청난 실수야. 그건 확실한데 어떻게 이런 일이 생겼고 누구 책임인지를 아직도 모르겠어. 장례부터 끝내놓고 꼭 밝혀내고야 말겠어."

"그건 당신이 결정할 문제고, 내 말은 이 실수를 어떻게 수습할 생각이냐구요?"

"응?…… 자네 아버지를 병원에 모셔다 놓고 우리 아버님을 공회당으로 모셔와야지. 그러면 되겠지? 다른 방도는 생각 안 나는데."

"관 뚜껑을 열어서 우리 아버님을 꺼내고 당신 아버님을 넣으신
다는 말씀이오?"

"그래, 달리 방도가 없잖나?"

"아, 그렇다면 끝난 문제가 아니네. 일단 입관이 끝나고 나면 줄
초상 치를 생각이 아니라면 절대로 시신을 꺼내면 안 된다는 풍습
을 아실 텐데. 지금 집에서 앓고 계신 우리 어머니는 어쩌라고……"

홍은 거짓말을 하고 있었어요. 홍이 두 살 때 애 엄마가 죽었거
든요.

"무슨 말이야? 당신 아버지를 꺼내지 않고서 어떻게 하라는 거
야?"

"그건 당신 문제고요. 허나 분명한 건 우리 아버님 유해에 손을
댈 권리는 누구에게도 없다는 거요. 줄초상 나지 않게 우리 식구들
목숨을 모두 보장할 수 있어요? 이 문제를 놓고 싸우려 드는 건 아
니요, 일이 그렇다는 거지. 어쨌든, 당신네 집안에선 유리관 하나
더 장만하는 게 큰일은 아니잖아요."

홍은 격분해서 얼굴은 물론 귓불까지 벌개졌어요. 타이와 장례조
직위원회 사람은 어쩔 줄 몰라 서로 얼굴만 바라봤죠.

"맙소사, 지금 이걸? 우리 모두가 피해자요. 내 입장을 좀 더 생
각해줘야 하는 거 아닌가."

"어머니가 아프시다고 말씀드렸잖아요."

"장례비용에 보태라고 돈을 좀 드리면 어떨까? 몇 백만이면 내가

이 일을 마무리 짓도록 도와주는 값으로 충분할 텐데.”

홍이 그를 무섭게 노려보면서 고함을 쳤어요. “내가 이런 상황을 이용해 당신한테 돈푼이나 뜯어내려는 걸로 보이슈? 날 뭘로 보고 감히 그런 생각을 한단 말야?”

타이도 당할 만큼 당해서 몸을 부르르 떨며 얼굴이 하얘져서는 새된 소리로 말하더라고요. “장례만 아니면 문제 일으키지 말고 조용히 하라고 대놓고 말했을 거야. 상황이 급박한 만큼 그래도 조용히 문제를 의논하려고 했던 거라고. 그런 것만 아니면……”

이때 장례조직위원회 사람이 당황해서 두 사람 사이에 끼어들었어요. 그때 우릴 실은 차량이 병원에 도착했지요. 나는 곧 시체안치소로 옮겨졌고 그 전에 누웠던 바로 그 판 위로 돌아갔어요. 차이가 있다면 지금은 유리관 속에 있다는 거였습니다. 홍은 결코 나에게서 한 발짝도 떨어지지 않겠다고 단언을 했어요.

준장님은 여전히 그곳에 계셨어요. 타이는 경비한테 욕을 퍼 부었고, 그 경비란 놈은 “당신 아버지를 한 번도 본 적도 없는데 당신 아버지가 누군인 줄 내가 어떻게 알 수가 있었겠어요?”라며 변명을 우물쭈물 늘어놓더니 몰래 빠져나가 없어져버렸어요.

12시 반이었지요. 홍이 냉정하게 응시하고 있는 동안 타이와 장례조직위원회 사람은 걱정이 돼 죽을 지경이 됐어요. 내 아들의 고집스레 꿈쩍도 않는 성격을 너무나 잘 알고 있는 터라 그 아이가 무릎을 꿇고서 몸을 내 관위로 던지면서 이 관 뚜껑을 열려거든 자기부터 죽이라고 했을 때 내 몸에 소름이 쫙 끼치는 걸 느꼈어요 …….

교수님, 왜 어떤 사람들은 죽어서조차 편히 쉴 수 없는 이렇게 이상한 운명을 갖고 태어나는 걸까요?

신참은 슬픈 듯이 나를 올려 보았는데 그의 눈은 당혹스럽고 슬퍼 보였다. 위로해주고 싶었지만 무슨 말을 해야 할지를 몰랐다.

"아들이 꽤 고집스러운가보지?"

"네. 내가 유리관에 들어가서 묻히는 게 좋았던 건지, 아니면 다른 가족을 잃을까봐 정말 걱정이 됐던 건지 모르겠어요……. 아님 내 살아생전 고생을 너무 많이 한 걸 봐서 죽어서까지 관을 뺏기는 가슴 아픈 모습을 견딜 수가 없었던 건지."

"효자라야 그런 생각을 할 수 있지."

"교수님, 중재를 하려고 했던 그 장례조직위원회 사람이 타이 쪽이 원하는 대로 처리하도록 내버려두는 값으로 홍에게 2천만을 챙기라고 압력을 넣었었죠……."

"2천만이라고? 세상에, 그 횡재에 대해 얘기 좀 해봐요."

"네, 저희는 살면서 백만 정도도 본 적이 없어요 전 관에서 뛰어나오고 싶었어요. 내 아들이 먹고 살 밑천을 손에 넣을 기회를 잡게 하기 위해서. 그런데 단번에 거절하더라고요."

"그래서 그 사람들이 결국 어떻게 했나요?"

"다행히도, 우리랑 같이 그 전날 밤에 그곳에 들어 온 "프롤레타리아의 영웅"인 노인이 있었어요 준장님 장례를 맡고 있던 장례조직위원회가 이 영웅의 장례도 맡게 되었다는 사실을 알게 되어서 누군가가 그 영웅을 위해 주문한 유리관을 준장님 장례에 잠시 먼저 빌려 쓰자는 기발한 생각을 해냈지요.”

“거 참 운이 좋았군, 안 그런가?”

“네, 여벌의 군복을 찾는 일도 쉬웠구요. 제일 문제가 되는 것은 메달과 훈장이었어요. 내무부에 전화를 걸어서 30분 안에만 도착할 수 있게 해주면 값은 충분히 쳐줄 테니 몇 개만 빌리자고 했어요. 그 사람들이 포기한 건 지팡이뿐이었습니다. 마지막 순간까지 할 수 있는 일은 모두 시도를 해봤었는데 결국 준장님 아들이 지팡이를 더 이상 기다리지 말라는 명령을 내리더라고요. 마음이 좋지 않았습니다. 지팡이 없이 준장님이 어떻게 나다니실까 하는 생각이 계속 들더라고요. 젊었을 때 부상을 당하셔서 한쪽 다리가 쪼그라들었다는 소리를 들었거든요, 교수님.”

“아 글쎄, 권력과 지위가 있던 사람은 마이 딕에 그들의 일거수 일투족을 돌봐줄 사람들이 있을 걸세.”

묘지의 만남의 장소 쪽에서 갑작스런 웃음소리가 들려오자 우리 둘은 조용해졌다. 난 받아 적는 것을 마무리 지을 준비가 되어 있어서 그 노인에게 “당신이 착오의 피해자라는 사실을 사람들이 이해할 수 있을 정도로 줄여서 이야기를 쓰겠소 그럼 됐지요?”라고 말했다.

신참은 고개를 떨구더니 자신을 의식하는 목소리로 이렇게 말했다. "네, 맞습니다. 피해자요, 교수님. 그 착오가 저랑 홍에게 좋은 일이었을까요? 홍은 내 장례에 대해 아무에게도 알리지 않았어요 저를 이리로 데려온 것은 제 직계들입니다. 사람들이 '늙은이 람이 미쳐서 죽었구면. 준장처럼 보이네 그려.'라고 하는 소리를 들을 때면 홍의 속이 오그라들었다는 걸 전 알아요. 저는, 제가 바란 건 은퇴한 3급 전기공으로 생을 마치는 거였어요. 바로 그거에요. 몇 시간동안 준장 노릇을 한 것이 저에게 무슨 기쁨이 됐겠어요?"

새벽이 가까워지면서 달빛이 흐려졌다. 묘지 주민들이 삼삼오오 모여서 산책을 하는 시간이다. 백 할배가 켜는 악기소리가 희미하게 들렸다. 무슨 곡인지 알 수 있었다. 그의 극단이 "마오 부인이 사원에 가네."라는 오페라의 한 부분을 상연하고 있었다. 스엔이란 이름을 가진 늙은 가수가 종종걸음으로 돌아다니면서 마음껏 몸짓을 하고 있다. 그러는 동안 겹겹의 천들이 아름답게 그녀의 몸을 휘감았다. 그녀의 자손들이 지난 보름달이 떴을 때 밝은 색깔의 옷을 여러 벌 태워 그녀에게 제물로 바쳤었다. 언젠가 밤에 그녀는 노래를 부르면서 내게 추파도 던졌었다.

"아, 교수님…….

당신은 만남의 장소 마당에 떨어져 있는 잘 익은 사과 같아

난 그저 아직 어린 소녀일 뿐……."

내가 보기에 인간이 세상 걱정에서 완전히 놓여나는 평호, 즉 진정한 고요를 누릴 수 있는 곳은 여기서 우리가 누리고 있는 이 단

순한 삶 뿐이다.

  적어도 사람들이 우리 묘지의 토지용도를 변경해서 이곳에 무언
가를 세우려고 우리 묘를 옮기기 전까지는…….

츄아 마을의 더블 베드

내가 뒤척인다.

윤리적 관점에서든 실용적 관점에서든 늘 침대는 두 사람 용으로 만들어진 것이다. 아니 좀 더 정확하게 표현하자면 신이 창조한 한 남자와 한 여자가 같이 자도록 만든 것이다. 세 명이 자야만 하면 폭풍우가 몰아칠 때처럼 숨을 쉴 수가 없다. 나와 남편과 그 여자가 함께 한 침대에 누워 있다. 물론 두 사람은 진짜 사람의 모습이고 세 번째 사람은 나와 남편 사이 어디엔가 숨어 있는 환영이다. 그러나 현실과 환영의 의미는 명확하지 않고 주사위의 숫자만큼이나 덧없이 바뀐다. 때로는 환영이 진짜 사람보다 더 현실적이다. 나는 밤에 여러 번 그녀의 눈동자와 마주친다. 남편이 내 속옷 고리를 더듬을 때 그녀는 빤히 그 손을 바라보고 있다. 그 순간 갑자기 모든 것이 얼음처럼 차가워진다.

심야 음악방송을 들으면 정말 기분이 좋다. 침대에 잠들지 못하고 누워 있는 우리 같은 사람들에게 심야 방송은 중요한 혁신이다. 구식 음악을 들은 지는 한참 되었다……. 멀리서 공주가 탄 가마가 천천히 시끄러운 시장을 향해 가고 있다. 모두가 보석 박힌 휘황찬란한 비단 커튼 뒤에 이제 막 소녀티를 벗은 고혹적인 몸매를 가진 미모의 공주가 누워 있음을 알고 있다. 페르시아의 백성들은 경의에 차 길가에 엎드려, 부드럽게 변주된 음악과 시녀들과 더불어 장엄한 행렬이 지나가길 기다린다……. 아, 내 젊은 시절의 젊은 공주여, 지금은 어떻게 지내고 계신지요? 행복하신가요 아니면 불행하신가요? 왕족으로 살아서 고통스러운 비극은 피할 수 있었나요?

남편이 뒤척인다.

갑자기 오늘 오후가 기억났다. 남편의 조상을 모신 사당의 용 조각을 단 서까래 주위를 꿀벌이 빙빙 돌고 있었다. 계속되는 윙윙 소리에 좀 짜증이 나서 남편에게 물었다. "벌이 뭘 찾고 있는 거예요?"

"벌집 지을 자리를 찾고 있잖아. 저기 땅콩만한 왁스 조각 보이지?"

"정말이에요? 그럼 지금 저 벌은 벌집이 없는 거예요?"

"물론 벌집이 있지. 하지만 벌들도 분가를 해야 할 때가 와. 그러면 벌 몇 마리가 새로 벌집을 지을 곳을 찾아 나서지."

그 다음 설명은 거의 들리지 않았다. 나는 갑자기 멍해졌다. 새로운 벌집이라…… 분가라…… 이십팔 년을 함께 살던 벌 두 마리도 분가하여 새로 살 곳을 찾을 준비 중이었다……. 정말 믿기 힘들었다. 밤이 되면 잠이 안와도 잠자리에 들듯이 대부분의 사람들은 습관적으로 산다. 거의 삼십년 동안 나는 그의 옆에 사는 사람으로서의 삶에 익숙해졌다. 그리고 인생의 수많은 도전 앞에서 우리의 "벌집"을 지키기 위하여 투쟁하는 데도 익숙해졌다.

이렇게 살아왔기 때문에 남편이 속마음을 털어놓았을 때 너무나 큰 충격을 받았다. "여보, 날 용서해. 당신은 사회적 이슈에 참여할 유형의 사람이야. 반대로 나는 평범한 사랑을 원해. 가장 저속한 의미에서 아내가 될 사람이 필요해." 도대체 그는 왜 이렇게 멍청한 오류를 범하는 걸까? 나는 그를 사랑했다. 그가 삼십여 년을 힘겹게 밥벌이를 하느라 지쳐서 우리의 사랑이 수선할 수 없을 정도로 너덜너덜 해진 전쟁터의 깃발처럼 되었다고만 해도 얼마나 좋을까. 지긋지긋하게 단순한 인생에서 도피하는 문제일 뿐이라면, 누구도 그런 사람을 탓할 수 없다.

다른 것은 차치하더라도 우리가 함께 산 이십 팔년은 당시의 기준으로 보면 전무후무한 인내로 점철된 세월이었다. 우리의 사랑은 위대하다고 할만 했다. 두 번의 전쟁 내내 온갖 시련을 함께 헤쳐온 사랑이었다. 우리는 방공호 속에서 서로 상대방이 가장 안전한 자리에 있어야한다고 고집을 피웠고, 대피소의 무더운 밤이면 서로 상대방에게 시원한 쪽에서 자라고 양보했다. 그런 세월을 보낸 후 단지 무심결에 녹슨 바늘로 이를 쑤셨을 뿐인데 그 바람에 위대한 우리 사랑이 파상풍에 걸려 죽었다. 모두 알다시피 죽음은 형형색색이지만 위대한 우리의 사랑이 죽은 것은 정말 말도 안 되는 일이었다. 정말 이렇게 간단할 수 있는가? 단지 남편이 출장을 가서, 우연히 그녀와 마주쳐서, 거짓말을 하게 되어서……. 그래서 모든 것이 끝났고, 모든 것이 침묵 속에 무너져버렸단 말인가?

어떻게 이런 일이 생길 수 있어요? 나는 이미 남편에게 이 질문을 천 번도 더했다. 천 번을 묻고 또 묻고 나서도 나는 여전히 충격에서 벗어나지 못하고 있다.

남편 당숙뻘 되는 친척 분―나는 남편을 미미한 가계의 우두머리라고 부르곤 했다.―이 며칠 전 남편과 나를 방문했었다. 우호적인 분위기에서 술이 몇 잔 돈 후에, 거의 칠십이 다 된 이 노인분이 우물거리며 말했다. "나더러 노망이 들었다고 할지 모르겠지만 감히 충고를 하나 하겠네. 충심에서 우러나온 충고네. 자네는 장손이네. 다른 말로 우리 가문의 장손이란 말일세. 더욱이 자넨 우리 조상의 사당을 지켜야할 의무가 있네. 무슨 일을 하든 문중 사람이나 남의 입에 오르내리지 말도록 하게. 우리 집안은 별 볼 일 없는 집안이 아니네. 우리 조상은 전국적으로 유명했고 오늘날에도 우리 조상의 축복을 기도하는 사람들이 있네. 자손인 우리들이 조상만큼 잘 살지는 못해도, 적어도 이름에 먹칠을 할 짓을 해서는 안 되네. 두 사람 모두 조금 더 노력해볼 것을 부탁하네.”

그의 말에 나는 진정으로 감동을 받았다. 그러나 사랑은 “노력할” 수 없는 것이다. 내가 아는 한 남편은 이십팔 년간 우리가 함께 산 세월을 긴 유배로 생각해왔다. 내가 아는 한 그는 이제 인생의 황혼기에 한 조각의 행복을 찾으려는 것이다……. 그와 함께 한 짧지만 행복한 순간들을 최종 결산하면서, 그것이 진정한 경험이었던가 아니면 단지 주사위의 스쳐가는 허수였던가를 자문하며 나는 고통스러워했다.

내게는 슬픈 결말일 것이다. 남편이 나를 이곳으로 처음 데려온 것은 동화 속 마법이 일어난 밤이었다. 이십 킬로미터 떨어진 대피소에서부터 우리는 손을 잡고 걷기 시작했다. 홍하 가에 디르렀을 때 그는 수줍어하며 키스를 했다. 몇 날을, 몇 달을 참은 키스였다. 이제 우리의 사랑이 날아가 버렸는데 내가 왜 여기 머물러 있어야 하나? 나는 그를 떠날 것이다. 자존심 있는 여성은 물러날 때를 알아야 한다.

우리는 서로에게 할 말을 다 했다. 나는 그에게 새로 이사 갈 집을 알아봤다고 했다. 그러나 내일 아침 동이 트자마자 간다는 말은 하지 않았다. 옷가지 몇 개만 챙겼으므로 눈치를 채고 있었다. 가능한 한 출장을 가는 것처럼 보이도록 할 것이다.

나는 손녀를 데려갈 방도를 찾아볼 것이다. 이곳은 그의 조상대대로 살아온 집이므로 그는 여기 남아서 이 집을 지켜야 한다. 나는 사당 왼쪽 편에 있는 이 방만을, 우리가 현재 누워 있는 이인용 침대가 있는 이 방만을 지킬 것이다. 나의 귀환을 보장받기 위해 지키겠다는 건 아니다. 다만 다른 여자가 이 방에 들어와 이 침대에 누워 남편이 속삭이는 아주 사적인 말들, 어리석고 순진한 말들, 즉 우리가 사랑을 나눌 때면 했던 그런 류의 말을 듣는 게 싫어서이다. 이 방을 지키는 게 나에게나 그녀에게나 모욕을 줄이는 일이 될 것이다. 아직도 나는 남편을 섬세한 사람이라고 생각한다.

나는 뒤척인다.

틱-톡! 틱-톡! 벽시계 소리가 끈질기게 불면의 시간을 세어준다. 거의 반년 동안 벽시계는 말할 수 없이 부드럽고 충직하게 불침번을 서주었다. 이 시계를 누가 선물했는지 아직도 기억한다. 내일 잊지 말고 이 시계를 가방에 넣어야지. 그 다음에 방문을 잠글 것이다. 그러면 방 속의 모든 것이 침묵 속에 빠지고 내 마지막 흔적까지 먼지가 가려줄 것이다. 시계를 남겨두고 간다면 그것은 죽어가는 심장처럼, 폐허 더미 속에서 마지막 숨을 헐떡일 것이다. 가엾은 것.

거의 반년은 짧은 시간이 아니다. 그로서는 자신의 결정을 숙고하기에 충분히 긴 시간이다. 남편 말에 의하면 그녀에게 심각하게 약속을 했고 사기꾼이 되고 싶지 않다는 것이다.

반년은 내가 헤어질 결정을 심각하게 고려해보기에도 충분했다. 지금 떠난다고 생각해보면 걱정되는 것은 내 아들이다. 결혼해서 첫 딸이 있긴 하지만 아직도 심히 불안한 상태다. 아직도 그들은 남편과 아내 역할을 흉내 내는 어린아이들에 불과하다. 결혼한 지 3년이 되었으니 지금 그만두게 할 수는 없다. 내가 원치 않던 조그마한 천사가 이 세상에 태어나 버렸다.

"손녀를 위해 여기에 머물라고. 그리고 나에게 그렇게 연연해하지 말고 내가 죽은 것처럼 그렇게 행동해." 남편은 내게 달했다.

남편은 잘못 생각했다. 이 세상에서 내 시간은 사라지고 있다. 고통과 우울증으로 인한 이상한 질병은 내가 떠난 후 곧 사라질 것이다. 하지만 저 침대에 있는 작은 아기에게 어떤 종류의 삶을 창조해주기 위해서라도 또한 그녀를 도와주기 위해서라도 굳은 의지를 갖고 살아야 할 것이다. 마치 내가 그녀의 운명을 알고 있는 것처럼 말이다.

밝고 태양처럼 검고 빛나는 웃음의 영롱한 두 눈이 어두운 방을 밝혀주고 있다. 산파가 손녀를 기저귀에 싸서 내 팔에 안겨준 이후로, 새로 삶을 시작한 이 작은 핏덩이가 그 때부터 내 삶과 분리할 수 없을 거라는 불길한 예감을 가졌다. 처음 아기의 엄마는 젖이 많이 나와서 아이가 원할 때 주고 그 젖꼭지를 조금만 물리면 되었다. 그러나 후에 아기는 무언가 채우기 위해 내 빈 젖을 빨아야만 했다. 매번 똑같이 그랬는데, 이 작은 아기가 젖꼭지를 주무르며 게걸스럽게 양쪽 젖가슴을 번갈아 빨 때 나는 갑자기 눈물이 날 정도로 말할 수 없는 황홀감에 빠지곤 했다. 여성의 신성한 임무이기도 하지만, 내 가슴에서부터 서서히 올라오는 간지러운 전율이 나의 어깨, 목, 뺨을 뜨겁게 하고 나아가 모낭 전체를 마비시킬 정도로 스며들고 있었다. 나는 하늘 어딘가에 메아리치는 열정적인 찬가의 달콤함에 젖어서 더 앉아 있고 싶었다. 그런 부드러운 기운이 서서히 사라지고 몸은 곧 유리처럼 맑고 솜처럼 부드럽게 느껴졌다. 아기는 잠시 그냥 있다가 또 다시 빨고 그러다가 작은 입이 내 젖가슴에서 멀어져 가면서 곧 잠이 들었다. 젖을 주면서 오므리다가 벌리는 촉촉이 젖은 아기의 입에 내 눈길이 머물었고 작은 주먹을 쥔 아기 손의 향내를 맡았다.

나는 기쁨에 취해 피곤함도 모른 채 몇 시간동안 계속 앉아 있고 싶었다. 이때가 가장 행복한 시간이었다. 이 작은 아기는 점차 세속적인 행복과 분노와 즐거움, 슬픔의 세계에 빠지게 되겠지만 지금은 나의 팔에서 보호를 받고 있다. 이것을 보고 있노라니 자연의 신비를 생각할 수 있게 되었다. 12명의 산파는 아기의 꿈속에서도 그에게 미간을 찡그리며 눈을 빤히 쳐다보고 미소 지으며 얼굴을 찌푸리는 표정을 가르칠 것이다.

매일 밤 나는 아기의 머리에 손을 얹어놓고 "우리를 비참함과 재난에서 구해준 무한한 자비와 은혜가 있는 관세음보살 부처님이시여 축복하소서."라며 부처님께 기도를 올려준다. 나도 미처 생각지 못했던 내 속에 있는 열렬한 신앙심을 발견하고서 놀란다. 은혜의 신이 작은 연약한 영혼을 고통에서 구해주시길 바라는 단 한 가지

기도만 올릴 뿐이다. 내가 그녀의 운명인 나쁜 업보나 재난을 대신 질 수 있길. 그런 신비한 순간에 우리 몸에 기가 모이는 부위라고 알려진 백 호이 점을 통해 내 손에서 아기의 몸 안으로 전류가 흘러들어가는 느낌이 들었다.

내가 그 당시 무얼 생각했는지 모르지만 이런 모든 것이 일어나기 전에, 하늘을 배경으로 한 그림을 그렸었다. 넓게 트인 사막 모래 위에 외로운 아이가 태양을 등지고 앉아 있으며, 그녀 주위에는 골동품 화병 조각이 흩어져 있었다. 이 조각에 새겨진 장식은 보이지 않은 채 모래에 반쯤 가려져 있었다. 또한 모래의 흰 회오리바람으로 수평선이 희미하게 보이는 그런 그림이었다.

내가 등만 그려 놓았는데도 다들 두 살도 채 안된 내 손녀로 알아봤다. 그녀를 모델로 삼았다. 후에 매우 적막한 하늘을 바라보고선, 그게 좋은 징조가 아님을 갑자기 깨달았다. 내가 신의 모습을 눈부신 과거 파편 사이에 조용히 혼자 남겨진 삐쩍 마른 아이로 형상화한 데는 딱히 이유가 없다.

난 항상 어떤 징조를 믿었다. 곧 사실로 드러날 꿈을 꾸게 된 것도 이와 같다. 이런 꿈 때문에 남편의 불륜 사실을 알게 되었다. 이런 일이 있기 전에 나는 항상 남편의 정조를 굳게 믿어왔다 남편을 빗나가게 유혹한 요염한 그 여자에 대한 꿈을 꾸었다. 그 꿈을 꾼 지 이틀 후에 그게 사실임을 밝혀주는 한 장의 사진을 우연히 발견했다. 꿈속에서 본 장면 그대로였다.

나는 그것을 잘 설명할 수가 없다. 나는 자장가를 많이 알고 있는데, 주로 손녀를 잠재울 때 부르곤 했다.

황새가 밖에 나가 폭풍우를 만났네.
폭풍우의 어둠과 음울함 속에서 어떻게 황새가 집으로 오겠나?

어떤 때에 어린 손녀는 혀짤배기 소리로 "항새(황새)가 나가 보풍(폭풍)을 만나네(만났네)."라고 노래한다. 이제 어두운 폭풍우가 가련한 내 아기 황새에게 곧 닥칠 것이다. 자장가란 부르는 사람의 어려움에 맞게 만들어지며 또한 개인적인 얘기를 담고 있는 법이니까. 밧줄 로프로 만들어진 낡은 해먹에서 어머니가 어린 여동생에게 불러주던 자장가를 지금도 난 기억하고 있다. 그 리듬과 의미가 절실하게 다가온다.

나의 사랑이자 주인! 그대 왜 나에게서 돌아섰나요?
나는 먹다 버린 찬밥 신세네요.

식민지 시대 족장의 아내였던 엄마가 아내이자 며느리로서 아버지의 집에 살려고 들어온 때가 겨우 15살이었다. 이로부터 13년 후에 엄마는 아버지의 뜻에 굴복하여 그의 두 번째 아내 때문에 관례적 선물을 받고 집을 나갔다. 가을 오후에 시내, 바람에 나부끼는 봉라우 잔디, 강 저편 딸기밭을 가로질러 들려오는 나룻배 사람들이 애절히 부르는 소리, 엄마가 손위 아주머니와 함께 느릿느릿 걸어가는 모습 이런 장면들이 내 머리를 떠나지 않았다. 머리에 이고 가는 빈랑나무 열매와 차 선물로 가득 찬 작은 상자 때문에 그녀의 발걸음이 더욱 무거웠으리라. 그것은 가슴을 들먹이며 흐느끼는 슬픔의 무게보다 훨씬 더 무거웠으리라. 비록 엄마는 자신의 마음을 제단의 희생 재물로 바친다고 하나 그 모욕감은 말할 수 없었으리라.

어머니, 왜 당신은 찬밥 신세를 운명으로 받아들이세요? 왜 내가 생각하면 할수록 가슴이 아파오는 거죠?

남편이 뒤척인다.

그도 잘 수 없을까? 내일 아침 내가 떠나리란 사실 그리고 이것이 영원하리란 걸 눈치라도 챘을까? 그게 더 나을 수도 있어. 하지만 눈물을 흘리고 싶진 않다.

남편의 여자는 아이가 세 명이나 되며 맏이는 곧 결혼을 한다고 그 여자 남편은 지금 20살이 갓 된 여자와 동거하기 위해 작년에 그 여자와 헤어졌다고…… 이것은 확실히 악순환이야!

어릴 때 바우라는 친구가 있었다. 그는 종이 장례용품으로 시장에서 유명한 장인의 아들이었다. 바우는 특히 나에게 관심이 있었다. 보름달이 뜬 가을 중순 어느 날 그는 나에게 특별한 선물로 그림랜턴을 만들어준다고 했다. 난 호기심으로 불탔으나 그는 미리 보여주지 않았다. 2주 동안 그것을 보려고 화도 내보고 애원도 해

보았다. 하지만 끝까지 비밀로 했다. 바우는 랜턴이 거의 완성되었을 때 내 머리빗에서 가장 긴 내 머리카락들을 모아 거기에다 종이 인형을 걸었다. 머리카락으로 매달아야 그 인형이 제대로 돌아간다나. "이게 내 마술이야." 그는 말했다.

바우는 보름달이 뜬 밤에 마을 모임회당의 드럼 소리를 무시하고, 잘 감싼 랜턴을 부여잡고 소위 말해서 "보여줄 예식"을 위해, 나에게 함께 카이강 돌다리로 가자고 했다. 그래서 난 몹시 설레 정신없이 그를 뒤따라 달려갔다.

돌다리는 하늘색 강가 마을 어귀에 꼿꼿이 서 있고, 우리가 도착했을 때 랜턴 안에 솟아오른 노란 연기처럼 강 표면은 바람에 일렁거리고 있었다.

바우가 싸두었던 그 기이한 인형을 푸는 경건의 순간이 왔다. 이때 그는 손으로 눈을 가리라고 하면서 부산스럽게 움직였다. 종이 부스럭거리는 소리를 듣고 내가 눈을 떴다. 맙소사. 내가 지금까지 한 번도 본적이 없는 보물, 그런 보물이었다. 달밤에 그림랜턴의 포장종이가 금은 장식처럼 눈부시게 반짝였다. 말할 수 없을 정도로 완전히 매혹되어 버렸다. 그의 그림랜턴은 내가 본 것 중 가장 멋있는 것이었다. 지금도 잊을 수가 없다. 지금도 아주 짧은 순간이지만.

"이제 아주 멋있는 것을 보여줄게……"라며 바우는 양초를 커서 살며시 6각형 랜턴 중앙에 넣었다. 그 양초 연기 때문에 반투명한 바깥 종이는 마술적으로 빨간 불빛에 타는 것처럼 보였다. 갑자기 빨간 불빛이 우리를 에워싸며 주위를 물들이면서 어떤 다른 신비한 세계로 몰아넣었다. 양초가 켜지자 종이인형이 흔들리며 움직이기 시작했다. 놀라서 보니 내 눈앞에 많은 기병들이 깃발을 펄럭이면서 적을 추격하여 쫓아오고 있었다. 아주 강하고 맹렬한 말발굽 소리처럼 상상되었다. 다음 버드나무 가지를 들고 또 다른 종이인형인 킴 차웅이 들어 왔다. 다소곳하고 수줍어하는 소녀 튜이 끼우가 도망칠 준비를 하면서 조금씩 뒷걸음질을 치고 있다. 은하수 둑 위에서 소녀 축 느는 베 짜는데 열중한 채 앉아 있고, 다른 쪽에는 누랭이 들소를 끌고 가면서 그 소녀를 한참 바라보고 있다. 그들은 광활한 하늘 아래 별빛을 따라 함께 움직였다. 그리고 작은 쥐를 만나기 위해 큰 신랑 쥐 인형이 등장했고 그 뒤로 하객들이 따랐다. 흔들거리는 랜턴의 파노라마가 나를 사로잡았다. 기다렸던 순간들이었다. 난 더 이상 빛나는 가을 달이나 반짝이는 강을 볼 수가 없었다. 내 눈은 이 멋진 인형에 사로잡혀서 바우가 나의 손을 잡고 살짝 친 줄도 몰랐었다.

이때 멋진 환상의 세계가 무너졌다. 랜턴이 회전하자 그 안에 있는 인형 소녀 튜이 끼우가 사라진 것을 알고 난 놀랐다. "자, 여기를 봐……." 내가 그것을 바우에게 가리키기도 전에 신랑 쥐 인형이 없어졌고, 작은 소동 후에 영웅적인 기병 무리가 적군 앞에 하나씩 쓰러졌다.

난 소리쳤다.

“랜턴이 너무 뜨거워 네 머리카락이 탔어……. 미안해…….”라고 바우가 울면서 말했다.

한참 후에 정신을 차려 뛰는 가슴을 진정시켰는데, 갑자기 눈물이 나왔다. 분노에 찬 슬픔이 되살아나 바우를 평소처럼 마구 대했다. 전에 잠시 튜이 끼우, 킴 차웅, 누 랭, 축 느의 세상이었던 랜턴 중앙으로 내 손을 감아 넣으며 거기 남아있는 종이 조각들을 꺼냈다. 바우의 슬픈 눈앞에서 그의 사과나 설명을 기다리지도 않고 화가 나서 모든 인형들을 급류에 던져버렸다.

그 후 40년 이상 흘렀다. 오늘 밤 어떤 이유 때문에 바우의 그림 랜턴에 대한 기억이 자세히 떠올랐다. 중단의 법칙은 자연의 대원칙 중의 하나이다. 운명이 악순환의 굴레에서 우리를 자유롭게 풀어줄 때 많은 사람들이 종이 인형처럼 넘어질 것이다…….

모든 것이 안정되어 가던 지난 달, 쾅 닌에서 영화를 제작해달라고 했다. 나는 응했다.

“각자 상대방에게 거리를 둘 필요가 있으며 또한 조용한 시간을 가져야 상대방을 잘 이해해 가장 좋은 해결점에 도달할 수 있을 것이다.”라는 신문 기사의 충고 글을 읽었다. 이혼율이 급증한 요즈음 신문마다 사람들이 어떻게 현명하게 가족의 행복을 지키는가에 대해 충고해주는 기사를 싣고 있는 것 같다. 갑자기 나는 인간사를 다루는 신문에 관심을 갖게 되었다. 나는 “남편이 불륜에 빠질 때 아내는 어떻게 해야 하는가?”라는 기사를 잘라서 보관해놓고 그것이 안내책자라도 되는 것처럼 읽고 있다.

나는 13세 이후로 쾅 닌에 대해 생각해본 적이 없다. 그때 육체노동에 대한 생각 때문에 반 친구들이랑 탄광에 같이 갔었다. 그 후 영화 제작 때문에 여러 나라의 모든 지역을 많이 다녔지만, 이곳에 또 오진 않았다. 지금은 이곳 산등성에 있는 작은 마을에 가보고 싶었다.

하지만 모든 것이 변했다. 흰 안개와 딸기로 뒤덮인 언덕이 있는 꿈만 같던 바이 차이는 사라졌고 오늘날 그곳은 호텔과 모텔이 들어서서 소음 많고 혼잡한 곳으로 바뀌었다.

이런 변화에도 불구하고, 몽 주엉 광산으로 가는 그 길은 사람 손이 닿는 낭만적인 자연의 모습을 그대로 지니고 있었다. 산중턱에 있는 조그만 소박한 집들, 푸른 띠를 두른 붉은 목화나무. 나는 차에서 내려 사진사에게 카메라를 세워놓고 멋진 풍경을 천천히 찍으라고 했다. 사진사는 이 지역 사람이다. "이것을 찍고 그 다음 산 아래 있는 그 집을 자세히 찍어주세요. 마당에 자유로이 뛰어다니는 닭들, 해먹에 누워서 아기를 돌보는 젊은 엄마만 있으면 그것은 아주 완벽하지요……." 나는 그런 집에 살기를 바랐었는데…….

그 사진사는 한동안 나를 빤히 보면서 입술에 약간의 미소를 지으면서, "작년 폭풍우 때문에 산등성 큰 바위가 산 아래 작은 집에 굴러 떨어진 것을 알고 있나요? 그때 집안에 5살 난 아이와 젊은 부부가 살았는데 저녁을 먹다가 모두 죽음을 당하고 말았지요."라고 했다.

내게 동조하지 않는 그의 말은 분명히 내가 생각 없이 내뱉은 우매한 낭만주의에 찬물을 끼얹기 위해서였다. 미안한 생각이 들었다. 감사할 뿐. 친구여.

나는 우리가 만든 다큐멘터리 영화를 거의 기억하지 못한다. 조금 다른 더 사적인 이유로 쾅 닌에 가보길 원했다. 즉 한 번도 만난 적이 없는 어떤 한 여인을 만나고 싶었었다.

이 지역 사진사에게 몇 가지를 물어 다행히 나무배와 바지선이 석탄을 운송했던 곳인 강구 옆에 위치한 작은 건물로 가는 길을 알게 되었다. 내가 찾는 곳은 식료품부터 쌀과 생선 양념과 항구에 정착된 배까지 여러 가지 물품을 파는 작은 가게였다. 내가 사업차 쾅 닌에 X 영화사와 함께 영화 제작자로서 왔다고 소개하자, 쪼글쪼글한 얼굴을 한 중년의 여자는 환하게 웃었다.

"그러세요? 제가 지방 공연단에 속해 있을 때인 오래 전에, 당신도 잘 아는 영화사에서 활동했었지요."

그녀는 내가 그녀를 만나기 위해 멀리 여기까지 온 이유를 정확히 알지 못한다. 물론 그녀는 내가 누군지도 모른다. 왜냐하면 그녀에게 다른 이름을 댔으니까.

그녀가 내 남편 이름을 말할 때까지 이것저것 환담을 했다.

"그 사람이 한때 제 연인인걸 아세요? 아. 우리는 한때 사랑했었지요. 우린 꼭 결혼을 하려고 결심했어요. 하지만 그의 가족이 약혼식을 위한 선물을 가져왔을 때, 아버지가 못마땅해 하셨어요. 남편의 얼굴과 자태를 보고 무엇을 못마땅해 했는지 잘 모르지만, 아버지는 단호히 그 선물을 거절했어요. 결혼도 허락하지 않으셨어요 단지 그랬더라면 나의, 오, 유일한 나의 운명이……."

그 여자는 말을 질질 끌며 얼굴에는 슬픈 눈빛이 역력했다. 그녀의 후회에 동정을 표한다. 하지만 미완성이 꼭 불운을 뜻하지는 않는다. 예를 들어 내 경우처럼. 우리가 함께 방공 대피소에서 하노이까지 걸어갔던 때, 그 첫날밤부터 오히려 난 우리 사랑이 계속 미완성으로 남게 하고 싶다.

여성들이 그렇듯 내가 좀 예민해진 걸까? 아마 그녀가 뽐낼까봐 난 불안하다. 아니면 그에 대한 이미지가 그녀의 마음속 깊이 아름답게 영원히 간직되길 내가 원하기 때문일까? 그녀는 내가 어떤 것을 말하길 원했지만, 난 그녀에게 어떤 것도 밝히지 않았다.

"오늘 밤 식사하고 여기 머물다 가세요. 혼자 있으면 우울해서요 그러면 더 무기력해지기도 하고요. 딱히 얘기할 상대가 없어요."

그녀는 내가 그녀보다 3살 연상이라는 것을 모르고 있었다. 나를 더 어리게 보고 쾌활하게 말을 걸었다. 그게 더 좋았다. 그녀가 당황할 수도 있다는 불안을 물리칠 수가 없었다. 내가 상상한 것보다 그녀의 외모는 훨씬 빨리 상해 있었다.

결국 궁금한 것을 해결하지 못한 채 난 집에 돌아와야만 했다. 남편이 사랑한 그 여자에게서 난 무얼 찾으려고 했을까? 나도 그렇지만 이 여자들이 왜 남편에 대한 사랑의 희망에 그렇게 집착하는 걸까?

나는 해안에서 멀지 않는 원숭이 섬에서 영화 제작을 마무리했다. 거기서 나는 원숭이의 일상생활을 생생하게 볼 수 있었다. 이 나라 어린이들에게 소아마비 백신을 제공하기 위해 수천 마리의 원숭이들이 여기에서 사육된다.

이 섬 "주인"은 매우 유쾌한 성격의 소유자이다. 이 섬에서 아내와 아이들과 함께 살면서, 그들 모두의 성격을 잘 파악해서 특별한 사랑으로 그들을 돌본다는 것이다.

"선생님, 원숭이들은 우리 인간과 그렇게 다르지 않습니다. 부러진 나무 가지 위에 있는 노란 원숭이를 보셨나요? 그 원숭이를 지금 자세히 살펴보세요. 노란 원숭이는 옆의 나무에서 서로의 팔에 기대어 있는 한 어미와 아기 원숭이를 보려고 머리를 내밀고 있지요."

주인 원숭이는 자신들끼리의 신호인 이상한 소리를 내면서 나무 아래에서 갖고 있던 바나나를 위로 던졌다. 어미 원숭이가 잠시 머뭇거리다가 아기 원숭이를 나무 가지 위에 잘 앉혀놓고, 바나나를 가지기 위해 그 나무에서 몸을 획 던졌다. 노란 원숭이는 이런 때가 오길 기다리고 있었다. 노란 원숭이는 아기 원숭이에게 털썩 가서 냄새를 맡다가 그 아기 원숭이를 세게 때렸다. 어미 원숭이는 뒤돌아서서 무슨 일이 일어났는지 보았다. 그녀는 무서운 발톱 갈퀴로 노란 원숭이인 도둑에게 달려들다가 자신의 바나나를 떨어뜨려 버렸다. 원숭이 소리로 사방이 떠들썩했다. 노란 원숭이는 어미 원숭이의 난폭한 강타에도 불구하고 온몸을 틀어 한참 동안 아기 원숭이를 애무하고 키스했다. 하지만 노란 원숭이는 결국 이곳을 떠나야만 했다. 어미 원숭이는 아기를 가슴에 안고 쓰다듬어주며 살짝 꼬집었다. 이따금 어미 원숭이는 주위를 계속 배회하는 노란 원숭이에게 이빨을 드러내며 소리를 질러댔다.

그 노란 원숭이는 새끼를 갖지 못한다. 하루 온종일 아기를 재울 때를 찾아다니는 다른 원숭이 뒤를 따라 다닌다. 가련한 것 때때로 상처가 나서 피가 나면 나는 그녀를 집에 데려와 붕대를 갈아주기도 한다. 이런 어미 원숭이들은 그들의 새끼들을 매우 열정적으로 사랑하는 법인데. 새끼가 아파 죽으면 그것들을 부여잡고 썩을 때까지 끝까지 보살핀다. 어떤 원숭이도 그것을 어떻게 할 수 없다. 그래서 나는 원숭이가 왜 꼬리하게 썩은 새우죽 냄새를 두려워하는지에 대해 알게 되었다.

나는 이런 원숭이들에 대해 생각해보았다. 원숭이들은 우리 인간들의 삶처럼 엉망이 아니라 얼마나 다행인가!

그 "주인"은 또한 흥미로운 원숭이의 사랑 이야기를 해주었다. 사랑하는 계절인 가을에 수컷 원숭이는 부족끼리 나누어지는데, 그들은 자신의 연인을 구하기 위해 맹렬히 싸운다는 것이다. 격렬한 전쟁 기간 동안 일어났다는 주인의 이야기에 의하면, 원숭이들이 각각 나누어져야 했는데 그 중 반은 배를 타고 작은 바위섬으로 이

동하게 되었다고 한다. 사람들은 이 때문에 원숭이들의 부부사이가 깨지지는 않는다고 믿고 있다. 갑자기 섬에 있는 원숭이들이 가장 높은 나무 꼭대기로 올라가 작은 바위섬 쪽을 보며 실신할 때까지 울고 신음하며 먹고 마시길 거부한다는 것이다. 바위섬의 수컷 원숭이는 암컷이 있는 섬으로 가려고 바다로 뛰어들며, 또한 섬의 암컷들도 자신의 짝이 힘이 없어지는 걸 보고 안타까워 바다로 뛰어든다고 한다. 암컷과 수컷 원숭이는 망망대해에서 서로의 팔에 안겨 기꺼이 같이 익사한다. 섬의 구조선도 그들 모두를 구해낼 수가 없다.

섬을 떠나 배에 앉아서 나는 갑자기 상상에 젖었다. 그 섬에 다시 가서 사람들이 미친 듯이 나를 찾고 있음을 상상해보았다. 흔적도 없이 내가 사라졌다고……. 그들은 나무의 뿌리와 풀잎을 샅샅이 뒤졌으나 찾을 수 없었다. 그들은 내가 바다 파도 한가운데에 있으리란 상상도 해볼 것이다. 아. 하지만 그렇지 않아. 난 그렇게 어리석지 않지. 나는 이름 모를 나뭇가지에 앉아 자신에게 피식 웃으며 인간 얼굴을 버리고 원숭이 소리를 내고 있었다. 나는 거칠고 자유스런 원숭이 동지들과 함께하기 위해 그 섬에 머물렀었다.

나와 남편 모두 뒤척이고 있다.

수탉이 날이 밝아옴을 알린다. 내 손이 남편 손에 닿고 있다. 갑자기 내 손가락이 그의 손가락을 잡고 지그시 누르고 있다. 또 그의 손가락이 내 손가락을 가만히 잡는 게 느껴진다. 우리가 연인인 서로를 잃었다고 누가 생각하겠는가? 그럼 안녕. 우리의 모든 약속이여. 나는 그대에게로 다시 가노라. 대단한 슬픔과 사랑만이…….

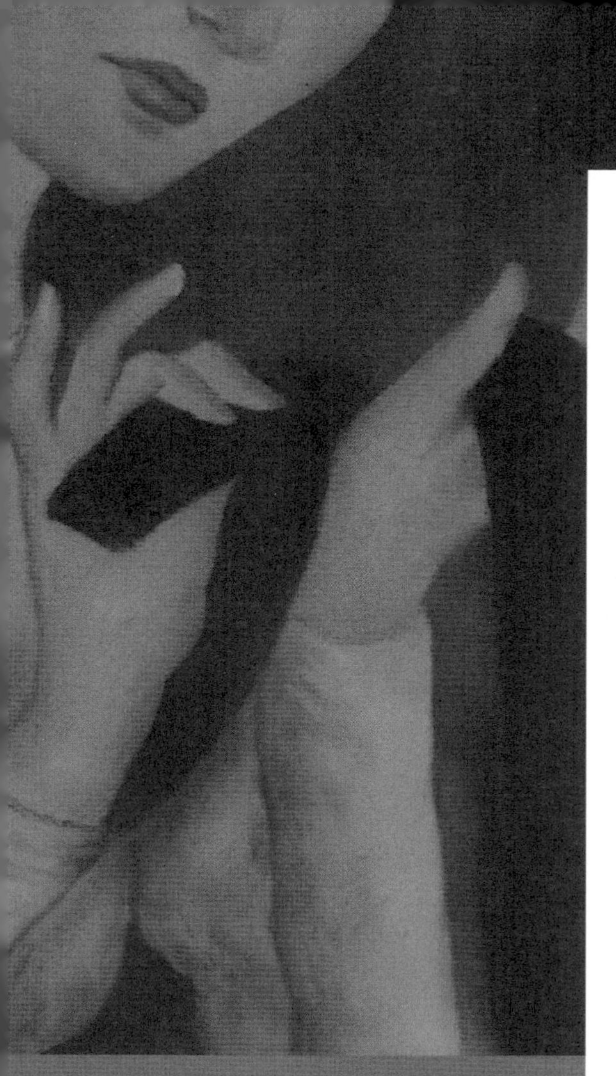

마반캉

Ma Van Khang

(1936)

신부의 머리가
하얗게 되었네

엄마와 딸

Anthology
of the Vietnamese
Short Stories

The Bride's Hair Turned White

Mother and Daughter

마 반 캉 Ma Van Khang(1936)

1936년에 하노이에서 태어났다. 라오 카이(Lao Cai)의 산악지역에서 교사로서, 통신원으로서 20년을 근무했다. 1976년에 하노이를 떠나 라오 동 출판사(Lao Dong Publishing House)에서 편집주간으로, 이후 『세계문학(World Literature)』 잡지의 편집주간으로 근무했다. 베트남 전쟁 문학의 선도자로서 『홍수에 맞서서』(Curbstone Press, 2000)를 포함하여 『정원의 나뭇잎이 떨어지는 계절』, 『여름 비』, 『변경』, 『어느 화창한 날』, 『결혼증명서 없는 부부』 등 여러 작품을 발표했다.

신부의 머리가 하얗게 되었네

그는 잘생긴 사람의 표본이었다. 여러분이 그를 한창일 때 봤던지 아니면 그가 땅에 마지막 인사를 고하던 날 봤던지 간에 바로 그 말은 그를 보고 여러분의 입에 떠오를 말이다. 잘생겼다는 그 말이. 만약 관상학을 공부해서 우리가 사람을 세 가지 유형으로 사기꾼, 현자, 그리고 중국 관리로 나눌 수 있다고 말한다면 내 이웃인 타이 씨는 확실히 그 마지막 범주에 속하는 얼굴을 지녔다. 그의 모습은 정말로 고상했다.

그의 얼굴에는 몇 가지 눈에 띄는 특징이 있었다. 우선 귀가 크고 귓불이 두툼했다. 그리고 윗입술 위의 파인 부분은 깊었다. 광대뼈는 튀어나왔고 눈썹은 아치형이었으며 이마는 훤했다. 그를 보는 사람마다 자신의 필요나 선입관에 의해 그의 아름다움을 칭송했다.

예를 들어 어떤 사람은 그의 아래턱이 돌출한 것이 권력의 표시라고 지적한다. 또 다른 사람은 귀가 눈보다 위쪽에 있는 것이 그가 높은 지위와 명예를 얻을 표징이라고 했다. 심지어 어떤 사람은 그가 불교의 세 가지 보석의 본보기라는 굉장한 판단을 내릴 정도였다. 왜냐하면 그의 내면의 영혼은 위엄 있고 품위 있는 태도, 따뜻하고 한결같은 목소리, 솔직하고 세련된 태도와 같은 겉모습에 반영되어 있었기 때문이었다. 사람들이 말하듯 그는 마을에서는 부자였고 사회에서는 높으신 분이었다. 간단히 말하면 그는 재능 많은 사람이었다. 정말 모든 면에서 진정한 신사였다. 그를 만나는 사람은 누구나 신비로운 매력과 그에게 가까이 있고 싶고 그와 같은 편이 되고 싶은 욕망을 느꼈다. 심지어는 맥주집에서 술 마시던 사람들도 그가 다가올 때면 언제나 그에게 몰려가곤 했다. "여기요, 타이 씨!"라고 그들이 불렀다. "오세요, 맥주 한 잔 같이 하세요."

뭐든지 참신하고 빛나는 것을 찬양하려는 필요는 누구나 갖고 있는 자연스러운 충동이다.

그가 얼마나 유별난 사람인지 내가 처음 주목했을 때 타이 씨는 벌써 65세의 나이였다. 그는 10제곱미터 정도 되는 작은 방에 살고 있었다. 베란다에는 흔들의자가 있었고 낡은 담요가 일종의 쿠션으로서 의자 시트와 등받이에 휘감겨져 있었다. 작은 마당은 12가지도 넘는 꽃들이 있는 작은 정원으로 재치 있게 분할되어 있었는데, 국화, 쟈스민, 장미의 쏘는 듯한 향기로운 내음이, 이들의 달콤하고도 세련된 내음이, 밤이건 낮이건 공중에 떠돌아다니고 있었다.

나는 그가 혼자 산다는 걸 알고 있었다. 그런데 그가 꽃에서 벌레를 집어내고 물을 주기 위해 몸을 숙이는 걸 볼 때, 조용한 공기 중 주둥이에서 쏟아져 나오는 물이 정적을 더하며 나를 떨게 할 때, 갑자기 나는 그 외로움을 그와 공유해야 할 필요를 느꼈다. 나는 그가 하던 일을 멈추고 로안 부인네 문 쪽으로 몸을 구부리는 걸 봤다. "로안 부인, 죄송한 부탁을 좀 드려야겠는데요."라고 마치 누군가가 그의 말을 엿듣기라도 하는 양 너무나 작은 소리로 말했다. "집에 오는 길에 시장 들르시면 절인 양배추 300동 어치와 칠리 소스 한 병 사다 주시겠어요?"

로안 부인은 교사였는데 남편이 육군 공병대 대령이었고 캄보디아와의 전투에서 전사한 과부였다. 그들의 세 딸은 이미 곁혼했고, 이제 그녀는 은퇴해서 소규모로 장사하며 부처님에게 기도하는 일에 만족해하고 있었다. 그녀는 여전히 아름다운 여인이었고, 세련되고 품위 있는 얼굴에 행동거지에는 귀족의 티가 남아 있었다. 눈가에서 퍼져나가는 잔주름에도 불구하고 그녀의 눈은 처녀처럼 맑고 순수했다.

물론 그녀는 타이 씨의 부탁을 거절하는 법이 없었다. 이 아름답고 기품 있는 여인이 타이 씨를 향해 은밀한 애모의 감정을 품고 있다는 건 누구라도 알 수 있었다. 나는 이들 둘이 결합되는 날을 보게 되기를 열렬히 희망했다.

타이 씨의 장보기를 도와주는 또 다른 여자가 있었는데 그건 바로 내 아내였다. 난은 그 남자를 숭모했다. 우리가 누군가의 기일을 기념해야 할 때나 아니면 다른 어떤 행사의 특별 피로연을 열 때면 언제나 난은 마치 그가 우리 친척이라도 되듯이 그를 위해 접시 하나를 준비했다. 그녀가 그를 위해 장을 봐주거나 아니면 요리를 해주거나 간에 그녀는 집에 오면 항상 혀를 차며 이렇게 말했다. "아유 정말, 나도 왜 그런지 모르지만 그 노인네가 정말 불쌍해."

불쌍! 그 노인네가 불쌍하다고! 나는 난이 이 말을 반복하는 것을 하도 많이 들어서 외울 정도였다. 그런데 그가 과연 그렇게 불쌍한가? 아내가 도대체 그에 대해 뭘 안단 말인가? 만약 그녀가 시간을 내서 그를 면밀히 관찰해 보았다면 남들 눈에 잘 안 띄는 특징들을 포함해서 그의 얼굴에는 정신적이건 육체적이건 간에 역경이나 소진, 패배를 말해주는 특징이 단 하나도 없다는 것을 알았을 것이다. 밥을 혼자 먹는다는 사실을 제외하고—그런데 그것도 단순히 개인적인 기벽이었을지도 모르지만—그가 우리에게 자신의 배경에 대해 알려 주었던 유일한 단서는 간단한 심부름을 해달라고 다른 사람들에게 부탁한다는 것이었다. 여기서 알 수 있는 것은 그가 아마도 부유한 집안 출신이라는 것 그 이상은 아니었다. 그는 항상 사려 깊게 행동했고 생활 습관은 질서 잡혀 있고 조심스러웠다. 집에서 나갈 때면 언제나 반바지에 내의를 입는 법이 결코 없었고, 심지어는 파자마도 입지 않았다. 대신, 양복에 광나는 구두를 신었고 펠트 모자를 쓰는 것으로 멋내기를 마무리했다. 여름에는 셔츠를 헐렁하게 늘어뜨렸는데 그건 우리가 오늘날 보듯이 셔츠를 바지에 집어넣으면서 그렇게 하는 게 자신들이 예의바르고 세련된 사람임을 보여주는 것이라고 착각하는 관리들과는 다르다.

우리는 그와 같은 세대의 다른 사람들을 볼 때에만 정말로 그와 다른 사람들 사이의 차이를 알 수 있다. 그 또래의 많은 사람들은 빠듯하게 사는데 익숙했고, 노망날 때쯤에는 갑자기 돈에 대해 과도한 애정을 갖게 된다. 이들 대부분은 70대의 나이임에도 불구하고 갑자기 시장판에 뛰어 들어 자신들을 파산 혹은 감옥으로 몰아가는 여러 가지의 계획을 시도한다. 이 늙은 사람들은 그렇게 함으로써 평판을 잃게 된다는 것을 모르는 채 자신들의 평판을 팔고 있었고 젊은 시절 오랜 기간에 걸쳐 이룬 영웅적 행동을 남들이 의심하게 만든다. 이들 중 어떤 이들은 여전히 명성을 갈구한다 그들은 여전히 자신들이 이런 씨(Mr.), 저런 씨라고 스스로 생각하고 있고 말할 때면 언제나 다른 사람들을 얕잡아 보는 것 같았다. 그리고 또 다른 사람들도 있었는데 이들은 군대에서 제대하고 나서 의무감은 뒤에 남겨둔 채 간통을 하거나 음주, 흡연을 한다. 간단히 말해 이들은 여전히 세속적 욕망에 지배되는 사람들이었다.

타이 씨는 그렇지 않았다. 그는 책에 몰두했고 주위의 세상일에 대해 신경을 덜 썼다. 그는 그런 걱정거리를, 그런 고통을 초월한 듯 보였다. 그는 아침을 먹고 나면 책상에 앉아 정오까지 책을 읽고 메모를 하곤 했다. 그리고 나서는 낮잠을 자고, 이어 어린 학생들에게 무료로 프랑스어를 가르치곤 했다. 오후 늦게는 꽃을 쉬엄쉬엄 돌보다가 공원으로 산보를 가곤 했다. 저녁에는 친구들을 방문하거나 클럽에 나가거나 아니면 과목을 수강하기도 했다.

이런 평화스런 삶을 볼 때 그가 20년 이상 끝없는 비극적 사건들과 부당한 불행을 겪었다고 누가 상상이나 할 수 있겠는가?

"내가 봐도 상상하기 힘들어요."라고 타이 씨가 살짝 웃으며 내게 말했다. "난 왜 내가 감옥에 가게 되었는지 이해할 수 없어요."

이것은 정말 이상한 이야기였다. 그건 그가 막 서른 살이 되었을 때의 얘기다. 그는 장관급의 지위에까지 오른 것은 아니었지만 오늘날의 행동거지에서 입증되듯이 어느 중요 부서의 장(長)이었다. 그렇게 젊은 나이에 높은 지위에 올라서 그는 많은 존경을 받았다. 그해는 미국인들이 그 도시에 폭격을 시작한 때이다. 모든 정부 사무소가 소개되려고 하고 있었고 그도 준비를 하고 있었다. 그때 갑자기 그는 경찰서에 출두하라는 통지서를 받았다. 그가 다른 여러 사람들의 무리와 함께 도착했을 때 경찰관 한 명이 이들 모두에 대해 장기 재교육 선고를 내린다는 명령서를 읽었고, 이들은 모두 떠밀려 트럭에 올라탔다. 타이는 집에 가서 여벌옷을 싸 올 시간도 없었다.

트럭은 드디어 어느 철문 앞에 멈췄다. 한밤중이었다. 밖을 내다보니 하얀 안개가 둥그런 언덕과 산 사이에 쏟아지고 있었다. 누군가가 문을 열라고 명령했고 트럭은 넓은 마당 안으로 들어갔다. 어떤 일이 있어났는지 아직도 어리둥절해 하면서 타이는 밖으로 나와 높이 가스램프를 들고 스스로를 교도소장이라고 소개한 어느 장교 앞에 서도록 명령받았다. "이제부터 너희들은 다 죄수이고 죄수복을 입어야 한다. 여기 있는 경비요원들 모두에게 '님'자를 붙여야 한다!"

타이가 감옥에서의 그의 일상에서 일어난 몇 가지 일화를 내게 말할 때 내 머리칼은 쭈뼛 섰다.

"첫 주 동안 나는 하나씩 하나씩 공포의 공격을 받았어요." 그는 말했다. "나는 단독 감금에 처해져서 좁은 감방에 집어넣어졌지요. 나는 내가 정말로 어디에 있고 어떻게 된 건지 다음과 같은 방법으로 알게 되었어요. 식사 때가 되었을 때 내겐 작은 밥공기오, 국 사발, 수저가 주어졌다오. 내가 밥을 입에 밀어 넣고 있을 때 어느 간수가 지나 가길래 흔히들 예의를 표할 때 그러하듯 나는 일어나 그에게 같이 먹겠느냐고 물었어요. 그는 18세쯤 되었는데 넙적한 애기 얼굴을 하고 있었지요. 그는 나를 비스듬히 쳐다보았고 눈을 가늘게 뜨더니 꽉 다문 이 사이로 침을 내게 뿌렸죠. '이런 강할 니에미같으니, 네가 개먹이로나 맞는 음식을 감히 내게 나눠먹자는 거야?' 이런, 나는 손에서 수저를 떨어뜨렸고 두려움에 떨며 머리를 숙였어요. 나는 내가 도대체 어느 역사의 시기에, 혹은 어느 나라에 있는 건지 알 수 없었어요. 다음날 밥을 먹고 있을 때 그 남자가 다시 지나갔어요. 경험으로부터 배웠기 때문에 나는 머리를 숙이고 아무 말도 안했죠. 그는 화내며 나를 노려보더니 가슴속으로부터 숨을 혹 불어 다시 한 번 내게 침 세례를 퍼부었어요. ‘망할 니 에미같으니! 머리 숙이고 개처럼 먹어, 그리고 나한테 인사할 필요 없어, 알았어?’”

“저런.” 내가 말했다. 나는 딱하게 여기며 타이 씨를 쳐다봤다. “그가 다음에 또 왔을 때 뭐라고 말했나요?”

그는 혀를 찼다. “난 이제 알았죠 다음번에 내가 밥 먹을 때 그가 지나가자, 나는 곧바로 밥그릇을 내려놓고 일어서서 이렇게 엄숙하게 말했어요. ‘존경하는 경비님, 저는 겸손히 제 밥을 먹고 있는 중이고 계속 먹을 수 있도록 허락을 요청합니다.’”

나는 긴 숨을 내쉬었다. “그래서 그게 통했나요?”

“그는 당황해 보였어요. 하지만 그는 여전히 흠을 잡을 방법을 찾고 있었어요. ‘그럼, 처먹어.’ 그가 외쳤어요. ‘왜 그렇게 느리게 먹어? 저기 있는 사람들은 벌써 다 먹었단 말이야.’” 그래서 나는 정신 차리고 이렇게 말했어요. “경비님, 저는 소화불량이라서 아주 조심해서 씹어야만 한다는 걸 보고 드리도록 허락해 주세요.”

“그 간수가 호적수를 만난 것처럼 들리네요.”

“아니에요, 끝에 가선 제가 결투에서 진거죠. 그는 진정한 천직을 발견한 그런 사람이에요. ‘그래, 니가 복통이 있다고, 엉?’ 그가 내게 비명을 질렀어요. ‘왜 그건 보고하지 않았어?’ 알다시피 그는 자신이 힘이 있다는 것을 알고 있었고, 그 힘이 절대적이라는 것도 알고 있었어요. 그것이 내가 그날 배운 교훈이었죠.”

감옥은 사람이 재교육 받는 곳이다. 그전에 무엇이었든지 이제는 죄수인 거다. 그리고 범죄자이고. 당신과 당신을 통제하는 사람 사이에 평등은 없다. 이 둘 사이의 권력 관계는 한데 꼬챙이에 꿰여 있는 것과 같다. 일이 이렇게 될 수밖에 없었다는 것을 알고 있었지만 여전히 나는 타이 씨가 겪은 수치와 비참함에 대해 마음이 아팠다.

“왜 투옥된데 대해 항의하지 않았어요?” 나는 분개하며 말했다.

“아, 그렇게 했지요. 나는 할 말은 하는 배운 사람이었거든요.” 타이 씨가 말했다. “나는 내 죄가 무엇인지 알아야겠다고 요구했어요. 나는 진정서를 썼고 그게 결국 가장 높은 당국자한테까지 갔죠. 누군가가 내 사건을 조사하도록 임명되었어요.”

“그래서 어떻게……”

“인생이란 우연의 일치들로 짜깁기되었어요, 아시다시피. 내 사건을 조사한 사람은 좋은 사람이었어요. 그는 서류를 찾느라 정말 고생했어요. 왜냐하면 그때 전쟁이 한창이었고 정부 사무소들은 모두 매우 바빴고 파일들은 여기저기 흩어져 있어서 그가 맡은 일을 하는데 시간이 많이 걸렸죠. 삼년이 흘렀고 그는 여전히 아무 성과도 못 내고 있다가 동원되어 전장에 나가게 되었죠. 이 사건을 인계받은 사람은 사실상 처음부터 새로 시작해야 했죠. 첫 번째와 마찬가지로 그도 여기에 반쯤 오고 있다가 공습에 걸려 폭탄 맞아 죽었죠. 그는 내 사건의 모든 서류를 갖고 가던 중이었죠. 내 사건도 그의 운명과 같은 길을 가게 되어 사라져 없어졌지요. 그 뒤에……”

나는 한숨을 쉬었다. 나는 가슴이 아팠다.

“그래서 당신의 형량이 20년이 넘었건 거군요.”

“이제 아시는군요. 한두 번 잘못되면 인생은 끝장나는 거죠. 시간은 둥글게 둥글게 맴돌아서 사람들은 20년이 어떻게 지나는지 깨닫지 못하죠. 감옥에서 처음 1년은 견딜 수 없이 길게 보입니다. 다음 해는 좀 더 빨리 지나가고 그 다음 해는 더 짧죠. 매 해가 좀 더 빨리 지나가죠, 왜냐하면 희망이 사라지고 기대 또한 그렇게 사라지니까요. 그리고 더 이상 희망할 게 없게 된 이후에 제 감옥생활은 견디기 좀 더 쉬워졌죠.”

타이 씨는 말을 멈추었고 가볍게 웃었다. 그리고 말을 이었다.

“어느 날 교도소장이 나를 석방하는 명령서를 큰소리로 읽었습니다. 나는 멍해졌지요. 나는 왜, 어떻게 해서 자유의 몸이 되는지 이해할 수 있었죠. 나는 감옥에서 20년 이상 보냈고 그리고 나서 바로 이런 식으로 누군가가 큰소리로 불러 ‘타이 씨, 당신 이제 석방이요’라고 하는 거예요. 어떻게 그렇게 쉽게 할 수 있는 거죠?”

드디어 타이 씨는 옷가방을 꽉 쥐고 교도소 문을 통과해 나갔던 거다. 그는 몇 걸음 걸었고 갑자기 불어온 돌풍을 맞았다. 앞으로 나아갈 때 그는 엄청난 외로움을 느꼈는데, 너무나 엄청나서 몸을 돌려 문을 통과해 되돌아가기 시작했다. 운 좋게 바로 그때 교도소장이 시내에 일이 있어 차타고 나가던 중이었다. 그는 운전사에게 차를 멈추라고 명했고 이렇게 외쳤다. "타이 씨…… 차에 타시오. 태워 주겠소." 풀죽은 채로 타이 씨는 차에 탔다.

그는 자신이 20년 전에 일했었던 곳에 내려달라고 요청했다. 모든 경비요원과 노동자들은 다 새로 온 사람들이었다. 그가 아는 유일한 사람은 보초밖에 없었다. 타이 씨는 그의 마마자국 있는 얼굴과 굽은 팔, 미국사람들이 그 도시를 폭격했을 때 잘린 왼쪽 다리를 알아보았다. 보초도 그를 알아보았고 껴안으며 이렇게 소리 질렀다. "그렇게 오랫동안 어디 가 있었소? 왜 우리들 누구에게도 알리지 않았소? 어디로 가는 중이요? 모습이 끔찍해 보이네요—당신 수염이 희어졌어요."

타이 씨는 몸을 돌려 한마디도 하지 않고 떠났다. 그는 어디로 가려는 건가? 갑자기 그는 자신이 사랑했고 3월 8일 방직공장*에서 일하던 후옌의 집이 어디인지 기억해 냈다. 그녀에 대해 물어보자 그녀가 사는 골목 사람들은 잠시 아리송해 하더니 자신들도 확실히는 모르지만 그녀가 결혼해서 남편과 함께 여기를 떠난 것 같다고 말했다. 어쨌든 그녀가 여기 살았던 건 20년 전이니까.

타이 씨는 공원을 돌아다녔다. 그는 예전에 기억해두었던 돌벤치에 앉았다. 20년이 넘었지만 벤치는 여전히 한쪽으로 기울어져 있었고 한쪽 다리는 땅에 들어가 박혀 있었다. 이곳이 그가 그렇게 오

---

* 1917년 3월 8일에 일어난 러시아 혁명을 기념하여 이름붙인 공장인 듯. (역자주)

래 전에 토요일 밤이면 앉아 후옌에게 얘기하던 곳이다. 그 기울어진 벤치는 그의 삶에서 온전하게 남아있는 유일한 것이었다.

그의 감옥 경험에서 남아있는 것이라고는 밤새 불을 켜 놓아야만 한다는 것뿐이었다. 나에게 이 얘기를 할 때 그의 표정과 말투는 상당히 편안해 보였다. 사실 나에게 자신의 얘기를 하는 그의 태도는 전체적으로 가벼웠는데 그건 마치 그가 자신에 대해 말하는 게 아니라 다른 누군가에 대해 말하는 것 같았다.

"사실 저는 이렇게 오래 전에 일어난 일에 대해 말하는 걸 정말 좋아하지 않아요. 하지만 일단 시작했으니 나머지 부분을 마저 얘기하는 게 낫겠어요."

"당신도 알다시피 제가 체포되었을 때 저는 재정경제부에서 아주 중요한 부서의 장이었어요. 저는 얼굴과 이름이 모두 최고위층에게 잘 알려져 있는 그런 사람들의 무리에 속했지요. 저는 늘상 이들이 연설하는 회합에 초대받았고 물론 그런 초대를 큰 영예로 여겼죠. 이 사람들은 존경받을 만한 세대 출신이었어요. 그들은 인민의 권리를 확보하기 위해 생명을 걸었던 사람들이죠. 이들 대부분은 어느 한때에 제국주의자들에 의해 체포되어 취조 받고 억류된 적이 있었어요. 그리고 이들 중 많은 사람들이 종신형이나 사형의 선고를 받았었죠."

"어느 날, 내가 지금껏 말하고 있는 그 그룹의 선임 간부가 우리 부처를 방문했어요. 우리의 최고 간부들만이 그를 환영하는 위원회에 들어갈 수 있었죠. 우리가 연회를 베푼 방은 20명 정도만을 수용할 정도의 크기여서 모든 사람들이 아주 또렷이 다른 모든 사람들의 얼굴을 볼 수 있었어요. 식사할 때 나는 그 간부가 계속 내 쪽을 응시하고 있다는 것을 알아챘어요. 나는 그를 전에 한번 만났었음에 틀림없다고 생각했고 그는 나를 친숙하게 알아보았어요. 나는 그에게 건너가 보려 했는데 이러저런 일들로 인해 그 생각을 잊었었죠."

"내가 주목하지 못한 것은 그것만이 아니었어요. 예를 들견 갑자기 내 회합 일정이 확 줄어들은 거죠. 나는 더 이상 고위층과 만나는 명단에서 내 이름을 볼 수 없었어요. 내가 제일 먼저 생각한 것은 이것은 단순히 누군가의 부주의 때문에 비롯된 일이라는 것이었어요. 그러다 나는 여러 가지 소문을 듣게 되었어요. 그 중 하나는 내가 관직을 떠나 사업을 시작할 거라는 거였고 또 다른 소문은 내가 더 낮은 등급으로 강등될 거라는 것이었죠. 이 모든 소문이 나를 정말 흠칫 놀라게 했어요. 그러나 이런 일들을 누가 이해할 수 있었겠어요? 전쟁이 진행 중이었고 무척 혼란스러운 때였거든요."

"그리고 나서 경찰서에 출두하라는 명령이 내려졌죠."

타이 씨는 머리를 가로저었고 무미건조하게 웃었다. "결국에 알게 되었지만 내가 투옥된 것은 단지 그 간부가 말한 한 문장의 말 때문이었어요. 아니 좀 더 정확하게 하자면 내 얼굴 때문이죠. 그가 연회장에서 나를 바라보았을 때 그는 나를 어딘가에서 본 사람으로 기억했지만 확실하게는 아니었죠. 그래서 그가 계속 나를 쳐다보고 있었던 거죠. 그러다 집에 가는 길에 그는 우리 장관들 중의 한 명 바로 곁에서 옆걸음으로 걷다가 이렇게 속삭였죠. "저 부서장인 타이라는 친구 좀 조사해 봐요. 내가 후아 로에 수감되어 있을 때 나를 때리곤 했었던 간수와 어떻게 이렇게 똑같이 생겼는지 이해할 수 없군요."

그 세련된 얼굴을 한 타이 씨를 누가 간수같이 생겼다고 생각할 수 있겠는가? 마치 내 얼굴에 나타난 표정을 읽기라도 한 듯 타이 씨는 혀를 한번 차고는 이렇게 설명했다.

"나와 같은 감옥에 어느 젊은 화가가 있었어요. 그는 나부화를 그린 죄로 형을 선고 받았지요. 우리가 경찰서의 본부 사무실에서 처음 만났을 때 그는 나한테 내 영장이 무슨 색이었냐고 물었지요. 나는 깜짝 놀랐어요. 그런데 생각해 보니 그게 장미색 같았다고 희미하게 기억해 냈지요. 그는 눈물이 글썽한 채로 나를 껴안았어요. '친구여, 색깔마다 각기 다른 의미가 있어요, 마치 보통의 약과 독약의 색깔이 다른 것처럼. 장미색은 모든 병 중에서도 가장 심각한 것이고, 우리는 둘 다 그걸 가졌군요, 당신과 나는.'"

"감옥에서 우리는 같이 붙어 지냈고 그는 내 초상화를 그리기 시작했어요. 하지만 내 얼굴이 그를 당황하게 만들었죠. 그는 그림 그릴 때마다 내 얼굴 각 부분 속에 숨어 있는 특징을 점점 더 많이 끄

집어냈어요. '지금 내가 보고 있는 것이 놀라워요.'라고 그가 말했어요. '당신은 얼굴로 보면 사회에서 높은 자리에 오를 운 좋은 사람임에 틀림없어요.' 언젠가 그는 스케치를 하다가 갑자기 연필을 내려놓고 천정을 쳐다보더니 신음했어요. '하늘에 있는 신이시여! 그 분은 누구도 완벽하게 만들지는 않으셨군요.' 나는 무슨 일이냐고 그에게 물어보았어요. '당신의 관상은 굉장히 운 좋은 사람의 것이지만 당신의 교만이 어떤 감추어진 뻣뻣함과 섞여있기 때문에 그 뿌리가 막혀 있어요. 이건 작은 문제처럼 보일지도 모르지만 실은 방아쇠 같은 거예요. 이것은 인격의 근본 그 자체이고 따라서 사람의 삶에 재앙을 가져 올 수도 있죠. 학자이거나 지적인 사람은 누구나 어떤 기이한 특징을 가질 수 있는데…….'"

타이 씨는 장난스럽게 눈을 반쯤 내리깔았다, 마치 스스로를 조롱하듯이. 그리고 그는 말을 이었다.

"나는 점성술이나 관상학에 대해 아무 것도 몰라요. 그거 별자리나 사람의 운명에 관련되긴 하지만. 그러나 화가의 말에 귀를 기울이다 보니 기분이 좋아지더군요. 내가 그런 식으로 생각한다면 잘못은 그 지도자 동무에게 있는 것이 아니었죠. 그가 한 일은 어떤 의심을 말로 표현하고 조사해보라고 요청한 게 전부였어요. 거대한 재앙은 내 운명에 의해서, 내 몸뚱이에 쓰여져 있는 불건전한 성향에 의해 비롯된 거죠. 나는 이 문제를 해결하기 위해 내 모든 힘을 불러냈지만 결국에는 운명대로 된 거죠. 대개, 불행이 회피될 수 없다면, 기도가 응답받지 못 한다면, 사람은 질투심에 불타게 되죠. 그렇게 지독하게 분개해 봐야 무슨 소용 있겠어요?”

“내 화가 친구는 자신의 운명에 대해서도 담담했어요. 간수가 그를 때리고 혼내고, 그에게 상스러운 욕을 질러대며 타락했다고 비난했죠. 간수의 목소리가 날카로웠고 그에게 이렇게 욕했죠 ‘난 너 같은 놈들 도대체 이해할 수 없어. 여자가 뭘 가졌길래 너네들은 젊은 놈이건 늙은 놈이건, 크건 작건, 예나 지금이나, 전부 여자를 발가벗겨 그림 그리는 걸 좋아하느냐 말이야. 너는 그림 그리는데 그렇게 미쳤니?’”

“화가는 그저 낄낄 웃기만 했죠. 그가 그런 장소에서 뭐라고 말할 수 있었겠어요? 아니 그 문제라면 다른 어떤 곳에서라도 뭐라 말 할 수 있었겠어요? 사람이 역사와 논쟁할 수 있나요? 역사는 논리보다 더 강하지요. 그 간수는 그저 언젠가 한 번 그로 하여금 자신의 견해를 말하라고 강요할 수 있었을 뿐이지요. 이것이 화가가 한 말입니다. ‘나는 생각해요. 나는 성격이 있는 사람이고. 하지만 나는 이건 이해해요. 뭐냐면, 아름다운 강은 흘러가지만 난 그저 강의 이 쪽 편에서 머무를 수밖에 없다는 거죠. 건너편으로 가는 것은 죽음이거든요.’”

*

타이 씨가 자신의 삶에 대해 말한 이야기는 몇 년 동안 나를 짓

눌렀다. 내 가슴에 저장된 채로 그 이야기는 내가 쓰는 이야기의 계기가 되었다. 그건 분명히 멋지거나 즐거운 설명이 아니고, 당연하지만 여기저기 몇몇 소소한 첨가와 삭제가 있는, 뭔가 창조되어진 것, 하나의 허구 작품이었다. 그러나 근본적으로 이 이야기는 진실과 멀지 않다.

나는 이야기를 보내봤지만 거절당했을 뿐이다. 나는 다른 잡지사를 찾았다. 거절되었다. 나는 큰 잡지사나 신문사와 거래하지 않기로 결심하고 원고를 좀 더 소규모의 지역 출판사로 보냈다. 그들이 아마도 그 이야기를 필요로 할지 모른다고 생각하며. 그러나 결국 그들도 마찬가지였다. 왜냐하면 내 원고는 여전히 원고인 채로 남아있으니까.

타이 씨에게 내가 그에 관한 이야기를 썼다고 말했을 때 내 성격의 모범이 되는 인물인 그가 왜 이렇게 괜한 짓 하냐고, 그래도 그렇게 하는게 뭐 사회에 도움이 되긴 하겠냐고 내게 물었다. 내 본능적 반응은 이랬다. "그래 타이 씨의 역사가 이제 벌써 역사가 되어버린 거지." 그러나 나는 타이 씨에게 이렇게 밖에 말할 수 없었다. "사람들은 내 주제를 이해 못 해요. 당신의 이야기를 통해서 나는 그저 인간은 가장 처절한 상황에서의 삶에도 적응하는 이성적이고 유연한 동물이라는 것을 보여주고 싶었을 뿐이에요. 나는 어떤 사회적 진술을 한 건 아니에요. 문학은 문학이거든요."

그러나 내가 글을 보낸 편집자들은 모두 타이 씨처럼 반응하거나 아니면 아예 답장을 주지 않았다.

내가 이 일에 대해 타이 씨에게 불평을 늘어놓은 다음 날 나는 그의 집에 또 다른 여자가 있다는 것을 알게 되었는데 그 여자는 55-6세쯤 된 여승이었고 머리를 갈색의 양털 고깔로 감싸고 있었다. 그녀의 눈은 땅만 내려다보고 있었는데 마치 비둘기의 눈처럼 좀 슬퍼 보였다. 그녀의 입술은 도톰했고 호소하는 듯했다. 그 입술은 관음보살상 위에 갓 칠해져 있는 입술을 닮았다.

그녀가 그와 일주일 동안 같이 살았을 때 호적담당 경찰이 이들을 조사하러 왔다. "이 여자는 제 약혼녀입니다." 타이 씨가 설명했다. "이 여자의 이름은 후옌입니다."

난과 나는 무척 행복했다. 우리가 목격한 것은 가장 아름다운 사랑이야기임이 분명했다. 30년이 넘도록 서로 사랑해왔던 두 사람이 드디어 서로를 찾아 낸 것이다. 그는 감옥의 쇠창살을 통과해왔고, 그녀는 이 지상에서의 삶도 여전히 천국일 수 있다고 느끼며 절에서 날라 왔다. 타이 씨에 관해 말하자면 그는 과거 일에 대해 보상 받은 것이다. 그때로부터 그는 더 이상 그림자 같은 외로운 사람이 아니었다. 그는 더 이상 전에 그랬던 것처럼 이웃들인 로안 부인과 내 아내 난에게 절인 채소 사는 것을 도와달라고 부탁할 때 창피해 할 필요가 없게 되었다. 여자는 남자가 잃어버린 모든 것을 변화시킬 수 있다, 심지어는 타이 씨의 인생이 그랬던 것처럼 그렇게 아귀가 어긋난 인생도. 그리고 심지어는 타이 씨에게 많은 사랑을 품었던 로안 부인도 타이 씨로 인해 행복했다. 우리는 이 두 사람에게 결혼식을 계획해보라고 권유했다. 타이 씨가 머리를 가로저었다.

"글쎄요, 후옌의 머리가 자랄 때까지 기다려야 해요, 괜찮으시다면." 그는 행복해 하며 말했다.

후옌의 머리카락은 밤낮으로 움터 나왔다. 내 아내가 그 비단결 같은 머리카락이 자라는 것을 죽 살피고 있었다. 처음에는 짧은 그루터기 모양의 머리카락 몇 가닥이 그녀의 머리를 덮었다. 그러다가 머리카락이 제대로 나와 귀에 이르고, 그리고는 목덜미를 거쳐 종국에는 어깨 위로까지 내려갔다. 그런데 그녀가 웨딩드레스를 입어 보던 그날, 그녀는 자신의 머리카락을 보고 울음을 터뜨렸다. 그건 은회색이었다. 날이면 날마다 그녀의 머리카락은 차가운 샘물에서 물이 나오듯 쏟아져 나왔다. 그러나 후옌의 머리가 자라는 것은 내 가슴을 정말 슬픔으로 채웠다. 그 얇고, 기운 없는 머리가닥은 셀 수 없이 많은 사람들의 무리처럼 흐느적거리며 서있었다.

> 말없는 이들
> 그렇게 많은 그들이 있다
> 그들은 다수를 차지한다
> 마치 거의 인류전체가 이 말없는 사람들이기나 한 것처럼
> 그런데 우린 그저 겉만 번지르한 채, 떠들며, 돌아다닐 뿐.
> —보리스 슬라프스키, 러시아 시인

나는 타이 씨와 후옌이 재결합하는 마지막 부분을 묘사할 때 우
쭐해짐을 느꼈고, 나는 내 이야기의 제목으로 "신부의 머리가 하얗
게 되었네"를 사용하기로 결정했다. 그러나 이 이야기의 운명도 내
앞선 이야기의 운명과 다르지 않았다. 큰 잡지사건, 작은 잡지사건,
특별한 관심을 가졌든, 전반적 관심을 가졌든, 모든 편집자들은 그
들이 이 문제를 만나서 토의해보지도 않았음에도 한통속으로 내 작
품을 무시하였다. 내가 물어보았을 때에야 그들 중 어떤 한 사람이
고맙게도 대답을 했는데 말하자면 이런 식이었다. "인생은 심각하
게 받아들여져야 하는 건데 당신은 마치 모든 것이 농담인 것처럼
쓰는군요. 그들의 재결합에 관한 부분은 마치 『키에유의 이야기』*
에서 투이 키에유와 킴 트롱의 재결합만큼이나 황당하군요. 당신이
전직 교사인 로안 부인을 타이 씨와 결혼하게 만든다면 더 좋을 텐
데. 왜냐하면 완결되지 않은 두 인생이 맺어지는 거니까. 그런 식으
로 끝내는 게 더 만족스럽지 않을까요?"

---

* 누엔 두(Nguyen Du, 1766~1820)가 쓴 베트남 국민 서사시.(역자주)

엄마와 딸

듀엔은 거울 앞에 서 있었다. 머리를 쫑긋하며 거울에 비친 자신의 모습에 감탄하고 있었다. 작지만 예쁜 그녀의 방 안에는 얇은 나무판을 덧대서 만든 옷장이 하나 있었다. 왼쪽 면에는 모든 것들을 완벽하게 되비춰주는 전신 거울이 하나 있었다. 거울은 객관적이고, 불편부당하고, 정확한 판관처럼 외모의 장점과 단점, 조화와 부조화를 더하거나 빼지 않고 있는 그대로 되비춰주고 있었다. 가족 전체가 이 거울을 보았다. 거울에 비친 젊고 혈색 좋은 잘생긴 자신의 모습에 도취된 투안은 조종사복의 지퍼를 끝까지 올렸다. 철없는 어린애 시절을 이미 지난 호아는 거울 앞에 설 때면 늘 자신의 딸을 질투하던 왕비에 관한 이야기를 기억했다. "왕비님, 이전까지는 왕비님이 이 세상에서 제일 아름다우신 분이셨지만 이제는 공주님이 더 아름답답니다.” 호아는 멋을 부리는 나이였다. 거울을 보며 옷매무새를 단정하게 하거나 눈썹을 다듬고 머리 모양을 가꾸는 나이였다.

식구 중에 거울 앞에 서는 시간은 듀엔이 가장 짧다. 우연히 거울이 아침준비로 바쁜 듀엔의 모습을 비추었다. 듀엔은 아침밥을 하기 위해 새벽 4시 45분에 일어났다. 간단하게 아침식사를 한 후 밥을 공기에 나눠 담고, 반찬을 세 개의 작은 통에 나눠 담았다. 그리고는 자전거를 타고 직장으로 급히 내달렸다. 날이 찼다. 아직 차들이 많지 않은 도로로 나오자 찬바람이 얼굴을 칼처럼 파고들었다. 스카프와 장갑을 잊은 것이 갑자기 생각났다. 직장인 병원이 집과 꽤 떨어져 있었기 때문에 듀엔은 매일 아침 서둘러야 했다.

요 며칠간 평소보다 거울을 더 자주 본 것은 사실이지만 오늘은 좀 이상할 정도로 더 오랜 시간을 거울 앞에 서 있었다. 갸름한 얼굴 이곳저곳을 온 신경을 집중해서 뚫어지게 보았다. 오! 듀엔 네가 생각하는 것만큼 늙어 보이지 않아. 거울이 은밀하게 말해주었다. 환풍구 사이로 비집고 들어온 햇빛으로 인해 방이 몽환적으로 보였다. 방으로 들어온 햇빛은 일단 천정으로 올라갔다가 이내 초록색 타일이 깔린 바닥으로 내려오면서 나른하고 모호한 분위기를 만들었다. 듀엔이 거울에 비친 자신의 모습에 감탄하게 된 이유는 바로 이러한 방의 분위기 때문이었다. 저 어린 소녀는 누구지? 저 여자애가 말라서 다소 허약하게 보이는, 도시에서 나고 자란, 반짝반짝 빛나고 그윽한 칠흑같이 검은 눈을 가진 듀엔의 20년 전 모습인가?
"네 눈만 보면 난 숨이 막힐 것 같아." 입원실에 누워있던 푹이 당
시 군 병원에서 일하던 듀엔에게 했던 사랑의 고백이었다. 오! 군
병원 근무 시절이라니. 무척 오래전의 일이었다. 병을 앓거나 부상
을 당해서 군 병원에 입원했던 군인들 때문에 듀엔은 종종 얼굴이
빨갛게 상기되었었다. "숨을 크게 쉬셔요." 청진기를 가슴에 대면서
푹에게 말했다. 듀엔이 들을 수 있던 소리는 사랑으로 흥분된 자신
의 숨소리뿐이었다. 다음날 소속 부대로 복귀하는 군인들은 모닥불
을 피워놓고 듀엔을 위하여 노래를 불렀다.

비가 내린 다음 날엔 다시 해가 나지요.
하늘은 선명해지고 분홍색이 되고요.
우리는 완쾌되어 이제 부대로 복귀하지만
우리의 마음은 계속 여기에 있을 겁니다.

세 박자 리듬으로 된 노래는 달콤했고 행복과 슬픔 사이 중간의
어딘가를 떠다녔다. 듀엔의 감정 그대로였다. 듀엔은 병원에 입원한
모든 군인들을 사랑했다. 거울 앞에서 서 있는 동안 듀엔의 눈은 초
록색이 도는 불빛에 익숙해졌다. 추억이 만들어낸 환영에서브터 서
서히 빠져나오면서 시간이 실로 많은 변화를 만들어냈음을 불현듯
깨달았다. 20년이라는 시간이 지났고 마흔두 살이 되었다. 쵝을 보
기 위해서는 돋보기가 필요했고 머리카락은 생기를 잃었고 얼굴에

서는 선명함이 빠져 나갔다. 마흔두 살의 나이는 다른 국면의 삶으로 이끌지만 아직 늙은 나이가 아니다. 최소한 그녀에게는. 동안의 미녀에게는 젊음이 오래 머무는 법이다. 듀엔에게도 마찬가지였다. 병원의 젊은 여직원들은 듀엔 또래의 여직원들을 "이모"나 "엄마"라고 부르면서도 듀엔만은 "언니"라고 불렀다. 또래의 여직원들은 "듀엔이 투안과 호아 두 아이와 외출하면 사람들이 세 사람을 남매 지간이라고 불러."라고 오래 전부터 말해왔었다. 어느 날 듀엔이 분홍색 모직 코트를 입고 출근했을 때 젊은 여직원들이 "언니, 높은 굽의 구두에, 판탈롱 바지와, 약간 진한 화장, 그리고 눈에 마스카라만 좀 하면 완벽 그 자체에요."라고 말했다. 듀엔은 그저 웃기만 했다. 동시에 얼굴에 화끈 달아올랐다. 이 모습이 그녀를 더 젊어 보이게 했다. 듀엔은 결혼적령기의 자식을 둔 다른 여자들과 비슷한 나이였지만 태도, 외모, 성격, 기질은 아직 젊은이 그대로였다.

하지만 젊음이 주는 화려함은 이미 사라졌음을 듀엔은 잘 알고 있었다. 더 이상의 변화는 없을 것이다. 변화와 도태의 여러 과정이 다 거쳐 갔다. 더 이상의 변화는 없을 것이다. 빛나는 눈과 오뚝하다 못해 끝이 약간 들린 코는 지금까지 젊은 모습을 유지했다. 속절없는 시간의 흐름도 풍만한 예쁜 입술을 어쩌지는 못했다. 머리카락도 아직 나이하고는 관계없는 듯이 보였다. 설 명절기간 동안 또래의 병원 동료들은 머리에 신경을 쓰자는 "운동"을 시작하였다. 듀엔은 망설였다. "벌써 중년의 나이인데⋯⋯. 머리카락은 이미 가

늘어 지기 시작했는데!"

"오! 그런 소리 말아. 네 머리카락은 여전히 굵고 예뻐. 그 머리에 펌을 하면 환상적일 거야!"

젊은 직원들도 그녀를 부추기는 것에 가세했다. 그 결과 듀엔은 굵고 매끄러운 웨이브가 있는 풍성한 머리를 갖게 되었다. 새로운 머리 모양으로 인해 듀엔은 더 작고, 더 날씬하고, 더 젊게 보였다. 그러나 듀엔은 실제로 자신을 더 젊고 우아하게 보이게 한 것은 높은 굽의 구두와 끝단의 폭이 조금씩 넓어지는 유럽식의 신축성 소재의 바지였다는 것을 거울에 비친 자신의 옆모습을 보고 알게 되었다.

여자가 어느 날 갑자기 예뻐지는 때가 있다. 흔치않은 마법에 걸리는 그날이 바로 오늘인가? 듀엔은 여학생처럼 검은 머리를 뒤로 넘겼다. 어느새 노래를 흥얼거리고 있었다.

비가 내린 다음 날엔 다시 해가 나지요.
하늘은 선명해지고 분홍색이 되고요.

노래를 다 끝내지 못했다. 입술이 닫혔다. 뒤를 돌아보니 산들바람으로 미동하고 있는 대나무 커튼 사이로 무엇인가가 보였다. 딸 호아가 얼굴을 엄마 쪽으로 하고 작은 침대에서 자고 있었다.

듀엔은 침대로 가서 호아 옆에 살며시 앉았다. 잠자는 딸을 보고 있으려니 이상한 감정이 생겼다. 호아가 벌써 숙녀가 다 되었구나.

호아가 더 이상 어린 애가 아니라 숙녀라는 사실은 호아의 오빠 투안이 입대했을 때 같이 쓰던 방을 둘로 나눈 것에서 확인되었다. 방이 완전히 별개의 두 방으로 나뉘어졌다. 이불과 모기장으로 시작해서 이전까지 오빠와 같이 사용하던 물건들도 나누었다. "아빠랑 같이 찍은 사진은 내가 가질 거야." 호아는 열 살 때 이런 어린애 같은 말을 했었다. 듀엔은 딸이 너무나 빨리 어린이다움을 잃어가고 있음을 느꼈다. 호아는 12년 전에 죽은 듀엔의 남편이자 자신의 아버지인 푹의 유품을 자신이 보관하기를 원했다. 사랑하는 남편을 둘로 쪼개는 것 같았다. 욕심쟁이 딸은 아버지의 흔적이 남아 있는 것은 모두 다 자기가 가지려 들었다. 따라서 듀엔은 남편에 관한 아름답고 사랑스러운 추억만을 간직할 수밖에 없게 되었다. 이것은 순수하게 듀엔만의 것이었다. 남편에 대한 기억은 여전히 새롭다.

16살이 될 때 호아는 갑자기 자랐다. 이때부터 엄마와 방을 따로 썼다. 어느 날 듀엔이 퇴근해서 호아를 불렀을 때 아리따운 젊은 숙녀가 방에서 나오는 것을 보고 무척 놀랐던 적이 있었다. 너무 행복했다.

"엄마, 무슨 일 있으세요? 얼굴이 너무 창백해요. 뜨거운 차 좀 드세요."

딸이 가져다 준 뜨거운 차를 마셨지만 듀엔은 여전히 떨고 있었다. 약간 떨어져서 호아가 엄마를 지켜보았다. 이처럼 호아는 이미 엄마와 떨어져 있었던 것이다. 이미 다가갈 수 없을 정도의 거리가 서로에게 존재하고 있었다. 그만큼의 거리를 두고 호아는 엄마를 지켜보았다. 이전의 자연스러웠던 관계가 지금은 어려운 관계가 되어버렸고 서로가 노력을 해야 하는 관계가 되어버렸다. 호아는 자기만의 삶을 시작했던 것이다. 이제는 더 이상 예전의 호아가 아니었다. 요리, 식사, 바느질에서부터 친구와 관련된 이야기, 학교에서 있었던 이야기까지 모든 이야기를 다 터놓고 하던 관계가 더 이상 아니었다. "아빠 없이 커서 호아가 갑자기 이렇게 되었나?" 듀엔은 죽은 남편을 생각했다. 끼니때마다 맛있는 음식을 같이 먹을 수 있어도 엄마와 딸은 여전히 슬펐다. 종종 엄마가 딸에게 말을 먼저 걸었다. 한번은 딸에게 단도직입적으로 물었다. "호아야 무슨 일 있니? 말해 보렴." 그러나 딸은 엄마를 잠시 쳐다보고는 나지막이 말했다. "엄마 저를 믿어주세요. 제가 감당할 수 없을 때는 엄마께 도움을 청할게요." 엄마는 안도의 숨을 쉬었다. 그러나 호아에게 문제가 없음을 확신해도 불안하기는 여전했다. 딸아, 몸은 이미 어른이 되었지만 네 마음도 어른이 되었을까?

다른 방에서 잠을 자던 호아가 깼다. 대나무 커튼을 옆으로 밀고 나오니 호아는 책상에 앉아서 무엇인가를 쓰고 있었다.

"호아야 오늘 밤에 우리 공연 보러 가자? 어때?"

딸은 펜을 내려놓고 엄마를 쳐다보았다.

"표 사셨어요? 무슨 공연인데요, 엄마?"

"홍하 극장에서 하는 공연의 초대권을 얻었지 뭐니. 저녁 일찍 먹고 가보자."

딸은 펜을 다시 잡고 종이를 내려다보면서 살가운 엄마의 제안에 대답했다.

"엄마, 오늘 밤에 할 일이 많아요."

"무슨 일이 그렇게 많니? 토요일 밤이잖니. 나랑 같이 가자꾸나, 호아야."

딸은 엄마를 보았다. 엄마의 목소리가 평소 같지 않음을 감지했다. 예쁘고 따뜻한 엄마의 눈이 오늘 공허하고 아득하게 보이는 이유는 무엇일까? 게다가 오늘은 무엇인가를 간절히 원하고 있기까지 하다.

"엄마 오늘 정말 바쁘단 말이에요. 물리과목 숙제가 산더미처럼 쌓여 있어요."

"숙제 때문에 못 간다니 이해하겠다."

"엄마 왜 그렇게 말씀하세요?" 딸은 얼굴을 들어 엄마를 쳐다보았다. 엄마의 눈은 연민과 근심의 눈 바로 그것이었다. 딸은 서둘러 책상으로 시선을 돌렸다. "실은 숙제 마치고 할머니 댁에 가야해요 할머니께서 하실 말씀이 있으니 오라고 하셨어요."

*

단지 5년 밖에 안된 일이었다. 의사로서 산골마을에서 20년 이상을 근무한 듀엔이 하노이로 전근을 신청했었는데 정부가 이를 허가하였다. 시골에서의 노고를 인정한 정부 당국자는 듀엔이 가족과 가까이에서 살 수 있도록 배려해주었다. 여기서 "가족"이라 함은 듀엔의 남편의 엄마를 의미했다. 듀엔의 시어머니는 남편을 젊은 나이에 여의고 군인이었던 아들마저 전사한 후 정부가 주는 얼마 되지 않는 연금과 지방에서 직장 생활을 하고 있는 다른 세 명의 자식들이 조금씩 보내주는 돈으로 근근이 생활하고 있었다.

하노이로 돌아온 후 듀엔은 시어머니와 가깝게 지냈다. 혼자이신 시어머니는 말년에 기댈 누군가가 필요했는데 듀엔이 바로 그 역할을 하였다. 그러나 듀엔이 하노이로 전근을 요청한 진짜 이유는 홀로 사시는 시어머니를 봉양하기 위해서가 아니라 자신 내면 속 감정의 혼란을 없애기 위해서였다. 듀엔은 남편에 대한 기억과 이로 인한 외로움으로 힘들어 했다. 하루하루가 듀엔을 더 힘들게 했고 더 외롭게 했다. 특히 대학을 가기 위해 고향을 떠나는 자식들을 보내고 난 후 텅 빈집에서 외롭게 살아야 하는 듀엔의 친구들을 지켜볼 때 외로움은 더 커졌다.

전근 소식을 듣고 가족 모두는 흥분했다. 그때 투안이 15살, 호아가 13살이었다. 사람들로 북적대는 생기가 넘치는 하노이 거리를 생각하면서 듀엔은 세 사람이 평생 안정되게 살아가는 모습을 그렸다. 하노이로 떠나던 날 듀엔을 기차역에서 배웅하던 친구 한 명이 듀엔의 귀에 대고 웃음 섞인 목소리로 나지막하게 속삭였다. "듀엔,

사람들이 그러는데 너 하노이에 가면 재혼을 할 것 같대. 여기 이 산골에서는 어림도 없었잖니. 너는 아직 푹과 결혼할 때만큼 젊고 예뻐." 듀엔의 얼굴이 붉어졌다. 아이들이 들었을까봐 갑자기 겁이 났다. 다행히 두 아이는 처음 보는 기관차를 신기한 듯 관찰하고 있었다. 이 말이 일순 듀엔에게 두려움을 가져왔다. 그러나 한편으로는 하노이에서의 새로운 삶에서 계속해서 듣게 될 노래의 전주처럼 들리기도 했다.

듀엔은 산골마을과 산골생활에 작별을 고했다. 듀엔은 평화로운 산골마을, 집들, 사랑하는 사람들, 또한 그곳에서의 삶을 그리워 할 것이다. 삶은 편안했었고 비밀이 없었다. 모두가 한 가족인 양 서로 잘 알고 지냈다. 누구하나 특별할 것 없이 다 그만그만하게 살았다. 모든 행위는 반향을 수반했고 일상생활 속에서 변형되기도 하였다. 이른 아침의 투명하고 친근한 대기의 파란 하늘 아래에 모든 사람들의 성격, 기질, 가정환경이 있는 그대로 노출되었다. 이것은 좋은 일이기도 했지만 좋지 않은 일이기도 했다.

마을사람들이 듀엔을 처음 알게 된 때가 듀엔이 18살이었던 때였다. 마을사람들은 정성들여 땋아서 늘인 머리를 하고 제246연대 의약품을 실은 마차를 수줍은 듯 쫓아가던 듀엔을 기억했다. 마을사람들은 듀엔의 남편 푹도 잘 기억했다. 푹은 연대에서 가장 나이가 어린 중대장이었다. 마을사람들은 여전히 두 사람의 결혼식을 기억했으며 의무부대에서 치른 푹의 군대장례식과 그때 듀엔이 기절했던 일을 기억했다.

작은 마을에서는 개인의 삶이 타인의 삶과 섞인다.

큰 도시에서 사람들은 서로에게 익명의 존재다. 삶은 번잡스럽다. 또한 매우 빠르다. 개개인의 내적인 삶은 수많은 시도와 근심의 무질서 속에 묻혀버린다.

하노이 생활 첫 5년 동안 듀엔은 도시 사람처럼 살았다. 누구도 듀엔을 제대로 알지 못했다. 듀엔은 산골마을의 생활방식을 일찌감치 버리고 자신의 내면으로만 들어갔다. 자기 속의 삶을 남들이 들여다보지 못하도록 마음의 문을 단단히 잠가버렸다. 듀엔은 자신이 외부세계로부터 멀어질수록 더 편안해 했다.

도시의 삶은 즐거웠다. 듀엔은 일을 할 때는 주도면밀했고 매우 양심적이었다. 이내 병원에서 신뢰를 받는 동료가 되었고 환자들이 좋아하는 의사가 되었다. 두 아이는 공부를 잘했고 품행도 좋았다. 의과대학에 다니던 투안은 20살 때 자원해서 입대했다. 10학년이었던 호아는 이미 사춘기를 지났고 점점 더 성숙한 숙녀가 되어가고 있었다. 더 바랄게 없었다.

시간은 고요하게 지나갔고 듀엔의 좋은 친구였다.

그러나 평안한 삶은 쉽게 깨지는 법이었다. 친구들이 해주는 여러 가지 제안, 듀엔의 나이, 여러 농담들, 듀엔에게 하는 젊은 직원들의 대담하고 선의의 말들, 이 모든 것들이 무엇인가가 자랄 수 있는 일종의 밭을 만들어냈다.

어느 날 씨앗 하나가 우연히 이 비옥한 밭에 날아와 앉았다.

8살짜리 여자애를 진찰한 날이 바로 그 "어느 날"이었다. 여자애는 류머티즘을 앓고 있었고 간이 좋지 않았다. 아이의 아버지는 군인이었고 계급은 소령이었다. 머리는 희끗했고 살아온 나날들의 신산함이 다소 긴, 창백한 얼굴에서 드러났다.

"입원해야 합니다."

듀엔은 환자와 환자가족들에게 늘 하는 예의 그 감정이 배제된 담담한 어투로 말했다. 그러나 듀엔은 소령이 안보는체하면서 자신을 관심 있게 보고 있다는 것을 알았다. 소령은 듀엔에게 고맙다는 말과 함께 병원에서 정해주는 날에 딸을 입원시키겠노라고 약속했다. 잠시 후 소령은 듀엔을 한참 보더니 주저하면서 입을 열었다.

"저, 선생님 낯이 익습니다. 어디서 뵌 것 같습니다."

"잘못 아셨겠죠." 듀엔은 어깨에 있던 청진기를 손으로 잡았다.

"혹시 246연대에서 근무하신 적 있으시죠?"

의사는 미소로 예의를 갖추면서 고개를 살짝 저었다. 거짓말이었다. 의사는 자신의 거짓말로 소령의 기분이 상하지 않았음을 알고 안도했고 소령은 자신의 기억력을 의심했다. 실망의 기색이 역력했다. 이마에 주름이 잡혔다.

이 일이 듀엔을 내내 괴롭혔다. 실망하던 소령의 얼굴, 특히 주름이 많은 이마와 딸을 진찰실에서 데리고 나가던 모습을 생각할 때마다 마음이 불편했다.

듀엔은 소령이 딸과 함께 병원을 다시 찾을 날을 기다렸다. 이제
는 사실을 말할 수 있을 것 같았다. 이전 근무지에서 알던 친구를
만나는 것은 즐거운 일이다. 그러나 병원에 오기로 한 날 소령과 딸
은 나타나지 않았다. 듀엔은 죄책감으로 전에는 결코 해본 적 없는
무엇인가를 해야만 할 것 같다는 생각이 들었다. 무조건 입원을 해
서 치료를 받아야 할 정도로 딸의 건강이 심각하다는 점을 소령에
게 분명히 알려주기 위해서라도 소령이 사는 집으로 가봐야 한다는
생각을 했다. 병원 기록에서 집주소를 알아냈다. 소령에게는 딸아이
한 명과 눈이 안 보이는 고령의 어머니가 가족의 전부였다. 소령은
전방에서 펼쳐진 군 작전 때문에 병원에 갈 수 없었다고 소령의 어
머니가 말했다. 소령은 이 어머니의 맏아들이고 가족을 위해 가장
고생을 많이 한 자식이었다. 소령은 북서쪽 라오스와 캄보디아와의
전투에 참전했었다. 가장 치열한 전투에는 소령이 늘 있었다. 소령
의 삶은 평탄치 않았다. 결혼 후 10년이 지나서 첫 아이를 얻었고
수년 전에 아내를 간암으로 잃었다.

듀엔은 소령이 했던 것처럼 아이를 등에 업어 병원으로 데리고
왔다. 이후 일어나야 할 일들은 다 일어났다. 소령은 듀엔에게 여러
통의 편지를 보내 자기 딸을 엄마처럼 돌봐주는 것에 고마움을 표
했다. 처음에 듀엔은 아이의 몸 상태만을 간단히 적어서 답장을 했
지만 편지가 오고 가면서 나중에는 소령의 안부를 물을 정도가 되
었다. 당사자들은 느끼지 못했지만 이런 식으로 서로의 마음이 서

로를 향해 천천히 열리기 시작했다.

아이가 완쾌되어 퇴원하는 날이었다. 소령은 딸을 퇴원시키기 위해 전방에서 하노이로 왔다. 행복한 날이었다. 듀엔은 소령과 늦게까지 시간을 같이 보냈다. 소령이 집까지 데려다 주었다. 남자가 집에 데려다 준 것은 수년 만에 처음이었다.

집안으로 들어가자마자 그녀는 놀랐다. 두 아이가 각자의 방에서 나오지 않았다. 자고 있는 것 같지는 않았다. 음식을 덮은 보자기를 걷어내는 소리가 들리자 투안이 밖으로 나왔다.

"엄마, 오늘 왜 이렇게 늦으셨어요? 오늘 호아가 춘권을 만들었어요. 엄마 오시기만을 지금까지 기다리다가 방으로 들어가 버렸어요. 오늘이 호아 생일이잖아요."

듀엔은 몸서리를 쳤다. 투안이 호아의 침대로 가서 모기장을 툭 치면서 말했다.

"호아 일어나봐. 엄마 오셨어. 하루 종일 병원에서 무척 바쁘셨대. 오늘 하루만 좀 늦게 오신 걸 가지고 너 엄마한테 정말 이러기야?"

"아무렴. 우리 엄마 정말 바쁘신 분이지."

호아의 말은 심하게 상처받은 사람만이 할 수 있는 말이었다. 엄마는 몸서리쳤다. 두려웠다. 호아는 이렇게 아이와 어른의 바로 중간의 나이에 걸쳐 있었다.

*

그때 이후로 엄마와 딸 사이에 틈이 생기기 시작했다. 시간이 가도 관계는 좋아지지 않았다. 단지 두 명의 자식만 그녀의 삶에서 시간을 빼앗아 가는 것이 아니었다. 새로운 무엇인가가 그녀의 삶으로 침입했다.

듀엔은 갑자기 예측불가능한 사람이 되어버렸다. 행복한 기대감으로 충만해졌다가도 집에 돌아오면 어느새 외로움으로 고통스러워했다. 딸과의 거리는 더 벌어져있었다. 호아가 9학년 때였다. 그 나이 또래의 아이들이 그러듯 호아도 종잡을 수 없었다. 성적은 계속 떨어졌다. 선생님은 엄마를 학교로 불렀다. "호아가 예전처럼 공부를 열심히 하지 않아요. 게다가 더 심각한 것은 무슨 이유인지는 모르겠지만 자주 정신이 나가 보이기도 하고 또 어떨 때는 무척 슬퍼 보이기도 합니다."

듀엔은 충격을 받았다. 그러나 이후에 더 충격적인 일이 일어났다. 퇴근하자마자 듀엔은 선생님과의 면담 내용을 호아에게 확인했다. 호아는 반발했다. "다 맞아요. 그게 바로 나라니까요. 내가 왜 이러는지는 엄마 자신에게 물어보세요."

이런 모욕적인 말에 화가 난 듀엔은 딸의 뺨을 때렸다. 자식을 때린 것은 생전 처음이었다. 곧 후회했다. 둘은 서로 안고 밤새 울었다. 너무나 슬펐다. 듀엔은 자식에 대한 엄마의 도리를 순간 잊었음을 깨달았다. 또한 엄마라는 존재가 누릴 수 있는 진정한 행복을 잊고 살았다. 젊은 나이도 아니면서 더 이상 피상적인 감정에만 휩싸여 있을 수는 없었다. 맙소사! 시간을 이렇게 보내다니. 너무 어리석었다.

이렇게 어리석은 삶을 반복할 것인가?

공연은 끝났다. 도시가 정전이 되었다. 높은 건물 위에서 달이 환하게 거리를 비추고 있었다. 집으로 돌아가는 관객들의 슬리퍼 소리가 거리로 퍼져 나갔다.

"인도로 올라서요, 내 사랑." 소령이 그녀의 어깨를 살짝 건드리며 사랑스럽게 말했다. 두 사람이 함께 인도로 올라섰을 때 도로청소 트럭이 다가왔다. 전조등이 그들을 비췄다. 듀엔은 감동했다. 소령이 "내 사랑"이라고 했기 때문이다. 발걸음이 경쾌했다. 발소리가 큰소리로 울려 퍼졌다. 활기차지만 묘한 느낌을 주는 소리였다.

두 사람은 나란히 걸었다.

문학사원에 있는 불꽃나무 밑에서 속도를 늦췄다. 바로 이 순간이 그들이 오랫동안 망설여왔고 참아왔던 말을 비로소 할 수 있는 때인 것 같았다.

"듀엔." 소령은 잠시 숨을 골랐다. 성긴 나뭇잎 사이로 달이 환했다. 소령의 얼굴은 물기가 다 빠져나간 듯 창백하기 그지없었다. "내가 말을 안 해도 이해해주겠지만, 그래도 말이요……."

"아무 말도 하지 말아요."

듀엔은 고개를 저었다. 아무 말도 하지 않기를 바랐다. 젊은 연인들의 흥분 같은 감정은 아니었다. 소령은 알고 있었다. 하지만 해야만 할 것 같아서 계속 준비해온 말이 있었다. 하지 않을 수 없었다.

"우린 더 이상 젊지 않소" 마치 말에 무게를 더하려는 듯 소령이 천천히 입을 뗐다. "우리 사이에 관해서 사람들이 여러 가지 말을 할 수 있소 특히 당신에 관해서는 할 말들이 더 많을 것이오.

듀엔은 걸음을 멈추고 소령을 쳐다보았다. 소령은 침착하려고 애썼다.

"당신은 모든 것을 다 이해하지는 못해요" 그녀가 말했다. "병원에도 재혼한 남자 직원이 한 명 있어요. 4명의 자식들 모두가 아버지의 재혼을 반대했지요. 상대방 여자네 집으로 몰려가서 욕을 해 댔어요. 게다가 결혼식 당일에는 아버지의 옷과 물건들을 가방에 넣어서 문밖에 내놨어요. 아니에요. 당신의 가족은 걱정할 필요도 없지만 제 자식들은……"

몸이 떨렸다. 숨소리가 말보다 더 크게 들렸다. 소령은 두엔의 눈물을 보았다. 아무 말이 없었다. 그들은 다시 걷기 시작했다. 어둠이 오래된 탑을 에워싸고 있었다. 쿠에 반 근처에서 다시 멈췄다.

"오늘…… 호아가 같이 왔으면 했었어요" 숨을 고르며 말했다. "당신과 인사를 할 수 있게요. 오지 않겠다고 하더군요. 우리 관계를 이미 알고 있는 것 같았어요. 호아는 우리의 결혼을 찬성하지 않을 거예요."

소령은 조용히 깊은 숨을 들이마셨다.

"내일 전방으로 돌아가야 하오. 그 쪽 상황이 심각해졌다는 보고를 받았소. 아들 투안이 속한 부대가 아직도 이전과 같은 부대 맞소?"

"네."

"조금만 더 걸읍시다. 괜찮겠소?"

"미안해요. 시어머니 댁에 들러야 해요."

"알겠소. 전처럼 편지하겠소."

듀엔은 말이 없었다. "듀엔, 괜찮소?"라고 소령이 묻자 고개를 저으며 대답했다.

"집으로 편지하지 마세요."

*

"엄마, 어젯밤에 할머니 댁에 들르셨어요?"

"응. 너에게 카람볼라 국을 끓여주라고 말린 카람볼라 열매를 주셨단다. 네가 카람볼라 국을 엄청 좋아하는 것을 할머니가 알고 계시잖니."

"다른 말씀은 없으셨어요?"

"응 있었지. 얼마 있으면 아버지 기일이지 않니. 그래서 아버지 산소에 갈 준비는 하고 있는지를 물어보시더라."

호아가 엄마를 쳐다보았다. 무엇인가를 물어보려는 기색이 눈에 역력했다. 듀엔은 할머니 댁에 가야한다는 이유로 공연을 보러갈 수 없다고 해놓고는 정작 할머니 댁에 가지 않았던 호아에 마음이 상해있었다.

"호아야 너 엄마한테 거짓말을 했더구나."

"아니에요. 할머니 댁을 가려고 집을 막 나서려는데 제 친구 히엔이 와서 급한 일로 투이네 집에 같이 가자고 했어요.

"급한 일? 어떤 일이니?"

"투이가 학교를 그만두었거든요……." 호아는 잠시 주저했다가 결심이 선 듯 다시 말을 시작했다. "투이의 아버지께서는 오래전에 분 메 트윗 해방 전투에서 전사하셨어요. 그래서 엄마하고만 같이 살았었어요. 그러다가 얼마 전에 엄마가 재혼을 하셨는데 너무 슬퍼서 학교 다니기가 싫어졌대요.

듀엔은 숨을 쉴 수 없었다. 얼굴이 화끈거렸다. 몸에서 열이 났다. 호아가 엄마를 보았다. 왜 이런 말을 하는 것일까? 우연히? 아님 의도적으로? 투이에 관한 이야기는 사실일까, 아니면 엄마의 반응을 떠보기 위해서 일부러 만들어낸 이야기일까? 이야기가 사실이라면 어째서 호아의 표정은 잔인하다 할 정도로 그토록 침착할 수 있을까? 호아의 표정은 어젯밤 시어머니의 표정 바로 그대로였다. 시어머니도 냉정하고 잔인한 표정을 지으셨다. 시어머니는 어제도 듀엔이 이미 수차례 들어온 죽은 남편에 관한 똑같은 내용의 하소연을 하시면서 우셨다. 행복했던 어린 시절 이야기. 학교 다닐 때 공부를 잘하던 똑똑한 학생이었다는 이야기. 매년 진급을 할 정도로 유능한 군인이었다는 이야기. 국가가 군인에게 수여하는 훈장 중에서 최고의 훈장을 받았다는 이야기. 이런 아들이 일찍 죽어서 너무 슬프다는 이야기. 아들이 죽으면서 남기고 간 재산 덕분에 자신이 지금 편하게 살고 있다는 이야기.

죽은 남편이 남겨 놓은 재산이 있다는 말은 처음 들었다. 듀엔은 폭발할 지경이었다.

*

고통의 시간이 흘러갔다. 일주일에 한 번씩 소령의 편지가 도착했다. 편지에는 소령의 깊은 사랑의 표현이 넘쳐났다. 그렇지만 감정은 상당히 절제되어 있었다. 자신의 나이에 대한 고려와 듀엔의 상황에 대한 배려였다. 앞을 못 보는 노모와 병든 딸을 신경 써주었으면 하는 바람을 드러내지는 않았다. 그는 단지 그 나이쯤에는 도와줄 사람이 필요하고, 게다가 나이가 들수록 더 필요하게 될 것이라고 말했다.

답장은 늘 똑같았다. 편지의 시작에는 청혼을 거절한다는 내용으로, 중간에는 그렇지만 가정을 이루고 싶은 바람이 있다는 내용으로, 끝에는 결혼 앞에 놓인 수많은 난관들에 관한 내용으로 되어있었다. 하지만 소령은 듀엔의 편지를 한 번도 받아보지 못했다. 쓰자마자 듀엔이 전부 불태워 버렸기 때문이다. 이 얼마나 슬픈 일인가! 나이가 들었어도 살아갈 날은 여전히 많았다. 그러나 30년 동안 지속된 전쟁이 끝난 지금 남편과의 사별은 한 사람만의 비극은 아니었다. 듀엔의 상황은 결코 특별한 경우가 아니었다. 더구나 듀엔에게는 자식들이 있었다. 사랑과 의무가 나란히 놓여 있었다. 듀엔은 자식들을 사랑하였다. 아이들은 누구에게도 나눠주지 않는 엄마의 사랑을 더 많이 받을 자격이 있었다. 듀엔은 그 사랑을 더 많이 주어야 할 의무가 있었다. 자식에 대한 사랑은 소령에 대한 사랑의 장애물이고 소령에 대한 사랑은 자식에 대한 사랑의 장애물인 것이다. 행복이란 한 번 사라져 버리면 정녕 다시는 돌아오지 않는 것인가?

"희생 없이는 평화란 있을 수 없다." 듀엔은 이런 다짐으로 감정을 억눌렀다. 이런 식으로 소령을 잊어보려 했다.

답장이 없자 소령의 편지도 뜸해졌다.

호아가 10학년에 올라가서 두 번째 학기를 시작하던 때였다. 듀엔은 호아와 같이 있는 시간을 더 많이 가졌다. 호아는 공부로 더 바빠졌다. 상황적으로는 가까웠지만 이 두 사람 사이에는 여전히 보이지 않는 거리가 있었다. 호아는 할머니를 더 자주 찾았고 할머니와 호아의 관계가 더 친밀하고 비밀을 더 많이 공유하는 사이가 되었다.

어느 날 밥을 먹다 말고 호아가 느닷없이 엄마에게 물었다.

"엄마, 할머니께서 저희 집에서 같이 사시면 안 돼요?"

갑작스런 제안에 놀란 엄마는 딸을 보았다. 갑자기 눈물이 나올 것 같았다. '호아와 할머니가 나를 감시하려고 그러는구나.'라고 생각했다.

엄마는 목멘 소리로 말했다. "안 그래도 할머니께 우리랑 같이 살자고 이미 여러 번 말씀 드렸었단다. 그럴 때마다 할머니께서는 싫다고 하셨어. 지금 사시고 계시는 곳이 더 편하시다고 그러시더라."

"할머니께서 혼자 사시는 것을 보면 마음이 안 좋아요. 그 연세에 몸소 조그만 냄비에 밥을 하셔서 혼자 식사를 하시는 것을 볼 때마다 마음이 너무 아파요."

엄마의 오해였다. 호아에게 다정하게 말했다. "'어머님 저희와 함께 살아요. 같이 사시면 저희 식구들 모두에게 다 좋은 일일 텐데요. 어머님은 집안일을 하시느라 고생하실 필요도 없어요. 손녀가 벌써 다 컸잖아요.'라고 내가 이미 할머니께 말씀드렸었단다."

"엄마, 어제 할머니한테 들었는데요, 할머니가 28살 되던 해에 할아버지가 돌아가셨다면서요? 할머니는 재혼도 안하시고 돌아가신 아빠를 포함해 담 작은아버지, 록 고모, 란 고모까지 3명의 자식을 홀로 다 키우셨대요. 올해 78세시니 50년을 혼자 사신 셈이잖아요. 이것 때문에 제가 할머니를 더 좋아하는 거예요."

"처음에는 힘이 들지만 차차 적응하는 법이란다, 얘야." 듀엔의 대답에는 무엇인가를 말하려는 의도가 담겨있었다. 목소리가 흔들리고 있었다.

그러나 호아는 밥그릇을 다시 들었다. 입술을 오므린 채 심각하게 말했다. "'불행은 그런 식으로 극복되는 법이다.'라고 남 카오가 말했었잖아요."

"그게 무슨 말이니?"

"유명한 작가 남 카오가 한 말이에요, 엄마."

"얘, 남 카오는 옛날 사람이잖니……. 엄마 말은, 음, 일반적으로 사람들은 어느 환경에서나 적응해서 살아갈 수 있다는 의기야."

사실 듀엔은 이 말처럼 살아왔다. 여러 다양한 상황에 적응하면서 살아왔던 것이다.

시간이 듀엔을 시험하고 있었다.

학기말이 되었다. 듀엔은 신경은 온통 딸아이의 시험에 가 있었다. 식사 때마다 밥은 먹는 둥 마는 둥 시종 시험이야기만 했다. 단지 두 번만 이야기가 다른 데로 샜을 뿐이었다. 투안이 전방부대에서 호아에게 편지를 보내 소령이 자기를 찾아와서 자기의 가족을 잘 안다고 했고 자기도 소령을 좋아한다고 말했던 것이 첫 번째 다른 이야기였고 엄마가 재혼을 하는 바람에 공부가 하기 싫어졌다는 자기 친구 투이에 관한 이야기가 두 번째 다른 이야기였다. 듀엔은 두 번 다 화제를 딴 데로 돌리려고 했다. 자신을 위해서도 그리고 딸을 위해서도 다시는 마음 속 깊이 묻어 버린 감정에 영향을 받지 않으려고 했기 때문이었다.

엄마와 딸의 노력은 헛되지 않았다. 열심히 공부하여 호아는 대학교 시험에 합격했다. 호아가 기뻐하는 모습은 상상할 수 없을 정도였다. 새로운 삶이 호아를 기다리고 있었다. 자식에 대한 의무를 충실하게 수행해낸 후에 얻은 성공적인 결과가 가져다준 기쁨을 누리게 되자 피로감이 듀엔에게 몰려왔다. 무력감과 공허함이 갑자기 내면으로 뚫고 들어오는 것을 느꼈다. 딸은 곧 엄마를 떠날 것이다.

황금빛 태양이 내리 쬐던 9월 오후였다. 호아는 학교로 떠날 준비를 하고 있었다. 내일은 호아가 대학생으로서 인생의 첫 발을 내딛는 날이었다. 엄마가 퇴근했다.

호아가 엄마를 맞으러 문으로 달려갔다.

"엄마도 좋아하실 거예요. 히엔, 투이, 그리고 저 우리 셋이 다 같은 반이 되었어요. 고등학교 때 반장이었던 히엔 기억하시죠? 그리고 투이도……."

"너 일전에 그러지 않았어? 투이가……."

"다시 학교로 돌아왔어요, 엄마. 우리가 용기를 많이 주었지요"

엄마는 숨을 깊게 쉬었다. 이마에 땀이 맺혔다. 물어보고는 싶었지만 용기가 나지 않았다. "그런데 말이야, 투이의 어머니는 어떻게 지내시니?"

호아는 엄마에게 선풍기를 틀어드리고 물 한잔을 따라 드렸다. 그리고 학교 갈 준비를 다시 하기 시작하였다. 너무 즐거운 나머지 입에서는 노래가 끊이지 않았다. 옷 가방에서 아오자이를 꺼내 입고서 거울 앞에 섰다. 여전히 노래가 흘러나왔다. "여왕님이 이 세상에서 가장 예쁜 분이셨는데, 지금은 공주가 제일 예쁩답니다." 갑자기 호아는 대나무 커튼을 지나 엄마에게로 급히 갔다.

"엄마!"

"어머나 깜짝이야! 숨 넘어 가겠다, 애야." 엄마는 물 잔을 식탁 위에 올려놓았다.

호아는 킥킥 웃으면서 엄마 옆에 나란히 앉았다. 엄마로부터 시선을 돌리면서 부드러운 목소리로 말했다. "엄마, 어제 할머니 댁에 갔었어요. 그런데 이유는 잘 모르겠는데 할머니께서 제게 물어 보셨어요⋯⋯." 호아는 잠시 망설였다. "할머니께서 '만약 엄마가 재혼하게 되면 너 여기 와서 나랑 같이 살래?'라고 물어보셨어요."

갑자기 엄마의 얼굴에 구름이 몰려왔다. 어지러웠다. 방, 책장, 거울이 달린 옷장 이 모든 것들이 빙빙 돌았다. 쓰러질 것 같았다. 의자를 꼭 잡았다. 그리고 차분해지려고 애썼다. 목소리에는 생기가 없었다. "네 생각은 어떠니?"라는 질문 대신에 엄마는 "할머니께서 왜 그런 질문을 하셨을까?"라고 딸에게 되물었다.

"모르겠어요." 호아가 얼굴을 돌려 엄마를 보았다. 식탁에 두 팔꿈치를 기대고 있던 호아가 갑자기 손을 들어 풍성한 머리를 더듬었다. 시선을 아래에 고정한 채 울음 섞인 목소리로 "엄마의 생각이 어떤지는 몰라요. 저는 할머니께 그냥 엄마랑 같이 살고 싶다고만

말했어요. 엄마 제발 저한테 숨기지 마세요. 투안 오빠가 제게 보낸
편지에 소령님이 엄마께 보내는 편지 한 통이 동봉되어 있었어요.
엄마, 용서해주세요."

엄마는 아무 말 없이 앉아 있었다. 눈물이 두 뺨 위를 타고 내렸
다. 그저 울기만 할 뿐이었다. 울음을 딸에게 감추려고도 하지 않았
다. 딸은 이미 다 자라있었다.

뉴엔 녹 투안

Nguyen Ngoc Thuan
(1972)

경비원

토요일의 스케줄

Anthology
of the Vietnamese
Short Stories

The Watchman

Her Schedule on Saturday

뉴엔 녹 투안 Nguyen Ngoc Thuan(1972)

1972년 빈 투안 지방에서 태어났다. 호치민 순수예술 칼리지를 졸업한 후 호치민 시에서 뚜와이 제아(청소년) 신문사에서 예술가로 일하고 있다. 그는 「눈을 감았을 때 열려진 창문」으로 2000년 청소년 도서대회에서 최우수 소설상과 2008년 스웨덴 피터 팬 상을 수상했다. 그리고 「꿈 이야기」와 「높은 언덕에 모인 천사들」로 호치민과 하노이의 저명한 출판사의 도서대전에서 1등 상을 수상했다.

경비원

작년 몬순 계절풍 우기 이후 줄곧 상점은 텅 비었지만, 연말까지는 계약이 끝나지 않았기에 소년은 계속 경비원으로 근무했다. 날마다 6번씩 낮에는 상점을 순찰했고, 밤에는 자지 않고 경비근무를 했다. 낮 동안 단골손님이라고는 모기들뿐이었고 유일한 밤손님은 쥐들뿐이라는 사실을 아무도 그에게 말해주지 않았다. 그 건물은 속이 텅 빈 곡물의 겉껍질에 불과했는데도 사장은 마치 그 건물에 여전히 지켜야 할 보물이 있는 것처럼 믿게 만들었다.

그래서 날마다 소년은 정해진 대로 순찰을 했고, 매일 밤 졸음을 쫓고자 점점 더 커피를 마시게 되었다. 심지어 개도 데리고 있었다. 소년은 경비 일에 진짜 재능이 있었다. 희미한 소릴 듣고 분석해낼 수 있었다. 그에게 소리는 두 가지 잠재적 의미를 지녔다. 그건 바로 모기가 윙윙거리는 소리이거나 도둑의 신호일 가능성이었다. 도둑들의 낙엽소리, 삐걱거리는 창문소리, 쥐가 찍찍거리는 소리처럼 겉보기에 악의 없는 소리를 모방하는 법을 늘 알고 있었다.

상점은 밀수품을 취급했었기 때문에 꽤 번성했었다. 하지만 작년 몬순 계절풍 우기 동안 내내 물품들이 배에 실려 나가 몰수된 뒤로 상점은 방치되었다. 그래도 상점 주인은 이전 상태로 복구할 거라고 여전히 희망을 품고 있었다. 이런 희망 때문에 젊은 경비원은 경계심을 늦출 수 없었다.

주인은 이렇게 말하고 싶어 했다. "좋은 경비원이란 자기 집을 영원히 경비하는 보물신 같은 사람이거든."

트럭에서 선잠을 자려고 그곳에 멈출 때마다 나는 소년과 장기를 두기 시작했다. 보통 어둠이 유일한 벗이 되어주는 새벽 세 시에서 네 시경 나는 그런 휴식을 취했다. 소년이 장기를 잘 둔다는 또 다른 이유도 있었지만. 그는 여느 사람들보다 더 똑똑하고 더 정직했다. 때때로 사람은 소소한 오락으로 느긋이 쉴 필요가 있는데, 장기 게임은 내가 무료한 시간을 보내는 방식이었다. 장기 한 판 제대로 두면 대개는 인부들이 내 트럭에 짐을 싣는 새벽이 된다. 한번은 사장이 말하길 그 상점은 여러 해 동안 비어있었고, 소년 경비원을 둔 것은 상점에 물건이 가득하다고 사람들을 믿게 만들려는 것뿐이라고 했다. 다시 말해, 사장의 책략일 뿐이었다.

하지만 소년은 인간을 믿었다. 그에게 상점 문을 열어 안에 뭐가 있는지 확인하면 더 이상 순찰할 필요가 없다고 여러 번 말했다. 그런데도 그는 듣지 않았다. 일과는 하루 두 번, 그러니까 저녁 8시에 상점 주변을 순찰한 후 저녁 10시부터 동틀 무렵까지 건물을 지키는 시간표를 고수한다는 점에서 그는 당나귀만큼이나 고집스러웠다.

그가 순찰을 돌 때마다 난 장기놀이를 미뤄야만 했다. 밤에는 추웠기 때문에 몸을 따뜻하게 할 수 있어서 나는 그와 함께 순찰하는 데 익숙해졌다. 함께 말할 사람도 생겼다. 잠이 오지 않는 날에는 시간을 감지할 수도 있었다. 축 쳐진 눈꺼풀 위로 몸을 질질 끌고 가는 뱀처럼 시간은 길고 느릿느릿 지나갔다. 그런 어둠 속에서 뭔가 보려고 기다리다가 뱀이 느려 터져 이따금 내 눈이 마비된다.

그러나 나는 소년과 내가 희망 없는 게임에 갇혀있다고 가끔 생각했다. 우리가 뭘 하고 있는 건가? 우리는 텅 빈 건물이나 내부의 쥐, 또는 상점에 있는 상품의 유령을 지키고 있는 것인가? 아니다, 우리가 지킬 것은 아무 것도 없다. 우리는 모순되는 법의 가장자리를 가볍게 날아다니는 무의미한 먼지에 불과하다. 나처럼 운전사가 된다는 것은 도로바닥에 인생을 허비하는 것이다. 그처럼 경비원이 된다는 것은 무의미한 순찰에 자신을, 그리고 쥐와 모기만 사는 건물에 에너지와 청춘을 낭비하는 것이다.

도로에서 나는 시속 100킬로로 달리기에 이따금 짧은 휴식이 필요하고 장기의 말을 어떻게 움직일 것인지에 대해 생각할 필요가 있다. 다른 때면 운전하는 동안에도 마음속으로 장기알을 어디에

둘 건지를 골똘히 생각한다. 소년과 장기를 두는 동안 늘 없어져 유
령의 속성을 지닌 *셰아*(車: 전차)라는 하나의 장기알을 갖게 된 것은
불길한 징조였다. 그걸 찾으면 매번 3일 혹은 4일마다 다시 사라졌
다. 우리는 호랑이 머리가 찍힌 맥주병 마개를 대신 사용했다. 우리
가 너무 자주 장기를 두다보니 이내 호랑이 그림이 차츰 지워졌다.
그러나 우리 마음속에선 매일 밤마다 공격하고 후퇴하며, *셰아*를
대신하는 호랑이가 여전히 맥주병 마개 위에 있었다.

그러던 어느 날 새로운 사람이 장기 게임에 합류했다. 그는 모든
구석에서 우릴 공격하는 매우 교활한 사람이었다. 그의 손가락이
닿는 *퍄오*(包: 대포)는 악마였다. 활동적이며, 무시무시하며, 음흉했
다. 우린 종종 그의 덫에 걸려들었는데, 그 덫은 너무 복잡해서 나
중에 우리가 그 사람의 진짜 본성을 파악할 통찰력을 과연 얻기나
한 것인지 의아스러웠다. 장기는 장기를 두는 사람의 면면을 드러
낸다. 장기를 두다 보면 상대방한테서 엉뚱한 생각, 어리석음, 교활
함, 정직함 혹은 배반을 읽을 수 있다. 마치 매 페이지에서 그 사람
의 본심을 드러내는 비밀 일기를 읽을 때처럼. 하지만 소년과 나는
그 사람의 본성을 눈치 채지 못했다. 우리 세 사람은 좋은 친구처럼
매일 밤 함께 차를 마시긴 했지만, *퍄오*가 상대의 수중에 들어왔을
때 소년과 나는 *퍄오*가 지닌 것 같은 마법을 알아내려 애쓰느라 골
치가 아팠다. 우리는 빌어먹을 흔해빠진 도둑에게 쉴 곳을 제공하
고도 그걸 깨닫지 못했다. 우리는 그가 *퍄오*를 거침없이 사용하는

데 도취되어 우리 뒤에 값진 물건으로 가득한 상점이 있다는 걸 잊었다.

우리가 그 사람한테 당했던 것처럼, 소년의 개도 마찬가지였다. 개도 속았다. 개는 그 사람을 처음 봤을 때처럼, 더 이상 짖지 않았다. 그 대신 꼬리를 흔들며 생기발랄하게 그를 반겼다. 곧 개는 평화롭고 악의 없는 장기를 두는 사람들의 작은 모임에 익숙해졌다. 우리로 말하자면, 우리는 상대의 속임수와 맹렬한 장기 전략에 입을 벌린 채 감탄했다.

장기를 두는 동안 우리는 부주의하게도 소년의 순찰 시간표와 나의 운전 일정을 다 알려주었다. 우리는 또한 상대에게 건물 내 가장 취약장소인 상점 맞은편에 문이 있다는 것도 알려주었다. 우리는 그가 우릴 찌를 수 있는 칼 같은 것을 사용할 수 있다는 지식도 주었다. 무엇보다도 우리가 새벽 세 시에는 약 20분 동안 건물 경비를 서지 않는다는 사실도 알려주었다. 그 시간에는 개만 홀로 경비를 서는데 그마저도 개는 입을 다물게 하는 뼈다귀만 있으면 그 사람에게 다정하게 굴었다. 그래서 말인데 그 사람에게 다른 장애물이 남아있었을까?

그 도둑은 자정 무렵 우리와 장기를 두러 왔다. 난 맥주 한 병을 비우고 또 한 병 막 마실 참이었다. 나는 그가 *퍄오*를 기막히게 사용하는 걸 보고 여느 때처럼 어안이 벙벙해졌다. 그가 장기를 기막히게 두면서도 상점 건물 침입을 준비하고 있다는 걸 이제는 상상하기 어렵다. 하지만 제아무리 재능 있는 사람이라도 재능만 믿고 운명의 방향을 바꿀 수는 없다는 걸 그는 알지 못했다. 재능과 더불어 예측될 수도 인지될 수도 없는 그런 행운이 함께 오긴 하지만, 어느 구석에 숨어 있던 재능은 이윽고 영리하고 교활한 속셈이 완전히 사라지면서 실수를 하기 마련이다.

그래서 장기판에서 장수(將帥)가 수치스런 죽음을 맞이한 후 새벽 2시 반에 도둑이 자릴 떴다. 그런데 그가 3시에 부주의한 소릴 내면서 다시 모습을 드러냈다. 어찌할 바를 모르는 그는 일어날 수 있는 일을 과소평가했다. 다시 말해, 그는 자신의 운명에 대해 혼란스러워했다. 우리가 그한테 잊고 말하지 않은 것이 있었다. 문 위에 설치된 큰 통나무가 문을 열고 지나가는 사람의 머리 위로 떨어질 수도 있다는 점이었다. 페인트를 담은 양동이도 놓여있어서 문을 열면 떨어져 도둑이 될 사람은 새카만 페인트를 뒤집어쓸 것이다. 이런 보안 장치 말고도 작은 종들로 꾸며진 화관(花冠)이 도둑의 머리 위로 떨어질 수도 있었다. 도둑이 도망가면 종 화관이 울리고, 결국 그가 귀머거리가 아니라면 한참 후에 화관을 간신히 떼어낼 수 있는 것이었다. 이런 경우 종이 심지어는 도둑의 집에서도 계속 울릴 것이다.

그래서 앞서 말한 바처럼, 모든 일에는 예외라는 게 있다. 무거운 통나무가 떨어지는 소릴 듣고서 소년과 내가 재빨리 나타났다. 종 화관이 목표물에 떨어지지는 않았다. 멍청한 개는 던져준 뼈다귀에 만족하여 적에게 꼬릴 흔들어댔다. 도둑은 상점 안쪽으로 깊숙이 돌진했다. 그는 아마도 우리가 자기를 이렇게 빨리 추적할 수 있으리라 미처 생각 못하고 상점 안으로 들어가면 안전하리라고 판단한 것 같다. 그는 통나무에 세게 맞아 어지러웠고, 떨어진 페인트를 뒤집어 써 도통 앞을 볼 수 없었다. 그의 운명은 선웃음을 자아냈고, 자신의 마지막 은신처인 상점 안에 갇히게 되었다. 그에게 다른 선택의 여지가 없었다.

그는 새까매졌다. 그보다 더 새까만 것은 없었다. 우린 살금살금 움직여 그를 쫓았다. 손에 움켜쥐고 있던 장기알이 마치 마지막으로 움직이려고 발버둥 치면서 굵어지더니 진동했다. 문득 나는 도둑을 제압해야 할 때는 손에 장기알을 쥐고 있는 게 최악이라는 것을 알게 되었다. 나는 내 *꽈오*, 불운한 대포알을 갖고 있었다.

느닷없이 소년이 내 앞으로 돌진해왔다.

"난 널 볼 수 있거든." 하고 상대가 소릴 질렀다. 하지만 그는 누워 있었다. 저런 어둠 속에서 그가 앞을 볼 수 있다니! 우리가 모든 걸 다시 할 수 있다면, 나는 인간의 가장 중요한 측면은 두려움을 아는 능력이라는 걸 그에게 가르쳐주었을 것이다. 사람은 살기 위해서 두려움을 존중하는 법을 스스로 터득해야 한다. 그러나 이미 때가 너무 늦었다. 금속의 반짝임, 터질 것 같은 소음, 헐떡거리는 숨소리와 몸이 넘어지는 소리가 들렸다. 깜짝 놀란 쥐들이 사방으로 줄행랑을 쳤다. 이 상점 안에서 오랫동안 살았던 쥐들이 이처럼 놀란 적은 없었다. 도둑이 나타나서 평정(平靜)을 깨뜨리려고 칼을 들기 전까지 쥐들은 평화롭게 번식해왔다.

구석으로 내몰리고 희망이 없는 도둑이 소년의 기를 꺾어 도망갈 생각으로 칼로 찔렀다. 하지만 성공할 운명이 아니었다. 두 사람은 죽기 살기로 싸웠다. 그 칼로 서로 목숨을 끝장낼 때까지. 애당초 그는 배은망덕한 인간이었다. 그러나 나중에 시간이 흐른 후 나는 점차 이런 사건들 속에서 훨씬 더 큰 무의미함을 발견하게 되었다. 상점은 모기들로 가득했을 뿐이었고, 소년은 쥐들을 보호하는 어리석은 짓을 해왔던 것이었다. 비극이었다. 텅 빈 상점을, 턴 사람과 텅 빈 공간을 지키기 위해 목숨을 잃은 소년. 상점에 겁먹은 쥐들만 넘쳐난다는 사실이 입증되었다. 쥐들이 우연히 피바다 속에서 꿈틀대는 두 몸뚱이 위로 달려갔다. 칼로 인해 잔혹한 싸움의 고리가 끝장났다.

누군가 무슨 일이 일어났는지 보려고 램프등을 켰을 때 소년은 죽어있었다. 죽기 전에 상점이 텅 비어있었다는 사실을 그가 알아냈는지 아무도 모른다. 나도 모른다. 다른 사람도 전혀 모른다. 그리고 나는 소년이 제발 이 사실을 몰랐기를 기도한다.

오늘, 상점 앞에는 공석 중인 경비원 일자리를 알리는 쪽지 한 장이 달랑 매달려 있었다.

토요일의 스케줄

주말에 당신의 눈에 어떤 조각이 들어가 의사에게 가봐야 한다고 생각해보라! 또한 실명할 위험에 처해 있다고 상상해보라. 다른 한 쪽 눈으로 보긴 하겠지만 심미적으로 보기가 흉할 것이다. 남자라면 여자보다 그것을 쉽게 받아들일 수 있을 것이다.

오늘 아침 아내가 그렇게 슬퍼한 이유가 이것이었다.

"평생 유리눈을 가질 거야"라며 아내는 슬퍼했다.

주말에 당신 몸에 이상한 물체, 즉 유리눈을 끼워 넣었다고 상상해보라. 처음 당신은 두 눈으로 평상시처럼 볼 수 있다. 하지만 갑자기 한 눈이 안 보이는 것을, 좀 더 정확히 말하자면 당신이 더 이상 두 눈을 사용할 수 없음을 상상해보라.

이것이 토요일 아침 아내가 그렇게 우울했던 이유이다. 그녀는 남은 다른 쪽 눈에도 다른 대리석 조각이 들어가 더 이상 볼 수 없게 되지 않을까 불안해했다.

당신은 집정원에 둘 대리석 흉상을 만들기 위해 주말에 더러운 도시에 있는 조각 전문 스튜디오에 들릴 수 있다. 사람의 아름다움은 잘 간직되어져야 하리라. 현대 자유 국가의 많은 사람들이 자신의 젊은 시절을 기억하기 위해 누드 사진을 찍을 수도 있다. 이것을 계속 상상해보자. 당신이 스튜디오에 가면 낯선 사진사가 옷을 벗으라고 할 것이다. 그는 이렇게 저렇게 앉으라고 하면서 카메라를 사면에 맞춘 다음 줌으로 원근을 조절하고 모든 것을 잘 맞추어 사진을 찍을 것이다. 마지막으로 바른 각도에서 찍혀진 당신의 젊은 사진이 나올 것이다. 이것을 생각해본다면 대리석으로 얼굴을 조각하는 것이 적절하고 점잖고 지혜가 담긴 동양 전통에 걸맞음을 이해하게 될 것이다.

자, 이제 당신은 아내가 왜 비(Vy) 스튜디오에 왔는지 이해할 것이다. 비는 사람의 마음을 순간에 포착하는 능력으로 알려진 유명한 예술인이다. 대리석상을 중간에 놓고 아내는 여기, 비는 저기에 앉아 서로 반대편에서 마주 보고 있다. 일주일에 세 번 그리고 각 2시간씩 나는 오토바이로 그녀를 스튜디오에 데려다 주었다. 비는 큰 조각칼로 쿵쿵 치면서 계속 작업을 해나갔다. 그런데 어느 토요일 날, 조각 하나가 아내의 대리석 얼굴에서 떨어져나가 실제 얼굴로 날아가 눈에 들어갔다.

얼마나 운이 나쁜 토요일이었는지! 그 흉상은 완성되지 못했다. 손으로 눈을 가렸으나 피는 흘러내렸다. 이런 일로 아름다움을 간직하려는 생각도 끝이 났다. 아름다움을 영원히 간직하려는 생각을 하지 않았더라면! 그녀는 몹시 후회했다.

주말에 채팅을 하기 위해 인터넷에 들어가지요. 요즘 그런 소통은 모든 사람들을 더욱 친밀하게 만들기도 하지요. 하지만 그 대신 우리는 더욱 고독감과 소외감을 갖고 살지요. 인터넷에 들어가 이런저런 이야기도 하고 대화의 메시지를 보내기도 하지요. 세계 다른 쪽에 무엇이 일어났는지 우리는 다 알고 있을까요? 사람들이 기쁜 혹은 슬픈 표정을 하고 있나요? 매부리코인지 혹은 넓은지요? 우리는 모든 것을 다 알 순 없다. 예를 들어 토요일날 인터넷에 들어가 "오늘 무슨 재미있는 일을 나에게 알려주세요."라고 쳐보세요. 수백만 명에게 동시에 보낸다면 조금 후에 모르는 많은 사람어게서 올 거예요. 가장 재미있고 행복하게 해 줄 것을 고를 수 있다. 예를 들어 가장 괜찮아 보이는 것, 즉 "조각가 비에게 가서 흉상을 조각하도록 하라. 3주 후에 당신의 것이 되어 즐길 수 있으리라. 후에 그 흉상에 싫증이 나도 못생긴 조각가가 작업한 것을 지켜봤다는 것, 그것이라도 기억할 수 있으리라"는 메시지를 발견할 수도 있다.

이런 메시지 때문에 아내는 토요일에 사소하고 복잡한 일을 뒤에 두고 사이공 둑(Thu Duc) 구역의 숨 막히고 더운 스튜디오에서 턱수염을 기르고 털이 많이 난 비를 만나게 되었고 또한 이로 인해 대리석 조각이 그녀의 눈에 들어가게 되었다.

"의사가 미쳤지." 그녀는 말했다. "조각이 이 눈에 들어갔지만 다른 쪽에도 부정적인 영향을 미칠 수 있어요." 이렇게 말하다니! 그녀는 울어버렸다. 의사는 정밀검사를 하기 위해 사진을 찍어야할 필요가 있다고 했다.

그래서 초상화가 아닌 사진을 찍어야 한다는 것이다. 대뇌피질을 정밀 촬영하게 될 것이다. 대리석 조각이 어디에 있고 다른 신경과 또 다른 눈은 어떤 상태인지 관찰 조사하기 위해서이다. 마지막으로 의사들은 환자의 위험 상황에 대처할 방안을 마련하겠지. 해가 질 때까지 신음한다 해도 의사들은 내게 진실을 말해주지 않을 것이다. 의사들은 환자가 나쁜 소식을 접할 때 정신적으로 괜찮다고 믿지 않기 때문에 종종 거짓말을 하는 법이리라.

"어리석게도 그날 내가 이메일 74번을 읽었다면 그 조각을 피할 수도 있었는데. 하지만 난 우매해서 75번이 하라는 대로 따라했다."

74번 이메일은 "아름다운 것과 행복의 희망을 얻기 위해 X 마트의 5층에 가라"고 했는데.

그게 뭐지? 당신이 이런 질문을 자문해볼 때, 아내가 X 레이를 찍어야 하고, 의사가 그것에 대해 진실을 말해주지 않는 이런 토요일 날 내가 왜 X 마트에 가야만 하는지에 대해 당신은 이해할 수 있겠는가? 그날 마트는 붐비고, 사람들은 주말의 신비스러움을 찾아 많은 여성들 사이를 지나가야만 했다. 그들 모두는 큰 바구니를 들고 있으며, 바로 이 순간 수많은 사람들이 마트에 와서 무엇을 사야 할 것인지 무엇이 특이한지 생각하며 들어온다고 생각도 할 수 없을 것이다. 여기 온 이들 역시 5층으로 올라오라는 이 메일을 받았을 지도 모른다. 무엇을 살 수 있을까? 아무것도 없다. 단지 색안경 가게. 하찮은 것들. 아내는 병원에 있는데, 7마일이나 걸려 여기 와서 멋지게 진열된 안경테를 추앙하기라도 하는가?

당신이 여길 떠나려고 할 때 부드러운 어떤 목소리를 듣게 된다.

"선생님을 잘 알아요. 절 잊었나요?"

가게 아가씨의 가냘프고도 달콤한 목소리이다.

"안경 찾으세요? 선생님에게 맞는 안경이 있어요, 한번 보세요"

"아뇨, 안경을 찾는 게 아니에요"

그 아가씨는 안경진열대를 보고 있다가 허리를 펴면서 안경을 하나 내민다.

거울을 가져다주며 당신에게 "선생님, 아주 멋있어요"라고 할 것이다.

"왜 아가씨가 잘 기억나지 않죠?" 당신은 물을 것이다.

"사람을 잘 기억 못 하시는 거죠"라고 애교스럽게 말한다. 이 안경은 어떠세요?"

"멋있네요"

"오늘 처음 파는 거예요. 온종일 하나도 팔지 못했어요. 선생님을 부르지 않아도 되지만, 제가 선생님게 진 빚을 갚으려고 불렀어요"

"무슨 이야기이죠?"

"이것 포장해서 드릴까요? 잘 생각해봐요. 7구역에서 3년 전의 일이죠. 여기 있어요. 포장이 마음에 드세요?"

"네, 좋네요. 하지만 기억이 잘 안 나네요."

"그럴 수 있죠"라고 그 아가씨는 샐쭉하게 말한다. "그래서 제가 빚을 갚을 수 없다고 생각했는데. 제가 약속을 어겼다고 생각했는데."

그래, 그녀가 약속을 어겼다고 가정해 보라. 그런 예쁜 아가씨를 알게 되었는데 쉽게 잊을 수 있겠는가? 토요일! 당신의 아내가 눈에 들어간 대리석 조각 때문에 병원에 있고, 이 유치스런 가게 5층으로 올라가서 많은 여자들 틈을 빠져나와, 지금 아내가 낄 수도 없는 이런 야한 선글라스를 산다면……

"내가 이메일 4번의 충고를 들었더라면 훨씬 좋았을 텐데." 아내가 외칠 것이다.

어쩌면 4번 충고를 따르고 싶었던가요? 그건 아닐 테지요.

당신이 의안을 하고 거울 앞에 섰다면 인간이 어떻게 할 수 없는 한계 있는 존재임을 이해할 테지요. 사람들은 진실을 모방하려고 하지요. 그러나 어떤 것도 당신의 눈을 대신할 수 없지요.

당신은 더 이상 자신의 모습을 보고 싶지 않을 거예요! 당신은 조각가 비를 다시 찾아가 욕설을 퍼부어댈 수 있을 거예요. 남편을 데리고 갈 수도 있지요. 남편에게 그를 때리라고 하면 남편이 그럴

게 할 수 있겠지요. 당신이 그녀의 남편이라면 둘 중 하나는 했을 테죠. 그를 때리든지 아니면 때리지 않든지. 당신이 때리지 않는다면 당신은 며칠 아니 몇 달을 더 우울하게 보내면서 이런 질문을 할 테지요 "왜 나를 위해서 그 정도 희생은 하지 않으려고 하죠? 나를 사랑하지 않는가요?"

그것이 토요일 날에 그럴 이유이다. 당신은 머리에 대리석 조각 칼이 꽂히고 몸은 고통스런 치욕으로 가득 찬 채 비 조각가 스튜디오에서 간신히 나올 것이다. 거기서 석고반죽으로 위협당하며 그런 상태로 있다면 당신은 더 이상 숨도 쉴 수가 없겠지요. 몸은 석고가 굳어지는 것처럼 뻣뻣해질 테지요. 예술가들도 여러 부류가 있고 당신은 그들이 생각이 복잡하다고 해서 다 약하고 아프다고 생각지 말아야 한다. 어떤 예술가는 대장장이처럼 크고 강하다. 그래서 당신은 사람들이 조각가, 특히 대리석 조각가를 화나게 하지 말아야 한다는 것을 이해할 것이다.

오늘은 금요일이다. 오늘 어떤 일을 해야 할지 모른다. "오늘 뭐 재미나는 일이 있는지 알려주시겠어요?" 인터넷 웹 사이트를 찾아서 이런 슬픈 메시지를 사람들에게 보내고 싶으세요? 당신에게 내가 해 줄 수 있는 충고는 그러지 말라는 것이다. 다음 주 토요일 당신은 조각가 녀석이랑 반드시 싸울 것인가? 선글라스를 사기 위해 7마일을 꾸역꾸역 가서 X 마트 5층 여성들 사이를 지나갈 것인가? 그렇다면 당신이 떠날 때 옛날 예쁜 아가씨를 왜 벌써 잊었냐고 의심할 것인가? 아니면 삶이 어떤 형체도 없이 그냥 지나가며 눈에 들어간 대리석 조각 때문에 매 토요일을 증오한다고 갑자기 생각하게 될까? 토요일에만 단지 그런 일이 일어날 수는 없다. 그 조각이 수요일, 목요일, 일요일에 들어간다면 어땠을까? 당신은 그 주의 모든 요일을 다 싫어할 수는 없다.

그러나 당신은 잊을지도 모르지만 싸우러 갈 때 중요한 것을 기억해야 하는데, 둑 구역에 가서 흉상을 가져와야 한다는 것이다. 그건 당신 것이니까. 당신의 아내가 이미 돈을 지불했고, 엄청나게 비싸니까. 당신이 갈 때 몸집 큰 녀석에게 같이 가자고 부탁하는 것도 잊지 마라. 그게 당신의 삶이니까……

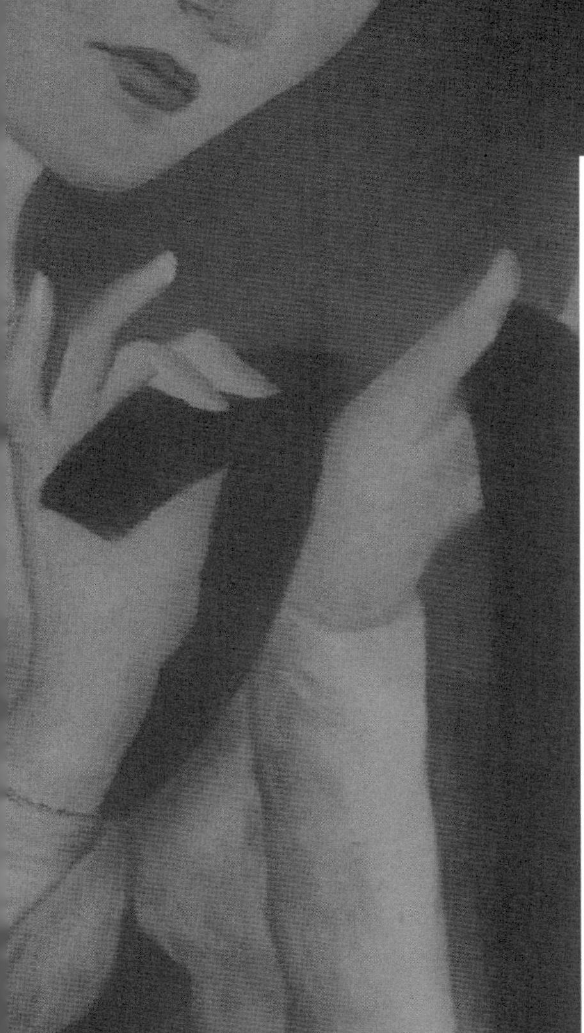

팽 티 뱅 안

Phan Thi Vang Anh

(1968)

투옹

Thuong

팽 티 뱅 안 Phan Thi Vang Anh(1968) *woman writer*
1968년 하노이에서 태어났으며 현재 호치민 시에 살고 있다. 부모가 모두 작가로 어머니인 부티 뚜옹은 단편 소설 작가이고 아버지인 체 란 비엔은 20세기 베트남 최고의 시인이었다. 그녀의 소설의 절제된 간결함이나 숨겨진 열정 속에서 아버지의 영향이 엿보인다. 그녀는 『우리 젊은 시절』과 『시장』 같은 단편집을 발간한 바 있다. 베트남 작가 협회의 임원이기도 하다.

투옹

1

투옹이 처음 이 집에 도착했을 때 하오 씨는 바깥에서 정원일을 하고 있었다. 그녀는 숨을 헐떡이며 마당에 가방을 내려놓고는, 더위를 식히기 위해 단추를 풀고 블라우스 안쪽으로 후후 바람을 불어댔다.

하오 씨는 급한 나머지 장미화단 옆에 삽을 던지듯이 내려놓고는 손을 바지에 닦으며 이렇게 말했다. "원, 세상에, 반갑기도 하지. 어서 와, 어서 오라고."

나이 차는 제법 나는 편이지만 둘은 더 없이 좋은 친구였다. 약 3년 만에 다시 보는 모습이지만 그녀는 몸이 조금 나은 것 빼고는 별로 변한 것이 없었다. 눈꼬리는 여전히 칼날처럼 예리한 모습이었고, 여전히 큰 입에 진홍빛 입술을 하고 있었다. 다리가 긴 그녀는 표범처럼 우아한 모습으로 서 있었다.

하오 씨가 무슨 일로 이곳 외지까지 왔느냐고 묻자 그녀는 웃으며 이렇게 말했다.

"그저, 마음이 쓸쓸해서 여행을 해야겠다고 생각했어요. 글쎄, 실은 여기로 오게 된 것은 친구가 이곳을 추천했기 때문이에요. 마음이 아플 땐 멀리 떠나라고 했어요. 그리고 여기엔 산도 있고 강도 있잖아요. 버스에 타자마자 제가 알고 지내던 사람들 모습이 별안간 떠올랐어요. 운 좋게도 제 수첩에 주소를 써놓았었거든요"

하오 씨는 난트란 차를 준비하느라 바빴지만, 이 말을 듣고는 그녀가 도착한 다음 한껏 올라갔던 기대감이 사라지고 말았다. 그는 이러한 실망감이 자기 탓이라는 것도 알고 있었다. 하지만 그는 밝은 모습으로 그녀를 대했고 두 사람은 흥이 나서 이야기를 주고받았다. 그녀는 자기만의 이야기 스타일이 있었는데, 매번 이야기가 끝날 즈음 비꼬는 듯한 짧은 코멘트를 달곤 하는 것이었다. 하지만 하오 씨의 부인처럼 악의적인 의도로 그러는 것은 아니었다. (하오 씨의 부인은 생전에 구정 휴가 등 축제 기간에 고의적으로 비꼬는 말을 해서 하오 씨의 마음을 편치 않게 했었다.)

투옹은 즐겨 웃는 모습이었고 그럴 때마다 마치 샘에서 흘러나오는 물처럼 눈빛이 밝게 빛났다. 그녀는 이따금 사람들을 놀라게 하곤 했는데, 이번엔 말하다 말고 별안간 주위를 돌아보면서 누구와 같이 지내냐고 그에게 물었다. 하오 씨는 슬픈 표정으로 피식 웃는 척 하면서, "아무도 없지"라고 답했다.

그건 사실이었다. 그는 작년에 자식들이 자신의 거처로 수리해 놓은 집에서 혼자 살고 있었다. 창문 블라인드를 녹색으로 해달라 고 했을 때, 애들은 아빠를 두고 "멋져요!"라고 말했었다. 찾아올 방문객은 없었지만, 평생 처음 손님이 묵을 방도 갖게 되었다. 투옹 에게 손님방에 머물지 않겠냐고 묻자, 그녀는 웃으면서 아저씨 명 성에 상처는 가지 않을 거예요 라고 말했다. 그녀는 이제 세상 물도 먹었기 때문에 더 이상 예전의 순진한 소녀가 아니었다.

투옹의 대답에 하오 씨는 약간의 기대감이 되살아났고 이내 다시 가슴이 부풀어 올랐다. 그는 찬장에서 탁상용 선풍기를 꺼냈다. 밤 새 켜놓으면 아침에 꼭 두꺼비마냥 침대로 뛰어들 것만 같은 바로 그 선풍기였다. 투옹에게는 이 태국산 핑크빛 선풍기를 주고 망가 진 것은 자기가 가졌다. 그리고는 손님방을 걸레로 닦은 후 바닥에 꽃 장식 매트를 깔았다.

일을 끝낸 후, 그는 아이들처럼 눈을 동그랗게 뜨고는, 방 전체를 둘러보았다.

"뭐 빠진 게 있나?" 그는 투옹에게 물었다.

그녀는 환하게 웃는 모습으로 이렇게 답했다.

"아주 좋아요, 아저씨. 최고에요."

2

투옹은 온종일 외출했다가 돌아와 빨래를 하고는 듣기 좋은 러시아 노래를 불렀다. 그녀는 마치 소가 끄는 수레 위에 앉아 흔들리는 대로 몸을 내맡긴 사람처럼 넋 나간 모습으로 노래를 하고 있었다. 시골 생활이 그녀에게 순수한 감정을 일깨워준 듯했다. 그녀는 칼을 들고 정원으로 가더니 이름 모를 꽃 몇 송이와 시들시들한 잡초 한 다발을 캐가지고 와서 화분을 만들었다. 이 모습을 보고 있던 하오 씨는 자신의 촌 생활이 얼마나 단조로운가 하는 생각이 들어 혼자 얼굴을 붉혔다.

투옹은 대개 간단한 식단을 준비했다, 하지만 여유가 있을 때에는 이럭저럭 여러 가지 찬을 마련했다.

어느 휴일인가 도시에서 학교에 다니던 하오 씨의 손자 램이 여름 방학을 이용해 이곳에 내려왔을 때, 그물 침대에 누워있던 그는 그저 지나가는 말투로, "불에 구운 오리고기를 한번 먹어봤으면" 하고 말한 적이 있었다. 투옹은 아무 말 하지 않고 다만 혼자 웃기만 했다.

그날 저녁 두 사람은 살구 술로 씻은 오리구이로 만찬을 했다. 오리 뱃속에 담긴 연꽃씨를 빼어 먹던 램이 이렇게 물었다. "투옹이 식당을 하나 봐요?" 그는 투옹이 집에 오기만을 기다렸다. 음식솜씨를 축하해주고 싶어서였다. 하지만 그녀는 돌아오지 않았고, 열 시가 돼도 돌아오지 않자, 하오 씨는 램의 부모가 걱정할까봐 램을 그만 집에 돌아가게 했다.

가는 길이 멀고 험했지만 그래도 그는 손자를 돌려보내고 싶었다. 그래야만 잠을 잘 수 있을 것 같았다. 램은 그 집안 친가 중 유일하게 대학에 진학했다. 정원 문 앞에서 그를 배웅하면서 하오 씨는 대수롭지 않은 듯이 이렇게 말했다. "오늘 밤 투옹은 안 돌아오는가 보구나."

램이 웃으며 말했다. "아직 길들여지지 않은 숙녀 같아요."

램은 오토바이에 시동을 걸었고, 하오 씨는 언덕 아래도 오토바이의 빨간 불빛이 구불구불 내려가다가 멀리 어두움 속으로 사라지는 모습을 내려다보았다.

3

이틀 후 램이 다시 돌아왔을 때, 하오 씨는 몸이 좋지 않았다. 램은 할아버지가 집 가운데 앉아 마치 강신술을 하는 것처럼 빨간 담요로 온몸을 감싸고 있는 모습을 보았다. 그는 코 막힌 목소리로 이렇게 말했다.

"램이니? 나 한증탕 좀 해야겠구나."

그리고는 계속 재채기를 해댔다.

부엌에서 바깥으로 나온 투옹은 눈빛이 반짝였고 얼굴색이 불그

스레했다. 그녀는 웃는 얼굴로 이렇게 말했다. "조심하세요. 이 물단지에 발을 담그면 안 돼요. 우선 안으로 들어가세요. 그러면 제가 갖고 안으로 들어갈게요."

긴 의자 위에 다리를 쭉 뻗은 채 신문을 읽고 있던 램은 황급히 다리를 내리고 그녀를 맞았다. 그리고는 다시 신문을 읽기 시작했다. 그러다가 무언가 눈에 끌려 위를 쳐다보게 되었는데, 뜨거운 물이 담긴 물단지를 집으려고 긴팔을 뻗은 채 허리를 숙인 투옹의 모습이 눈에 비친 것이다. 얇은 옷 안으로 비치듯이, 고대 조각상처럼 아름답고 순수한 그녀의 모습이 보였다. 하지만 무언가 체념한 듯한 얼굴 표정을 하고 있었다. 램은 벌떡 일어나, "제가 들겠습니다." 하고 말하면서도, 자신이 왜 별안간 이렇게 고상하고 남자다워진 것일까 하고 내심 의아해했다.

투옹은 그릇을 잡는 천 두 개를 램에게 넘겼는데, 그 모습이 수줍어하기보다는 당당하게 보였다. 램은 무언가 할 말을 찾다가 이렇게 물었다.

"한증탕에 넣을 나뭇잎은 어디서 구했어요?"

"정원에서요." 그녀는 램의 뒤를 따라오다가 부드러운 소리로 답했다.

램은 그녀가 바구니를 들고 나가 머리도 안 빗은 채 나뭇잎을 긁어모으는 모습을 마음속에 그려보았다.

"저도 몸이 안 좋아요." 램이 말했다. "저도 한증욕이나 할까 봐요."

4

사흘이 지나도 투옹은 돌아오지 않았다. 하오 씨는 용기를 내어 그녀의 방으로 들어가 보았다. 몇 가지 사러간다고 말하고는 집에서 나갈 당시와 별반 달라진 것이 없는 방 모습이었다. 그는 간이침대에 앉았다가 다시 긴 의자로 옮겨 앉았다. 신문도 샅샅이 읽어 보았지만 별반 새로운 내용이 없었다.

오후 늦은 시각에 깜빡 졸고 있다가 문 앞에서 들려오는 오토바이 소리를 들었다. 그는 일어나지 않았다. 투옹에게 화가 나 있었기 때문이다. 그녀는 너무 충동적이라, 어떤 때는 열심히 자기 일을 하면서 사려 깊게 행동하는 따뜻한 심성을 지닌 가정주부 같다가도, 어떤 때는 헤픈 창녀처럼 보이기도 했다. 누군가 집으로 그녀를 찾아온 사람들도 있었다. 아마도 그녀가 찾던 예술가들인 것 같았다.

"아버지! 아버지!" 딸이 온 모양이었다. 마치 고함을 지르는 경찰의 목소리보다 더 위압적인 소리가 귀가 따가울 정도로 크게 들려왔다.

램의 소리도 들렸다. "부모님과 같이 왔어요."

램이 들어와 부엌으로 가서 잠시 머물더니 이내 아무런 말없이 밖으로 나왔다.

하오 씨의 딸 응곡이 심각한 어투로 물었다. "아버지, 이제는 어떠세요?" 그녀는 무슨 음모라도 꾸민 것처럼 남편 쪽을 향해 슬쩍 눈길을 주며 이렇게 말했다. "오늘 아버지와 같이 식사하는 거지?"

부엌에서 요리하는 소리가 들려왔다. 고기 써는 소리와 야채에 물 붓는 소리가 들렸지만 아직 하오 씨의 뇌리에서는 투옹의 모습이 떠나지 않았다.

그녀는 종종 무늬 있는 민소매의 얇은 면옷을 입고는 노래를 부르곤 했는데, 우물에서 물을 길 때면 햇볕에 그녀의 모습이 비치곤 했다. 저녁이 되면 마루에서 발을 쭉 펴고 불가에 앉아 음식을 준비했었다. 이런 모습을 떠올릴 때마다 마치 다른 사람들의 목소리가 전혀 들리지 않는 깊은 동굴 속에서 길을 잃은 채, 둘만 같이 있다는 느낌이 들 정도였다. 그러다가 코코넛 야자의 큰 잎이 떨어지는 소리에 번쩍 정신이 들곤 했다.

아무도, 심지어 램조차 투옹 이야기를 묻지 않았다.

이틀 전만 해도 하오 씨는 램과 같이 떠들며 웃곤 했었다. 어젯밤에는 자정 때까지 램이 할아버지와 같이 지내다가 떠나면서 이렇게 물었다. "투옹이 자주 산책을 나가는가 봐요?"

탁자 위에 둥근 쟁반을 놓으면서 드디어 응곡이 웃는 얼굴로 이렇게 물었다. "아버지, 투옹은 어디 있어요?"

"내가 어찌 아나." 하오 씨가 대꾸했다.

잠시 젓가락 짝을 맞추던 응곡이 다시 물었다. "언제 나갔는데요?"

"나도 모른다."

사위가 읽던 신문을 놓더니만 마치 주인이라도 되는 양 "자, 식사합시다." 하고 말했다.

모두 식탁에 앉았지만, 뭔가 무거운 느낌이었고 자손들이 찾아와 자리를 같이 하던 여느 날과는 사뭇 다른 분위기였다. "아버지, 드릴 말씀이 있어요." 응곡이 말을 막 꺼내려 할 때, 별안간 투옹이 문 앞에 모습을 드러냈다.

그녀는 어느 때보다 더 아름답고 자연스러워 보였다. 투옹은 표범처럼 우아하고 차분한 모습으로 가볍게 인사를 건넸다.

"모두들 안녕하세요?"

하오 씨는 "여기는 내 딸이고, 사위일세. 그리곤 여기는 투옹이야" 하면서 소개를 시켰다.

투옹은 다시 웃는 얼굴로 램의 아버지인 푸옹을 쳐다보면서 "안녕하세요." 하고 인사했다.

"같이 식사나 하지." 하오 씨가 말했다.

투옹은 고개를 저으면서 말했다. "괜찮아요. 식사들 하세요. 전 벌써 식사 했습니다."

탁자를 가로질러 갈 때, 그녀의 핸드백 가방이 푸옹의 의자를 살짝 스쳤다. 그녀를 보며 푸옹은 '전혀 변하지 않았네.'라고 생각했다.

하오 씨는 이제야 마음이 놓였다. 화도 다 풀린 듯 했다.

우물에서 물 긷는 소리가 들리자, 하오 씨는 그녀에게 "좀 쉰 다음에 씻지" 하고 말하며 자리에서 일어나려 했다. "감기 들면 어쩌려고."

"제가 갈게요." 램이 재빠르게 말하면서 자리에서 일어났다.

램은 부엌으로 들어가 항아리를 열고는 고추 몇 개를 꺼냈다. 램이 우물가로 갔을 때 투옹은 눈처럼 하얀 목을 드러낸 채, 치렁치렁한 까만 머리를 감고 있었다. 램은 무슨 말을 해야 할지 몰라 얼굴을 붉힌 채 그냥 다시 집으로 돌아왔다.

5

하오 씨는 잠에 빠졌다. 숨을 내쉴 때마다 입이 닫혔다 열렸다 했다. 응곡은 마치 길가에 나앉은 노숙자마냥 몸을 구부린 채 긴 의자에 누워 있었다. 그런 모습을 바라보던 푸옹은 별안간 그녀가 끔찍할 정도로 못생겼다는 생각이 들었고, 점점 더 자기 엄마를 닮아간다는 생각이 들었다. 그녀는 말도 많았고 별 재미없는 똑같은 이야기를 떠들어대곤 했다. 마치 자기 엄마처럼 매일, 아니 매년 점점 더 시계처럼 쳇바퀴 돌 듯 사는 모습이었다.

그는 일어나 안채의 닫힌 문 앞으로 가더니 거기서 머뭇댔다. 아마도 투옹이 그녀의 까만 머리를 펼친 채 베개를 베고 자고 있을 것 같았다. 그는 마치 초원에 누운 듯 고운 숨을 쉬면서 평화롭게 누워 있곤 하던 그녀의 모습을 떠올렸다. 어느 날 밤에는 혹 무슨 일이 난 건 아닌지 몰라 자는 그녀를 살짝 건드려보기도 했었다. 아런히 먼 옛날 일이었다. 하지만 그녀는 예전 모습과 전혀 변한 것이 없었다. 그는 그녀가 자유분방하다는 사실을 알고 있었고 자신이 양심에 꺼려하지 않으면서 그녀의 서구식 생활방식을 이용해 이득을 취하는 사람 가운데 하나라는 것도 알고 있었다. 둘의 관계는 그런대로 괜찮았지만, 그 역시 자기가 그녀의 또 다른 놀이대상일 뿐이었다는 사실을 깨닫게 되었다. 그녀가 자기를 어떻게 떠났는지를 생각하면 기분이 언짢았다. 마치 한참 데리고 놀다가 싫증이 나 떠나버리는 그런 몸 파는 정도의 남자처럼 취급했고 이에 대해 그녀는 일말의 가책도 느끼지 않았었다. 그나마 그날 밤 그가 위로를 받았던 점은 자신이 유부남이 아니라고 그녀를 끝까지 속였다는 사실이었다. 마지막 순간까지 그녀는 자기를 총각이라고 믿었었다. 그는 그런 식으로 그녀를 속였다. 하지만 혹 자신이 유부남이라는 사실이 그녀에게, 아니 그 매춘부 같은 여자에게 무슨 의미가 있었을까 하고 생각해보았다.

이런 저런 생각들이 그녀의 방문 앞에 서 있는 푸옹의 머리를 스쳐 지나갔다. 그가 손을 들어 막 문을 두드리고 하는 순간 문이 열리면서 그녀가 밖으로 나왔다. 그녀는 약간 찡그리는 듯한 표정으로 웃음을 지어 보였다. "꽤 대범하시네요. 하지만 부인이 깨어 계신데 어서 여기서 나가시는 게 좋을 거예요."

푸옹은 본능적으로 몸을 돌렸다. 하지만 바보 같다는 생각에 다시 그녀 쪽으로 몸을 틀었다. "당신 여기서 뭐하는 거지?"

투옹은 머리카락이 헝클어진 채 양손을 허리에 대고는 방문턱에서 있었다. "당신 찾으러 온 게 아닌 건 분명해요."

응곡이 기침을 하는 소리가 들렸다.

"당신을 속여서 미안해." 푸옹이 급히 말했다. "그 당시 나와 처는……"

투옹은 손사래를 치면서 그의 말을 막았다. "아무런 문제가 되지 않아요. 무슨 차이가 있겠어요?" 그리고는 별안간 크게 웃음을 터뜨렸다. 깜짝 놀란 푸옹은 그녀의 입을 막기라도 하려는 듯 손을 들어 올렸다. 하지만 대신 몸을 홱 돌리더니 길에 떨어진 코코넛 껍질을 발로 차면서 정원으로 빠져나갔다.

웃는 소리 때문에 집안에 소란이 일었다. 뒷마당 숲속에서 딸기를 따던 램은 대체 무슨 웃음소리인지 몰라 안채로 뛰어 들어왔다. 그는 부엌문 앞에서 눈을 반짝이며 머리를 땋아 올리던 투옹을 발견했다. 그녀는 손짓으로 그를 불렀다. "누가 묻거든 너랑 같이 웃고 있었다고 말해야 한다." 램은 고개를 끄덕였다. 그 순간 램의 엄마가 걱정스러운 표정으로 걸어 들어왔다. "죄송합니다." 하면서 투옹이 머리 숙여 사과하자, 램이 끼어들면서, 이렇게 말했다.

"제 잘못이에요. 제가 농담을 했거든요."

"당장 나와!" 그녀는 램에게 고함을 질렀고, 이내 작은 체구의 엄마와 큰 덩치의 아들이 함께 안채로 사라졌다.

그날 오후, 처음 들어올 때와 같은 옷에 같은 큰 가방을 들고는 투옹은 집을 나갔다. 하오 씨는 더욱 늙어 보였다. 그는 이곳은 자기 집이니 그녀가 원하기만 하면 언제까지라도 묵을 수 있다고 말했고, 응곡은 이 집에 대해 아무 권리도 없다고 말하기도 했다.

투옹은 "아저씨, 기나긴 여행이었어요. 그래서 떠나는 것뿐이에요. 다른 이유는 없어요."라고 말했다.

"제가 버스 정거장까지 바래다줄게요." 램이 말했다. 그는 그녀와 가까이 있고 싶은 생각에 가방을 오토바이 앞에다 묶자고 했고, 시동을 걸고는 이내 출발했다. 아래로 넓은 바다가 무심한 차 펼쳐져 있었다. 투옹은 젊은 램의 목덜미를 물끄러미 쳐다보았다. 이렇게 마음이 흔들린 적이 얼마만이란 말인가? 그녀는 마치 또 다른 모험, 또 다른 숨바꼭질을 시작할 것 같다고 느꼈다. 혼자 고심을 하던 그녀는 잠시 주저하다가 이렇게 말했다. "지금 집으로 곧장 가고 싶지 않구나. 홍호아 호텔로 데려다 줘. 그리고 내일 오후 시간 있으면 나를 해변에 데려가주지 않을래."

"몇 시에 갈까요?" 램이 물었다.

다음날 램이 다섯 시 정각에 호텔에 도착하자, 호텔 사람들은 그녀가 방금 떠났다고 전해주었다. 처음엔 편지를 남겨 놓더니만 다시 가져갔다고 했다. 그는 지금이라도 즉시 그녀를 따라 나서면 아직 그녀를 잡을 수 있을 것만 같았다.

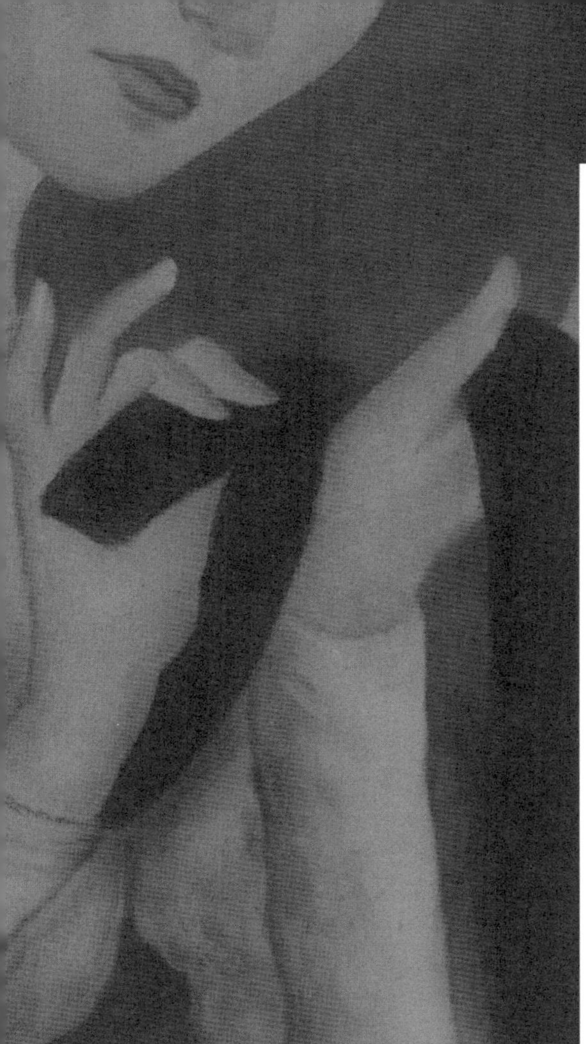

뉴엔 휘 띠엡

Nguyen Huy Thiep
(1950)

정글의 소금

Anthology
of the Vietnamese
Short Stories

The Salt of Jungle

뉴엔 휘 띠엡 Nguyen Huy Thiep(1950)

1950년 하노이에서 태어났다. 어린 시절을 북베트남의 농촌에서 보냈으며 1960년 다시 하노이로 돌아왔으며 1970년에 사범대학을 졸업했다. '도이 모이'(개혁)의 대표적인 작가인 띠엡은 베트남인의 깊은 내면적 정서를 생생하게 드러낼 뿐아니라 독창적인 스타일로 젊은 작가들에게 큰 영향을 미치고 있다. 영미권에 가장 잘 알려진 작가 중 하나로 그의 단편소설집인 『장군은 은퇴한다』가 1993년 옥스퍼드 대학 출판사에서 영역되었으며 또 다른 단편소설집인 『강을 건너서』가 2002년 커브스톤 출판사에서 영역되었다.

정글의 소금

설 다음 달은 정글이 가장 좋을 때다. 식물과 나무들이 자라고 정글의 녹색이 깊어지며 촉촉해진다. 자연은 위엄이 있으면서도 감성이 풍부해지는데 이는 어느 정도 봄비의 영향이기도 하다.

이때 정글로 들어가면 즐겁기 그지없다. 푸석한 나뭇잎을 밟으며, 맑은 공기를 마시고, 맨살이 들어난 어깨 위로 나무에서 물방울이라도 떨어질라치면 깜짝 놀라기도 한다. 일상에서 마주쳐야 하는 온갖 어처구니없고 비열한 일들은 작은 다람쥐가 람바이 나뭇가지 위로 뛰어오르는 모습을 보면 모두 눈 녹듯 사라지고 만다.

디우 노인이 사냥을 떠난 건 바로 이맘 때였다.

유학 간 아들이 이연발 소총을 보내준 후부터 디우 노인은 사냥에 마음을 갖게 되었다. 위엄 있어 보이는 총은 장난감마냥 새털같이 가벼웠다. 꿈에서도 이런 총은 상상조차 해보지 못했다. 노인은 나이 육십에 새로 산 총을 가지고 봄에 정글에서 사냥을 한다면 인생도 살만한 것이라는 생각을 하였다.

디우 노인은 허리띠와 방한복, 털모자와 장화를 챙겨 입었다. 만일의 사태에 대비해서 찹쌀 주먹밥도 하나 가져왔다. 얕은 시내를 따라 상류로 거슬러 올라갔는데 석회암 동굴이 군집한 곳을 일 마일정도 지나니 수원이 나타났다.

노인은 왕래가 빈번하고 굽이진 오솔길로 접어들었다. 엄청나게 많은 블루버드가 오솔길 양옆으로 줄지어 있는 감나무에 둥지를 틀고 있었다. 디우 노인은 새들을 사냥하지는 않았다. 이 총으로 블루버드를 쏘는 것은 탄알만 낭비하는 일이 될 것이기 때문이었다. 새고기는 이미 충분히 먹었다. 게다가 새고기라는 것이 맛은 있지만 냄새가 역하고 또 마을에도 비둘기는 지천이다. 새고기를 먹고자 하면 집에서도 잡아먹을 수 있다.

오솔길이 굽이진 모퉁이에서 가시나무가 부스럭거리는 소리에 디우 노인은 화들짝 놀랐다. 화려한 새들이 떼를 지어 그의 눈앞에 나타났다. 노인은 숨을 죽이고서 한 쌍의 야생 닭이 머리를 낮게 숙인 채 꽥꽥거리며 앞으로 재빨리 내달리는 것을 지켜봤다. 그 놈들을 겨냥하면서도 속으로는 "맞추기 글렀는걸."이라는 생각이 들었다. 노인은 같은 자세로 오랫동안 앉아서 정글이 다시 잠잠해질 때까지 기다렸다. 한 쌍의 야생 닭들은 사람을 보지 않았다고 생각할 것이다. 그게 그 놈들한테도 좋고 노인 자신한테도 좋다고 생각했다.

바위산은 웅장하게 높이 솟아 있었다. 디우 노인은 자기의 힘을 가늠해보면서 그 산을 바라봤다. 원숭이나 야생 염소 한 마리쯤 잡아서 내려오면 꽤 만족스러울 거다. 야생 염소가 잡기 힘들다는 것은 디우 노인도 알고 있다. 야생 염소를 맞추는 일은 우연으로나 있을 수 있는 것이고, 그런 행운이 자기에겐 따라주지 않을 거라 여겼다.

이런 생각을 신중하게 하면서, 디우 노인은 석회암 산기슭을 따라 람바이 나무숲이 있는 곳으로 올라가면 원숭이를 사냥할 수 있을 거라 생각했다. 거기에 가면, 원숭이 왕국이 골짜기 속에 있기 때문에 굳이 애를 쓰지 않아도 사냥할 기회는 많을 것이다. 람바이 숲에서 원숭이들은 무리를 져서 움직이기 때문에 그 중 한 놈을 맞추는 일은 어렵지 않다.

람바이 숲에 다다랐을 때, 디우 노인은 덩굴로 덮인 나지막한 두 덩 앞에서 잠시 멈췄다. 무슨 덩굴인지 알 수 없었다. 잎들은 노트 잎처럼 빛바랜 은색을 띠고 꽃은 땅바닥으로 흐드러지게 쏟아져 내리고 귀고리 장식처럼 노란색이 났다. 노인은 그 자리에 앉아서 주위를 조용히 관찰했다. 이곳에 원숭이들이 살고 있는지 그 여부를 먼저 확인해야 했다. 원숭이들은 사람만큼 영리해서, 먹이를 찾을 때면 한 놈이 꼭 보초를 선다. 보초를 서는 놈은 귀가 아주 예민해서, 디우 노인이 먼저 그 놈을 찾아내지 않으면, 사냥은 실패로 돌아갈 것이다. 우두머리를 맞추는 것은 불가능하다. 물론, 우두머리래 봤자 원숭이에 불과하지만 말이다. 그러나 아무리 원숭이라도 우두머리는 우두머리이기 때문에 다른 녀석으로 대신할 수 없는 것이다. 기다렸다가 쏠 수단을 강구해야 한다.

디우 노인은 반시간 가량 가만히 앉아 있었다. 봄비는 가늘고 부드러웠고 날씨는 따뜻했다. 아무런 생각도 하지 않고 슬프거나 기뻐하지도 않은 채, 아무런 걱정도 없이, 그리고 아무 계산도 없이 이렇게 가만히 앉아 있어 본지도 꽤 오랜만이다. 숲의 고요함과 적막함이 그의 몸으로 속속들이 파고들었다.

예상치 못한, 거대한 동물로 인한 것이 분명한 갑작스런 소동이 람바이 숲에서 들려왔다. 디우 노인은 우두머리 녀석이 왔다는 것을 알았다. 매우 영리한 이놈은 나타날 때마다 뻔뻔하기까지 한 자신감에 가득 차서 우두머리 위치에 걸맞은 의식을 치른다. 디우 노인은 혼자 웃으며 주의 깊게 지켜봤다.

소동이 있고 얼마 있다가 우두머리가 모습을 드러냈다. 몸을 어떻게나 빨리 흔드는지 움직이는 모습이 끊어짐 없이 흐르는 유동체처럼 보였다. 디우 노인은 우두머리의 이런 신속한 기민성이 존경스러웠다. 몸을 흔드는가 싶더니 순식간에 우두머리가 사라졌다. 자기연민 같은 감정이 디우 노인의 심장을 찔렀다. 노인은 우두머리를 따라잡을 재간이 없었다. 집을 나서면서 느꼈던 기쁨이 절반으로 줄어들었다.

우두머리 원숭이가 사라지자, 스무 마리는 됨직한 원숭이 무리가 사방에서 뛰쳐나왔다. 몇 마리는 높은 곳에 매달리고, 몇 마리는 낮게 나뭇가지를 타고 다른 놈들은 땅에서 뛰어다니고 있었다. 디우 노인은 세 마리가 서로 붙어 있는 것을 보았다. 수컷, 암컷 그리고 그 새끼 원숭이.

디우 노인은 갑자기 수컷을 사냥감으로 삼겠다는 생각에 집착하게 됐다. 얼마나 부도덕한 아비인지! 퇴폐적인 호색한! 거친 가부장! 더러운 입법자! 비열한 폭군!

디우 노인은 심장이 벅차오르는 것을 느꼈다. 모자와 솜을 두른 겉옷을 벗어 덤불 아래 놓았다. 찹쌀 주먹밥도 내려놓았다. 그리곤 천천히 땅이 푹 파인 쪽으로 움직여갔다. 주의 깊게 보았더니, 보초를 서는 원숭이는 암컷이었다. 아주 쉽게 되겠는 걸. 암컷들은 쉽게 한 눈을 팔거든. 이것도, 알겠지? 보초를 서기로 했는데 벼룩을 잡느라 몸을 긁적이고 있는 게 얼마나 무책임한 일이냐고. 하긴 암컷한텐 몸만큼 중요한 것도 없지. 그건 아주 단순하고 멋지면서도 측은한 사실이었다.

디우 노인은 거리를 재고서 바람을 등에 받으면서 암컷 보초 쪽으로 지그재그로 방향을 왔다 갔다 하면서 나아갔다. 총을 쏘려면 서로 붙어 있는 원숭이들로부터 20미터 이내까지는 다가가야 한다. 그는 빠르고 신속하게 기어갔다. 사냥감을 확인했을 때 그는 성공을 확신할 수 있었다. 자연이 다른 녀석들이 아닌 바로 이 세 마리를 그를 위해 점찍어 놓았던 것이다. 걸음이 좀 둔탁하고 주의를 하지 않는다손 치더라도 결과는 다르지 않을 것을 알고 있었다. 논리적으로 맞지 않는 듯 보이지만 그래도 그렇게 되는 것이 정상이다.

그러나 이런 생각을 하면서도 디우 노인은 여전히 조심스럽게 그 원숭이들을 향해 다가갔다. 자연은 알 수 없는 복병들로 가득하다는 것을 노인은 알고 있었다. 끝까지 조심해서 나쁠 건 없다.

디우 노인은 총을 나뭇가지 사이에 올려놓았다. 세 마리 원숭이는 재앙이 임박했다는 사실을 까마득하게 모르고 있었다. 아비는 나무에 위태롭게 쭉 뻗은 상태로 매달려 과일을 따서 땅바닥에 있는 어미와 새끼에게 던져주고 있었다. 던지기 전에 좋은 부분은 자기가 먼저 먹었다. 가증스럽기 그지없는 행동이다. 디우 노인은 방아쇠를 당겼다. 소리가 너무 커서 원숭이들은 한참을 숨죽이고 있었다. 수컷은 잡고 있던 나뭇가지를 놓치고 쿵하는 소리와 함께 바닥으로 떨어졌다.

그 원숭이 무리의 야단법석으로 인해 디우 노인은 두려워 떨었다. 그는 방금 악한 짓을 저질렀다. 힘든 노동을 막 끝낸 것처럼 팔다리에 힘이 쭉 빠졌다. 어미가 새끼와 함께 재빨리 정글 속으로 달려가 모습을 감췄다. 어느 정도 안전한 거리가 확보되자 어미 원숭이가 갑자기 몸을 돌렸다. 수컷은 어깨에 총을 맞았다. 일어나려고 애를 썼지만 자꾸 나자빠졌다.

주변을 둘러보더니, 암컷이 주위의 정적을 의심쩍어하면서 조심스럽게 수컷 쪽으로 다가갔다. 수컷이 비명을 질렀다. 고통스럽게 슬픈 소리였다. 두려움에 광분한 암컷은 그 소리를 듣고 움직임을 멈췄다.

"도망쳐!" 디우 노인은 신음하듯 조용히 말했다. 그러나 암컷은 제 목숨을 걸기로 작정한 듯 수컷을 부축하러갔다.

화가 난 디우 노인은 총을 들어올렸다. 암컷이 자기를 희생하는 모습에 증오가 복받쳐 올랐다. 나쁜 놈! 부르주아 여인네들처럼 자기가 무슨 고상한 마음이라도 갖고 있다고 증명이라도 해보일 모양이지! 이딴 식 멜로드라마 때문에 도덕이 무너지고 있는 거야. 날 속이려 들어?

디우 노인이 방아쇠를 당기려는 순간, 암컷은 두려움이 가득한 눈으로 노인을 돌아봤다. 수컷을 떨어뜨리고는 도망을 쳤다. 디우 노인은 안심이 돼서 숨을 크게 쉬고, 숨어 있던 곳에서 나오면서 킬킬대고 웃었다.

그가 몸을 드러내자 암컷이 다시 다가왔다.

"빌어먹을!"

디우 노인은 소리죽여 욕을 했다. "내가 사람이란 걸 암컷이 알면 모든 걸 망칠 텐데!" 그의 예상대로 정확히 암컷은 노인을 힐끔 보더니 수컷에게로 달려가서 빠르고 솜씨 좋게 그를 꼭 껴안았다. 두 마리 원숭이가 바닥을 굴러갔다. 지금쯤 암컷은 분명히 공포에 사로잡혀 정신을 잃은 사람 같을 것이다. 암컷은 어머니 대자연 앞에서 자기의 숭고한 마음을 심판받으며 열정적으로 자신을 희생할 것이다. 그리고 노인은 암살자로서 모습을 드러낼 것이다. 죽으면서도 암컷은 이를 드러내며 웃을 것이다. 결과가 어떻든, 디우 노인은 밤에도 고통으로 잠을 못 이룰 것이고, 지금 나가서 저들을 쏜다면 제 명보다도 2년이나 먼저 죽게 될지도 모른다. 이 모든 게 숨어 있던 곳에서 2분 먼저 나온 탓이다.

"이런 디우야, 류머티즘으로 고생하는 다리로 저렇게 헌신적이고 충성스런 원숭이들을 따라잡을 수 있겠냐?" 그는 서글프게 생각했다.

그를 조롱이라도 하는 듯, 원숭이 두 마리는 서로를 부축하며 도망을 쳤다. 때때로 암컷이 활처럼 굽은 다리를 움직이는 모습이 웃기면서도 비열하게 보였다. 화가 난 디우 노인은 암컷이 놀라서 자기의 사냥감을 떨어뜨리길 바라면서 총을 앞으로 들어 올렸다.

갑자기 바위 뒤편으로부터 새끼 원숭이가 나타나서는 총의 어깨끈을 움켜잡고 그것을 끌면서 내달았다. 세 마리의 원숭이는 기어서 정신없이 도망을 쳤다. 디우 노인은 잠시 어안이 벙벙해 있다가 이내 웃음을 터뜨렸다. 이 무슨 개 같은 상황이란 말인가!

원숭이에게 던질 진흙 덩어리와 돌멩이를 집어 들고서 디우 노인은 소리를 지르며 그들을 뒤쫓아 갔다. 원숭이들은 겁에 질려서 두 마리는 산 쪽으로 달렸고 새끼는 벼랑 쪽으로 달렸다. "총을 잃어버리면 난 끝장이야!" 어린 새끼를 쫓아가며 디우 노인은 생각했다. 빨리 따라 붙어 다행이긴 한데, 저 빌어먹을 울퉁불퉁한 돌바닥만 아니라면 몸을 날려 총을 잡을 수 있으련만.

디우 노인은 어린 새끼를 벼랑 끝으로 내모는 게 어떤 결과를 낳을지 알지 못했다. 어린 새끼는 경험이 없어서 이런 상황에서 어떤 다른 해결책이 있는지를 알지 못했다. 새끼는 총의 어깨 끈을 꼭 쥔 채로 주저 없이 벼랑 끝을 넘어갔다.

디우 노인의 얼굴은 창백하고 몸은 땀으로 범벅이 됐다. 벼랑 끝에 서서 몸을 떨면서 아래를 내려다보았다. 끝도 없는 깊은 심연으로부터 어린 새끼의 겁에 질린 비명이 울려 왔다. 그런 비명은 이전엔 들어본 적이 없었다. 그는 두려움에 뒤로 물러섰다. 절벽 아래로부터 죽음의 기운이 가득한 무서운 안개가 밀려올라왔다. 안개는 덤불 속을 기어와 재빠르게 그 장소를 온통 휘감았다. 디우 노인은 뒤로 돌아서 달렸다. 귀신에게 쫓기듯 이렇게 달려본 것은 어린 시절 이후로 실로 오랜만이었다.

바위산 기슭에 이르자 디우 노인은 기진했다. 털썩 주저앉아 벼랑 쪽을 바라봤다. 안개가 벼랑을 완전히 감싸버렸다. 문득 이곳이 계곡에서 가장 무서운 곳이라는 생각이 떠올랐다. 이곳을 사냥꾼들은 죽음의 계곡이라고 부른다. 거의 어김없이 매년 누군가가 이 깊은 협곡에서 안개에 갇혀서 죽어나갔다.

"귀신일까?" 디우 노인은 생각했다. "가끔 흰 원숭이로 변한다는 결혼 못하고 죽은 처녀총각귀신들일까?"

새끼 원숭이도 흰 원숭이였다. 그 놈이 자기 총을 가져갔다는 사실이 너무 기이해서 실상이 눈에 보이는 것처럼 단순하지는 않을 거라는 생각이 들었다.

"내가 꿈을 꾸고 있나?" 디우 노인은 주위를 둘러봤다. "모든 게 꿈만 같아." 일어나서 벼랑의 가파른 면을 곤혹스러워하며 올려다봤다. 죽음의 계곡 맞은편에 있는 바위산 쪽 하늘은 안개의 흔적 하나 없이 맑아서 그곳의 경치가 하나도 빼놓지 않고 다 드러났다.

디우 노인은 공포에 질린 비명 소리를 들었다. 올려다보니 상처 입은 수컷이 바로 노인 머리 위 암석 벼랑에 쭉 뻗어 있는 모습이 금세 눈에 들어왔다. 암컷은 어디에도 보이지 않았다. 노인은 너무 기뻐서 벼랑을 오를 방법을 찾았다.

바위가 많은 산기슭은 가파르고 미끄러웠다. 그곳을 오르는 일은 위험하고 극도로 힘든 일이었다. 디우 노인은 남은 힘을 가늠해보고 생각했다. "어떤 대가를 치루더라도 네 놈을 꼭 잡고야 말겠다!" 그는 차분하게 바위가 갈라진 틈에 매달려 기어 올라갔다.

한 10미터쯤 올라갔을 때, 온몸이 더워진 디우 노인은 서 있기에 편안한 곳을 찾아 신발과 겉옷을 벗어 두오이 나뭇가지 사이에 두었다. 속옷만 남기고 옷을 모두 벗으니 한결 편안했다. 그는 걸음 하나하나에 힘을 주면서 재빠르게 올라갔다. 자신의 걸음이 이렇게 빠르고 잴 수 있다는 게 놀라웠다.

부상당한 원숭이는 돌출된 평평한 곳에 다소 위태롭게 누워있었다. 돌출된 곳 바로 밑에는 엄지손가락에서 검지 사이 너비만큼의 빈틈이 있어서 벼랑과 벌어져 있었다. 언제든 저 넓적한 돌이 아슬 아슬 위태롭게 위치하고 있는 저 자리에서 부서져 떨어질 수 있다는 생각에 겁이 난 디우 노인은 몸이 떨렸다. 변덕이 심한 자연이 노인의 담력을 시험해보려는 것 같았다.

디우 노인은 팔꿈치를 써서 몸을 끌어올렸다. 원숭이는 털이 부드럽고 누런 게 아주 근사한 놈이었다. 엎드려 있었는데 두 손으로는 바깥쪽으로 삐져나온 돌을 긁고 있었다. 조금씩 일어나보려고 하는 것 같았다. 어깨엔 붉은 피가 묻어 있다.

원숭이에게 손을 대자 열기가 느껴졌다. "10킬로그램은 넘을 거야." 혼잣말로 중얼댔다. 무게를 잴 요량으로 가슴팍 아래로 손을 집어넣어 그 놈을 들어올렸다. 원숭이 가슴 안쪽에서 부드러운 "음" 소리가 새어나왔는데 그 소리가 노인을 놀라게 했다. 마치 저승사자가 디우 노인이 끼어든 것을 못 마땅히 여겨 화가 치민 것 같았다. 디우 노인은 손을 얼른 뺐다. 원숭이는 심하게 몸을 떨면서 흐릿한 눈으로 애원하듯 노인을 바라봤다. 디우 노인은 이 생명이 갑자기 측은하게 느껴졌다. 총알이 그 놈 어깨를 산산이 부숴 놨다. 한 4센티미터 되는 뼈 조각이 삐져나와 있었는데 뼈 조각이 어디에 닿을 때마다 원숭이는 애처로울 정도로 몸을 뒤틀었다.

"이대로 놔둬서는 안 되겠는데!" 노인은 라오 풀을 한 움큼 쥐어 뜯어 짓이겼다. 입에 넣고 조심스레 씹어서는 그것을 상처가 벌어진 곳에 붙였다. 한 움큼의 풀이 피를 굳게 하는 효과를 낼 것이다. 원숭이는 몸을 웅크리고 젖은 눈을 디우 노인 쪽으로 돌렸고 노인은 원숭이 눈을 들여다보지 않으려고 눈길을 피했다.

잠시 후, 원숭이는 디우 노인의 팔에 기댔다. 그 놈의 입에서 마치 아이의 옹알이 같은 소리가 새어나왔다. 노인은 이 원숭이가 도와달라고 애원하고 있다는 것을 알았다. X 마음이 꽤나 불편했다.

"차라리 네 녀석이 나한테 덤비는 게 낫겠다."고 말하면서 이 연약한 동물의 온순한 머리를 바라보며 얼굴을 찌푸렸다. "나도 나이를 먹은 게야. 늙은이들이 마음이 쉽게 약해진다는 것을 네 놈도 아는 거고. 원숭아, 붕대거리가 뭐 없겠냐?"

아무리 생각해도 상처를 묶으려면 팬티를 벗는 수밖에 없었다. 피가 멈췄고 원숭이도 더 이상 신음소리를 내지 않았다.

발가벗은 채로 디우 노인은 산기슭으로 내려가는 길을 찾으면서 원숭이를 들어 부축했다. 갑자기 산허리 중간쯤에서 흙과 바위가 우르르 소리를 내며 강력한 힘에 의해 밀려오는 것처럼 미끄러져 내렸다.

산사태!

놀라고 망연자실해서 디우 노인은 바위를 꼭 붙잡았다. 순식간에 좀 전에 기어올랐던 돌길이 평평한 수직면으로 변했다. 신발과 옷을 걸어 놨던 두오이 나무도 보이지 않았다. 이 길을 따라 내려가는 것은 매우 위험할 것이다. 산 뒤쪽으로 돌아서 가는 것밖엔 다른 도리가 없었다. 그리로 가면 좀 멀긴 해도 안전할 것이다.

디우 노인은 산길을 한두 시간쯤 더듬으며 내려와서야 산기슭에 이르렀다. 생전 이렇게 힘들고 지친 적이 없었다. 온몸은 긁힌 상처 투성이였다. 원숭이는 생사를 넘나들고 있었다. 질질 끌고 간다면 이 짐승이 끔찍한 고통을 느낄 거고, 그렇다고 안고 갈 기력도 없었다.

아침에 원숭이들을 기다리며 숨어 있었던 덩굴 숲으로 되돌아와서 디우 노인은 모자와 겉옷과 찹쌀 주먹밥을 찾았다. 그곳엔, 흰개미 흙무덤이 벼 그루터기 정도 크기로 쌓여 있었다. 끈적끈적한 흰개미 흙무덤은 붉은색이 짙고 축축한 흰개미 날개가 가득한 새 흙으로 만든 거였다. 흰개미 서식처와 엉키게 되다니 운도 좋으시지. 그의 물건들은 완전히 바스러졌을 것이다. 절망스러워서 한숨을 쉬며 디우 노인은 몸을 돌려 원숭이를 안아 들었다.

"이렇게 발가벗은 채로 동네로 들어가는 수밖에 도리가 없나? 웬 창피야!" 디우 노인은 화가 났다. "웃음거리가 되겠지."

걸으면서 그는 생각하고 또 생각했다. 동네로 들어가는 길을 찾기 까지 길을 잠시 헤매기도 했다.

그러더니 이내 웃음을 터뜨렸다. "그래서 어쨌다는 건데? 나처럼 원숭이를 총으로 쏴서 맞출 수 있는 사람이 또 있대? 고기만도 15킬로그램은 될 텐데. 털은 어떻고 아주 노란 게 꼭 물들인 것 같잖아. 옷을 홀딱 다 잃어버린 데도 이런 짐승을 쏠 수만 있다면 해볼 만한 가치가 있는 거잖아."

뒤쪽에서 부드러운 소리가 들렸다. 돌아보니 암컷이 보여서 깜짝 놀랐다. 암컷은 노인을 보자마자 덤불 속으로 몸을 숨겼다. 노인이 알아차리지 못하게 산에서부터 줄곧 따라 내려온 것이다. 노인은 기분이 왠지 이상했다. 어느 정도 거리를 확보해놓고 뒤를 보니 암컷이 계속 따라오는 것이었다. 제기랄! 디우 노인은 암컷을 쫓아버리려고 수컷을 내려놓고서 돌을 하나 주워들었다. 암컷은 쇳소리를 지르며 도망쳤다. 조금 있다가 돌아보았을 때 암컷은 결연히 노인을 따라오고 있었다.

이렇게 셋은 아무 말 없이 정글을 계속 빠져나왔다. 암컷은 꽤 끈기가 있었다. 디우 노인은 갑자기 엄청난 모욕을 당한 기분이 들었다. 자기가 감시를 당하고 뭔가가 자기에게 부당한 요구를 하고 있는 것 같았다.

이젠, 수컷도 자기 종족이 부르는 소리를 알아듣고 있었다. 그 놈이 발버둥을 치는 바람에 여간 힘이 드는 게 아니었다. 디우 노인은 원숭이를 더 이상 안고 있을 힘조차 없을 정도로 몹시 지쳐 있었다. 원숭이 손가락이 노인의 가슴을 피가 날 때까지 긁어댔다. 결국, 더 버티지 못하고 노인은 화가 나서 원숭이를 땅에 패대기치고 말았다.

수컷은 비에 젖은 풀 위에서 몸을 뻗었다. 디우 노인은 앉아서 이 모습을 슬프게 바라봤다. 얼마 떨어지지 않은 곳에서 암컷은 나무 뒤에 숨은 채 조심스럽게 이따금씩 고개를 내밀어 그들을 엿봤다.

디우 노인은 영혼 깊이 슬픔을 느꼈다. 두 마리 원숭이를 바라보니 비통함이 코끝까지 차올랐다. 눈물이 나올 지경이었다. 살아 있는 것들의 등을 내리누르는 생명의 책임감이 정말 무겁다는 것을 알게 됐다.

"그래, 널 풀어주마!" 잠시 동안 앉아 있다가 일어서더니 디우 노인은 자기 발치에 침을 뱉었다. 잠시 머뭇거리더니만 이내 서둘러 걸어갔다. 이 순간을 기다렸다는 듯이 암컷이 숨어 있던 곳에서 뛰어나와서는 수컷이 있는 곳으로 내달렸다.

디우 노인은 사람들을 마주치지 않았으면 하는 바람으로 다른 길로 접어들었다. 가시나무덤불이 길을 막고 있었지만 그 길엔 뜨 히엔 꽃이 흐드러지게 피어 있었다. 깜짝 놀란 디우 노인은 길을 멈췄다. 이 꽃은 30년 만에 한 번씩 꽃을 피우기 때문에 누구든 그 꽃을 보는 사람은 엄청난 복을 받는다는 말이 있다. 꽃은 흰색이고 소금 맛이 나고 이쑤시개 끝처럼 아주 가느다랗다. 사람들은 이 꽃을 "정글의 소금"이라고 부른다. 정글이 소금처럼 하얘지면 그건 곧 이 나라에 평화가 찾아오고 농사는 풍년을 맞이할 거라는 징조였다.

계곡을 벗어나면서 디우 노인은 들로 걸어갔다. 봄비가 가늘지만 빠르게 내렸다. 노인은 발가벗은 채 외롭게 계속 걸었다. 조금 있으니, 그의 모습은 빗물에 가려 보이지 않게 되었다.

이제 며칠 후면 여름이 올 거다. 날씨도 더 더워질 것이고

 작품 해설

웨인 칼린

호치민이 한 유명한 말 중에 시는 전쟁과 혁명의 목적에 봉사하는 칼이 되어야한다는 말이 있다. 그리고 이 말은 사회주의 베트남의 문학, 영화, 조형예술이 정체성을 규정하려고 할 때 가장 중요한 출발점이 되었다. 전쟁 동안 그리고 전쟁 직후에는 사회 비판이나 예술적 실험이 허용되지 않았다. 소설의 경우에도 이상화된 주인공들을 그린 소설, 즉 희생을 기꺼이 감수하는 모범이 되는 영웅적인 인물만 허용되었다. 그러나 전쟁이 끝난 지 10년이 지나자 아직 전쟁의 상흔이 남아있고 가난에 시달리는 상태에서 통일 베트남 정부는 "도이 모이"(개혁) 정책 아래서 자유 시장경제를 도입하기 시작했다. 경제개혁과 아울러, 예술가, 작가, 시인, 영화제작자들은 사회문제를 드러내는 게 허용되었고 형식에 대한 제약도 느슨해졌다. 『베트남 단편소설선』에 들어있는 작품들은 이러한 정책 변화 이후 창작, 출판된 것들이다. 이런 현상을 "범람"이라는 상투적 표현보다는 오히려 가끔 불협화음이 섞여있는 활기찬 교향악이라는 음악적인 비유가 더 적절할 것이다. 때로는 비통함, 때로는 아이러닉하고 거의 히스테리컬한 기쁨, 때로는 슬픔, 때로는 분노가 스며있는 다양한 음들이 교차하는 음악, 때로는 전통적인 구조

속에, 그리고 때로는 듣는 사람을 매료시키거나 화나게 하는 새로운 형식적 구조 속에서 펼쳐지는 선율이라고 할 수 있을 것이다. 여기 모은 열다섯 편의 단편은 과거에는 금지되어 있던 주제들을 가지고 씨름하고 있다. 전쟁의 오래가는 상흔, 사회주의적 이상과 가난과 부패라는 현실 사이의 모순, 근대화의 압력 아래 사라져가는 전통적인 사회문화적 가치들, 점점 더 커지는 빈부 간의 격차 그리고 노소 간의 격차, 성도덕의 변화 등이 소설들의 주제이다. 또한 이런 이야기를 하는 방식도 변화했다.

'도이 모이'(개혁) 이후 작가들의 주제 및 스타일은 아주 다양하지만 이들의 작품에서 일정한 패턴을 찾을 수 있다. 몇몇 작품은 권력의 박해를 받은 작가들이 채택한 방어적인 스타일을 구사하고 있다. 이런 경향은 반체제 작가들에게서 볼 수 있다. 이들은 '도이 모이' 이후에도 최근 베트남 역사에서 민감한 영역, 즉 토지 개혁 당시 권력 남용, 관료의 부패, 전쟁의 야만적 영향 등을 직접적으로 비판하여 고초를 겪었다. 가장 대표적으로 뉴엔 휘 띠엡 같은 작가는 현대 베트남의 유사한 상황이나 이슈를 떠올릴 만한 먼 과거의 이야기나 민담을 다룬다. 또한 작가들은 생존 전략으로 새로운 스타일을 택할 뿐 아니라 현대 라틴 아메리카, 동유럽, 중국의 소설 및 시의 영향을 받아서 알레고리, 마술적 리얼리즘, 교묘한 아이러니 등을 받아들인다. 거장에 속하는 최상급 작가들은 대담하게 다양한 스타일을 실험하고 생경한 리얼리즘에서 알레고리적 판타지 및 풍자까지 도전적으로 자유롭게 넘나든다. 특히 레 민 쿠에, 호 안 타이, 도안 레의 작품에서 이런 면모를 찾아볼 수 있다.

미국과의 전쟁이자 동족 간의 전쟁이기도 했던 전쟁과 사라져 버린 이상이 호 안 타이의 「남편의 파편」을 사로잡고 있는 저주이다. 이 작품에서 아버지가 죽자 주인공의 어머니의 삶은 완전히 망가져 버린다. 작가와 마찬가지로 주인공인 화자는 전후 세대로 어머니의 삶과는 대조적인 삶을 산다. 화자가 치르는 형식적인 병역의 의무, 새로운 자유 시장 사회의 약아빠진 장사꾼인 나이 든 여자와 맺는 관계, 사랑 없는 결혼 등은 그의 부모가 맺었던 순수한 관계나 어머니의 깊은 슬픔과 대조를 이룬다. 그는 부모보다 현명하기는 하나 덜 순진하고 그의 삶은 좀 더 암울하며 동시에 좀 더 피상적이다. 호 안 타이는 형식적 실험과 말장난에서 알 수 있듯이 베트남에서 가장 도전적인 작가 중 한 사람이다. 그는 또한 가장 외설스럽고 재미있는 작가이기도 하다. 그의 인물들은 종종 그로테스크한 상황에 빠지기도 한다. 「음식쓰레기와 욕정」에서 바람둥이 남편은 냄새를 잘 맡는 아내의 특이한 능력 때문에 쓰레기 줍는 여자와의 관계를 들킨다. 반면 「설치예술」은 형식 및 메타픽션의 실험을 잘 보여준다. 이야기는 설치예술에 대한 것이다. 호텔 하려는 호텔 방에 투숙했던 손님들이 남긴 물건에서 연애인지 자살인지를 추측하는 등 그들의 삶을 파헤쳐 들어간다. 이 물건들이 손님들의 삶에 대해 실마리를 제공하듯이, 예술가, 즉 작가가 묘사하는 물건들은 애매하고 상징적인 의미를 암시한다. 즉 다른 사람들의 삶으로 들어가는 문이 된다.

「엄마와 딸」은 마 반 캉의 가장 잘 알려진 작품이다. 이것은 미국과의 전쟁에서 가장 흔한 비극을 부드러운 방식으로 다루고 있다. 수백만의 전쟁미망인들은 어떻게든 살아나가야 한다. 이들 중 다수나 그

측근은 이들이 재혼을 하지 않고 죽은 남편을 기리며 사는 것이 애국, 과거의 상처를 잊지 않는 태도라고 생각한다. 「엄마와 딸」에서 사회적 압력을 대표하는 것은 미망인인 듀엔의 딸과 시어머니다. 그러나 이들은 결국 행복한 삶을 계속하는 것이 곧 진정으로 죽은 과거를 기리는 행위라고 생각하는 더 성숙해진 사회를 대표하게 된다. 이 주제는 카프카적 분위기를 풍기는 「신부의 머리가 하얗게 되었네」에도 스며 있다고 할 수 있다. 이 소설에서는 무고한 사람이 단지 다른 사람과 닮았다는 이유로 무고한 사람이 몇 년이나 감옥살이를 한다. 그러나 이것은 또한 마 반 캉이 관심을 갖고 특히 그의 장편 『홍수에 맞서서』(*Against the Flood*)에서 선보인 메타픽션에 가깝기도 하다. 그는 왜 작가는 써야하는가, 그리고 어떻게 작가는 복잡한 삶의 흐름을 정직하고 열정적으로 전달할 수 있는가를 묻는다.

레 민 쿠에의 세 단편은 그의 다양한 스타일 뿐아니라 다양한 주제를 보여준다. 「마지막 장맛비」는 건설현장에서 생겨난 엔지니어인 유부녀와 유부남의 사랑을 묘사한다. 농촌 재건(한편으로는 그 동네를 지나가는 강을 오염시키는)을 배경으로 하여 두 사람은 사랑에서 의미를 찾으려고 하나 결국은 실패한다. 결말에 그들은 "인생의 사스한 일이 돌을 부술 것"임을 받아들인다. 이 작품의 상황과 인물들은 다층적이고, 세련되고, 현실적이다. 제목에서 엿볼 수 있듯이 「전지전능한 달러」는 아이러니에 찬 비통한 어조로 쓰였다. 이 가운데 그녀가 현대 베트남 사회에서 보는 다양한 유형의 사람들의 희화화된 모습이 등장한다. 그녀는 사람들의 탐욕 때문에 뒤틀리고 공격적이 된 삶을 보여주고자 한다. 스타일 면에서는 두 소설이 아주 다르지만 각 소설은 승전국이지만 여전히 상처를 안고 있는 베트남의 모습을 드러낸다. 베트남의 문화와 가치는 잠식되고, 사람들이 고상한 대의를 위해 희생하던 과거와는 달리, 개인적인 이익과 개인적 생존만을 위하여 희생한다.

어떤 비평가는 쿠에의 소설에 대해 "사라진 이상의 언어"라고 했는데, 이 말은 '도이 모이' 이후 문학의 많은 부분을 특징짓는 말이기도 하다. 예리하고 명료한 비전—한때 호치민 길에 박혀있는 폭발 안 된 미국 폭탄을 찾던 소녀의 시선—으로 인해 쿠에는 베트남에서 단편소설의 여왕이 된다. 그리고 「작은 비극」은 현대 베트남 문학에서 가장 중요한 작품이기도 하다. 풍요하고, 아주 다층적이고 울림이 큰 이 이야기는 가족의 역사에 초점을 맞추고 있는데, 토지개혁 시대, 전쟁, 전후 등 현대 베트남 역사 전체의 비극을 포괄하고 있다. 이 가족은 결혼을 통하여 새로운 미래를 가지리라는 희망에 차 있지만 결국 과거의 죄 때문에 저주를 받는다.

이 단편소설선의 작가들이 주로 도시인의 삶을 다룬데 비해, 팔방미인인 (배우이자 화가이자 작가) 도안 레는 주로 시골, 츄아(파고다) 마을을 배경으로 한다. 아이러니컬하게 지금은 이 마을이 하노이 근처의 수도권에 속하기는 한다. 도안 레는 알레고리와 약간은 복합적인 풍자를 능란하게 구사한다. 이 단편소설선에 실린 세 이야기를 관통하는 것은 무언가에 대한 사망기사, 사자(死者)의 삶에 대한 검토인 것이다. 초현실적인 「츄아 마을의 묘지」에서는 죽은 사람들이 공동묘지 사회에서 상호 작용하는데 이것은 산자들의 속물성과 열정을 그대로 보여준다. 「신에게 던지는 물음표」에서는 현실에는 애인이 없지만 23명의 가상의 애인이 있는 다리를 저는 처녀의 슬픈 인생을 그녀의 사후에 다시 이야기 하는 형식으로 되어 있다. 반은 자서전적인 「츄아 마을의 더블 베드」에서 작가 자신의 파란만장한 결혼에 대한 송가(많은 베트남 사람들이 알고 있듯이)로 두 유명인사 (도안 레의 전 남편은 유명한 영화감독이었다.)의 이혼을 다루고 있다. 베트남의 많은 사람들에게 이 이혼은 전쟁 중 그리고 전쟁 직후에 막 생겨난 희망적이고 이상화된 관계의 종말을 대표했다. 평화와 마찬가지로 그런 이상화된 관계는 더 나은 새 인생을 약속하는 것처럼 보였으나 압력과, 탐욕과 평화의 유혹을 견디지 못했다.

도안 레의 이야기는 좁은 장소에서의 사생활에 관한 것이다. 그러나 모든 훌륭한 이야기와 마찬가지로 이런 이야기가 독자에게 보편적인 호소력을 지닌 관계와 진실이 되기 위해서는 사건을 만들어 내고 현실을 조정해야 한다. 도안 레는 자신을 노출시키면서 독자로 하여금 자신들의 삶의 진실을 되돌아보게 만든다. 용감하게 그리고 솜씨 좋게 이러한 일을 하는 가운데 도안 레는 또한 현대 베트남 문학의 새로운 이정표를 세웠다.

한때 (비록 지금 그는 침묵을 지키고 있지만), 베트남에서 가장 촉망받는 유명한 단편작가는 뉴엔 휘 띠엡이었다. 그의 이야기에는 복합적하고 애매한 인물들과 상황이 넘쳐난다. 독자에게는 이런 인물들의 삶의 틈을 탐색할 정교한 칼이 주어진다. 그는 작가인 레이먼드 커버가 좋은 소설의 목적이라고 칭한 것을 성취하였다. 그는 사람들에게 그들이 이미 알지만 결코 말하지 않는 것을 이야기 한다. 그들이 이야기 속에 알게 되는 것은 탐욕과 소외이며, 종종 낭만적 소설에서 이상화된 시골사람들이 이를 보이기도 한다. 「정글의 소금」에서는 원숭이를 사냥하는 인간들은 점점 더 동물적으로 되고 원숭이는 혼란스러울 정도로 인간의 특징을 지니게 된다.

여성작가인 팽 티 뱅 안의 「투옹」은 전쟁과는 아무런 관계가 없다. 대신 이 소설은 '도이 모이' 이후 쏟아져 나온 여러 주제들 중 하나를 다루고 있다. 그녀의 이야기는 사랑의 복잡함과 베트남 여성들의 공격적인 독립심을 다루고 있다. 그녀는 18세기의 여성시인으로 남성적 권위를 옹호하는 유교적 이상을 공격했던 호 수안 후옹의 전통을 따르고 있다. 제목의 인물은 자신의 방식대로 사랑을 한 여성이다. 그녀는 같은 가족 내의 3세대에 걸친 남성들을 혼란에 빠트린다. 그녀는 그들의 기대에 따라 살기를 거부하고 그녀가 원하는 방식으로 그녀가 원하는 사람을 사랑한다.

전통과 문화의 확실성 혹은 이데올로기의 확실성까지 사라져가는 현대세계에서 어떻게 사람들이 의미와 패턴을 발견하겠는가? 뉴엔 녹 투안의 섬세하고 비통한 「경비원」에서 세계는 쥐들이 들끓고 제목의 인물이 지키는 텅빈 창고이다. 젊은 경비원은 맥주 병따개 위에 글자를 써서 만든 장기 말로 장기를 하다 지고 만다. 그는 장기에서만 지는 것이 아니라 보물이 가득 찬 창고라고 믿고서 그 창고를 지키다가 목숨을 잃는다. 「토요일의 스케줄」에서는 인물들은 마치 무엇을 하라고 말해줄 신탁을 받으려고 하는 사람처럼 웹 사이트를 검색하면서 아무런 목적 없이 떠돈다. 지나치게 젊음에 집착한 결과 그들은 불구가 된다. 그들의 과거의 채무는 잊혀지고 무관심한 세계를 향해 "제발, 제발, 제발" 그들에게 무엇을 할지 말해달라고 이 메일을 보내는 것이 그들의 현재이다.

　베트남 단편소설선을 번역하면서, 평소 가지고 있던 베트남에 대한 여러 상투형이 사라지고 사람들이 살고 있는 곳으로서의 베트남, 그 베트남의 일상이 따뜻하게 다가왔다. 베트남 하면 공산주의 국가라든지, 우리가 파병을 한 곳이라든지, 현재는 자본주의적 요소를 받아들이는 사회라는 것이 우리가 가지고 있는 베트남에 대한 빈약한 정보였다. 여기 수록된 단편 소설을 번역하는 가운데 새로웠던 점은 베트남의 일상성, 공산주의로는 포괄되지 않는 봉건적 요소, 삶의 날것을 그대로 드러내는 사실주의적 스토리텔링이 주는 재미 등이었다.

　예상대로 베트남 전쟁의 상흔(단지 월남과 월맹과의 전쟁뿐만 아니라 베트남이 캄보디아와 라오스와 했던 전쟁을 포함하여)이 베트남인들의 삶에 큰 영향을 미쳤다. 그러나 추상적으로만 생각해왔던 전쟁의 상흔이 이 단편들 속에서는 일상사로서 생생하게 드러났고, 공산주의에 대한 관점은 우리가 흔히 생각하는 것만큼 교조적이지 않았다. 「작은 비극」에서는 베트남 북부의 공산화 이후, 지주에 대한 증오 때문에 남쪽에서 북쪽으로 온 신병(新兵)들이 병석에 누워 죽어가는 주인공의 아버지를 돌로 쳐서 죽이며 약자인 숙모와 갓난아이인 그의 아들을 박해한다. 작가는 신병의 관점이 아니라 박해당하는 사람의 입장에서 이야기를 서술한다. 「전지전능한 달러」는 돈이면 다 된다는 사고를 솔직하고 원초적으로 드러내 충격적이었다. 돈 때문에 쌍둥이 형제와 며느리끼리 칼부림을 하고, 외국인과 국제결혼을 하며, 이념을 버리고 홀연히 돈에 목숨을 걸기도 한다. 6·25 전쟁 이후 한국인들을 연상시키는 작품 속 인물들은 생존을 위한 처절한 본능을 따르는데, 어찌 보면 생경하고 조야해서 더 직접적이고 피부에 와 닿기도 한다. 호 안 타이의 「음식쓰레기와 욕정」은 모든 음식물 냄새를 맡아내는 재능을 지닌 부인(냄새 여도사)이 음식 쓰레기통 찌꺼기의 냄새 추적을 통해 남편의 바람기를 기어코 찾아내어 분풀이를 한다는 내용을 담고 있다. 부인은 후각에 의해 지배를 당하는 일종의 동물로, 그리고 남편은 욕정에 지배를 당하는 또 다른 동물로 제시되고 있다. 전후 베트남을 재건할 전문가들은 없고, 냄새나는 곳을 찾아 쿵쿵거리는 사냥개로 전락한 부인과 욕정에 내몰리는 남편의 삶을 통해 작가는 베트남인들의 비루한 삶과 암울한 현실을 냉소적으로 바라보고 있다. 삶의 비루함과 부조리를 전달하는 작가도 있다. 뉴엔 녹 투안의 「경비원」은 모기와 쥐만 사는 텅 빈 상점에 든 도둑의 칼에 찔려 죽은 소년 경비원의 비극적 삶을 그리고 있다. 작가는 '삶의 부조리' 혹은 '부조리한 삶'을 조명한다. 트럭운전수인 화자는 죽은 소년 경비원이 상점에 뭔가 대단한 보물이라고 든 것처럼 믿고 죽었기를 간절히 기도한다. 특히 "오늘, 상점 앞에는 공석 중인 경비원 일자리를 알리는 쪽지 한 장이 달랑 매달려 있었다."라는 '언더스테이트먼트'(과소진술)의 마지막 문장은 한 인간의 삶의 무익함을 효과적으로 전달한다. 감정을 배제한 건조체 문체, 빠른 속도의 사건 진행, '예상치 못한 결말'(surprise ending) 등도 삶이 부조리하다는 느낌을 강화한다.

가족 및 여성에 대한 관점은 공산주의 이후에도 여전히 봉건적인 측면을 강하게 지니고 있다. 주로 전쟁으로 남편과 사별한 여성들에 대해서는 그녀들의 재혼을 부정적으로 평가하며 여전히 시댁의 가족 구성원으로 여긴다. 「엄마와 딸」은 전쟁의 상흔과 후유증(가족해체, 경제적 곤궁, 상실감, 외로움 등)이 작품 전반에 스며있는 작품이다. 여주인공 듀엔은 전쟁으로 사랑하는 남편을 젊은 나이에 잃고 두 자식을 키우며 홀로 사는 외적으로는 강하지만 내적으로는 외로운 여자다. 그녀는 재혼을 해서 행복한 삶을 살고 싶어 하지만 재혼을 불명예로 여기는 사회 속에서 자신의 소망을 쉽게 이루지 못한다. 아들 투안은 참전하기 위해 군대에 자원입대했고, 시어머니는 전사자 유족에게 나오는 얼마 되지 않는 연금으로 생계를 꾸려간다. 그녀에게 청혼을 하는 소령도 라오스와 캄보디아의 전쟁에 참여하는 군인이며 자신의 어머니가 죽은 부인과 자기 사이에 태어난 딸을 키운다. 여성의 재혼에 대해 곱지 않은 시선이 존재하는 사회에서 듀엔이 남편과 사별 후 새로운 남자를 만나 새로운 가정을 꾸미는 것은 거의 불가능하다. 실제로 그녀는 자식, 시어머니, 그리고 사회적 압력 속에서 하나의 인격체로서의 자신의 욕망을 거의 포기하게 된다. 호 안 타이의 「남편의 파편」의 여주인공의 경우는 더욱 극단적이다. 남편과의 사별이후 미망인은 한 인간으로서 살아가는 것이 아니라 그 존재 자체가 남편에게서 떨어져 나온 하나의 파편으로 규정된다. 가족 관계를 들여다보면 부부관계보다는 모자관계가 더 강한 유대를 지닌 것으로 그려져 있다. 주인공은 어머니가 돌아가셔도 아내에 대한 사랑이 커진 것은 아니라고 고백한다. 「츄아 마을의 더블 베드」는 남편에게 이혼을 요구 받은 아내가 의식적인 차원에서는 헤어져야 한다고 생각하면서도 회상 속에서는 현재의 가족관계에 머물고 싶어 하는 양가적 욕망을 잘 보여준다. 버림받은 아내로서 문제의 근원을 남편이 아니라 자기 자신에게서 찾으려는 여러 시도가 반복된다. 어린 시절의 회상, 남편과의 첫 만남 회상, 남편의 옛 애인 방문이 모두가 남편과 자신의 관계에 대한 반성인 동시에 자신에 대한 암묵적인 반성이다. 사별한 여성이 남편의 파편에 그치듯이, 버림받은 아내는 공개적으로 비웃음의 대상이 되는 베트남 사회에서 살아야 하는 여성으로서의 고민과 갈등이 실감 나면서도 다른 한편 봉건적인 이데올로기에 대한 저항이랄지 근본적인 의문 제기가 없는 것이 아쉬움으로 남는다.

이 단편소설선에서는 전반적으로 사실적인 스토리텔링이 주류를 이룬다. 식민지로부터의 독립, 미군과의 전쟁이라는 역사적 맥락 속에서 가족사를 단편에 담아내려 하다 보니 불충분한 점도 있고 미학적 측면을 고려하기보다는 스토리 전달 위주의 작품이 거의 압도적이다. 예를 들면, 「투옹」은 세 남자(손자, 그의 아버지, 그리고 외할아버지)의 눈에 비친 한 젊은 여인의 성적 매력에 관한 이야기로 너무 생경하여 당혹스럽기 조차한 이야기다. 예술과 외설, 도덕과 비도덕의 구분을 넘어 남자들의 원초적인 욕망 작동에 주목한 작품이다. 그러나 때로는 사실적인 스토리텔링을 넘어선 이야기들도 곳곳에 반짝인다. 「츄아 마을의 묘지」는 죽음 이후 묘지에서의 일상과 뼈 조각들의 움직임이 구체적으로 묘사된 유머러스한 이야기다. 살과 핏기가 없는 뼈들이 환생한 듯 서로를 알아 볼 수 있다는 설정이 기발하다. 죽은 자들이 무덤 속에서 비로소 평안을 누리기를 원하지만 묘지에서도 산 자들의 권력구조가 그대로 유지되는 아이러니를 보여준다. 베트남 작가들은 투쟁과 상흔

으로 얼룩졌지만 어떤 면에서는 한국보다 훨씬 더 역동적인 베트남의
삶을 사실적 스토리텔링이나 판타지를 통해 독자들에게 생생하고 절절
하게 전하고 있다.

역자 일동

작가 소개(작품순)

호 안 타이 Ho Anh Thai(1960)

현재 하노이 작가 협회의 회장이자 베트남 작가 중앙위원회의 회원이다. 소설가이자 단편작가로 대표작은 『붉은 안개 뒤에서』(Chaurbstone Press, 1998)와 『섬 위의 여자』(University of Washington Press, 2001)이다. 한국어로 번역된 작품으로는 『섬 위의 여자』가 있다. 「남편의 파편」과 「염소 고기 특식」을 포함하여 그는 30권 이상의 소설과 단편집을 출판하였다. 베트남의 가장 유명한 소설가 중 한 사람으로 그의 책은 10개국 이상에서 번역되었다. 그는 베트남 작가협회상 및 베트남의 유력 신문사상을 여러 차례 수상하였다.

레 민 쿠에 Le Minh Khue(1949) *woman writer*

탄 호아(Thanh Hoa)에서 1949년에 태어났다. 그녀는 16세에 청소년 자원봉사대에 가입했고 젊은 시절 대부분을 호치민 트레일(Trail)에서 보냈으며 나중에는 팅 퐁(Tien Phong, Vangurad) 신문과 야이 퐁(Giai Phong, Liberation) 라디오의 종군 기자로 일했다. 그러고 나서 그녀는 베트남 작가협회 출판사의 수석 편집자가 되었다. 베트남의 최고 단편 소설 작가 중 한 명으로 간주되는 그녀의 작품에는 『별, 대지, 강(The Stars, The Earth, The River)』, 『여름의 절정(Summer's Peak)』, 『머나먼 별들(The Distant Stars)』, 『작은 비극(A Small Tragedy)』, 『도시 밖에서 보낸 저녁(An Evening away from the City)』이 있다. 그녀는 2008년에 베트남의 유명한 문학상과 이병주 문학상(Byeong-ju Lee Literary Award)을 수상했다.

도안 레 Doan Le(1943) *woman writer*

항구도시인 하이 퐁에서 1943년 출생했다. 베트남 사회주의 공화국 최초의 영화배우 중 한 명으로서 여러 영화에 출연했다. 이후 베트남 국립 영화사(Vietnam National Company of Feature Films) 소속 극작가와 영화감독으로 활동했다. 또한 도안 레는 재능있는 화가로서 활동했는데 1996년, 2005년, 2010년에 유화 전시회를 열기도 했다. 도안 레는 문학가로서 여러 편의 시와 소설을 썼다. 『대대로 내려오는 가계의 책』, 『로토 리의 수호신』, 『미녀와 왕』, 『미친 노인』, 『츄아 마을의 묘지』 같은 작품이 포함된 단편집도 출간했다.

마 반 캉 Ma Van Khang(1936)

1936년에 하노이에서 태어났다. 라오 카이(Lao Cai)의 산악지역에서 교사로서, 통신원으로서 20년을 근무했다. 1976년에 하노이를 떠나 라오 동 출판사(Lao Dong Publishing House)에서 편집주간으로, 이후『세계문학(World Literature)』잡지의 편집주간으로 근무했다. 베트남 전쟁 문학의 선도자로서『홍수에 맞서서』(Curbstone Press, 2000)를 포함하여『정원의 나뭇잎이 떨어지는 계절』,『여름 비』,『변경』,『어느 화창한 날』,『결혼증명서 없는 부부』등 여러 작품을 발표했다.

뉴엔 녹 투안 Nguyen Ngoc Thuan(1972)

1972년 빈 투안 지방에서 태어났다. 호치민 순수예술 칼리지를 졸업한 후 호치민 시에서 뚜와이 제아(청소년) 신문사에서 예술가로 일하고 있다. 그는 「눈을 감았을 때 열려진 창문」으로 2000년 청소년 도서대회에서 최우수 소설상과 2008년 스웨덴 피터 팬 상을 수상했다. 그리고 「꿈 이야기」와 「높은 언덕에 모인 천사들」로 두 곳의 저명한 출판사의 도서대전에서 1등 상을 수상했다.

팽 티 뱅 안 Phan Thi Vang Anh(1968) *woman writer*

1968년 하노이에서 태어났으며 현재 호치민 시에 살고 있다. 부모가 모두 작가로 어머니인 부 티 뚜옹은 단편 소설 작가이고 아버지인 체 란 비엔은 20세기 베트남 최고의 시인이었다. 그녀의 소설의 절제된 간결함이나 숨겨진 열정 속에서 아버지의 영향이 엿보인다. 그녀는『우리 젊은 시절』과『시장』같은 단편집을 발간한 바 있다. 베트남 작가 협회의 임원이기도 하다.

뉴엔 휘 띠엡 Nguyen Huy Thiep(1950)

1950년 하노이에서 태어났다. 어린 시절을 북베트남의 농촌에서 보냈으며 1960년 다시 하노이로 돌아왔으며 1970년에 사범대학을 졸업했다. '도이 모이'(개혁)의 대표적인 작가인 띠엡은 베트남인의 깊은 내면적 정서를 생생하게 드러낼 뿐아니라 독창적인 스타일로 젊은 작가들에게 큰 영향을 미치고 있다. 영미권에 가장 잘 알려진 작가 중 하나로 그의 단편소설집인『장군은 은퇴한다』가 1993년 옥스퍼드 대학 출판사에서 영역되었으며 또 다른 단편소설집인『강을 건너서』가 2002년 커브스톤 출판사에서 영역되었다.

역자 소개

조애리

서울대학교 영문과 및 동대학원 졸업. 샬롯 브론테 연구로 박사 학위를 받음.

현재 카이스트 인문사회과학부 교수.

저서로는 『페미니즘과 소설읽기』, 『성 역사 소설』, 『역사 속의 영미소설』, 『19세기 영미소설과 젠더』이 있고 역서로는 『민들레 와인』, 『왕자와 거지』, 『설득』, 『빌레뜨』가 있다. 주요 관심사는 문화 이론 및 19세기 영미소설이다.

강문순

서강대학교 영문과를 졸업하고 미국 Case Western Reserve University 대학원에서 18세기 영문학 연구로 박사 학위를 받음.

현재 한남대학교 영어교육과 교수.

주요 논문으로 「Madness, Satire, and Jonathan Swift's *Gulliver's Travels*」, 「Satire as 'that Art of necessary Defence': A Study of Samuel Johnson's Ideas of Madness」가 있고, 저서 및 역서로 『문화코드 어떻게 읽을 것인가』, 『경계선 넘기』가 있으며, 주요 관심사는 18세기 풍자 문학이다.

김진옥

이화여자대학교 영문과를 졸업하고 미국 뉴욕대학교 영문과에서 석사 및 샬럿 브론테 연구로 박사학위를 받음.

현재 한밭대학교 영어과 교수.

주요 논문으로는 「『워더링 하이츠』의 분신 — 언캐니와 오브제 아」, 「버지니아 울프의 『등대로』에 나타난 모성과 예술성」이 있고, 저서로 *Charlotte Brontë and Female Desire*(영문), 『제인에어: 여성의 열정, 목소리를 갖다』가 있으며, 역서로는 『탈식민주의 길잡이』, 『문화코드 어떻게 읽을 것인가?』 등이 있다. 주요 관심사는 19세기 영국소설 및 정신분석학 이론이다.

박종성

충남대학교 영문과와 서강대학교 대학원 영문과를 졸업하고 런던대학교(퀸메리 칼리지)에서 콘라드, 라우리, 나이폴의 소설 속 아웃사이더의 역할 연구로 박사학위를 받음.

현재 충남대학교 영문과 교수.

주요 논문으로는 「지배담론과 저항담론 사이의 틈새 읽기 – 나이폴의 정치소설 연구」, 「『남아있는 나날』에서 '대영제국의 죽음' 형상화」 등이 있고, 저서 및 공역서로는 『탈식민주의에 대한 성찰』, 『탈식민주의 길잡이』가 있으며, 주요 관심사는 탈식민주의 문학과 이론이다.

유정화

이화여자대학교 영문과와 동대학원을 졸업하고 로버트 로월(Robert Lowell) 연구로 박사학위를 받음.

현재 목원대학교 강의교수.

주요 논문으로 「미국적 이상주의: 그 계승과 배반의 역사」, 「『인생연구』: 죽음의 변주곡」이 있고, 저서 및 역서로 『문화코드 어떻게 읽을 것인가?』, 『경계선 넘기』가 있으며, 주요 관심사는 현대 영미시이다.

윤교찬

서강대학교 영문과 졸업 후 University of North Carolina at Chapel Hill에서 석사학위를, 서강대학교에서 존 바스의 포스트모더니즘 소설 연구로 박사 학위를 받음.

현재 한남대학교 영어교육과 교수.

주요 논문으로 「역사와 반복: 존 바스의 『연초장수』」, 「'되기'의 실패와 잠재성의 정치학: 멜빌의 『필경사 바틀비』」, 「『이상한 나라의 엘리스』와 여성의 몸」 등이 있다. 역서로는 『허클베리 핀의 모험』, 『문학비평의 전제』, 『탈식민주의 길잡이』(공역), 『미국 인종차별사』(공역), 『나의 도제시절』(공역), 『문화코드 어떻게 읽을 것인가?』(공역) 등이 있다. 주요 관심사는 20세기 미국소설, 탈식민주의 문학이론, 문화연구이다.

이봉지

서울대학교 사범대 불어교육과 졸업, 동대학원에서 석사. 미국 노스웨스턴 대학교 불문과에서 18세기 프랑스문학 연구로 박사학위를 받음.

현재 배재대학교 프랑스어문화학과 교수.

주요 논문으로 「왜 여성문학사가 필요한가?」, 「루소의 반페미니즘과 「신엘로이즈」: 데피네 부인의 몽브리양 부인 이야기」가 있고, 저서 및 역서로『새로 태어난 여성』, 『페루여인의 편지』가 있으며, 주요 관심사는 18세기 프랑스 문학과 페미니즘이다.

최인환

서울대학교 영문과 졸업, 동대학원에서 석사를, 오리건대 영문과에서 박사학위를 받음.

현재 대전대학교 영문과 교수.

주요 논문으로 「Empire and Writing: A Study of Naipaul's *The Enigma of Arrival*」, 「래드클리프의 『숲속의 로맨스』에서의 자연경관묘사의 의미와 역할」 등이 있다. 역서로는 『탈식민주의 길잡이』(공역), 『문화코드 어떻게 읽을 것인가?』(공역) 등이 있다. 주요 관심사는 고딕소설과 탈식민주의 문학이론이다.

한애경

이화여자대학교 영문과 및 서울대학교 영문과 대학원 졸업, 동대학원에서 조지 엘리어트 연구로 박사 학위를 받음.

현재 한국기술교육대학교 교수.

주요 논문으로 조지 엘리엇과 제인 오스틴, 메리 셸리 등에 대한 다수의 논문이 있다. 저서로는 『조지 엘리어트와 여성문제』, 『19세기 영국 여성작가 읽기』와 『19세기 영국소설과 영화』가 있다. 역서로는 『플로스 강의 물방앗간』, 『사일러스 마너』, 『미들마치』, 『육체와 예술』, 『여성의 몸, 어떻게 읽을 것인가?』, 『탈식민주의 길잡이』, 『경계선 넘기: 새로운 문학연구의 모색』, 『문화 코드 어떻게 읽을 것인가?』 등이 있다. 주요 관심사는 페미니즘과 19세기 영미소설, 영화 비평이다.